ich schreibe
für wen
den nicht gelesen

Parce que tu es un
mangeur d'étoiles 3612.

COLLECTION FOLIO

Romain Gary

LA COMÉDIE AMÉRICAINE, I

Les mangeurs d'étoiles

Gallimard

Né en Russie en 1914, venu en France à l'âge de quatorze ans, Romain Gary a fait ses études secondaires à Nice et son droit à Paris.

Engagé dans l'aviation en 1938, il est instructeur de tir à l'École de l'air de Salon. En juin 1940, il rejoint la France libre. Capitaine à l'escadrille Lorraine, il prend part à la bataille d'Angleterre et aux campagnes d'Afrique, d'Abyssinie, de Libye et de Normandie de 1940 à 1944. Il est commandeur de la Légion d'honneur et Compagnon de la Libération. Il entre au ministère des Affaires étrangères en 1945 comme secrétaire et conseiller d'ambassade à Sofia, à Berne, puis à la Direction d'Europe au Quai d'Orsay. Porte-parole à l'O.N.U. de 1952 à 1956, il est ensuite nommé chargé d'affaires en Bolivie et consul général à Los Angeles. Quittant la carrière diplomatique en 1961, il parcourt le monde pendant dix ans pour des publications américaines et tourne comme auteur-réalisateur deux films, *Les oiseaux vont mourir au Pérou* (1968) et *Kill* (1972). Il a été marié à la comédienne Jean Seberg de 1962 à 1970.

Dès l'adolescence, la littérature va toujours tenir la première place dans la vie de Romain Gary. Pendant la guerre, entre deux missions, il écrivait *Éducation européenne*, qui fut traduit en vingt-sept langues et obtint le prix des Critiques en 1945. *Les Racines du ciel* reçoivent le prix Goncourt en 1956. Depuis, l'œuvre de Gary s'est enrichie de plus de vingt-sept romans, essais et souvenirs.

À Sacha Kardossisoeff

PREMIÈRE PARTIE

La nouvelle frontière

CHAPITRE PREMIER

Le vol fut agréablement dépourvu d'intérêt. C'était la première fois que le Dr Horwat s'aventurait sur un avion d'une ligne non américaine, et il était obligé de reconnaître que, pour peu qu'on les aidât, ces gens-là apprenaient vite. Au départ de Miami, il avait éprouvé une certaine appréhension à la vue du pilote que l'on imaginait plus aisément au sommet d'une pyramide aztèque qu'aux commandes d'un Boeing, mais il fut vite rassuré par les atterrissages sans heurt, les *hambur-gers* et le *lemon pie* du déjeuner, et par la courtoisie du commandant de bord, qui s'adressait aux passagers en un anglais fort convenable pour leur signaler tantôt le nom d'un volcan, tantôt celui d'une ville, et, en général, pour les tenir au courant.

Il y eut un arrêt non prévu sur un terrain militaire au sud de la péninsule de Zapotzlan, où une dame d'aspect singulier, petite, trapue, aux épaules de lutteur, monta à bord, aidée respectueusement par un officier dont l'uniforme était copié sur celui de l'Armée de l'air américaine. La dame ressemblait à un fétiche indien ficelé de brocart rouge et vert et de rubans multicolores, et paraissait sortir de quelque manifestation folklorique ; elle portait un de ces extraordinaires chapeaux melons de feutre gris que le Dr Horwat avait déjà admirés sur les brochures touristiques. Son visage de terre cuite, entre des nattes d'un noir de jais soigneusement tressées, était figé dans une sorte d'absence totale d'expression qui ressemblait fort à de l'hébétude. Elle tenait dans ses mains un sac de cuir très élégant et mâchait une chique. L'hôtesse expliqua dans un murmure respectueux que la *señora* était la mère du général Almayo et qu'elle se rendait comme chaque année dans la capitale pour voir son fils. L'évangéliste savait que la Compagnie aérienne était la propriété d'Almayo et il accepta avec bonne grâce cette interruption inattendue.

Il était assis auprès d'un jeune homme vêtu d'un élégant costume de soie bleu, aux épaules bien rembourrées, et au teint olivâtre, qui ne cessait de lui sourire dans un remarquable déploiement de dents en or. Il baragouinait à peine l'anglais, et l'évangéliste essaya sur lui son espagnol rudimentaire. Le jeune homme, semblait-il, était un artiste, un citoyen de Cuba qui se rendait dans la capitale où il avait un engagement. Lorsque le Dr Horwat s'efforça de découvrir dans quel noble domaine de l'art le jeune homme exerçait ses talents, son voisin parut embarrassé, prononça un mot anglais qui ressemblait, chose tout à fait étrange, à *superman* et, bien que l'évangéliste ne fût guère plus avancé, il se contenta d'un signe de tête approbateur et d'un sourire amical, auquel le jeune homme répondit aussitôt par une véritable explosion d'or entre ses lèvres dodues.

C'était la première visite du prédicateur dans le pays, où il venait en tant qu'hôte personnel du Président, que l'on appelait là-bas *lider maximo*. Le Dr Horwat, bien qu'il fût âgé de trente-deux ans à peine, était une personnalité de tout premier plan dans l'Église, et sa réputation de lutteur inlassable et inspiré contre les ennemis de Dieu s'était répandue bien au-delà des frontières des États-Unis. Sa popularité, l'emprise qu'il exerçait sur les foules et les conversions qu'il obtenait, il le devait avant tout à la puissance de sa foi, mais aussi, il le savait et n'en avait pas honte, à un certain magnétisme personnel, ainsi qu'à un physique fort différent de ce qu'on voyait d'habitude en chaire et qui lui avait valu, bien malgré lui, le surnom d' « archange blond ». On lui reprochait parfois son *show-manship*, son sens du spectacle et ce qu'on appelait sa recherche incessante de l'effet dramatique : il lui arrivait de prêcher au milieu d'un ring de boxe, symbolisant ainsi le combat qu'il menait contre le Démon. Il ne se préoccupait pas outre mesure de ces critiques : frapper les imaginations avait de tous temps été reconnu comme une méthode légitime par toutes les Églises, le voyage éclair du pape Paul VI aux Nations Unies comme « pèlerin de la paix » en témoignait. Il ne voyait aucune raison de laisser l'avantage aux catholiques sur le terrain. Ancien champion universitaire de rugby, classé à deux reprises *All American*, il mettait dans sa croisade évangélique le même dynamisme, la même volonté de vaincre et le même mordant qui en avaient fait jadis un des avants les plus agressifs des États-Unis. A la fin de chaque réunion, alors qu'il se dressait encore frémissant, les bras ouverts comme des ailes au-dessus des ténèbres de la salle dont le séparait la lumière des projecteurs, dans le silence qui succédait aux applaudissements, des hommes et des femmes sortaient de la foule, venaient s'agenouiller autour de lui et participaient à la cérémonie du serment : ils juraient de servir avec abnégation et don total de soi la Vérité de Dieu. Dans la lutte incessante qu'il menait contre le mal, il pouvait dire qu'il était devenu, lui aussi, un *lider maximo*.

Le Dr Horwat recevait plus de coupures de presse que les grandes vedettes de cinéma. Les sarcasmes, le fiel, le persiflage venimeux ne manquaient pas dans les commentaires qu'il lisait attentivement, pour se tenir au courant des réactions de l'Adversaire et de ses valets. L'évangéliste acceptait les insultes avec indifférence : Dieu lui-même n'était pas à l'abri des blasphèmes. La seule chose qui comptait, c'était le résultat. Or, il y avait à peine un mois, prêchant aux *Polo Grounds* de New York, il avait vécu un moment de véritable triomphe : l'assistance avait été plus nombreuse que lors du match Patterson-Cassius Clay, et la recette, la plus élevée qu'on eût enregistrée dans l'histoire des *Grounds*. Il était en train de devenir la plus grande vedette du *box office* du pays.

Le Dr Horwat rapportait à son Église près d'un million de dollars par an, exempts d'impôts : la totalité de la somme était versée aux œuvres de charité. Lui-même ne percevait que les appointements normaux d'un pasteur. Depuis deux ans, une grande agence de publicité veillait à ce que son nom fût aussi familier au public que le pain quotidien. La Vérité n'était-elle pas un produit de première nécessité et fallait-il hésiter à

14

utiliser les méthodes modernes pour assurer sa diffusion? Certes, il n'était pas question de comparer la conquête des âmes à celle des marchés, mais il eût été aberrant que, dans un monde où la concurrence était impitoyable, Dieu se privât des conseils des experts passés maîtres dans le maniement des foules. Il ne pouvait être question de Le laisser seul face à ses adversaires, les mains liées par des conventions et des préjugés d'un autre âge. La Vérité ne devait pas être condamnée au sort de ces entreprises familiales réduites à végéter et à péricliter par refus ou incapacité de s'adapter.

Dans les studios de télévision, pendant qu'on le maquillait et qu'on le coiffait, il lui arrivait de regretter un peu de ne pas appartenir à l'Église catholique : son costume bleu foncé, sa cravate discrète le faisaient penser aux acteurs qui répètent Shakespeare en tenue de ville. Il enviait l'évêque Shean, de Chicago, qui se présentait à l'écran dans toute la splendeur des robes conçues par l'Église de Rome : depuis l'avènement de la télévision en couleur, l'effet produit par les catholiques était encore plus marquant. Il n'aimait pas la télévision en couleur : le noir et blanc était plus dramatique, il convenait mieux au combat entre le Bien et le Mal.

Il n'éprouvait aucune gêne à préméditer ses effets, à soigner la présentation de ce que ses détracteurs appelaient cyniquement son « numéro » : pour parvenir à arracher le public aux programmes empoisonnés par la sexualité et la violence que l'Adversaire lui offrait, il fallait savoir mettre toutes les chances de son côté. Depuis deux ans, son succès ne faisait que

15

grandir, et les plus puissantes firmes commerciales se disputaient le financement de son « heure de Dieu » hebdomadaire. Il exprimait sa gratitude en priant avec ferveur, en compagnie de sa femme et de ses sept enfants. Chaque semaine, le bulletin Nielssen, qui indiquait la cote des différents programmes, lui était communiqué : il se maintenait tout près du sommet et ne pouvait s'empêcher de ressentir un frémissement de fierté à l'idée que, grâce à lui, Dieu occupait une des cinq premières places dans les sondages, aussitôt après les *Beverly Hillbillies, les Incorruptibles* et le *Chrysler Comedy Show.* Chaque fois que la cote indiquait le moindre fléchissement, il se recueillait pendant des heures dans la solitude du temple pour rétablir le rapport personnel avec Celui qui connaissait mieux que tous les experts de Madison Avenue le cœur des hommes et la meilleure façon de le toucher. Qu'on parlât à son propos de « mauvais goût », de « donjuanisme spirituel » ou de « technicolor de cinémascope avec son stéréophonique » ne touchait guère le Dr Horwat ; il reconnaissait dans ces clameurs la voix frustrée du grand Concurrent, celui qui cherchait à assoupir l'attention des hommes pour mieux assurer son règne de ténèbres.

Car le Démon n'était pas pour l'évangéliste une figure de style, une façon de parler, mais une réalité vivante : le Mal n'était pas simplement « quelque chose », mais avant tout « Quelqu'un », une force dynamique toujours en éveil, toujours agissante et jamais prise au dépourvu. Il le voyait comme un organisateur mêlé à toutes les entreprises humaines, capable de mener de front les affaires cubaines et

16

vietnamiennes, de se dissimuler derrière la cagoule du Ku Klux Klan et de répandre la propagande antiaméricaine dans le tiers monde. C'était, au sens propre du mot, un *manager*, et le Révérend Horwat ne voyait rien de scandaleux ou d'indigne d'être lui aussi une sorte de *manager* des intérêts de Dieu.

Les insultes sifflaient donc à ses oreilles sans l'atteindre ; il avait l'habitude de croiser les bras sur sa poitrine lorsqu'il y pensait, et c'est ce qu'il fit à présent dans l'avion lancé au-dessus des volcans de l'Amérique centrale, en parcourant d'un œil froid les dernières coupures de presse qu'il avait emportées dans sa serviette. « Le Révérend Horwat introduit dans le domaine religieux les méthodes publicitaires de Coca-Cola ; son rêve secret doit être de pouvoir mettre Dieu en bouteille et d'inonder le marché des pays sous-développés de cette panacée », écrivait un journal dit « progressiste ». « Le Dr Horwat a, certes, le sens du drame et du spectacle, et la conviction ne lui manque pas ; on pourrait simplement se demander si les moyens qu'il emploie sont compatibles avec la dignité de son sacerdoce et s'il n'entre pas une bonne part d'orgueil et d'égomanie dans ses exhibitions » : c'était là le commentaire d'une revue dominicaine d' « avant-garde ». Le nombre de conversions qui suivaient chacune de ses réunions suffisait à expliquer l'amertume des milieux catholiques. Certes, une certaine griserie artistique, peut-être même un sentiment de puissance et de maîtrise s'emparaient parfois de lui lorsqu'il s'élevait, les bras déployés, au-dessus des fidèles, ou lorsque, après la chute de la dernière phrase, après le dernier envol des mains, des acclama-

17

tions frénétiques s'élevaient vers lui de ces gradins obscurs dont il était coupé par la clarté dans laquelle il baignait. Mais il n'oubliait jamais que cette ferveur allait à Dieu. Les moments de fierté, d'ivresse, de perfection qu'il ressentait, ce qu'on appelait sa « vanité », prouvaient simplement qu'il était un homme comme les autres, sujet aux mêmes tentations, et, dût-il devenir un jour président des États-Unis, il n'allait jamais se laisser aller à l'oublier.

L'idée de briguer le mandat électoral suprême de la nation américaine ne lui était jamais venue à l'esprit, mais il était évidemment grand temps que Dieu occupât enfin ce poste clé.

Il parcourut distraitement les dernières coupures. « Une foi admirable, une volonté de sauver le monde qui ne peut laisser personne indifférent... » « Des effets de profil dignes de Greta Garbo... Hélas, le cinéma du Dr Horwat n'a rien de muet... » Il s'agissait d'une feuille à petit tirage, ce qui lui enlevait toute importance. Une bonne partie des critiques visaient en définitive son physique : « Avec ses longs cheveux blonds, et son visage de héros sans peur et sans reproche, le Révérend nous fait penser à tous les Anges Blancs du catch infligeant dans le ring une défaite au traître Black Bill au cours d'un combat truqué. » Mais le Dr Horwat n'entendait pas se soumettre à l'art d'un chirurgien esthétique afin de remédier à ce que ses traits pouvaient avoir d'agréable à l'œil ou d'impressionnant pour le public féminin; si son profil pouvait lui être utile dans la lutte contre le rôdeur obscur qui ne cessait de parcourir le monde, il n'hésitait pas à le faire valoir. Il fourra les coupures dans sa serviette et s'efforça de les oublier.

C'était la première visite de l'évangéliste dans le pays, mais il savait qu'on y avait le plus grand besoin de son aide. La capitale avait une des réputations les plus sinistres de toute l'histoire du péché dans l'hémisphère occidental. Ce coin perdu d'Amérique centrale, sous-développé tant au point de vue économique que moral, était un déshonneur pour tout le continent. Le trafic des stupéfiants s'étalait en plein jour. Dans la rue principale les maisons closes étaient aussi nombreuses que les salles de jeux ; et, comble de l'horreur, des cinémas projetaient publiquement des films d'un caractère tellement odieux que le Révérend Horwat, à la seule pensée de cette boue, sentait ses poings se serrer et ses mucles de lutteur se tendre avec toute l'impatience et la furie à peine contenues d'un grand champion avide de bondir dans le ring et d'entamer le combat.

Sa décision d'accepter l'invitation officielle qui lui avait été faite avait choqué certaines consciences. On estimait qu'il n'avait pas à honorer de sa présence un régime dont la corruption, l'iniquité et la cruauté étaient notoires. Le Dr Horwat trouvait cet argument peu convaincant. Refuser le combat sous prétexte que l'Adversaire était ignoble revenait à laisser les mains libres à l'ignominie. La question de langue le préoccupait davantage, mais ces gens avaient bien dû apprendre un peu d'anglais avec les touristes qui venaient chercher là-bas tout autre chose que les ruines mayas et la trace des conquistadores.

Il avait une fois de plus choisi pour thème le Diable,

sa présence réelle, physique, parmi nous. L'habileté suprême de l'Ennemi était d'avoir réussi à faire douter de son existence. En quelques mots, avec une puissance de suggestion qui provoquait parfois de véritables crises d'hystérie parmi les femmes, le Révérend Horwat parvenait à conjurer celui que les hommes ne savaient plus reconnaître simplement parce qu'ils s'étaient trop habitués à sa compagnie. Depuis dix ans, le jeune prédicateur consacrait ainsi toute son énergie et tout son talent à rétablir le Démon à la place qu'il devait occuper et dont le scepticisme athée l'avait chassé : celle d'ennemi public numéro un.

Les réactions à cette campagne avaient été extrêmement encourageantes. Les contributions financières affluaient de tous côtés et faisaient frémir d'envie les milieux du Réarmement moral. Après ce qui fut peut-être son plus grand triomphe, à Las Vegas, lorsqu'il avait réussi à évoquer le Démon avec un réalisme tellement saisissant qu'une sorte de délire s'était emparé du public, il avait fallu appeler les pompiers et évacuer la salle. Les gens s'embrassaient, se félicitaient, pleuraient d'émotion et d'enthousiasme. Le lendemain, un journaliste particulièrement malveillant de la ville avait écrit un article ridicule dans lequel il déclarait que le Prince des ténèbres devrait donner au Révérend Horwat une décoration spéciale : « Le bon pasteur, avec un talent admirable, rend à l'âme humaine l'espoir qui paraissait l'avoir quittée : celui de pouvoir se vendre. » L'évangéliste avait écarté d'un haussement d'épaules ces jappements et ces grincements de dents d'un cynisme aux abois. Mais il fut tout de même quelque peu troublé lorsqu'une forte somme d'argent lui fut remise « pour ses bonnes œuvres » par l'agence chargée des relations publiques du général Almayo aux États-Unis.

Le dictateur était constamment attaqué dans la presse américaine ; on prétendait qu'il était un tyran sanguinaire, digne émule de Trujillo ; bien que ces rumeurs fussent le plus souvent inspirées par des exilés politiques, eux-mêmes dénoncés pour des crimes qu'ils avaient commis lorsqu'ils étaient au pouvoir, l'évangéliste n'en avait pas moins éprouvé une certaine répugnance à accepter cet argent ; il avait même consulté discrètement le Département d'État. On lui avait dit que les représentants d'Almayo aux Nations Unies et au sein de l'Alliance des États américains avaient toujours soutenu le point de vue de Washington et avaient fourni un appoint de voix décisif lors de certains votes importants, notamment au moment de l'intervention à Saint-Domingue. Il était d'ailleurs indigne d'un chrétien de considérer un homme, fût-il un dictateur, comme entièrement perdu pour Dieu et au-delà de toute possibilité de rédemption. Le Dr Horwat remit le chèque à son Église. Cet incident inattendu prouvait en tout cas, comme l'invitation qui l'avait suivi, que les échos de sa voix étaient parvenus là où on avait le plus besoin de l'entendre et avaient éveillé dans le cœur d'un homme sans doute terrible, mais qui était issu des couches indiennes profondément croyantes, on ne sait quel trouble, et peut-être même le remords. Le Dr Horwat accepta aussi l'invitation.

A l'aéroport, il n'y eut aucune formalité habituelle, et l'évangéliste fut conduit respectueusement jusqu'à la Cadillac mise à sa disposition. Il remarqua que plusieurs voyageurs, dont le jeune *superman* cubain, bénéficiaient du même traitement préférentiel, et que d'autres Cadillac noires comme la sienne et conduites par des chauffeurs en uniforme les attendaient.

Il partageait la voiture avec un homme charmant, très maigre et grand, aux cheveux couleur de paille et aux yeux bleu pâle et gais, dont le visage aux traits anguleux, vif et ironique, au-dessus d'un long cou orné d'une pomme d'Adam démesurée, avait une sorte de laideur chevaline, sympathique et amicale ; le voyageur se présenta à lui ; il s'appelait Agge Olsen, citoyen danois, de Copenhague. Ils échangèrent quelques propos au sujet de cette belle ville si propre où le Dr Horwat avait fait un bref séjour. Le prédicateur remarqua que son voisin avait à ses pieds une boîte assez grande et de forme étrange qui ressemblait à la fois à un étui de violon et à un cercueil ; la boîte était encombrante et il aurait mieux fait de la mettre dans le coffre arrière de la voiture, ce qui eût été plus confortable pour tout le monde. Ils avaient également avec eux le jeune Cubain, qui s'était modestement installé auprès du chauffeur.

Il y avait une bonne heure de trajet entre l'aéroport et la capitale ; les volcans, une des principales attractions touristiques du pays, les entouraient de tous les côtés ; le Dr Horwat éprouva une brusque sensation d'oppression et une certaine difficulté à respirer. Une étrange angoisse, dont il n'était guère coutumier, s'empara de lui, une sensation de véritable panique. Il se débarrassa sans peine de cette nervosité, due sans doute à l'altitude et à la claustrophobie ; mais il eut quelque peine à soutenir la conversation avec l'aimable Danois, qui ne paraissait éprouver, quant à lui, aucun malaise ; la voiture allait beaucoup trop vite ; le chauffeur indien maniait le volant avec brusquerie ; il était notoire que ces gens-là étaient les conducteurs les plus dangereux du monde. Ils étaient à deux mille sept cents mètres d'altitude, et on l'avait prévenu d'éviter tout effort physique excessif ; le malaise qu'il ressentait était cependant plus que compensé par la grandeur du paysage qui évoquait quelque cataclysme monstrueux. C'était un paysage noir, calciné, aux éclats de diamant dans la lave pétrifiée, hérissé de cactus gigantesques aux fleurs blanches et rouges, parmi lesquels seuls les cactus cierges de l'Arizona, atteignant parfois près de dix mètres de hauteur, lui étaient familiers. A perte de vue les cônes noirs des volcans se suivaient avec une symétrie qui suggérait quelque schéma divin précis et prémédité ; le Dr Horwat connaissait ce paysage d'après les photos du *National Geographic Magazine* dont il était un abonné fidèle, mais la présence réelle, physique, de ces monstres, à la fois morts et étrangement vivants dans leur colère noire et pétrifiée, dont la roche semblait porter à jamais la dernière grimace haineuse de l'éruption, avait une sorte de puissance géologique qui suggérait on ne sait quel royaume terrible enfoui dans les entrailles de la terre. Le soleil invisible derrière les pics donnait au ciel une luminosité de glace qui rejetait le regard comme une impureté ; le Dr Horwat avait survolé la Cordillère des Andes, mais il n'avait jamais vu un tel paysage de catastrophe saisie sur le vif et frappée d'une sorte de perpétuité. La capitale avait été détruite à diverses

23

reprises par des éruptions volcaniques et des tremblements de terre ; lors de l'éruption de 1781, le vice-roi Sanchez Domingo, qui se rendait au Guatemala, et presque toute sa suite de Jésuites, de soldats de fortune, de comédiens et de nains-bouffons, avaient été engloutis ; le récit de l'un des rares survivants, le Père Domenico, rapporte que les seuls corps retrouvés furent ceux de « la fille Rosita Lopez, comédienne de mauvaise vie, et du nain bossu Camilo Alvarez, dont les saillies ne respectaient même pas le Seigneur, ce qui prouve bien que le cataclysme était d'une inspiration diabolique et non divine ». Le bon Jésuite n'expliquait cependant pas quelle était la force qui l'avait lui-même protégé. Le dernier tremblement de terre, en 1917, fut moins grave, un bon tiers de la population ayant été épargné. Le Dr Horwat voyait maintenant le volcan responsable de tant de malheur devant lui et, bien qu'il fût aujourd'hui éteint, de l'avis unanime de tous les géologues, il ne put s'empêcher de lui trouver fort mauvaise mine. Son pic crénelé et couvert de neige semblait encore montrer ses dents dans une sorte de rictus farouche et figé ; mais sans doute fallait-il faire la part de l'imagination. A chaque tournant de la route, le volcan réapparaissait avec une insistance déplaisante ; la capitale invisible se trouvait au-delà ; la vallée s'élargissait, les parois presque verticales des deux côtés s'écartaient de plus en plus, et la voiture déboucha sur un plateau large de plusieurs kilomètres, couvert de rocs de lave noire, où quelques cabanes de même couleur et bâties dans la même pierre calcinée paraissaient ici et là, parmi les buissons rabougris et les plantations de cactus d'où le paysan tirait le *peyotl*, une drogue qui était leur unique source à la fois de revenu et d'oubli. La route d'asphalte était en excellent état et très bien entretenue. La Cadillac était réfrigérée. Sur le plateau, l'amoncellement des pierres suggérait quelque incroyable chute du ciel. A droite, les parois du volcan étaient encore toutes proches, éloignées de quelques centaines de mètres à peine ; les cactus nains dits *desgigos,* hérissés d'aiguilles, tordaient leurs membres jaunes et verts comme un pelage au flanc des rocs mutilés ; le Dr Horwat décida qu'il avait rarement vu un paysage moins chrétien, et que toutes ces étendues sèches, pierreuses et poussiéreuses, où le soleil avait brûlé ce que la lave avait épargné, devaient pulluler de serpents.

— Sortez-moi de là ! dit soudain une voix.

Le Dr Horwat sursauta et se tourna vers ses compagnons, en levant les sourcils avec un certain étonnement ; mais son voisin danois sourit aimablement, et le jeune Cubain tourna à son tour la tête vers l'intérieur de la limousine avec surprise.

— Sortez-moi de là, nom de Dieu, répéta la voix d'un ton furieux. Je suis en train d'étouffer.

Le Dr Horwat entendit une toux toute proche, mais qui ne venait manifestement ni du Danois, ni du chauffeur, et le jeune Cubain, tout en montrant ses dents étincelantes d'or dans un sourire, avait un air un peu effrayé.

— Enfer et malédiction ! reprit la voix. Si vous ne me laissez pas respirer immédiatement, je ne parlerai plus jamais, et vous crèverez de faim.

— Qu'est-ce que c'est que ça ? demanda le Dr Horwat.

Le Danois paraissait perplexe.

— Je me le demande, dit-il.

— Vous vous le demandez ? cria la voix d'un ton moqueur. Écoutez, Mr. Horwat — j'espère que je n'écorche pas votre nom, cher monsieur, que j'ai lu sur votre valise —, je tiens à ce que vous sachiez que vous êtes assis auprès d'un tyran qui m'exploite depuis des années et que je traîne sur mon dos, pour ainsi dire. C'est de l'esclavage, cher monsieur, et qui plus est, l'exploitation éhontée d'un incomparable talent. Il devrait y avoir une loi contre ça. Je le dis comme je le pense.

La boîte posée sur les genoux du Danois s'ouvrit brusquement, et un pantin en émergea en position assise, le torse raide, les jambes, vêtues d'un pantalon rayé, allongées sur le velours violet du fond rembourré.

« Un ventriloque », songea l'évangéliste, avec quelque irritation.

— Je vous présente mon ami Ole Jensen, fit le Danois.

— J'ai horreur des ventriloques, grommela la marionnette. Tous des parasites. Enchanté tout de même.

Le Dr Horwat eut un sourire forcé. Il avait horreur des farces et attrapes — il n'appréciait guère ce genre d'humour. Mais il essaya de se montrer beau joueur et serra même la main que le mannequin lui tendait. Il était à présent installé sur les genoux de son maître et dévisageait le prédicateur de ses yeux de verre, avec cette expression cynique que les ventriloques se croient toujours obligés, on ne sait pourquoi, de fixer une fois pour toutes sur le visage de leurs poupées. Ole Jensen avait des cheveux roux, des joues roses, un air extraordinairement moqueur et dédaigneux, un gros cigare était figé entre ses lèvres. Il portait une jaquette et tenait un chapeau haut de forme posé sur ses cuisses, tournant de temps en temps la tête, tantôt vers son maître, tantôt vers la personne à laquelle il s'adressait. Tout cela était évidemment très habile et sans doute fort amusant, vers deux ou trois heures du matin, après quelques martinis bien tassés. C'était probablement le genre de numéro plein d'allusions grivoises et de clins d'œil qui servait à faire patienter le public entre deux exhibitions de strip-tease. Le révérend Horwat ne put retenir un mouvement de mauvaise humeur : il n'avait certes aucun des préjugés habituels contre les saltimbanques, les tziganes et les pitres de music-halls, mais trouvait simplement que ce n'était pas là une compagnie pour un invité officiel du gouvernement.

Le Danois lui expliqua qu'ils étaient engagés dans une boîte de nuit de la capitale, l'*El Señor,* qui avait la réputation d'être un des meilleurs établissements de ce genre au monde et qui présentait souvent des attractions nouvelles et extraordinaires, avant même le *Lido* de Paris ou le *Flamingo* de Las Vegas. L'évangéliste n'avait jamais mis les pieds au *Lido* de Paris ni dans aucun des bouges de Las Vegas, et il était certain qu'il n'irait pas davantage dans le cabaret en question, quelle que fût sa « renommée ». Il questionna cependant poliment M. Olsen sur son numéro et sur les pays qu'il avait visités au cours de ses voyages.

— Voilà près d'un an que nous faisons le tour du

monde, après un mois de repos à Copenhague, dit le ventriloque.

— Oui, ajouta la marionnette, de sa voix rauque, et j'en ai assez. J'ai hâte de retourner auprès de *sa* femme. Hé, hé, hé !

L'évangéliste trouva la plaisanterie un peu déplacée. La poupée continuait à le dévisager de son regard vitreux, un sourire sans fin autour du cigare. Le sourire bougeait, ainsi que le cigare, chaque fois que le polichinelle parlait, et il fallait reconnaître que la voix paraissait vraiment venir de ses lèvres, avec un réalisme saisissant. C'était très bien fait. Le Dr Horwat se demanda si on pouvait vraiment parler à ce propos d'art ou de talent, mais la virtuosité était certaine. Le jeune Cubain regardait le pantin avec admiration et riait. Il était un artiste, lui aussi, expliqua-t-il dans un anglais rocailleux. M. Olsen lui demanda s'il était engagé à l'*El Señor,* et le jeune homme secoua la tête.

— Non, dit-il.

— Et quel genre de numéro faites-vous ? demanda le Dr Horwat, par pure politesse.

Le jeune homme parut perdre tout à coup le peu d'anglais qu'il savait. Il avait un certain talent, il était bien connu chez lui, à Cuba, mais la révolution de Fidel Castro avait mis fin au tourisme et à la vie nocturne de La Havane. Il avait trouvé un engagement ici, après une saison à Acapulco... Là-dessus, il parut incapable de trouver ses mots et détourna la tête.

Le Dr Horwat écoutait distraitement le ventriloque parler de ses voyages, pendant que le pantin regardait fixement l'évangéliste d'un air cynique et déplaisant.

— J'imagine que vous êtes vous-même un artiste ?

entendit-il soudain. Attendez, ne me dites rien, laissez-moi deviner. Je me flatte d'être un peu physionomiste. Je parviens presque toujours à deviner le genre de numéro que fait un collègue à son seul aspect. Voyons...

L'évangéliste fut d'abord trop scandalisé pour protester. Puis, en voyant le regard du ventriloque errer d'un air songeur sur son visage, il se rappela soudain ce qu'un journaliste avait écrit de lui après sa dernière et triomphale croisade à New York : « C'est le profil et la chevelure de Liszt dans sa jeunesse, au cours d'une improvisation... Le Dr Horwat sait faire vibrer les cordes avec une maestria qui pose plus la question de l'art que celle de la foi... »

— Un illusionniste, dit enfin le Danois, un magicien ou peut-être un hypnotiseur. Je ne crois pas me tromper.

Le Dr Horwat avala sa salive et répondit qu'il était prédicateur. La marionnette tourna la tête vers son maître ; son torse fut secoué d'un rire moqueur et croissant.

— Un physionomiste, en vérité, s'écria-t-il. Tu n'es qu'un imbécile, Agge Olsen, ainsi que je te l'ai toujours dit.

Le Danois se répandit en excuses. Il ne s'attendait pas à trouver un pasteur dans cette caravane de voitures, et il était tout à fait confus ; il se permettait simplement d'invoquer une circonstance atténuante :

— Nous sommes tous des artistes de music-hall, ici, expliqua-t-il avec un geste vers les quatre Cadillac qui les suivaient.

La plupart des passagers de l'avion étaient engagés

pour le nouveau spectacle à l'*El Señor,* il espérait que le révérend lui pardonnerait.

Le Dr Horwat était extrêmement surpris d'apprendre que la plupart de ses compagnons de voyage étaient des saltimbanques et encore plus qu'ils étaient, comme lui-même, les hôtes personnels du général Almayo. Il se sentit vexé et déconcerté. Il se demandait s'il s'agissait vraiment d'une coïncidence ou bien s'il n'y avait pas dans tout cela une certaine ironie assez malveillante. Il était très sensible aux reproches de cabotinage que lui adressaient ceux qui se sentaient visés par sa croisade. Les bookmakers, les proxénètes, les racketteurs, les hommes d'affaires véreux, tous ceux qui vivaient des ténèbres ne manquaient jamais en effet de parler avec mépris de « son numéro ». Il serra les dents avec humilité et appela à son secours la phrase d'un grand poète chrétien qu'il citait souvent : « *Celui qu'une pierre fait trébucher marchait déjà depuis deux cent mille ans lorsqu'il entendit des cris de haine et de mépris qui prétendaient lui faire peur...* » Après tout, ces insultes et ces moqueries qui le visaient étaient un hommage involontaire à l'œuvre qu'il accomplissait ; rien n'éveille plus de hargne et de haine dans les rangs de l'Ennemi que la pureté des intentions et la volonté de bien faire, surtout lorsqu'elles se traduisent par des résultats tangibles, par une aide spirituelle et matérielle apportée aux consciences sous-développées. L'Amérique tout entière était en butte comme lui-même à ces jets de venin, et on ne pouvait pas tenir haut et ferme le flambeau sans provoquer la rage de l'Adversaire.

L'œil gauche du mannequin se ferma à demi, ce qui

était censé être très drôle. Ce jeu était du plus parfait mauvais goût, mais sans doute s'agissait-il chez le ventriloque d'une sorte de déformation professionnelle plus que de mauvaise intention. Il ne pouvait pas s'empêcher de faire son numéro, c'était tout. Le Dr Horwat sourit poliment et détourna la tête.

CHAPITRE II

Dans la deuxième Cadillac, un homme âgé d'une quarantaine d'années, dont le physique rappelait toutes les affiches et illustrations de la « Belle Époque » avec ses moustaches et sa barbe en pointe et cette prestance qui évoquait irrésistiblement les duels, les maris trompés, le mélo, les cabinets particuliers, tout ce que résume si bien l'expression « un fort bel homme », parlait avec une certaine tristesse à son compagnon de voyage, un petit personnage soigneusement vêtu, dont les cheveux ondulés, séparés au milieu par une raie d'une précision toute géométrique, étaient adroitement teints de façon à ne laisser que quelques touches grises sur les tempes, dans une poursuite évidente de la distinction.

— Ce n'est pas une question de vaine gloriole personnelle, disait le voyageur. Certes, un artiste authentique songe toujours un peu à la postérité, bien que je connaisse la vanité des acclamations et de l'adulation des foules et le peu de consolation qu'on éprouve à savoir que votre nom vivra éternellement. Mais je voudrais pouvoir donner cela à la France, je voudrais pouvoir accomplir cela pour la grandeur de mon pays. Nous ne sommes plus, hélas, la puissance mondiale que nous fûmes jadis : raison de plus pour le génie français de chercher à se surpasser dans tous les domaines. Je sens que je peux y arriver, que je l'ai en moi, qu'il suffit d'un éclair d'inspiration, mais je ne sais pourquoi, au dernier moment, ça ne marche jamais. Évidemment, personne dans l'histoire de l'humanité n'y est jamais parvenu.

— Il y a des gens qui prétendent que le grand Zarzidjé, le Géorgien, l'a réussi au cours d'une représentation spéciale donnée à Saint-Pétersbourg en 1905, sous les yeux du tsar, dit son compagnon.

— C'est une légende, répliqua l'autre d'un ton catégorique, et son visage prit une expression indignée. Personne n'a jamais pu le prouver. Bourricaud, le vieux clown français qui est toujours vivant, faisait partie de la troupe, et il m'a affirmé qu'il n'y a pas un mot de vrai là-dedans. Zarzidjé n'a jamais fait mieux que Rastelli, et nous savons tous que ce dernier est mort le cœur brisé, au faîte de la gloire, parce qu'il était arrivé au bout de ses possibilités. Je ne voudrais pas que vous me preniez pour un chauvin, mais laissez-moi vous dire une chose : s'il se trouve jamais un jongleur capable de faire son numéro avec treize balles, ce sera un Français, tout simplement parce que ce sera moi. J'ai été décoré de la croix de la Légion d'honneur, il y a deux ans, par le général de Gaulle lui-même, pour services exceptionnels rendus au rayonnement culturel de la France à l'étranger, pour la contribution que j'ai apportée aux manifestations de notre génie national dans le monde. Si seulement une

33

fois, une seule fois, peu importe quand, peu importe où, sur quelle scène, devant quel public, je pouvais me surpasser et jongler avec treize balles au lieu de mes maudites douze balles habituelles, j'estimerais avoir vraiment accompli quelque chose pour la grandeur de mon pays. Mais le temps passe, et j'ai beau être encore, à quarante ans, en pleine possession de mes moyens, il y a des moments comme aujourd'hui où je commence à douter de moi-même. Pourtant j'ai tout sacrifié à mon art, même les femmes. L'amour fait trembler la main.

Son compagnon tripotait nerveusement son nœud papillon. Il s'appelait Charlie Kuhn ; directeur d'une des plus grandes agences artistiques des États-Unis, il avait passé plus de trente-cinq ans de sa vie à parcourir sans fin le monde à la recherche de numéros exceptionnels et de talents nouveaux. Il avait un amour profond de son métier et de tous ceux qui, sur les pistes, les scènes, dans les arènes et dans les salles enfumées des cabarets pleins d'ivrognes, donnaient le meilleur d'eux-mêmes, offrant cet instant d'illusion qui permet aux hommes assoiffés de transcendance de croire à la possibilité de l'impossible. Avec Paul-Louis Guérin du *Lido,* avec Karl Haffendeck de l'*Adria* de Hambourg et Tsetsoumé Magasushi du *Miza* de Tokyo, il était sans doute un des plus inlassables prospecteurs de talents, un *talent scout* selon le terme professionnel américain passé dans toutes les langues, et il n'y avait pas de cirque, pas de music-hall, pas de boîte de nuit dans un coin du globe qu'il n'eût visité dans sa quête inlassable du surhumain. Il n'y avait pas pour lui de plus grande joie que de découvrir dans un bouge quelconque du Mexique, dans un *kabaka* du Japon, en Iran, ou dans une province brésilienne, un numéro que l'œil humain n'avait encore jamais contemplé. Son estomac était détraqué par des nourritures innommables absorbées dans des lieux perdus. Il n'avait pas de vie privée : marié deux fois, il n'avait jamais réussi à compenser ses éternelles absences et les poursuites de l'exceptionnel d'un pôle à l'autre par des bijoux, des fourrures et des Rolls Royce. Les plus belles maîtresses passaient toujours pour lui après quelque lointain saltimbanque, dont on lui disait qu'il était habité par un don inouï. Un psychanalyste consulté lui avait expliqué qu'il s'agissait d'un cas typique de persistance de l'enfance dans l'adulte, d'un rêve enfantin du merveilleux. Charlie Kuhn n'avait pas beaucoup réfléchi à la question, mais il demanda tout de même au psychiatre si le besoin de Dieu était aussi une survivance de l'enfance dans l'adulte et si la psychanalyse pouvait y remédier. Le docteur fut extrêmement confus sur ce point, mais Charlie Kuhn crut comprendre qu'il y avait des besoins de l'âme humaine qui étaient légitimes et d'autres qui avaient en quelque sorte bifurqué, chemin faisant. Il ne fut pas convaincu. Sa vie sentimentale devint une succession de professionnelles dont les talents manquaient singulièrement de diversité et d'originalité. Là aussi, les bons numéros étaient rares. Il était depuis longtemps parvenu au faîte de sa profession et il avait maintenant d'autres prospecteurs à son service, mais il allait encore toujours par monts et par vaux, comme un vieux chien de chasse qui ne peut pas résister à l'appel d'une piste, et bien qu'il fût devenu un peu sceptique avec le passage des années, un peu désabusé, et qu'il se plût à prétendre qu'il n'attendait plus rien, et que les limites du possible ne pouvaient qu'être péniblement repoussées millimètre par millimètre sans jamais voler en éclats sous la poussée d'un don unique et incomparable, sous ce masque de détachement et de doute, sa curiosité et son aspiration étaient toujours aussi vives. Il continuait à garder au fond de lui-même un secret espoir qu'un talent incomparable et surhumain allait soudain se manifester dans quelque recoin perdu de la terre, et que rien ne serait plus comme avant. Il était toujours prêt à sauter dans un avion et à courir à l'autre bout du monde pour voir s'il était vrai qu'il y avait au *Mug* de Téhéran un homme capable de faire cinq sauts périlleux sans tremplin et sans toucher terre, ou s'il était vrai qu'un jeune acrobate de Hongkong pouvait se tenir les jambes en l'air, uniquement sur son petit doigt, non sur l'index, comme le Suisse Roll, du cirque Knee, mais sur son petit doigt, défiant toutes les lois de la pesanteur et de l'équilibre, un exploit absolument sensationnel, une réussite triomphale qui faisait battre plus vite le cœur de tout homme digne de ce nom, la preuve rassurante qu'il n'y avait vraiment pas de limite à ce que notre espèce pouvait accomplir sur cette terre, et que l'humanité ne rêvait pas en vain.

Le jongleur — il s'appelait « M. Antoine » et il venait de Marseille — était une vieille connaissance et une « nature » authentique, mais Charlie Kuhn savait que la treizième balle, à quarante ans, était quelque chose qu'il eût mieux fait d'oublier.

— Santini, le Sicilien, aurait pu faire des miracles s'il ne s'était pas mis à boire.

Le Français parut vexé.

— Vous savez parfaitement que Santini ne jonglait qu'avec six balles et qu'il est devenu alcoolique parce qu'il n'était jamais parvenu à briser ce qu'il appelait le « cercle d'airain ».

Son compagnon acquiesça.

— C'est vrai, dit-il. Mais il ne faut pas oublier dans quelle position il jonglait. Je l'ai vu à Buenos Aires un mois avant sa dépression nerveuse. Je ne vous dirai pas qu'il était parvenu à sortir de l'humain, mais tout de même... C'était aussi loin qu'un homme peut aller. Il se tenait debout sur une bouteille de champagne posée sur un ballon, l'autre jambe repliée derrière lui avec cinq anneaux en rotation continue autour de son mollet, sur la tête une autre bouteille supportant trois balles de tennis superposées ; sur le nez, une canne au pommeau surmonté d'un chapeau haut de forme ; c'est dans cette position-là qu'il jonglait avec six balles. Encore une fois je ne vous dis pas qu'il était sorti de sa peau d'homme, mais il y avait tout de même là une image inoubliable de ce que le génie humain peut accomplir. C'était un numéro extraordinaire et profondément encourageant, parce qu'il démontrait que rien n'était impossible et qu'on pouvait s'attendre à tout. C'est vrai qu'il s'est mis à boire comme un cochon, mais il faut dire que sa femme l'avait quitté pour partir avec un amant. Elle en avait marre. Il passait dix à onze heures par jour, debout sur cette bouteille. Alors, vous comprenez...

— A mon avis, reprit le Français avec une emphase

37

fort méridionale, toute cette histoire de bouteilles, tout ce choix délibéré d'une position qui paraît impossible, ce n'était qu'une excuse. Le seul but était de détourner l'attention du fait que Santini n'avait jamais pu jongler avec plus de six balles. Ce que je veux dire, c'est qu'il avait mis au point son numéro en accumulant diverses adresses parfaitement aisées, chacune en elle-même, pour donner une impression globale de l'impossible atteint et réalisé. Je ne veux pas critiquer un collègue distingué, mais j'estime que Santini n'était qu'un tricheur, son style baroque cachait une absence de don authentique et profond. C'était de la poudre aux yeux, des fioritures, une façon d'échapper à la confrontation véritable. Il est exact que, pour ma part, je fais mon numéro sans accessoires, sans m'aider d'aucune bouteille, seulement, seulement voilà : je jongle avec douze balles. Pouvez-vous me dire le nom d'un seul autre homme au monde capable de le faire ? Je serais intéressé de le connaître. C'est d'un art classique, exécuté dans le style dépouillé le plus pur, sans aucun de ces truquages et enjolivures à l'italienne qui sont en réalité une facilité, dont le but est de détourner l'œil du public de la véritable difficulté. Cela vous permet d'obtenir des applaudissements à bon marché sans accéder à la véritable grandeur. Je suis un classique, dans la tradition française du XVIIIᵉ siècle. La pureté du style, la confrontation franche et droite avec le « cercle d'airain », c'est ce qui compte. Le combat doit être loyal, ou alors on ne peut parler de victoire. Mais j'avoue que je ne me sentirai pas satisfait avant d'avoir saisi cette dernière balle. Elle est là, je la sens en moi. Quelque chose me dit que je donnerai un jour à ma patrie cette victoire. Vous savez sans doute que la France a reçu, dans le domaine artistique, plus de prix Nobel que n'importe quel autre pays.

— A l'heure actuelle, vous êtes certainement le plus grand, lui dit son compagnon, qui avait trop l'amour de toutes les manifestations de la grandeur humaine pour se soucier de questions de nationalité.

Le Français soupira. Les mots « à l'heure actuelle » avaient un accent de cruauté qui éveillaient la crainte toujours en éveil au cœur de chaque artiste de voir un jour quelqu'un apparaître soudain victorieusement sur cette terre pour y accomplir un numéro encore plus parfait, sous l'œil des foules frappées de gratitude et d'émerveillement. Même Napoléon fut détrôné. La suprématie, la maîtrise, la possession avaient un caractère fugace et aléatoire, on avait beau être le plus grand, la grandeur ne tenait jamais qu'à un millimètre. Comme il eût été agréable d'être un homme, si seulement on était issu d'une espèce différente et supérieure, pensa Charlie Kuhn, en regardant son compagnon non sans une certaine sympathie fraternelle.

— Je crois que je vais faire un nouvel essai aujourd'hui, dit le Français. Une de mes hantises, voyez-vous, est de réussir cet exploit quand je serai seul et peut-être de ne plus pouvoir le refaire devant témoin. Vous savez comme les gens sont incrédules. Il faut qu'ils voient toujours tout de leurs propres yeux.

— Vous y arriverez un jour, je vous le dis, dit Charlie Kuhn. Je sens que vous avez cela en vous.

M. Antoine fixait d'un regard morne les blocs de lave noire, les champs de cactus, le volcan dont le sommet de neige dessinait sur le ciel une tête de chien.

CHAPITRE III

Le vrai nom de Charlie Kuhn était jadis Mejid Kura ; il était né à Alep ; peu après son arrivée en Amérique, plus de quarante ans auparavant, après ses premiers contacts avec le monde du spectacle, il l'avait américanisé en Charlie Kuhn, pour s'apercevoir bientôt que ce nom n'était peut-être pas typiquement américain. Mais il était alors trop tard. Il ne pouvait plus s'en défaire, pas plus que d'un certain nombre d'autres choses qu'il traînait partout avec lui : un souffle au cœur, et l'empâtement où ses traits et sa silhouette se perdaient peu à peu, le forçant à rompre définitivement avec le jeune homme svelte dont les beaux traits levantins lui paraissaient maintenant être ceux d'un fils qu'il n'avait jamais eu. Il y avait surtout cet étrange espoir, parfois presque douloureux, nostalgie ou curiosité, il ne savait pas au juste, qui le maintenait constamment dans un état d'attente anxieuse et de *suspense* perpétuel et le poussait dans cette quête incessante de quelque numéro absolument unique et souverain, une véritable manifestation d'une Puissance incomparable. Il était hanté par l'idée qu'il

41

y avait quelque part, caché, un talent prodigieux et secret, qui attendait d'être découvert. Après quarante ans de métier, il en venait parfois à se demander, dans ses moments d'insomnie ou de lassitude, s'il allait jamais vivre ce moment de révélation qui lui permettrait, comme il le disait, de « mourir sur ses deux oreilles », avec la certitude que sa carrière de prospecteur de talents ne faisait que commencer. Malgré le scepticisme qu'il affichait, le petit sourire ironique sous sa moustache grise qu'il noircissait soigneusement chaque matin au crayon, malgré tous les truqueurs, les charlatans, et les illusionnistes qu'il avait vus dans sa carrière et dont il connaissait toutes les ficelles, en dépit de tous ces parasites du plus profond et du plus sacré besoin au cœur de l'homme, il avait gardé intacts une foi et un goût de la découverte qui faisaient de lui un des meilleurs pourvoyeurs des boîtes de nuit du monde.

Il écoutait donc avec sympathie les confidences du grand jongleur français qui lui récitait, lui chantait presque, ses ambitions et ses échecs. C'était une histoire qu'il avait entendue mille fois, les aveux d'un homme qui rêve de perfection et d'absolu. Les jongleurs étaient particulièrement sujets à des crises de désespoir parce qu'ils étaient toujours tentés d'aller plus loin et parce qu'ils passaient tout leur temps à inventer les variantes nouvelles qu'ils pouvaient apporter à leur numéro. Ils vivaient entièrement sur leurs nerfs dans un métier qui exige un contrôle nerveux parfait. L'accent méridional du Français, l'emphase de la voix, l'expression indignée avec laquelle il avouait ses défaites dans la longue lutte

42

contre le « cercle d'airain » des limites humaines
donnaient à ses déclarations un caractère légèrement
comique, mais il fallait être indulgent avec ceux qui ne
cessaient de donner aux hommes le meilleur d'eux-
mêmes. De temps en temps, Charlie Kuhn jetait un
coup d'œil impatient à sa montre. Le trajet était long
de l'aéroport à la capitale ; il fallait compter encore au
moins une demi-heure, et il était pressé. Il avait des
nouvelles importantes pour celui qui était un peu son
patron : c'était Almayo qui l'avait commandité, qui
l'avait aidé à bâtir son building de douze étages sur
Sunset Boulevard, à Beverly Hills, et qui possédait
encore soixante-quinze pour cent des actions de son
agence. Charlie Kuhn avait été beaucoup critiqué
pour ses rapports avec le dictateur ; on n'avait pas
hésité à insinuer que le « prospecteur de talents »
fournissait des starlettes au général, qui faisait une très
grande consommation de femmes. Mais Almayo, qui
n'hésitait pas à offrir une Thunderbird et un collier de
perles à une fille, n'avait aucun besoin d'un « prospecteur » à Hollywood ; sa réputation était telle qu'après
un séjour d'une vedette célèbre dans sa capitale on
pouvait voir à Hollywood une belle blonde au volant
de sa Thunderbird et une inscription sur la vitre
arrière : « Cette voiture n'est pas un cadeau d'Almayo. » Lorsqu'une autre vedette fort connue, au
retour du même voyage, exhiba soudain cinq toiles de
maîtres impressionnistes sur ses murs, les commentaires furent tels que la jeune personne, complètement
catastrophée, convoqua les journalistes et leur fit une
des plus belles déclarations sans doute, de toute
l'histoire étoilée de Hollywood : « Je ne savais pas du

tout ce que c'était que les impressionnistes, sans ça, vous pensez bien, je n'aurais pas accepté. » Lorsque les journalistes lui firent remarquer que ces toiles avaient été acquises grâce à la sueur, à la souffrance et à la misère populaires, la malheureuse éclata en sanglots et annonça dans un élan bouleversant d'humanité : « Si c'est comme ça, je ne veux pas les garder une minute de plus sur mes murs. Je vais les vendre. » Ces histoires étaient trop connues et trop nombreuses pour qu'on pût vraiment accuser Charlie Kuhn de jouer le rôle peu enviable que ses concurrents lui attribuaient. Almayo était représenté par des ambassades et des consulats dans tous les pays du monde, et ses représentants connaissaient ses goûts ; selon l'expression d'un diplomate anglais de la capitale : « Si le général couchait avec toutes les filles qu'on lui jette dans les jambes, il y a longtemps que le pays en serait débarrassé. » La raison de l'intérêt que le dictateur portait à une des meilleures agences artistiques des États-Unis avait une tout autre cause : Charlie Kuhn la connaissait parfaitement, bien qu'il n'eût jamais osé aborder ce sujet avec son « associé ». De tous les journalistes, diplomates et observateurs de la scène politique dans cette région du monde, il était sans doute le seul à connaître le secret de celui qui, sorti du tréfonds de la misère, de l'ignorance et du désespoir indiens, était devenu à l'âge de trente-sept ans une des forces les plus redoutables et sans doute les plus néfastes de ce qu'il était convenu d'appeler, d'une manière aussi fausse que possible, « l'Amérique latine ». Charlie Kuhn n'avait qu'une très vague idée de la « latinité », mais si ce mot voulait désigner

44

l'Espagne ou les civilisations chrétiennes, c'était certainement une des plaisanteries les plus cocasses qu'il eût jamais entendues de sa vie, plus drôle que tout ce que Will Rogers, W.C. Fields et Jack Benny avaient jamais inventé pour faire rigoler leur public.

Il regarda distraitement l'escorte de motocyclistes qui précédaient la caravane des Cadillac et remarqua pour la première fois que, depuis qu'ils avaient quitté l'aéroport, il n'avait pratiquement pas vu de circulation sur la route, et pourtant cette route était certainement la plus fréquentée de la région. La seule circulation qu'il eût aperçue était celle des camions de soldats particulièrement nombreux, comme on en voyait toujours partout dans le pays, avec leurs uniformes verts et leurs casques allemands. Après la Première Guerre mondiale, les officiers allemands en exil avaient entraîné l'Armée, ce qui leur avait permis de s'entraîner eux-mêmes, et, à travers tous les changements et bouleversements politiques des quarante dernières années, les uniformes n'avaient pas changé, les troupes défilaient toujours au pas de l'oie, et il était tout à fait curieux de voir ces visages indiens sous les casques du Kaiser ou de Hitler, et portant ainsi sur eux la marque peut-être la plus distinctive et la plus universellement connue d'une des plus hautes civilisations européennes. Sans doute y avait-il une grande *fiesta* dans la capitale, ou, plus probablement, une réunion politique : la présence à ces réunions était obligatoire, ce qui vidait inévitablement la campagne, paralysant pendant toute une journée le pays entier. Charlie Kuhn alluma une cigarette et s'arma de patience ; il se demandait quel allait être l'effet de la nouvelle tant attendue qu'il venait communiquer à Almayo ; il ne savait pas s'il était porteur d'un simple jouet ou d'une machine infernale.

A ses côtés, M. Antoine, les bras croisés sur la poitrine, continuait à exprimer avec ferveur l'obsession magnifique qui l'habitait : sa volonté d'accomplir pour son pays et pour la gloire de toute l'espèce humaine un exploit qu'aucune main prométhéenne n'était encore parvenue à réaliser.

CHAPITRE IV

Dans la troisième Cadillac, John Sheldon (Glass, Wittelbach et Sheldon), qui s'occupait des intérêts d'Almayo aux États-Unis — une chaîne d'hôtels, des puits de pétrole, une ligne aérienne, un gros portefeuille d'actions gérées en Suisse, sans parler d'autres douzaines d'affaires encore « dans l'enfance » et qu'un coup de pouce suffisait à faire démarrer — partageait la banquette avec un jeune homme d'aspect chétif et assez quelconque, à l'exception de longs cheveux bruns du genre « crinière » et de mains magnifiques. L'avocat savait qu'il aurait très peu de temps pour parler affaires avec Almayo, que le dictateur refuserait, comme toujours, de regarder les papiers et les repousserait avec impatience et avec son habituel « O.K. », avant de passer au bar, où une succession rapide de martinis allait précéder le dîner, suivi d'une soirée à l'*El Señor* en compagnie de quelques filles dont le général ne se rappelait jamais le nom et d'une compagnie plutôt voyante. Vers deux heures du matin, il y aurait la scène habituelle avec Almayo, des moqueries et des plaisanteries particulièrement déplai-

santes — comme beaucoup d'Indiens, Almayo, lorsqu'il était soûl, devenait ou bien insultant et agressif,
ou bien d'une sorte de stupidité hébétée — parce que
l'avocat refuserait d'assister à une « petite représentation » donnée par deux ou plusieurs filles dans les
appartements privés. Le lendemain matin ce serait le
départ, et l'humiliation irritée d'avoir eu à subir, pour
des motifs d'intérêt, une situation et une compagnie,
des propos et des attitudes qu'en bon démocrate, bon
père de famille et membre pratiquant de l'Église
luthérienne, il trouvait outrageants et inadmissibles.
Mr. Sheldon s'efforçait donc de réduire tout ce qu'il
avait à expliquer à Almayo à quelques mots simples
afin d'en finir vite, avant d'avoir épuisé la patience très
limitée du principal client de sa firme. Ce n'était pas
très facile. Lorsqu'il constata qu'il devait partager la
voiture avec un autre passager, il se sentit un peu
agacé : il allait falloir faire la conversation et se
montrer aimable, alors qu'il avait besoin de se concen-
trer sur ce qu'il allait dire. Mais il éprouvait toujours,
lorsqu'il voyageait en Amérique latine, le besoin de
faire bonne impression sur les étrangers et d'offrir une
image sympathique de son pays ; tout Américain qui se
trouve dans cette région du monde est toujours tenu,
bien malgré lui, d'être l'ambassadeur des États-Unis.
Il fut donc le premier à engager la conversation et
échangea quelques propos aimables avec son voisin.
Celui-ci se présenta : « Monsieur Manulesco », et
regarda l'avocat comme s'il s'attendait à quelque
réaction enthousiaste de sa part. Sheldon ne manifes-
tant aucune excitation particulière, son compagnon
ajouta : « Anton Manulesco, le célèbre virtuose. »

L'avocat trouva un peu étrange qu'un artiste distingué éprouvât le besoin de se présenter lui-même comme « célèbre » mais il se contenta d'incliner poliment la tête. Il avait hâte d'en finir et de se consacrer à ses papiers, qu'il tenait sur sa serviette. Il demanda si le maestro allait donner un récital dans la nouvelle salle de concerts de la capitale, bâtie par un célèbre architecte brésilien.

M. Manulesco parut un peu embarrassé et détourna la tête avec un profond soupir. Non, il allait jouer dans une boîte de nuit, l'*El Señor*. L'avocat réussit à ne pas manifester une surprise excessive, mais ne put s'empêcher de hausser un peu les sourcils, et le visage du virtuose s'assombrit. Sheldon s'empressa de demander de quel instrument le maestro jouait et voulut donner l'impression qu'il trouvait tout naturel qu'un « grand virtuose de réputation mondiale » jouât dans une boîte de nuit.

— Je suis violoniste, dit le Roumain.

Il ajouta qu'il venait de donner une série de concerts à New York et à Las Vegas. Un programme particulièrement varié allant de Vivaldi à Prokofiev. Il avait un numéro extraordinaire, avoua-t-il avec une brusque bouffée d'orgueil. Oui, il n'y avait pas d'autre mot, extraordinaire. A vrai dire, il n'y avait jamais rien eu de pareil. Paganini lui-même ne l'avait jamais tenté. Il l'avait mis au point au cours d'années de dur labeur, sous l'égide de ses parents, qui étaient également musiciens. Il avait beaucoup souffert, mais ça valait la peine. Il était aujourd'hui le seul virtuose au monde qui pût donner un grand concert de musique classique en jouant du violon debout sur la tête.

49

Il regarda l'avocat avec fierté, s'attendant visiblement à un signe d'admiration et de respect. Mr. Sheldon le considéra fixement pendant quelques secondes, n'essayant même pas de lutter contre l'ahurissement qui se répandit sur ses traits, puis il avala sa salive et réussit enfin à bredouiller quelques mots admiratifs.

M. Manulesco les accepta comme son dû; il entreprit ensuite de décrire avec force détails son numéro. Il tenait à insister particulièrement sur le fait que sa tête ne bénéficiait d'aucun support spécial lorsqu'il jouait : elle reposait directement sur le plancher et il se tenait en équilibre sur le crâne pendant toute la durée du concert. Lorsque les circonstances le poussaient à donner le meilleur de lui-même — devant la princesse Margaret, par exemple, ou lorsqu'il jouait pour une grande œuvre de charité —, il lui était arrivé de rester dans cette position plus d'une heure, avec, évidemment, de brèves interruptions lorsqu'un morceau était terminé et qu'il fallait s'incliner devant le public pour le remercier de ses applaudissements. Il n'y avait tout simplement personne au monde capable de rivaliser avec lui. Évidemment, on pouvait parler de Heifetz ou de Menuhin et de quelques Russes, mais les critiques sévères avaient toujours reconnu que son art avait quelque chose d'unique et d'incomparable, et l'un d'eux avait même écrit — il avait la coupure de presse dans sa poche — qu'il était difficile d'imaginer un plus grand triomphe de l'homme sur ses limites physiques. Bien entendu, ce n'était pas seulement une question d'équilibre, d'acrobatie : ce qui comptait, c'était la musique. Certes, il y avait toujours ceux qui prétendaient que le public n'applaudissait que l'exploit de l'acrobate : il y a des jaloux partout. Même si les spectateurs ne s'en rendaient pas entièrement compte, ce qui les bouleversait, ce qui les touchait au plus profond de leur âme et les poussait à se lever en applaudissant et en criant d'enthousiasme, c'était son génie de musicien, la qualité sublime de son art. Il avait été l'élève du grand Enesco et il se sentait de taille à soutenir la comparaison avec les plus acclamés des virtuoses d'aujourd'hui. Malheureusement, le goût du public s'était perverti et commercialisé, et il avait accepté les compromis nécessaires en se pliant à certaines exigences du spectacle, mais il n'avait jamais transigé dans le domaine de l'art ; il fallait bien cependant trouver quelque chose de nouveau et de frappant pour sortir de l'obscurité ; c'était pourquoi il avait mis au point ce numéro. Mais il n'avait que vingt-quatre ans et, dès que sa réputation artistique serait dûment établie, ce qui était justement en train d'arriver, il reviendrait au style classique d'exécution et il leur montrerait ce qu'il était vraiment capable de faire sans recourir à cette virtuosité purement technique, qui consiste à jouer les pieds en l'air et en se tenant debout verticalement sur la tête. Il avait du reste entendu dire que le grand Menuhin avait été très frappé par sa technique. On disait qu'il pratiquait le yoga dans sa maison, en Grèce, et qu'il parvenait déjà à se tenir sur la tête pendant un bon moment. En tout cas, conclut-il, le succès matériel était là : il avait pu mettre assez d'argent de côté pour s'acheter un Stradivarius.

L'avocat avait maintenant complètement oublié ses

préparatifs à la discussion d'affaires avec José Almayo, et il contemplait avec une stupéfaction mêlée de pitié le visage du virtuose. L'idée d'un homme réduit à se tenir en équilibre sur la tête, les pieds en l'air, pour « percer » et s'imposer à l'attention du monde en jouant dans cette position de la grande musique devant un public de boîte de nuit le déprimait singulièrement. A vrai dire, il était consterné. Il savait bien que les foules modernes étaient blasées et qu'elles exigeaient toujours du nouveau, surtout en Amérique, que les Églises elles-mêmes étaient obligées de donner des concerts de rock'n' roll pour tenter de ramener vers Dieu une jeunesse saturée d'une extraordinaire variété de divertissements qui se disputaient sa clientèle. Mais il éprouvait un grand respect pour la musique et pour la culture en général, et se considérait un peu comme un protecteur des arts, d'autant plus que les contributions aux musées, à l'Opéra et aux centres musicaux bénéficient d'un dégrèvement fiscal et sont considérées comme des œuvres de charité. Un homme probablement très doué, puisqu'il jouait sur un Stradivarius, devrait être mis à l'abri des soucis publicitaires et libéré de l'obligation d'éveiller la curiosité du public par une mise en scène sensationnelle et indigne de son art.

Pendant que le jeune homme poursuivait ses explications, l'avocat méditait avec un profond sentiment de compassion et de sympathie sur les difficultés de l'artiste dans le monde moderne. Le peintre était obligé d'inventer sans cesse des trucs nouveaux pour parvenir à s'imposer ; il y avait une telle richesse culturelle en Amérique, une telle abondance de talents

52

et de créativité qu'ils étaient tous, plus ou moins, obligés de se tenir sur la tête et d'inventer quelque numéro spectaculaire pour s'imposer à l'attention. M. Manulesco, semblait-il, avait été un enfant prodige ; ses parents, des musiciens professionnels, lui avaient enseigné le violon dès l'âge de quatre ans ; à six ans, il faisait déjà des tournées de concerts en Amérique. A huit ans, il était célèbre. Et puis, sans qu'on sût pourquoi, il commença à perdre l'intérêt du public. Entre neuf et onze ans, il dut mener un combat acharné contre l'indifférence des imprésarios et contre les salles vides. La famille ne tarda pas à connaître une période difficile ; les engagements se faisaient de plus en plus rares, bien que le père fît un grand effort de publicité : l'enfant entrait en scène vêtu d'un costume de soie blanche à paillettes, on avait teint ses cheveux en blond, pour qu'il eût un air angélique et pour le rajeunir : les affiches affirmaient qu'il avait sept ans, alors qu'il en avait douze. Il n'ouvrait jamais la bouche, parce que sa voix commençait à muer ; la famille l'avait conduit chez le Dr Wrenn, à Vancouver, spécialiste des glandes et de la croissance, pour voir si on ne pouvait pas l'empêcher de grandir. Certes, tout cela pouvait paraître choquant, mais il ne faut pas oublier qu'au XVIIIe siècle encore on châtrait les enfants, en Italie, pour que leur voix demeurât pure ; les *castrati*, après tout, chantaient dans les plus grandes églises des louanges au Seigneur, et il était normal qu'on cherchât à conserver à leurs cordes vocales toute leur pureté. L'homme a toujours tout sacrifié à la beauté. Ce fut alors qu'un agent compatissant et particulièrement astucieux leur donna cette idée, laquelle se révéla excellente, et permit à l'enfant prodige qui s'enfonçait dans l'oubli de remonter la pente. Il n'avait que onze ans, mais on pouvait encore lui apprendre n'importe quoi ; son père et un vieil acrobate au dos brisé que l'agent avait déniché commencèrent à l'entraîner douze heures par jour : la musique exige un exercice intensif et pratiquement sans répit. Au bout de quelques mois, il avait déjà fait des progrès remarquables ; il se rendait peu à peu maître d'une technique nouvelle d'exécution qu'aucun violoniste n'avait utilisée avant lui. Mais il lui fallut tout de même deux ou trois ans pour mettre sa technique entièrement au point ; et cela n'alla pas sans souffrances, sans larmes ; au début, il lui arrivait de tomber plus de cent fois par jour. Avec une patience inlassable dont seuls sont capable ceux qu'animent le plus pur idéal artistique et un amour passionné de la musique, son père le remettait en équilibre sur la tête ; cet homme, qui n'avait jamais connu la gloire véritable, voulait goûter, à travers son fils, l'ivresse des applaudissements et du succès. « Mon fils ne sera pas un raté », répétait-il, après chaque chute, alors que l'enfant épuisé pleurait par terre à côté de son violon. Oui, il devait tout à son père ; sans sa tendresse et son énergie, personne ne se souviendrait aujourd'hui du jeune virtuose. Le jour vint enfin où il put revenir devant le public, ayant mis au point une technique absolument unique au monde, avec laquelle aucun artiste ne pouvait rivaliser ; et il jouait du violon debout sur la tête, dans les music-halls, dans les cirques et dans les boîtes de nuit. Ce n'était, bien entendu, qu'une phase temporaire — maintenant qu'il avait retrouvé la faveur du public et que toutes les agences du monde s'intéressaient à nouveau à lui, il ne tarderait pas à jouer au Carnegie Hall, à New York, et à la salle Pleyel, à Paris, et cette fois sans aucune mise en scène, sur ses deux pieds, sans rien devoir aux trucs et aux ruses publicitaires. Ce n'était plus maintenant qu'une question de temps.

L'avocat se demandait si le jeune Manulesco croyait vraiment ce qu'il disait. Il en avait l'air, en tout cas. De toute évidence, à son art acrobatique, il en avait ajouté un autre, et qui demandait peut-être encore plus de souplesse et de ténacité : celui de ne pas regarder les choses en face. Il savait échapper à la réalité. Un très grand artiste, incontestablement, car il n'est sans doute pas d'art et de talent plus grands en ce monde. L'avocat regardait à présent son compagnon de voyage avec une pointe d'envie. A voir l'expression naïve et heureuse de son visage, ses yeux agrandis qui semblaient contempler déjà les foules des connaisseurs clamant leur enthousiasme à ses pieds, il était clair qu'il ne se rendait même plus compte de sa condition de singe savant. Mr. Sheldon dit au jeune homme qu'il s'arrangerait certainement pour être là, au Carnegie Hall, le jour de son concert, afin d'applaudir son récital.

M. Manulesco expliqua que, naturellement, il s'était bien gardé d'emporter son précieux instrument avec lui dans cette tournée quelque peu exotique. Il doutait que le public local fût capable de saisir toutes les finesses d'un instrument ; il avait donc laissé le Stradivarius dans le coffre d'une banque à New York ; il le considérait un peu comme un investissement, plus sûr que l'or, et il avait placé toutes ses économies dans son achat ; pour son numéro, il se servait d'un violon spécial, un violon miniature. Le public n'y perdait rien, bien au contraire, car il fallait une immense virtuosité pour jouer de cet instrument minuscule, par exemple, le *Concerto* d'Enesco, ou un morceau de bravoure de Paganini, et les clients d'une boîte de nuit étaient toujours plus impressionnés par l'habileté technique, ou, si l'on veut, par l'exploit acrobatique que par la musique elle-même. Il avait le violon ici, dans cette valise, il toucha du doigt un somptueux sac de voyage à ses pieds, ainsi que son costume. Non, ce n'était pas l'habit traditionnel, le frac avec la cravate blanche des concerts ; il portait généralement des chaussettes jaunes, des chaussons de danse avec des pompons, des pantalons bouffants et une magnifique veste brodée de paillettes vertes, rouges et jaunes.

Un clown musical, songea l'avocat avec tristesse, le cœur un peu serré devant tous ces efforts du malheureux, tous ces subterfuges pathétiques pour cacher la vérité, pour éviter l'aveu de la chute et préserver au moins une parcelle du rêve de grandeur authentique qu'il portait sans doute encore en lui.

Dans la dernière Cadillac, le chauffeur contemplait respectueusement dans le rétroviseur le visage fripé de la mère du général Almayo. C'était un visage qui paraissait façonné dans la pierre, où il découvrait, en avalant sa salive dans un réflexe de peur, les traits du général lui-même, d'une dureté qui n'était pas une simple apparence physique et dont les membres de l'opposition poussés dans les précipices après une courte promenade en voiture, ou abattus sous les yeux de leur famille, avaient appris la réalité implacable. C'était une Indienne Cujon, des chaudes vallées de la région tropicale, dans le sud de la péninsule, et qui ne savait ni lire, ni écrire. Son visage avait une expression de contentement légèrement abêti ; elle mâchonnait sans arrêt des feuilles de *mastala,* qu'elle transportait dans un luxueux sac à main américain posé sur ses genoux, sans doute offert par son fils. Elle ouvrait de temps en temps le sac, prenait une poignée de feuilles et, après avoir craché par terre la chique brune ruisselante de salive, elle fourrait la provision sèche de drogue dans sa bouche et se remettait à mastiquer avec lenteur, la joue déformée par la boule. Le chauffeur, bien qu'il portât une tenue civile et une simple casquette sans marque, était membre de la Force spéciale de Sécurité, qui fournissait la garde person- nelle du général ; il savait que le général Almayo faisait venir sa mère une fois par an dans la capitale, afin de se faire photographier avec elle au moment des fêtes commémorant la « révolution démocratique » et la prise du pouvoir. On le voyait sur les photos le bras passé autour des épaules de cette Indienne vêtue du costume traditionnel des Cujons et coiffée de l'espèce de chapeau melon gris adopté par les tribus il y avait près d'un siècle, après le passage des premiers mar- chands anglais ; on voyait ces photos partout, et cette fidélité d'un homme tout-puissant à ses humbles origines paysannes plaisait beaucoup aux États-Unis, qui l'avaient aidé dans son ascension. On pouvait dire tout ce qu'on voulait du général, mais il n'avait jamais trahi ses origines populaires ; la présence de cet Indien

Cujon à la tête du pays était une preuve évidente du triomphe de la démocratie après vingt ans du pouvoir détenu par les propriétaires terriens d'origine espagnole qui avaient saigné le peuple au fond des mines d'étain. Depuis la révolution d'Almayo, chaque paysan savait qu'avec de la chance il allait pouvoir peut-être un jour abattre le dictateur et occuper sa place. On pouvait dire vraiment qu'Almayo incarnait l'espoir des humbles et des démunis. Le chauffeur se sentit pris pour son maître d'un nouvel élan d'enthousiasme et d'admiration. Il lui était entièrement dévoué. Il était d'ailleurs très bien placé dans son entourage et ne manquait pas d'entretenir des rapports secrets avec ses ennemis, qui lui promettaient le grade de colonel en cas de nouvelle étape encore plus démocratique de la révolution.

— Oui, vous pouvez m'appeler un combattant. Mais le terme de champion ne saurait convenir dans un match sans fin où il n'y a pas de round final, disait le Dr Horwat, en réponse à un commentaire aimable de son compagnon de voyage danois. Disons que je suis un homme qui se bat contre le Mal. Un match avec le Diable, en réalité, et si vous me faites le plaisir de venir m'écouter, vous verrez que, pour moi, le Diable n'est pas une belle figure de style. C'est un ennemi redoutable et vivant dont je suis le dernier à sous-estimer la force et l'habileté. Je suis un peu comme un boxeur qui n'abaisse jamais sa garde et ne perd jamais de l'œil le moindre mouvement de l'adversaire.

Le pantin assis sur les genoux du ventriloque fixait

le prédicateur de son œil vitreux qui paraissait avoir saisi et immobilisé une fois pour toutes, dans son éclat moqueur, tout le cynisme désabusé de la terre.

— K.O. au premier round, dit le mannequin de sa voix traînante et éraillée. Je pourrais te donner un bon tuyau, Agge. Je pourrais te dire sur qui parier dans ce match, à dix contre un.

Le Dr Horwat fut sur le point de dire quelques mots bien sentis au saltimbanque pour l'inviter à réserver ses effets aux clients soûls des boîtes de nuit où ils étaient sans doute fort goûtés, mais il se retint, par charité chrétienne; il savait du reste combien il était difficile à un professionnel d'échapper à un automatisme qui finissait par devenir sa seconde nature; lui-même n'était pas à l'abri d'une certaine déformation à cet égard, et il devait faire parfois des efforts pour éviter de se lancer à tout propos dans des flots d'éloquence sacrée.

La caravane de voitures approchait d'un café un peu à l'écart de la route, un établissement miteux et délabré, bâti en adobe et en planches à l'endroit où le sol pierreux parsemé de cactus gris commençait à grimper vers la montagne et les roches de lave. On pouvait encore lire sur les murs le nom à demi effacé de Coca-Cola, seul spectacle rassurant dans tout ce désert. Les voyageurs l'avaient déjà dépassé lorsque le chauffeur stoppa la Cadillac si brutalement que le Dr Horwat se trouva projeté contre la vitre; lorsqu'il se ressaisit, il vit que la caravane de Cadillac était à présent entourée de soldats à motocyclette dont les machines continuaient à pétarader, cependant que des jeeps se déployaient en demi-cercle en travers et des deux côtés de la route ; un officier descendit d'une des jeeps équipée d'une antenne radio et se dirigea vers eux, en déboutonnant son étui à revolver. L'évangéliste observa avec quelque étonnement que tous les soldats avaient des mitraillettes à la main et qu'ils les braquaient dans leur direction.

CHAPITRE V

Le « café », si l'on pouvait appeler ainsi cette baraque qui ne méritait même pas le nom de *pulcheria* écrit à la main sur une planche de bois au-dessus de la porte, était d'une telle saleté et paraissait si visiblement appelé à disparaître au cours d'un prochain ramassage des ordures que le Dr Horwat fut surpris de trouver un téléphone tout neuf sur le comptoir. L'établissement était vide, mais l'évangéliste aperçut par une fenêtre du fond un homme et une femme qui détalaient vers les rochers au flanc de la montagne ; l'homme, un Indien, ne cessait de se retourner pour jeter des regards affolés vers le café et la soldatesque, comme s'il craignait de recevoir une rafale de mitraillette dans le dos ; la femme, pieds nus, trébucha et tomba à deux reprises dans sa panique, pour se relever aussitôt et repartir à toute vitesse ; elle serrait dans ses bras quelque chose qui devait être un bébé, à en juger par la façon maternelle qu'elle avait de presser contre sa poitrine ce paquet de chiffons crasseux.

Ce comportement parut très curieux au Dr Horwat, déjà outré par la façon scandaleuse avec laquelle les

soldats les avaient arrêtés si brusquement, pour ne pas
dire brutalement, sur la route pour les pousser ensuite
sans un mot d'explication à l'intérieur du café. Les
soldats étaient visiblement affolés, et sans doute ne
savaient-ils pas à qui ils avaient affaire, ce qui était la
seule explication possible de la façon menaçante avec
laquelle ils se servaient de leurs armes pour « inviter »
les passagers à entrer dans le café ; l'officier qui
commandait le détachement, un homme trapu, plutôt
petit mais carré, aux bras trop longs qui lui donnaient
une allure de gorille, et dont le visage olivâtre aux
joues grêlées de trous de petite vérole avait une
expression sombre et déplaisante, faisait cependant
preuve d'une certaine politesse et s'efforçait de calmer
les passagers et d'apaiser leurs protestations indignées.
Il ne faisait qu'exécuter les ordres qu'il venait de
recevoir par radio, expliqua-t-il ; il s'appelait Garcia,
capitaine Garcia, de la Sécurité militaire, et était
heureux de pouvoir leur souhaiter la bienvenue dans le
pays ; il espérait qu'ils avaient fait un bon voyage. Il
fallait excuser les soldats, ils n'avaient pas l'habitude
de s'occuper des hôtes de marque, ils étaient tous, du
reste, quelque peu énervés par les « événements ».
Aux questions qu'on lui posait, il se borna à lever les
bras en réclamant le calme, mais se refusa à toute
déclaration au sujet des « événements ». On lui avait
demandé d'interrompre momentanément leur route et
de stopper le convoi ; on allait lui donner de nouvelles
instructions. Il leur demandait de patienter quelque
peu ; les ordres allaient venir d'un moment à l'autre,
mais, pour l'instant... Il jeta un regard morne vers sa
jeep où un soldat, les écouteurs sur les oreilles, lançait

sans cesse des appels dans le micro sous l'antenne. Pour l'instant, ou bien son poste récepteur était tombé en panne, ou alors, ce qui était plus probable, quelque chose n'allait pas avec l'émetteur du Quartier général, qui s'était tu brusquement. Il avait donc pris la liberté de les amener ici, au lieu de les laisser sur la route ; et il les priait de patienter et de boire quelque chose au bar aux frais du gouvernement, pendant qu'il allait essayer de joindre ses supérieurs au téléphone, puisque la radio était en panne. Il était désolé de leur faire perdre un temps précieux ; c'était un simple accident technique ; mais s'il y avait quelque chose qui marchait dans ce pays, et dont tout le monde était légitimement fier, c'était le téléphone, récemment installé par une compagnie américaine ; les communications étaient automatiques et il allait demander immédiatement des instructions. Là-dessus, il passa derrière le comptoir et se versa un grand verre de liqueur jaune et épaisse qu'il vida aussitôt. Puis, avec un air extrêmement important et satisfait, comme s'il accomplissait une tâche technique particulièrement délicate, il s'empara du téléphone et composa un numéro avec son gros pouce à l'ongle sale.

— Je ne comprends rien à cette histoire, dit l'évangéliste à son voisin, un petit homme grisonnant dont la moustache avait été soigneusement retouchée au crayon et qui portait un nœud papillon à pois bleus — le voyageur s'était accoudé auprès de lui au comptoir.

— Il doit se passer plus loin sur la route quelque petit incident que nous ne sommes pas censés voir, dit Charlie Kuhn. L'Université se trouve entre nous et la capitale, et peut-être y a-t-il une manifestation d'étu-

63

diants, ce qui embarrasse toujours les autorités, d'autant plus que la police a une façon extrêmement brutale d'intervenir dans ces cas-là. Ils n'aiment pas que les étrangers assistent à l'opération. Cela fait toujours mauvaise impression. Les journaux américains s'en font ensuite l'écho. On ne peut pas dire précisément que ce soit un pays démocratique, vous savez, malgré tous les efforts que nous y faisons.

— Je le sais très bien, dit l'évangéliste.

La porte du café était ouverte, et le Dʳ Horwat vit une autre Cadillac s'arrêter devant l'établissement, flanquée de six motocyclistes armés jusqu'aux dents, ce qui paraissait indiquer un personnage de marque. Les soldats portaient des casques allemands et des tuniques noires ; sur le casque et sur les manches un éclair rouge très visible rappelait singulièrement le sigle des S.S. hitlériens.

— Ce sont des troupes spéciales de sécurité, pas la police ordinaire, dit Charlie Kuhn, et l'évangéliste remarqua que son interlocuteur paraissait un peu mal à l'aise. Ils sont sous le commandement personnel du général Almayo. Il y a quelque chose dans l'air, vous pouvez me croire. Je connais le pays.

Une jeune femme descendit de la Cadillac et, après une brève mais véhémente discussion avec l'un des soldats, celui-ci finit par la saisir par le coude et par la pousser vers le café. Elle s'arrêta à la porte, jeta sa cigarette à l'extérieur et lança encore quelques mots au soldat, en espagnol, qui ne devaient pas être faits pour flatter ce dernier, car l'homme fit avec son arme un geste menaçant qu'il réprima du reste aussitôt. La jeune femme haussa les épaules et se désintéressa de lui. Le Dr Horwat décida dès le premier coup d'œil que la jeune femme était une Américaine. C'était visiblement un visage anglo-saxon. Ses traits avaient cette expression de gentillesse franche et ouverte qui évoquait immédiatement pour lui un *home* américain, les garçons blonds aux cheveux coupés en brosse et les terrains de sport de l'Université ; elle semblait arriver tout droit du *campus* ; c'était, du moins, la première impression qu'elle produisait, car, en la regardant un peu mieux, et alors qu'il commençait déjà à sourire avec sympathie, il s'aperçut qu'elle était ivre, et, de fait, qu'elle s'appuyait contre le mur pour ne pas tomber. Elle resta ainsi un moment debout sur le pas de la porte, une main contre le mur, les regardant tous avec un air de défi, puis s'approcha d'une table d'un pas trop délibérément assuré, s'assit et alluma une cigarette. Elle était très jolie, avec des traits délicats et dont l'équilibre semblait relever de quelque préméditation créatrice plutôt que d'un hasard de la nature. Une bouche ravissante et charnue, dont le dessin avait une sorte de vulnérabilité curieuse : c'était une bouche sans défense, comme celle des enfants. Le nez était un peu retroussé et les cheveux châtains aux reflets clairs donnaient au visage un halo de tendresse et de douceur. Elle prit dans sa poche des lunettes qu'elle mit pour les dévisager tous très délibérément l'un après l'autre, puis les replaça dans sa poche. Elle ne devait pas avoir plus de vingt-quatre ans, et le Dr Horwat fut profondément peiné de voir une jeune fille américaine se tenir là, les jambes croisées, fumant avec une telle indifférence et dans un état d'ébriété si apparent. Il se proposa de lui parler à la première occasion, de lui poser quelques questions sur sa famille et sur les circonstances qui l'avaient amenée à se trouver seule dans un tel lieu et dans un tel état.

Le capitaine Garcia semblait la connaître fort bien et, prenant une bouteille et un verre, il quitta le bar, s'approcha de sa table et lui adressa quelques mots en espagnol avec une considération évidente et assez inattendue. La jeune fille haussa les épaules sans lui répondre, mais prit la bouteille et emplit le verre jusqu'à un niveau qui fit froncer les sourcils au Dr Horwat. Elle paraissait avoir l'habitude du *pulche* et vida la moitié du verre à petites gorgées, puis les regarda tous à nouveau sans aucun intérêt, visiblement par ennui. Elle parut remarquer pour la première fois Charlie Kuhn et leva la main d'un geste amical et familier.

— *Hello there,* dit-elle. D'où diable sortez-vous ?

Charlie Kuhn s'approcha de sa table et lui parla à voix basse.

— Je n'en sais rien, mon pauvre vieux, dit la jeune femme avec indifférence. Ça n'a pas l'air d'être grand-chose, et, de toute façon, vous savez, tant que José aura l'armée en main... Il y a eu probablement du grabuge, et José nous a envoyé ses hommes pour nous protéger, ce qu'ils font avec leur maladresse coutumière. Je passais le week-end chez des amis dans une *finca* de Bastujos, lorsque ces types sont arrivés avec leurs sales gueules et m'ont dit de venir avec eux. Je n'ai même pas eu le temps de prendre mes affaires. J'ai dit vingt fois à José d'envoyer ses sbires faire des stages aux États-Unis pour qu'ils apprennent un peu les bonnes manières, mais vous savez comment il est. Il aime s'entourer de brutes épaisses et vous connaissez son expression favorite : « Seuls les chiens ne trahissent pas. » Enfin, il ne va pas tarder à arranger ça.

Charlie Kuhn jeta un coup d'œil vers le capitaine Garcia, qui était justement occupé au téléphone. C'était un des hommes de confiance de José Almayo, chargé de sa protection personnelle. Et sa présence ici, loin du Palais, paraissait indiquer qu'il ne se passait en tout cas rien dans la capitale. L'agent quitta la table de la jeune femme et revint vers le Dr Horwat avec l'intention de saisir la conversation du capitaine avec ses supérieurs. Garcia écoutait les consignes et Charlie Kuhn remarqua que son visage exprimait d'abord un ahurissement sans bornes et ensuite une véritable peur.

— Qui est cette jeune fille ? demanda l'évangéliste.

Charlie Kuhn jeta un coup d'œil distrait vers la table ; il dressait l'oreille, s'efforçant d'entendre la voix à l'autre bout de la ligne.

— C'est la... fiancée du général Almayo.

Le mot « fiancée » avait été prononcé avec une courte hésitation, avec un manque de conviction aussi évident que possible, et le Dr Horwat comprit que le terme « petite amie » avait été délibérément évité par égard pour sa vocation. Il se sentit profondément déprimé.

— Elle est américaine ? finit-il par demander, avec le vague espoir d'une réponse négative et rassurante.

— Américaine, dit Charlie Kuhn.

Il écoutait le capitaine Garcia parler avec quelqu'un à l'autre bout du fil.

— Excusez-moi, disait l'officier. Je ne crois pas

avoir bien entendu. Voulez-vous répéter, s'il vous plaît ? Oui, bien sûr, mon colonel, mais je voudrais quand même que vous me répétiez cela encore une fois. Ce n'est pas un genre d'erreur que je peux me permettre à mon échelon.

Il demeura un moment silencieux, le visage figé, et avala sa salive. Les yeux parurent lui sortir brusquement de la tête.

— Les fusiller ? Vous avez bien dit les fusiller tous immédiatement ?

— Mon espagnol n'est pas ce qu'il devrait être, disait le Dr Horwat à son voisin, mais son compagnon semblait s'être soudain pétrifié, cependant que son visage prenait une teinte légèrement verdâtre.

Dans son effort pour éviter toute méprise, le capitaine Garcia avait élevé la voix, et la jeune fille l'avait entendu. Elle dit avec une nuance d'ennui dans la voix :

— Et puis quoi encore ?

— Vous avez bien dit : les fusiller tous immédiatement ? répéta encore une fois le capitaine Garcia.

Il connaissait parfaitement la voix du colonel Morales, mais voulait être sûr que son chef n'était pas complètement soûl.

— Oui, les fusiller tous.

— Excusez-moi, mon colonel, mais il y a des citoyens américains parmi eux.

— Écoutez, Garcia, faites ce qu'on vous dit.

— Et qu'est-ce que je dois faire des corps ?

— Vous les enterrerez dans la montagne sans aucune marque extérieure. Mais repérez bien l'endroit pour qu'on puisse les récupérer. C'est compris ?

68

— Très bien, mon colonel, parfaitement. Entendu.

Il avala encore une fois sa salive et loucha vers l'Indienne aux cheveux de jais assise à une table en train de mâcher des feuilles de *mastala,* son élégant sac à main américain posé sur les genoux.

— Et qu'est-ce que je fais de la mère du général ? demanda-t-il, en baissant respectueusement la voix. Vous savez qu'elle est ici ?

— Attendez un moment.

Tout le monde dans le café, même le mannequin du ventriloque, assis sur les genoux de son maître, avait les yeux fixés sur le capitaine Garcia. L'avocat, qui parlait assez bien l'espagnol — certaines de ses meilleures affaires se faisaient avec l'Amérique centrale — était d'un gris de cendre. Pendant quelques secondes, Charlie Kuhn espéra avec ferveur que tout cela n'était sans doute qu'une de ces farces dont José Almayo était coutumier, mais il n'arriva pas à s'en convaincre. Il suffisait de voir la tête que faisait Garcia pour comprendre qu'il ne s'agissait pas d'une plaisanterie. Il prit son mouchoir et essuya la sueur froide qui lui baignait le visage.

L'espagnol du Dʳ Horwat s'était soudain considérablement amélioré, mais il savait bien que ce qu'il avait cru comprendre de la conversation était totalement impossible. Sans doute avait-il mal entendu. Il n'était pas très doué pour les langues étrangères.

Le capitaine écoutait de nouveau.

— Oui, mon colonel ?

— *Le général Almayo dit que vous pouvez fusiller sa mère aussi.*

Garcia ôta sa casquette et s'essuya le front avec sa

manche. De sa main libre, il empoigna une bouteille le long du mur et se versa un verre, tout en continuant à parler d'un ton respectueux.

— Je vous demande pardon, mon colonel, mais, pour un ordre d'une telle importance, j'aimerais bien avoir une confirmation du général lui-même.

— Faites donc ce qu'on vous dit, Garcia. Le général n'a pas de temps à perdre. Il a en ce moment des affaires plus importantes dont il doit s'occuper.

Le capitaine aspira l'air profondément. Il lança un autre coup d'œil à la bonne femme en train de mâcher son *mastala,* saisit son verre et le vida d'un trait.

— Des affaires plus importantes, mon colonel?

— Oui.

De sa manche, Garcia s'essuya la bouche et le visage. Son visage avait un air à la fois révérenciel et effrayé.

— Mon colonel, si je dois fusiller la mère du général, j'aimerais entendre cet ordre du général lui-même.

— Le général parle sur une autre ligne.

Garcia paraissait maintenant au bord des larmes.

— Bon, très bien, dit-il. Entendu pour la mère du général, s'il est occupé sur une autre ligne. Je vais exécuter les ordres. Je vais fusiller la vieille. Après tout, c'est sa mère, alors, évidemment, il n'y a pas de problème. Mais pour les citoyens américains?

— Vous allez les coller au mur et vous allez les fusiller immédiatement. Vous comprenez, Garcia? Immédiatement.

— Je vais le faire, mon colonel, vous pouvez être tout à fait rassuré, cria le capitaine Garcia. Je n'ai encore jamais refusé d'exécuter un ordre, vous le savez bien. Seulement, quand on fusille sa propre mère, c'est une chose, mais quand on fusille des citoyens américains, c'est très grave, et pour un ordre d'une telle importance sur le plan national, je veux dire : pour un acte politique tel que fusiller des citoyens américains, j'aimerais entendre une confirmation du général Almayo en personne. Excusez-moi, mon colonel, de vous parler franchement, je veux bien fusiller n'importe qui, mais je ne veux pas avoir ensuite d'emmerdements. Je ne veux pas qu'on parle ensuite d'une erreur à l'échelon inférieur. J'exige une confirmation du général lui-même.

— Garcia, vous allez avoir des ennuis.

— Je suis déjà en train de les avoir en ce moment. Je ne demande pas grand-chose. Un seul mot du général me suffira.

— Très bien, espèce d'imbécile, mais pour l'instant le général parle sur une autre ligne. Attendez un moment.

Garcia attendit, l'écouteur pressé avec une telle force contre son oreille que celle-ci était devenue toute blanche. De l'autre main, il s'empara à nouveau de la bouteille et la porta à ses lèvres.

— Le meilleur réseau téléphonique en dehors des États-Unis, voilà ce que nous avons fait, dit la jeune femme d'une voix ivre qui allait aussi mal que possible avec ce visage fin, où les yeux avaient à présent une expression désespérée. Je sais de quoi je parle. Le réseau téléphonique, c'est mon œuvre. C'est moi qui l'ai fait construire. C'est moi qui l'ai forcé à faire des routes, et la salle de concerts, et la bibliothèque nationale, comme ils n'en ont pas même à Brasilia... Et maintenant... Et maintenant...

Sa voix se brisa. Elle regardait le Dr Horwat les yeux pleins de larmes, comme si elle s'adressait à lui personnellement.

— C'est vraiment un beau salaud, vous savez.

Ils se tenaient tous debout, à présent, dans un silence complet. Même la marionnette du ventriloque semblait avoir perdu la parole et fixait de ses yeux figés le capitaine Garcia. Ce fut alors que le Dr Horwat se déchaîna. La réaction de ses compagnons lui avait prouvé qu'il avait bien compris ce qu'il avait entendu, et ce qu'il avait entendu annonçait un des plus monstrueux crimes de tous les temps et dont il se refusait absolument à être la victime passive et consentante. Il se mit à tonner d'une voix tellement puissante que le capitaine Garcia eut un haut-le-corps et se mit à faire de la main des gestes apaisants.

— Silence, silence, dit-il. Je n'entends pas.

L'indignation mettait toujours le Dr Horwat en grande forme. Des mots comme « droit international », « crime contre l'humanité », bestialité inouïe », « l'Amérique tout entière », « représailles terribles », « banditisme castriste », pleuvaient littéralement de ses lèvres, et, chose tout à fait rare chez lui, il alla même jusqu'à commettre un regrettable pléonasme, en parlant de « culot impudent », cependant que le capitaine Garcia faisait la grimace et des gestes de la main comme pour chasser une mouche. Le mannequin Ole Jensen, que le ventriloque serrait tendrement dans ses bras, tourna la tête vers son maître.

— Cet homme a vraiment du talent, dit-il. Je suis sûr qu'il aurait du succès.

D'un nouveau mouvement de la tête, il braqua son cigare vers Charlie Kuhn.

— Vous devriez le prendre sous contrat, Charlie, conclut-il.

Le capitaine Garcia attendait toujours, pressant de sa patte énorme l'écouteur contre son oreille, cependant que, le visage décomposé, sa mâchoire bleue pendante découvrant des dents jaunâtres, il promenait sur les « hôtes de marque » du dictateur un regard angoissé. Il se rendait parfaitement compte de l'importance historique de l'événement qui allait avoir lieu et était partagé entre une sorte d'exaltation et de fierté patriotiques et la crainte des conséquences imprévisibles. Ce serait la première fois dans l'histoire du pays que des citoyens américains allaient être fusillés. Non pas assassinés, ce qui était déjà arrivé parfois, lorsque le pays était en proie à l'anarchie et que les routes étaient loin d'être sûres pour les voyageurs, mais officiellement fusillés, exécutés dans les règles, sur ordre d'en haut. Il y avait là évidemment quelque chose d'héroïque et de glorieux, qui allait faire de lui, petit capitaine obscur, un personnage de premier plan dont le monde entier allait connaître le nom. Mais il pouvait également s'agir d'un coup foireux du Palais, qui allait, par cet acte, témoigner au regard du tiers monde et des éléments castristes et prochinois de son indépendance à l'égard des impérialistes américains, quitte à faire endosser ensuite, si les choses tournaient mal, comme à Saint-Domingue, au Guatemala ou en Bolivie, la responsabilité du geste à l'initiative personnelle d'un subordonné agissant sans ordre et de connivence avec des « éléments subversifs » afin de provoquer la rupture avec les États-Unis. Il serait alors lui-même immanquablement fusillé. Le capitaine Garcia se sentait à la croisée des chemins : il allait être ou un héros de l'indépendance nationale ou un bouc émissaire. La seule chose qu'il pouvait faire dans des circonstances aussi historiques était de prendre une cuite absolument sans précédent dans l'histoire du pays. Il tendait déjà la patte vers une nouvelle bouteille du bar, mais fut soudain interrompu au milieu du geste par une voix à l'autre bout du fil.

Il se mit au garde-à-vous.

— Oui, mon général, dit-il. A vos ordres.

Et, cette fois, il ne pouvait y avoir de doute : c'était la voix d'Almayo lui-même.

— Écoutez-moi bien, espèce de sinistre crétin. Fusillez-les tous et que ce soit fait immédiatement. Vous entendez, Garcia ? Immédiatement. Transportez ensuite les corps dans la montagne, mais pas trop loin. Et ne les enterrez pas, contrairement à ce que vous a dit Morales. Je veux qu'on les trouve. Écartez-vous de quelques kilomètres de la route et abandonnez-les là, bien en vue. Vous viendrez ensuite me faire un rapport. Répétez.

— A vos ordres, mon général, gueula Garcia. Je les fusille sur-le-champ. Je dépose les cadavres à quelques kilomètres de la route, dans la montagne. Compris, mon général. Vive la Révolution !

Il demeura figé au garde-à-vous jusqu'à ce qu'il entendît le claquement sec du téléphone raccroché à l'autre bout de la ligne. Il reposa ensuite avec beaucoup de délicatesse respectueuse, le petit doigt levé, le récepteur sur l'appareil. Puis il se passa la manche sur le front et se tourna vers les passagers. Il était déjà passablement ivre, et le rôle qu'il allait jouer dans ce qu'il interprétait maintenant, en un langage qui était jusqu'à présent celui de l'opposition, comme le premier pas vers la libération du joug impérialiste américain, augmentait encore son ivresse et son désarroi, d'autant plus qu'il était lui-même à la solde de l'attaché militaire américain et qu'il communiquait de temps en temps à ce dernier des petits tuyaux sur le Palais. Il savait également qu'Almayo et tout le gouvernement touchaient, en dehors de l'aide officielle des États-Unis qui allait dans leur poche, vingt pour cent sur tous les marchés conclus avec les firmes américaines. Il était donc évident que ces salauds de Yankees allaient enfin payer pour avoir pendant si longtemps pourri et corrompu les dirigeants du pays. C'était logique et naturel, mais il se sentait néanmoins complètement ahuri par la rapidité avec laquelle la flambée patriotique l'atteignait soudain ; lorsqu'il se tourna vers les impérialistes américains, son visage avait déjà une expression d'ahurissement sans bornes. Mais ce qu'il vit alors fut à ce point inattendu que les yeux se mirent littéralement à lui sortir de la tête.

Car, en avant du petit groupe de voyageurs blêmes et terrorisés se tenait à présent une espèce de fantôme blanc, scintillant de paillettes roses, jaunes et vertes, vêtu d'un immense pantalon bouffant blanc, de bas et de chaussons blancs, dont le visage était couvert de farine blanche sous un petit chapeau blanc pointu et qui tenait dans une main un archet et dans l'autre un violon miniature. Le capitaine Garcia, qui avait déjà eu une ou deux crises de *delirium tremens,* avait l'habitude, dans cet état-là, de voir grouiller des rats et des serpents, mais cette créature fantomatique était quelque chose qui n'était encore jamais apparu même dans ses crises les plus aiguës. Il fit un bond en arrière et poussa un hurlement épouvanté.

— Qu'est-ce que c'est que ça ? aboya-t-il.

C'était seulement le petit M. Manulesco, le célèbre « virtuose », qui essayait de sauver sa peau. Lorsque l'idée du sort qui lui était réservé parvint enfin à s'imposer à lui, après un premier moment d'incrédulité, son esprit, qui s'était mis à tourner en rond frénétiquement comme une souris prise au piège, lui avait suggéré un stratagème. Il savait qu'il y avait une erreur quelque part, un malentendu fantastique et à peine croyable, mais auquel il fallait mettre fin à tout prix puisque, il s'en rendait maintenant compte, il risquait de lui coûter la vie. Qui donc pouvait songer sérieusement à pousser un clown musical devant un peloton d'exécution ? Les autres pouvaient bien être des espions. Mais lui-même n'était qu'un malheureux saltimbanque, il n'avait jamais fait de politique, et il allait en administrer la preuve à l'officier. Il allait le convaincre, lui montrer qui il était. Personne n'avait jamais fusillé un clown dans toute l'histoire du cirque, pas même les Russes pendant la Révolution d'Octobre ni les Hongrois pendant celle de Béla Kun. Personne. Tout le monde respectait les clowns. La seule façon de se tirer d'affaire était de toucher dans le cœur de cette brute en uniforme quelque sens du sacré, de le désarmer en apparaissant devant lui sous l'aspect de l'être le plus inoffensif du monde, le seul que l'humanité ait toujours épargné dans toutes ses convulsions.

Il s'était donc emparé de son sac de voyage, s'était glissé sur la pointe des pieds à l'endroit marqué *caballeros* au fond du café et là, en toute hâte, il avait passé son costume de cirque et maquillé d'une main tremblante son visage décomposé par la peur. Et à présent, levant dans ses mains son minuscule archet et son violon miniature, il s'était planté devant l'ogre, avec un sourire qu'il s'efforçait de rendre désarmant.

— Regardez, mon général, regardez-moi ! Je ne suis qu'un clown musical. Je n'ai jamais fait de politique. Pourquoi me fusiller ? Pensez à vos enfants, mon général. Ils seraient si contents de me voir. Ils riraient, ah, comme ils riraient ! Je rendrai vos enfants très heureux, mon général. Je vais vous donner des places gratuites. Voulez-vous que je vous joue un petit air ? Je joue debout sur la tête, vous savez. Regardez, mon général, regardez !

Il jeta par terre son chapeau pointu, et, avec une rapidité et une souplesse vraiment extraordinaires, d'un mouvement en apparence complètement dépourvu d'effort, il se dressa soudain sur la tête, les pieds en l'air devant le capitaine à présent complètement avachi, et dans la seconde suivante, se tenant sur son crâne dans un équilibre parfait, il se mit à jouer sur son violon le premier accord de la sonate de César Franck, donnant ainsi dans ces circonstances dramatiques une image étonnante des possibilités humaines.

La manifestation de M. Manulesco avait rompu l'espèce d'enchantement cauchemardesque dans lequel les voyageurs étaient plongés. Ils entourèrent Garcia et se mirent à parler tous à la fois.

— Nous sommes de grands artistes, de réputation internationale, hurlait M. Antoine. Vous ne vous en tirerez jamais, espèce de sombre brute ! Vous n'avez aucune idée de la réaction que vous allez provoquer dans le monde, si vous nous touchez.

— Passez-moi immédiatement l'ambassadeur des États-Unis au téléphone ! rugissait le Dr Horwat. Ça ne va pas se passer comme ça ! Vous allez voir ce que vous allez voir ! Je suis un ministre du culte et le monde entier connaît mon nom, je suis le célèbre Dr Horwat, de l'Église évangélique, et si vous osez fusiller des citoyens américains, nos bombes pleuvront sur votre tête et nous ne laisserons pas pierre sur pierre, jusqu'à ce que les règles de la morale internationale et de la décence tout court soient respectées dans votre maudit pays !

— Si vous osez nous fusiller, je m'arrangerai pour que vous soyez pendu ! clamait Mr. Sheldon avec un certain manque de logique assez étonnant chez un avocat.

— Écoutez, Garcia, laissez-moi parler à José Almayo, disait Charlie Kuhn. Il doit être complètement soûl. Ou il fait une de ses crises de dépression et s'ennuie. Il faut l'empêcher de faire cette bêtise. J'espère que vous comprenez que, lorsqu'il reprendra ses esprits, il vous mettra tout ça sur le dos ? Du reste, il m'attend. J'ai des nouvelles très importantes pour lui. Croyez-moi, c'est vraiment très important. Je le connais bien : ça va tout changer.

Le jeune Cubain se tenait un peu à l'écart des

autres, silencieux, l'air à la fois suppliant et résigné, conscient, sans doute, de son manque d'importance et de la place modeste qu'il occupait parmi toutes ces célébrités du cirque et du music-hall. La petite Américaine n'avait pas levé la tête, penchée sur son verre, les coudes sur la table, traçant avec son doigt de petits dessins dans la poussière qui couvrait le marbre. Au moment où le Dr Horwat s'élevait au sommet de ses tonitruantes imprécations, elle haussa les épaules, se tourna vers le prédicateur, les genoux toujours croisés, et lui lança d'une voix morne :

— A quoi ça sert ? On voit bien que vous ne connaissez pas le pays.

Puis elle parut se désintéresser totalement de la suite des événements, jeta un regard vers la vieille Indienne, lui sourit et, prenant son verre, s'approcha de sa table et s'assit à côté d'elle.

— Vous vous souvenez de moi, *señora* Almayo ? demanda-t-elle en espagnol, qu'elle parlait très couramment, mais avec un fort accent américain. Je vous ai rendu visite il y a quelques mois avec José. Je suis sa fiancée, vous vous souvenez ?

La bonne femme regardait droit devant elle, ruminant tranquillement et souriant d'un air à la fois absent et épanoui. Les jambes écartées, elle tenait son beau sac solidement contre son bas-ventre. Elle était entièrement ailleurs, dans un état de stupeur paradisiaque provoquée par les « étoiles » ainsi qu'on appelait les feuilles de *mastala,* dont l'action était infiniment plus forte que celle de la noix de coca employée dans le même but par les Indiens des Andes ; les feuilles procuraient les mêmes visions mystiques et béatifiques que les « champignons magiques » utilisés dans les cérémonies religieuses au Mexique. La jeune femme lui toucha la main, puis plongea la sienne dans le sac entrouvert, prit une poignée de feuilles et les regarda.

— Ah ! mon Dieu, dit-elle avec un soupir. Quel pays difficile et compliqué ! Mais je l'adore. Oui, j'adore ce pays, et les gens ici le savent bien. J'ai fait beaucoup pour eux, tout ce que j'ai pu...

Elle laissa tomber les feuilles et but une gorgée de *pulche*.

— Vous allez voir, un jour, on donnera mon nom à une rue, j'aurai peut-être un monument sur la place de la Révolution, tout comme Evita Peron. J'adore ce pays et son peuple. Bien qu'ils soient au fond de tels salauds ! Vous ne vous souvenez pas de moi ? C'est moi qui vous ai offert ce sac. Il vient de chez Sacks, Fifth Avenue.

Elle se mit à pleurer un peu, mettant les mains sur ses yeux.

Le capitaine Garcia leva les deux bras d'un geste impérieux. Malgré tant d'années au service du général Almayo dans la Force spéciale de Sécurité, il n'avait pas encore succombé au côté routinier de son métier et éprouvait toujours un sentiment d'importance assez exaltant chaque fois qu'il allait commander un peloton d'exécution. Non qu'il fût sadique et qu'il aimât tuer les gens, mais il y avait ce moment de silence avant le commandement final, cette seconde suprême d'imminence et de finalité, où il se sentait soudain immensément riche. Il ne savait pas ce qu'il éprouvait, au juste, mais c'était un peu comme s'il avait soudain hérité de la vie des autres, avec toutes les terres, le soleil, la campagne, les arbres, les volcans et l'air lui-même. Il avait même une étrange sympathie pour les victimes qui attendaient, alignées devant le peloton d'exécution : elles faisaient de lui, en quelque sorte, leur héritier. Son père et son grand-père avaient été des bandits de grand chemin et des pillards et ils tuaient les gens pour s'emparer d'un cheval ou pour faire les poches d'un passant. Mais lui, capitaine Garcia, ne se contentait pas de telles broutilles : il prenait le monde entier à ceux qu'il expédiait. Lorsqu'il braillait son ultime commandement, dans une exaltation dont il ne se blasait jamais et dont le caractère solennel et irrémédiable faisait toujours battre son sang plus vite, il y avait un moment où, avec la salve du peloton, la vie des autres déferlait soudain sur lui et gonflait sa poitrine comme un vin grisant, fraternel et chaleureux.

Il observa les ennemis du peuple d'un œil grave. Ces gens-là n'avaient manifestement aucun sentiment de grandeur et faisaient preuve d'un manque de dignité total devant une cérémonie que n'importe quel péon savait célébrer avec la solennité qui convenait.

— Vous allez tous être fusillés, leur annonça-t-il.

— Je refuse ! rugit l'évangéliste.

Le capitaine Garcia ouvrit l'étui d'un geste sec et tira son revolver, un colt de la police américaine. La jeune Américaine s'approcha du Dr Horwat et posa la main sur son bras d'un geste conciliant.

— Écoutez, il faut essayer de les comprendre et de vous montrer tolérant, lui dit-elle avec une légère trace de supériorité, comme une maîtresse d'école qui parle à un enfant. C'est un pays très différent du nôtre. Nous n'avons pas encore réussi à les éduquer, nous n'avons même fait aucun effort sérieux dans ce sens. Le *Peace Corps* évidemment. J'en faisais moi-même partie, quand je suis venue ici. Mais ce n'est vraiment pas assez. J'ai fait pourtant tout ce que j'ai pu...

Le capitaine Garcia sortit de derrière le comptoir et s'inclina légèrement. Il était résolu à faire preuve de bonnes manières et de courtoisie. Il avait après tout du sang espagnol dans les veines.

— Les citoyens américains d'abord, dit-il, désireux d'observer jusqu'au bout, malgré son esprit quelque peu embrumé par l'alcool, les relations traditionnelles de bon voisinage entre États américains.

Mais les *gringos* n'avaient vraiment aucun sens du cérémonial. Ils se remirent à gueuler de plus belle, comme des putois, et le capitaine Garcia, cette fois profondément outragé par un tel manquement aux usages en vigueur dans toutes les révolutions de souche espagnole entre fusillés et fusilleurs et s'estimant par-dessus le marché volé de la solennité du moment à laquelle il avait droit, se sentit écœuré et indigné. Toutes ses bonnes manières espagnoles étaient gaspillées avec ces pourceaux. Il donna quelques ordres secs, et les soldats se mirent à pousser les « hôtes de marque » avec la crosse de leurs mitraillettes vers la sortie. Agge Olsen, malgré les quelques coups solides qu'il reçut dans les côtes, continuait à serrer solidement le pantin Ole Jensen dans ses bras. Dans la mêlée, le mannequin avait perdu son cigare, mais le ventriloque prit la peine de le ramasser et le remit en place entre les dents de son fils spirituel, pour les empêcher de claquer.

— Merci, mon bon, lui lança la marionnette, avec gratitude. Allons, en scène ! Ce n'est pas le moment de rater notre sortie. J'ai toujours su que tu finirais mal, Agge. Je suis d'ailleurs assez heureux d'être débarrassé enfin de toi. J'ai horreur des ventriloques.

M. Antoine offrit quelque résistance, avec l'accent, mais il ne tarda pas à se retrouver dehors avec les autres, dans la cour inondée de soleil derrière le café, dont les murs d'un blanc sale paraissaient avoir été bâtis tout exprès pour ce genre de cérémonie. Ce fut incontestablement le Français qui donna à la fois l'exemple et le signal d'une très belle attitude face à la mort.

— Espèce de misérable sauvage, cria-t-il. Vous allez entendre parler de moi, je ne vous dis que ça. Je vais vous montrer comment meurt un véritable artiste.

Il se tourna vers les autres.

— Messieurs, entonnons notre chant du cygne. C'est le moment de donner notre dernière et notre plus belle représentation. Ce n'est pas un flic crasseux de la police d'État qui empêchera un grand artiste de donner jusqu'au bout le meilleur de lui-même... Vive de Gaulle ! Vive la France !

Le jeune Cubain pleurait, mais sans protester, avec la résignation totale d'un citoyen qui était passé des fusillés de Batista aux fusillés de Castro. Inculte, sans doute, il avait cependant déjà reçu, incontestablement, les premiers éléments d'une éducation historique. Il savait qu'il n'y avait rien à faire, qu'on pouvait seulement pleurer, que les mêmes processus historiques étaient irréversibles. Le Dr Horwat, bien que son esprit flottât quelque peu dans une sorte de brume épaisse, estima cependant, à la fois en tant que chrétien et en tant qu'Américain, qu'il était de son devoir de consoler ce garçon et de donner en même temps un exemple de courage et de dignité; il ne voulait pas penser à lui-même; l'idée lui vint qu'il ne savait rien de cet adolescent et il éprouva le besoin chaleureux et fraternel de lui manifester quelque intérêt au moment où ils allaient tomber ensemble sous les coups de la barbarie. Il lui toucha amicalement l'épaule.

— Allons, allons, lui dit-il. Élevez vos pensées à Dieu.

Il se tourna vers Charlie Kuhn, tandis que les soldats les alignaient sans aucune aménité contre le mur du café.

— Qui est ce pauvre garçon?

Charlie Kuhn avait largement dépassé le stade où il eût pu se soucier encore de sauver les apparences et de ménager les sentiments d'autrui.

— C'est le fameux surhomme cubain.

L'évangéliste trouva cette réponse bizarre.

— Un surhomme?

— Oui, il peut faire l'amour un nombre incroyable de fois, pratiquement sans aucune interruption, dit l'agent automatiquement, d'une voix rauque que le désespoir brisait. Il ne descend pour ainsi dire jamais. Ces phénomènes sexuels sont très populaires dans le circuit pornographique, vous savez.

Le Dr Horwat fut si horrifié qu'il détourna rapidement les yeux du monstre cubain et fit face presque avec soulagement au peloton d'exécution. Le fond de la bassesse humaine et de l'abjection était atteint, et, maintenant que la terre allait se dérober sous ses pieds, il allait enfin être possible d'accéder à la pureté. Quelles que fussent les erreurs qu'il avait commises dans sa vie, il savait qu'il y avait au moins un point sur lequel il ne s'était jamais trompé : le Diable existait vraiment, il en avait à présent la preuve matérielle, c'était sa main qui le poussait à présent contre le mur, même si elle paraissait n'être que la patte velue du capitaine Garcia.

Il se sentait ivre de coups, c'était cela, ivre de coups, comme un boxeur. Son adversaire l'avait coincé contre les cordes et continuait à le marteler avec une telle force que tout ce qui se passait autour de lui et tout ce qu'il voyait encore commençait à perdre sa réalité et que sa vue se brouillait. Il mettait toute son énergie à ne pas tomber, à éviter de s'écrouler aux pieds de son ennemi et à demeurer la tête haute sous les coups. Il vit le capitaine Garcia lever son pistolet. Il vit les soldats saisir leur fusil et le mettre en joue. Il prit la main de la jeune Américaine qui se tenait auprès de lui et essaya de lui adresser quelques paroles apaisantes, il tourna la tête vers elle, vit qu'elle mâchait du chewing-gum et l'entendit dire :

— Ce n'est pas sa faute, vraiment. Tous ces curés espagnols lui ont tourné la tête quand il était gosse. Ils l'ont vraiment rendu croyant... Je regrette seulement de ne pas avoir fait davantage pour ce pauvre pays. Ça m'est égal de mourir, bien que ce soit si négatif. Oh ! mon Dieu, je ne suis qu'une ratée.

— Regardez mourir un grand artiste français, salopards !

Le Dr Horwat tourna un regard à la fois ahuri et

indigné vers M. Antoine et vit que celui-ci jonglait face à la mort avec une sorte de noble et patriotique frénésie gaulliste. Les plus belles images de l'histoire de France étaient manifestement en train de passer à une vitesse folle dans l'esprit et dans le cœur de l'illustre Français. Alors que les soldats attendaient le commandement, l'œil du Dr Horwat continua à glisser sur ses compagnons d'infortune. Il vit la mère du général Almayo, qui serrait toujours son sac américain dans ses mains et mâchonnait ses feuilles, en regardant le peloton d'exécution avec un sourire heureux : ou bien la drogue l'avait mise dans un état d'euphorie qu'aucune réalité de ce monde ne parvenait plus à troubler, ou bien elle s'imaginait qu'il s'agissait d'une sorte de cérémonie officielle de bienvenue que son fils avait organisée pour elle. Il vit Mr. Sheldon, l'avocat, avaler dans un superbe geste de défi trois comprimés de tranquillisant et, étant donné les quelques secondes à peine qu'il leur restait à vivre, le Dr Horwat trouva ce geste si optimiste, si typiquement américain dans sa confiance dans l'avenir et dans le triomphe de la Justice et du Bien, qu'il leva la tête dans un envol fier de sa crinière blonde pleine de soleil et se sentit étrangement rassuré et calme, comme si le tranquillisant que son compatriote venait d'avaler avait agi sur lui-même par quelque miracle de fraternité. Son regard alla encore vers M. Manulesco, dans son scintillant habit de clown, qui tenait courageusement sa place dans le défi que les grands artistes présents adressaient à la mort, et affirmait en quelque sorte sa confiance indomptable dans le triomphe de la culture sur la barbarie en jouant sur son minuscule violon de cirque un petit air juif des plaines bessarabiennes. Il entendit le capitaine Garcia brailler un ordre... Son regard croisa enfin celui du pantin Ole Jensen, que le ventriloque tenait dans ses bras, et il l'entendit grincer de sa voix moqueuse :

— K.O. au premier round, prédicateur. Il est plus fort que vous. Je vous l'avais bien dit.

Il fit un effort frénétique pour s'éveiller, car il ne pouvait s'agir que d'un cauchemar ; il était impensable qu'un grand Américain, un serviteur de Dieu et du Bien, pût finir ainsi, abattu dans la poussière, sur une route d'un pays sous-développé et qui ne survivait que grâce à l'aide américaine ; il tenta de se rappeler le visage de ses enfants, leurs pauvres petites têtes blondes, d'élever ses pensées jusqu'à Dieu, sans colère et sans rancune, mais ses yeux allaient toujours de ce Français insensé qui jonglait pour la gloire de son pays et pour la postérité, afin que son nom demeurât dans l'Histoire, au petit clown musical, avec son visage plâtré de farine, qui jouait d'un air de défi typique de sa race habituée aux pogroms, son air juif, à la fois entraînant et triste, comme une réponse à la soldatesque qui braquait ses fusils sur eux, et il entendit une fois de plus la voix de la marionnette ou celle du ventriloque, il ne savait plus, élever ses accents désabusés :

— Et puis quoi, qu'est-ce que la mort, après tout, Agge Olsen ? Un simple manque de talent !

Alors, soudain, l'idée hideuse et affreusement cynique lui vint que le seul artiste parmi eux qui n'était pas en train de faire son numéro d'admirable proclamation de la supériorité de l'homme sur tout ce qui lui arrive

était le monstre sexuel cubain, et que ce fût là sa
dernière pensée sur terre l'emplit d'une telle horreur et
d'un tel sentiment d'indignité que, désemparé, vaincu,
oui, vaincu, il n'y avait pas d'autre mot, terrassé par
son ignoble adversaire, dont il pouvait presque entendre le rire moqueur, le Dr Horwat tourna des yeux
pleins de larmes vers le peloton d'exécution, avec
l'affreux sentiment qu'il méritait entièrement son sort.

CHAPITRE VI

— Ça porte bonheur, dit José Almayo. Il faut ce qu'il faut.

Il laissa tomber la cendre de son Churchill dans un cendrier qui représentait une fille nue couchée sur le dos et dont le sexe démesuré accueillait la cendre, les mégots et les cigares écrasés. Les relations avec Castro étaient rompues depuis deux ans, mais la contrebande des havanes était assurée par les Services spéciaux.

— Ma chance, elle en a besoin, dit José Almayo. Elle se fait payer. C'est une pute.

Il affectait l'argot des bas quartiers de Santa Cruz, le port où il avait fait jadis ses premières armes. Dans ses discours officiels, il faisait semblant de parler l'espagnol avec difficulté et bourrait son texte de mots cujons, dérivés du langage maya, ce qui, comme sa chemise aux manches retroussées collée de sueur, avait pour but de souligner encore son côté « fils du peuple ».

Il était assis derrière son immense bureau, sous un portrait du Libérateur, qui avait été abattu en 1927 par ses camarades devenus généraux et rendus impatients par sa longévité ; sa cravate de chez Dior était dénouée, son col ouvert ; il fumait un cigare en jouant avec son singe favori, le seul être vivant qui osât lui manquer de respect. Il aimait les singes. La plupart des gens leur trouvaient quelque chose d'humain. Mais lui-même pensait que les images populaires des tribus qui représentaient toujours les singes et les boucs comme les créatures préférées de Tapotzlan, le dieu des enfers, étaient plus près de la vérité.

A l'autre bout de la pièce — trente mètres de marbre — des oiseaux s'agitaient et gazouillaient dans une vaste volière qui touchait le plafond. Le long du mur, face aux fenêtres, les aras et les cacatoès sur leur perchoir lançaient de temps en temps leurs cris perçants que Radetzky trouvait particulièrement énervants.

Le bureau lui-même avait cinq mètres de long, et sept téléphones couleur ivoire s'alignaient parmi les papiers, les boîtes de cigares et les exemplaires de *Playboy* qui semblaient porter la marque de tous les verres que l'on avait posés sur eux. Almayo se servait peu des téléphones et les avait placés en évidence sur son bureau surtout pour impressionner ses visiteurs américains et leur montrer que l'aide financière des États-Unis servait à quelque chose, mais pour une fois il regrettait qu'il n'y eût pas plus de lignes à sa Résidence. Il y avait aussi cinq bouteilles d'alcool, dont trois étaient vides. Almayo n'avait pas son pareil pour boire sans jamais s'enivrer. José avait beau s'acharner sur les bouteilles, cela ne le menait nulle part, et en tout cas pas là où il voulait parvenir. Radetzky n'avait jamais vu une telle résistance à l'alcool, et pourtant il avait connu dans sa vie un nombre incroyable de bars et des gens qui savaient boire ; lui-même tenait assez bien le coup. Il le fallait : dans la compagnie d'Almayo, un membre de son entourage qui ne saurait résister à l'ivresse était forcé tôt ou tard de se trahir et, perdant le contrôle de lui-même, d'exprimer une opinion sincère, ce qui pouvait mener fort loin, et sans retour possible.

— Écoutez, dit Radetzky, la gorge un peu serrée.

Il s'efforçait de parler avec détachement, froidement, et sans manifester la moindre émotion, la moindre sensiblerie.

— Vous pouvez faire fusiller votre mère pour que cela vous porte chance, ce qui ne troublera personne dans ce maudit pays. Mais, même une brute superstitieuse comme vous...

Lorsqu'il buvait avec des compagnons, José acceptait d'être traité d'égal à égal.

— ... même une brute superstitieuse comme vous ne peut pas se permettre le luxe de faire fusiller des citoyens américains uniquement pour faire plaisir à votre patron le Diable. Ce serait la fin, vraiment la fin. Vous me direz que Castro a fusillé des Américains, mais il ne s'agissait pas de personnalités de marque, hôtes officiels du pays par-dessus le marché : il s'agissait d'espions et d'agents secrets.

Almayo fronça les sourcils. Des sourcils fins, et que l'on a coutume de voir au-dessus des yeux langoureux : une marque de sang latin sur ce visage de Cujon. Dans la province où il était né et où il avait passé son enfance, cela portait malheur de prononcer le mot « Diable », *Carrajo*. On considérait comme

91

irrespectueux et donc comme dangereux de prononcer le nom de celui dont, depuis des siècles, les prêtres jésuites qui s'efforçaient d'éduquer le pays et de le tirer des ténèbres du paganisme ne cessaient de décrire la redoutable puissance. Les Indiens, même en dialecte cujon, le désignaient toujours du mot espagnol *el Señor*. La tradition remontait sans doute au temps des conquistadores, où les Indiens étaient obligés d'utiliser ce mot pour s'adresser à tous ceux qui avaient sur eux pouvoir de vie et de mort.

— Je ne crois pas que vous soyez ivre, dit Radetzky avec une fureur qu'il ne cherchait pas à contenir, mais je sais que vous êtes fou. Vous êtes en train de vous couper vous-même la gorge. C'est votre droit, mais comme ma gorge risque aussi d'être en jeu, je tiens à vous le dire. Faire fusiller des citoyens américains dans la situation où vous vous trouvez, c'est vraiment tenter le Diable... même si vous cherchez à lui faire plaisir.

Le singe, avec un glapissement particulièrement hideux, sauta de l'épaule d'Almayo sur les genoux du baron. Le baron, que tout le monde considérait comme réduit par l'alcool à l'état de pierre, se tenait assis avec sa raideur habituelle, le monocle à l'œil, le gilet canari étincelant dans le soleil sous son veston prince-de-galles entrouvert, une fleur fraîche à la boutonnière. Il attendait, comme toujours dans cette attitude de dignité — au-dessus-de-la-mêlée — que l'évolution veuille le rattraper. De très nobles aspirations, une éducation soignée que seule la Prusse aristocratique pouvait jadis offrir à ses élites l'avaient porté très loin à l'avant, à une étape humaniste très avancée, avec Goethe, Nietzsche et peut-être Keyserling comme compagnons de route. Là, installé dans le scotch, il attendait que, par quelque miracle de l'évolution, le reste de l'espèce humaine vînt le rejoindre. Considérant, toutefois, l'état préhistorique dans lequel se trouvait actuellement l'humanité, il estimait très improbable que cette belle réunion de famille pût se produire avant plusieurs milliers d'années-lumière. Tout ce qu'il pouvait donc faire, les choses étant ce qu'elles étaient, c'était de manifester une impassibilité stoïque et une propreté personnelle, au moins vestimentaire, exemplaire, ainsi qu'un mépris total et une parfaite indifférence envers tout ce qui lui arrivait, sans se laisser entamer par les aventures dégoûtantes et absolument sous-humaines où le plongeaient les circonstances. Depuis des années, il passait de main en main, recueilli par toutes sortes d'individus riches ou puissants qu'amusait infiniment son refus de se salir en utilisant le langage humain ou de manifester le moindre signe de vie. Il se faisait ainsi entretenir royalement, son pantalon était toujours bien repassé et ses souliers admirablement cirés. Toutes sortes d'aventuriers ou de parvenus aimaient s'offrir ce jouet aristocratique dont la famille remontait aux croisades et aux chevaliers teutoniques, ainsi que le prouvait le pedigree, d'ailleurs fabriqué de toutes pièces, qu'il portait toujours dans sa poche. Il n'avait qu'à s'asseoir dans un bar et rester là sans bouger, jusqu'à ce que la curiosité d'un propriétaire de yacht grec ou d'un millionnaire américain éperdument assoiffé de « classe » fût éveillée, pour trouver un protecteur. Il était probablement le seul homme au monde qui vécût confortablement de son mépris.

Le singe tapa son derrière contre les genoux du baron en lui pinçant le visage pour attirer son attention, et celui-ci caressa d'un geste mécanique l'oreille de la bête.

Le baron doutait depuis toujours de la théorie calomnieuse de Darwin qui fait descendre l'homme du singe ; il suffisait de songer à certains aspects de l'Histoire et du monde moderne, aux armes nucléaires, aux chambres à gaz et à José Almayo pour constater immédiatement que c'était là une théorie ridicule et injurieuse, à la fois une insulte aux singes et aussi un espoir trompeur de plus que l'on donnait à l'humanité. L'homme ne faisait pas partie du règne animal, et il n'avait à se faire aucune illusion là-dessus. Le baron chatouilla l'oreille du singe et celui-ci l'embrassa sur le nez.

Diaz, manifestement déjà en proie à la terreur la plus abjecte et à un épuisement nerveux total, les lèvres tremblantes, parlait sans arrêt sur un des téléphones et, dans sa panique, n'écoutait sans doute pas un mot de ce qu'on lui disait, tandis que le colonel Morales, le commandant en second de la Force de Sécurité — les dernières troupes fidèles dont disposât Almayo —, passait un appel après l'autre au Palais du gouvernement que le dictateur avait quitté quelques heures auparavant pour se rendre dans sa résidence privée, et au chef d'État-Major, dont les oscillations devenaient de plus en plus évidentes, au fur et à mesure que la situation évoluait.

Radetzky était assis dans un fauteuil profond, en face et légèrement à droite du bureau, et dévisageait José Almayo avec une fascination qui lui faisait presque oublier le sort qui l'attendait probablement. Malgré tout l'alcool qu'il avait absorbé au cours de la nuit et l'effrayante tension des dernières quarante-huit heures, le visage de José conservait une jeunesse, une fraîcheur stupéfiantes, et même une sorte d'innocence, de candeur : il y avait en lui une naïveté indestructible, un manque total de scepticisme, une foi que rien ne parvenait jamais à entamer. En bras de chemise, le trait noir des bretelles soulignant encore la carrure massive de ses épaules, la cravate défaite, le colt au côté, mâchonnant un cigare, il n'était guère différent au premier abord de tous les *pistoleros* dont l'histoire du pays était si généreusement remplie. Un gangster qui a réussi semble toujours un homme exceptionnel ; mais presque toujours, ce qui est exceptionnel, ce n'est pas l'homme, mais la réussite. L'impact physique de la personnalité d'Almayo ne devait cependant rien à la situation qu'il était parvenu à occuper. Rencontré dans la jungle, pieds nus et une machette à la main, il eût produit le même effet bouleversant et en quelque sorte mythique. Cet homme incarnait quelque chose, cette silhouette haute et massive qui paraissait être faite de rocs de lave noire était une véritable émanation de cette terre de l'oppression, de la misère extrême et de la superstition, des volcans morts et des dieux de pierre brisés par les prêtres espagnols, et dont les paysans continuaient à regarder avec révérence et amour les visages mutilés, aux yeux toujours tournés vers le ciel. Si l'ethnie pouvait vivre dans un homme, si les siècles pouvaient avoir un visage, si la souffrance pouvait façonner et créer, José Almayo n'avait rien à se reprocher. Une goutte depuis longtemps perdue et diluée de sang de conquistador ou de *frate* libidineux donnait un peu de ruse et de finesse à des traits qui paraissaient taillés à la hache. Les yeux étaient d'un gris-vert, toujours aux aguets, et il n'y avait dans le regard pas la moindre trace de cynisme, d'humour ou d'ironie, mais seulement une gravité attentive et parfois une impatience, une impatience terrible qui le dévorait : le plus vieux rêve de l'âme humaine vivait en lui.

Otto Radetzky était depuis près de dix-huit mois le compagnon inséparable de cet homme, et il pouvait dire que la mission qu'il s'était fixée était terminée : il l'avait découvert, il le comprenait aussi bien qu'on pouvait le comprendre sans avoir été marqué dans sa chair et dans son esprit par des siècles de ténèbres, d'abjection et d'exploitation. En vérité, il connaissait si bien Almayo qu'il avait pris des dispositions pour quitter le pays. Mais sans doute était-il trop tard, à présent.

Les choses avaient commencé à se gâter quelques jours auparavant, et cela ne paraissait pas bien dangereux car Almayo gardait un contrôle absolu sur l'armée et sur la police, et l'aide américaine arrivait à grands flots. Le « banditisme », nom que les nouvelles de presse donnaient toujours aux tentatives de rébellion fomentées par les castristes, se manifestait toujours dans les régions éloignées et difficilement accessibles, d'une manière sporadique. Cette fois encore, il y avait eu une révolte de jeunes officiers dans le Sud, et leurs hommes avaient l'air de les suivre, bien que ce ne fût pas tout à fait certain. C'était une tentative ridicule, typique des officiers fraîchement sortis de l'école et dont les esprits avaient été empoisonnés par le contact avec les étudiants de l'Université de Droit. La veille encore, Almayo avait assisté à un Conseil gouvernemental au cours duquel le chef d'État-Major lui avait montré sur la carte la position exacte des rebelles et des forces loyalistes et lui avait donné sa parole que la petite garnison perdue dans le Sud était déjà encerclée et qu'elle serait anéantie d'ici vingt-quatre heures. L'aviation avait bombardé deux villages, mais il semblait bien que les révoltés les avaient déjà quittés et que l'on n'avait plus à faire qu'à la population civile. L'issue du soulèvement ne faisait pas de doute; mais il était indispensable de le liquider rapidement avant que l'annonce de cette affaire ait pu atteindre la presse américaine, ce qui eût gêné le Département d'État au moment où Almayo venait de faire une nouvelle demande de crédits. Il était difficile d'imposer une censure aux agences de presse sans donner l'éveil et d'avouer qu'il se passait quelque chose dans le pays; Morales s'était donc borné à organiser une manifestation contre les « impérialistes » américains, et ses hommes, soi-disant des étudiants, avaient démoli les téléscripteurs, saccagé les bureaux du Centre d'Information des États-Unis et avaient même, selon le journal de la capitale, « saboté les télécommunications » afin de « protester contre les nouvelles mensongères diffusées par les impérialistes yankees ». Les correspondants étrangers avaient ainsi été réduits au silence, et l'opération permit en même temps à Almayo de fermer l'Université et d'arrêter une centaine de vrais étudiants, principaux soutiens de l'opposition, sous prétexte qu'ils « menaçaient les représentants d'un pays allié ».

Almayo avait regagné sa résidence complètement rassuré et avait passé une nuit tranquille, avec deux filles qu'il n'avait pas encore connues. Le lendemain soir, il recevait à dîner quelques-uns de ses amis et son avocat américain venu pour l'informer de l'état de ses affaires aux États-Unis ; il avait organisé en leur honneur chez lui une représentation privée du nouveau spectacle qui s'ouvrait à l'*El Señor*. Il attendait avec impatience cette soirée : il avait une véritable passion pour les jongleurs, les acrobates, les ventriloques, les magiciens, pour tous ceux qui avaient un talent extraordinaire et paraissaient échapper aux lois de la nature.

Il s'était à peine couché quand la fusillade éclata dans les rues et que le téléphone commença à s'affoler. La police s'était révoltée et son chef avait été brûlé vif après avoir été châtré. La Force spéciale de Sécurité attaquait la caserne de la police, où elle se heurtait à une vive résistance, et était en même temps aux prises avec des centaines d'étudiants armés qui étaient brusquement apparus sur les toits des maisons avec les brassards jaune et noir du Front de Libération autour du bras. Vers trois heures du matin tous les régiments cantonnés dans la capitale se battaient entre eux : les blindés s'étaient rangés du côté des rebelles du Sud, tandis que l'Infanterie demeurait fidèle au gouvernement. Il fallait bombarder les rues de la capitale, ce qui mettait l'issue de la lutte entre les mains de l'Aviation : une situation extrêmement dangereuse, car s'il était fort peu probable que le général Santa, commandant de l'Aviation, allât se ranger du côté des éléments communisants, celui-ci était parfaitement capable de tirer les marrons du feu et de faire l'opération pour son propre compte.

Ce qui étonnait et déconcertait Almayo, ce n'était pas la révolte de l'Armée : il ne manquait pas de jeunes officiers avides, ambitieux et qui en avaient assez d'attendre dans l'obscurité et la médiocrité de leurs grades. C'était tout à fait naturel : l'Armée est là pour prendre le pouvoir, et, s'il avait placé à sa tête les amis les plus fidèles, ce n'était pas qu'il leur fît confiance : simplement, il les savait incapables de s'entendre entre eux. Ce qui était une révélation pour lui, ce n'étaient donc ni les officiers, ni les étudiants, c'était le petit peuple : les paysans des marchés, les ouvriers, les *martojados,* « ceux qui n'attendaient rien » et qui n'avaient rien à gagner dans toute cette affaire. Ils s'étaient tournés contre lui, presque sans armes — il y avait toujours veillé — brandissant des couteaux, des pierres et des machettes ou même marchant contre les régiments fidèles, les mains vides, et protégeant de leur poitrine ceux qui, derrière eux, avaient un fusil ou un pistolet. C'était une véritable folie, sans aucune explication possible : ces gens-là étaient ses frères de sang et ils avaient toujours vu en lui et dans ses Cadillac, dans sa puissance et dans sa cruauté, l'incarnation de tous leurs rêves. Il leur avait rendu l'espoir, il leur avait montré qu'un des leurs pouvait avoir les plus belles femmes, les plus grands palais et les plus grandes voitures ; il les avait aidés à vivre. Certes, ils ne vivaient pas mieux qu'auparavant, mais, grâce à lui, ils rêvaient mieux : il avait ouvert à leurs rêves les portes de l'avenir. Et cependant, ces enfants de la merde se dressaient tous contre lui, à présent, avec une ingratitude qui ne l'étonnait pas, mais avec une détermination et une colère qu'il n'arrivait pas à comprendre. En ce moment même, il s'efforçait de gagner la Résidence, et il avait vu des milliers et des milliers d'hommes qui marchaient en se tenant par la main, chantant et hurlant. Bien qu'ils fussent totalement incapables de s'organiser et d'entreprendre une action concertée, il avait quand même fallu utiliser contre eux la Force de Sécurité, ce qui laissait quelques éléments de l'Infanterie et de l'Aviation seuls face à la police révoltée et aux régiments de chars.

La Résidence était bâtie au flanc de la montagne, à trois cents mètres au-dessus des quartiers populaires, les fenêtres des pièces climatisées étaient closes, et cependant Almayo entendait clairement au travers du crépitement des mitrailleuses une rumeur qui montait et retombait comme une mer en furie : la voix du peuple. Jusqu'à présent, il ne l'avait encore perçue que dans la liesse des feux d'artifice et des acclamations, dans l'explosion joyeuse des pétards, la musique enfiévrée des *macumbas* et le sifflement des fusées rouges, vertes et jaunes, couleurs de la Révolution. De toute évidence, il avait traité ces chiens avec trop de mansuétude ; il avait toujours su qu'ils étaient cruels, ingrats, et qu'ils ne pardonnaient pas le moindre signe de faiblesse : on ne pouvait guère dire qu'il les avait sous-estimés. Simplement, il s'était toujours cru populaire. Eux avaient l'habitude depuis des siècles de vénérer des dieux sanguinaires et impitoyables et il s'était cru en sécurité parce qu'il incarnait à leurs yeux leur rêve le plus ancien : celui d'une puissance terrible. Sans doute se sentaient-ils trahis et furieux parce que ses difficultés actuelles prouvaient à leurs yeux qu'aucune protection surnaturelle ne veillait sur lui. Avec une frénésie hilare et sanglante, ils s'apprêtaient à lui faire payer cher leur rêve déçu. Il était un des leurs. C'était quelque chose qui ne se pardonne pas.

Il écoutait maintenant ce grondement avec satisfaction : ça porte malheur d'être aimé.

— Laissez-moi m'occuper de ça, Otto, dit-il. Je sais ce que je fais.

— Je ne vois pas comment le fait d'avoir fait fusiller des citoyens américains peut vous tirer de là, dit Radetzky.

— O.K., O.K., dit Almayo, en levant les deux mains comme pour calmer un enfant turbulent. Je vais vous faire un petit dessin. Comprenons-nous bien : ce n'est pas moi qui fais exécuter des Américains innocents. Ce sont... l'armée rebelle et la populace excitées par les agents provocateurs castristes ainsi que le « nouveau » gouvernement de Santa Cruz. Elles se sont emparées de quelques amis américains de José Almayo qui venaient d'arriver dans le pays et les ont fusillés sur-le-champ. Vous vous rendez compte de l'indignation que cela va faire en Amérique ? C'est un pays civilisé et démocratique, l'Amérique. Ils vont envoyer les *marines* dans les vingt-quatre heures pour protéger leurs ressortissants... Ils l'ont fait à Saint-Domingue. Vous comprenez, maintenant ? Bon, vous avez l'air de comprendre.

Radetzky eut le souffle coupé. Pendant quelques secondes il lutta contre l'indignation, s'efforçant de garder un visage impassible, cependant qu'il cherchait en vain, sachant du reste qu'il était trop tard et que l'exécution avait déjà eu lieu depuis au moins un quart d'heure, quelque faille dans ce raisonnement qu'il était bien obligé de juger impeccable. Il croyait connaître depuis longtemps le caractère du Cujon et avait l'habitude des voies incroyablement tortueuses que suivait cet esprit fabuleux à la fois primitif et diaboliquement rusé, mais jamais jusqu'à présent, il n'en avait vu aussi clairement l'étrangeté quasi mythique. La logique du raisonnement était rigoureuse, mais il savait parfaitement que la véritable explication du sacrifice humain qui venait d'avoir lieu était ailleurs.

— Ils démentiront, dit-il, et il ne leur sera pas trop difficile de prouver que c'est vous qui l'avez fait.

Almayo secoua la tête.

— Vous vous trompez, *amigo*. D'abord, il n'y a pas de témoins... Garcia connaît son affaire. Ensuite, vous croyez vraiment qu'ils vont arriver à convaincre un pays civilisé comme les États-Unis que j'ai donné l'ordre de fusiller ma propre mère et ma propre fiancée? Vous voulez rire. On ne fait pas fusiller sa vieille mère... pas même en politique.

Radetzky demeura silencieux, enfoncé dans son fauteuil, incapable de détacher les yeux de la figure de cet homme qui paraissait avoir échappé à Pizarre, à Cortez, aux conquistadores et aux moines jésuites qui les avaient suivis et qui disaient que les Indiens pouvaient être massacrés et traités comme des bêtes parce qu'ils n'avaient pas d'âme — de cet homme qui ressemblait physiquement d'une manière si frappante aux dieux de pierre brisés par les Espagnols, qu'il se surprenait parfois en train de chercher sur son visage les failles et les traces des marteaux. Il savait aussi que la confidence qu'Almayo venait de lui faire le liait définitivement au sort du dictateur : c'était le genre d'aveu qui ne vous offre que peu de chances de survivre à celui qui vous les fait. Les quelques visites qu'il avait rendues discrètement à l'ambassade de Suède n'allaient pas servir à grand-chose. Il ne lui restait plus qu'à ressembler le mieux possible, sous ce regard attentif où la moindre trace de soupçon signifierait une mort immédiate, à son personnage : un des officiers parachutistes de Skorzeny, un des derniers gardes du corps de Hitler, devenu aventurier sans patrie, aux gages du plus offrant, conseiller militaire du dictateur et son bon compagnon de beuverie.

— Et après ? se força-t-il enfin à demander. A supposer qu'il y ait un « après » ?

— Je n'ai qu'à téléphoner à l'ambassade des États-Unis, dit Almayo. Comme Sanchez l'a fait à Saint-Domingue, lorsqu'il s'est senti cuit... Les Américains sont arrivés dans les vingt-quatre heures, et c'est ce qu'ils feront ici. Ils vont bombarder les rebelles, et ces jeunes chiens vont recevoir une leçon qu'ils n'oublieront pas... Et je reviendrai. Vous comprenez mieux ?

— Je ne suis pas sûr que ça va se passer comme ça, dit Radetzky. Où comptez-vous attendre les Américains ?

— Dans la péninsule, dit Almayo. Il y a là trois mille hommes et le général Ramon. Il est avec moi. Vous venez de l'entendre. Vous lui avez parlé vous-même. Il est d'une loyauté à toute épreuve parce qu'il n'a rien à gagner avec les autres : il est déjà riche.

— Comment comptez-vous faire pour vous rendre dans la péninsule?

— Je peux encore compter sur l'Aviation, dit Almayo. Encore pendant quelques heures, du moins. J'arriverai là-bas sans difficultés. Mais je fais fusiller ces Américains pour être tout à fait sûr de revenir avec l'appui des États-Unis. Les États-Unis, c'est quelqu'un. Si vous voyez un trou dans mon raisonnement, c'est le moment de le dire.

— Le singe avait sauté sur les genoux de Radetzky et exigeait de l'affection. Radetzky avait horreur de cette sale bête avec son derrière rouge et obscène et ses grimaces cyniques. Les dieux-singes qui recevaient les offrandes dans les temples de l'Inde devaient sans doute leur rang exalté à tout ce que l'absurde évoque comme image de puissance régnant sur le destin de l'homme. Les aras lancèrent un autre cri perçant; contre le mur blanc, leurs plumes jaunes, bleues et rouges, leurs coiffes roses, leurs yeux de boutons évoquaient eux aussi le règne de quelque fétiche barbare et gambadant. Radetzky n'arrivait pas à se convaincre que ces gambades et ces cabrioles d'un dieu hilare et invisible se traduisaient vraiment par les cadavres allongés maintenant au bord d'une route. Ce n'était pas tolérable. Il devait être encore possible d'éviter cette incroyable folie, ou plus exactement cette impeccable logique. Il essaya de gagner du temps.

— Écoutez-moi, pour une fois, José, dit-il. La situation n'est pas encore désespérée. Attendez de voir comment vont évoluer les combats en ville. C'est de la folie de faire fusiller les *gringos*. C'est votre dernière carte; gardez-la dans votre manche. Ça se bagarre dur, il n'y a qu'à écouter. Ni l'Infanterie, ni l'Aviation ne vous ont encore abandonné; vous pouvez encore fort bien gagner.

— Bien sûr que je vais gagner, dit Almayo. J'ai fait tout ce qu'il fallait pour ça. Je vais gagner. Après quoi, je vais faire juger ces chiens devant les correspondants de presse du monde entier pour avoir massacré des citoyens américains, ma mère et ma fiancée, pour qu'on sache ce que ces sales bêtes sont capables de faire. Vous pouvez être sûr qu'ils vont avouer leur crime... Vous pouvez en être tout à fait sûr.

Radetzky demeurait sans voix. Il était à bout d'arguments. Les seules objections qu'il pouvait trouver encore étaient d'ordre moral, il valait mieux ne pas en parler. Prononcer des mots comme « démoniaque », « diabolique », « cynique », était plus qu'inutile : ils ne pouvaient que confirmer José dans son intention, en touchant son rêve le plus obscur et le plus profondément ancré en lui, qui le poussait à présent à renouer avec le sacrifice humain destiné à amadouer la toute-puissance qui veillait sur le destin des hommes. « Ma chance, elle tient bon », était une des expressions favorites de José, avec « ça porte chance », et le mélange des croyances indiennes et de l'éducation des Jésuites avait donné à sa foi une solidité que rien ne pouvait ébranler. Il ne fallait surtout pas paraître indigné et il ne fallait pas protester trop lourdement. Ce n'était pas le moment de se trahir. Peut-être parviendrait-il encore à se glisser jusqu'à l'ambassade de Suède. Il avait déjà essayé une fois, au cours de l'après-midi, mais les rebelles avaient reconnu « l'ami du Chien », comme ils disaient, et il ne devait la vie qu'à la porte ouverte d'une maison dont les habitants venaient d'être fusillés. Il avait traversé la maison bourrée de cadavres et avait pu regagner la montagne par les toits.

— Je continue à penser que c'est prématuré, dit-il. Vous jouez votre carte trop vite. Attendez. Vous pourrez toujours les faire exécuter plus tard.

Almayo avait l'air presque peiné.

— Vous m'avez entendu donner l'ordre, non ? Vous savez ce qui se passe quand je donne un ordre ?

— Vous pouvez rappeler et l'annuler, dit Radetzky.

José secoua la tête.

— Non, mon ami. Ce n'est pas là l'idée que je me fais de José Almayo, dit-il gravement. Et ce n'est pas l'idée que le peuple se fait de José Almayo. J'ai donné l'ordre. Ils sont bien jolis et bien morts, maintenant. Il faut ce qu'il faut. On ne peut pas traiter ainsi des citoyens américains innocents, et les responsables de ce crime ne vont pas tarder à s'en apercevoir. Le droit international, ça existe tout de même... Faites confiance à papa et prenez encore un cigare. O.K. ?

Le singe se mit à piailler et à gambader, et Otto Radetzky sentit les petites pattes froides et velues qui lui cherchaient les puces dans les cheveux. Il avala l'air dans un spasme de sa gorge sèche et nouée et ferma les yeux.

CHAPITRE VII

Quelques mois auparavant, Radetzky traversait les jardins du monastère de San Miguel, à quelques kilomètres de la capitale ; le parfum des roses était si fort qu'il avait de la peine à respirer, et l'air s'alourdissait jusqu'à devenir presque solide. Les rosiers jaunes, rouges et blancs s'entassaient autour des fontaines de marbre, des statues de saints et le long des murs ; des plantes dont il ne connaissait pas le nom poussaient dans les fêlures des pierres, s'enroulaient autour des colonnes, laissaient pendre leurs tentacules pourpres et mauves parmi les cactus et les agaves, où les oiseaux-mouches bourdonnaient dans le scintillement de leurs ailes transparentes comme une pulsation de lumière. Il avait demandé à être reçu par le Père supérieur, et cette autorisation lui avait été aussitôt accordée. On savait de toute évidence au monastère qui était ce visiteur au visage de reître... ou du moins croyait-on savoir. Tout avait commencé par une remarque qu'Almayo avait lancée sans y attacher d'importance au cours d'une de leurs beuveries. Radetzky avait trop bu et peut-être avait-il posé trop de questions. Il sentait qu'il lui manquait encore quelque chose, que la vérité sur Almayo était à sa portée, qu'il était à deux doigts de la saisir. José Almayo l'avait regardé sombrement à travers la table, hésitant sans doute entre la méfiance et l'amitié. Il s'était penché vers lui avec cette mine boudeuse où se retrouvait soudain une curieuse trace de l'enfance, peut-être simplement parce que le passage du rêve sur ce visage dur d'homme lui donnait un moment de naïveté.

— J'ai réussi parce que j'ai compris, voilà...

Il hésita un moment.

— Et puis, si vous tenez vraiment à savoir comment c'est arrivé, ce qui a fait de moi un grand homme, allez le demander au Père Sébastien, au monastère de San Miguel. Peut-être pourra-t-il vous le dire. Peut-être pas.

Cela faisait un moment qu'il attendait dans le patio, s'arrêtant parfois entre les voûtes pour regarder la plaine aride où quelques rares cyprès se dressaient comme des sentinelles pétrifiées du Ciel. Les Indiens les appelaient les doigts de Dieu, mais il était bien improbable que Dieu pointât ainsi ses doigts vers Lui-même. Radetzky était venu là en quête de nouveaux indices pour tenter de mieux comprendre l'âme d'un homme qui paraissait être sorti d'un passé fabuleux et qui incarnait peut-être mieux que n'importe quel autre « homme du destin » de l'Amérique indienne l'histoire singulière et cruelle d'une terre, cette histoire dont des étudiants désespérés et acharnés cherchaient à la libérer. Il avait toujours été fasciné par la violence, et peut-être exerçait-elle sur lui une secrète attirance dont il cherchait à s'exorciser par des pages et des pages griffonnées en cachette dont chacune, fût-elle découverte, pouvait lui coûter la vie. Quelqu'un avait jadis appelé le crime : « la main gauche de l'idéalisme » ; à ses yeux, c'était une vengeance de l'homme contre l'insaisissable absolu ; une chute du rêve de puissance au niveau d'un règlement de comptes de l'homme avec son aspiration ; un « puisque c'est comme ça » rancunier de ceux qui se rebellaient contre une puissance d'autant plus terrible qu'elle n'existait pas, ou en tout cas ne pouvait être ni touchée, ni punie, ni implorée. On se vengeait contre ses semblables de ce qu'on était : un cri de rage d'une denrée à la fois vivante, consciente et périssable. Il y avait dans le crime un nihilisme qui était une chute du désir métaphysique, et même chez les bandits les moins réfléchis, pour pouvoir loger tranquillement la balle dans la nuque d'un homme, pour lui trancher en riant la gorge, il fallait d'abord une conviction plus ou moins consciente qu'un homme n'était rien, moins que rien, qu'il n'y avait personne. Radetzky avait connu quelques-uns des plus grands aventuriers de son temps : leur foi profonde dans la puissance du mal et dans la violence l'avait toujours beaucoup amusé. Il fallait une bonne dose de naïveté pour imaginer que les massacres, la cruauté et le « pouvoir » pouvaient vous mener quelque part. Au fond, ils étaient des croyants et manquaient totalement de scepticisme. Les hommes dont les têtes étaient mises à prix ne goûtaient guère cette phrase qu'il prononçait trop souvent à leur gré : « Tout ce que vous pouvez faire ici-bas, c'est d'être un bon père de famille ; vous avez beau jouer les cavaliers de l'Apocalypse, vous ne sortirez pas de l'humain. » Il sapait leur univers, leur foi, leur volonté de s'élever triomphalement au-dessus de toutes les lois. « Vous ne croyez à rien », lui avait dit l'un d'eux, l'un des plus célèbres massacreurs de Colombie, Ruiz Deleda, que les révolutionnaires authentiques du Rio Chiquito avaient fini par abattre eux-mêmes, après trois ans de mêlées sanglantes dans la montagne, qui avaient fait plus de trois cent mille morts.

Il y eut un bruit de pas, et le Père supérieur apparut dans le patio, marchant sous la voûte où la lumière, les plantes et les vieux tableaux rongés par les intempéries évoquaient des siècles de promenades méditatives. Allemand ou Hollandais, décida Radetzky, qui l'observait pendant qu'ils marchaient, en parlant de l'histoire du monastère, à travers les corridors passés à la chaux où les mauvais portraits de saints se succédaient sans fin, tous les visages fondus dans la même masse sépia qui rendait leurs traits indiscernables. Le Père supérieur ouvrit la porte : une immense pièce blanche avec un vieux bureau espagnol et un immense crucifix sur le mur, qui soulignait encore la nudité et le vide du lieu. Seule la fenêtre ouverte troublait cette sévérité par la verdure tropicale du jardin ; peut-être à cause du murmure d'une fontaine invisible que l'on entendait parmi les rosiers, la paix de ces lieux évoquait plus celle d'une mosquée que la demeure du Christ.

Le Père supérieur se tenait à présent assis derrière son bureau. Il avait un visage jauni, des yeux bleu pâle et une barbe rousse à la Rembrandt. Il était chauve et les rares cheveux qui suivaient encore la ligne de l'ancienne tonsure étaient tout blancs. Les rides du visage étaient à ce point profondes et fortement marquées qu'aucun changement d'expression ne parvenait à les faire bouger. Il ne devait pas avoir loin de quatre-vingt-dix ans.

Oui, dit-il, et Radetzky sentit immédiatement qu'il était sur ses gardes, oui, il avait connu le général Almayo quelque vingt ans auparavant, quand ce dernier était un garçon d'une quinzaine d'années. C'était un Indien Cujon des vallées tropicales — d'un peuple très fier, indomptable, un des plus anciens du continent américain : les ethnologues le faisaient descendre des Aztèques, et même des Mayas, mais il semblait venir d'une souche encore plus ancienne, et il avait eu jadis une civilisation assez développée, dans la mesure où l'on peut parler de civilisation à propos d'un culte païen fondé sur les sacrifices humains. En tout cas, les archéologues étaient stupéfaits de la profusion des dieux toujours nouveaux qu'ils continuaient à déterrer chaque année, et encore ne s'agissait-il sans doute que de la période déjà décadente, la multiplicité des idoles étant typique des états de déclin. Un vieux prêtre de son village, le Père Chrysostome, lui avait appris à lire et à écrire, puis l'avait recommandé aux Jésuites du monastère de San Miguel : l'enfant avait l'esprit étonnamment vif, étant donné l'état de sous-alimentation chronique de sa tribu, presque toujours accompagné par un appauvrissement des facultés intellectuelles ; ce garçon témoignait d'une volonté, d'une capacité pour les études tout à fait exceptionnelles, en même temps que d'une curiosité d'esprit qui promettait beaucoup : le Père Chrysostome pensait que l'enfant pourrait peut-être

111

faire un jour une bonne recrue pour le sacerdoce. L'Ordre paya son voyage jusqu'à la capitale et l'hébergea. Mais on ne tarda pas à s'apercevoir que le jeune Cujon était un sujet très difficile. Un caractère plein de contradictions : peut-être fallait-il attribuer ces contrastes à quelques gouttes de sang espagnol qui l'avaient rendu plus sensible que les autres Cujons à l'état de dénuement et de misère dans lequel sa tribu vivait. Par exemple, il paraissait profondément croyant, et pourtant il se vexait, on ne savait pourquoi, et se mettait dans des colères terribles lorsqu'un des Pères lui rappelait que Dieu était notre maître à tous et que tous les hommes étaient Ses enfants. Il se battait comme un chat sauvage avec ses camarades chaque fois que l'un de ceux-ci osait mentionner devant lui cette très simple et évidente vérité que le Seigneur voyait tout ce qui se passait ici-bas : il paraissait prendre cette innocente affirmation comme une sorte de calomnie envers le Créateur. Il suffisait de dire devant lui que Dieu sait tout et voit tout pour recevoir un encrier à la figure. Il refusait de s'expliquer, mais, d'une certaine façon curieuse, étrange, paraissait agir ainsi par respect pour Dieu. Ses maîtres le tançaient sévèrement, mais il n'y avait rien à faire. Il était très entêté, il avait visiblement déjà les idées bien arrêtées sur un grand nombre de sujets, et il restait calmement devant le Père supérieur chaque fois que celui-ci le faisait venir pour le réprimander, le regardant droit dans les yeux, le visage totalement inexpressif et sans dire un mot : il n'est jamais facile de faire parler un Cujon. Une seule fois, après un incident particulièrement violent au cours duquel il avait failli littéralement éborgner un camarade, il consentit à s'expliquer, enfin, dans la mesure où l'on pourrait parler d'une explication.

— Dieu est bon, dit-il, le monde est mauvais. Le gouvernement, les politiciens, les soldats, les riches, ceux qui possèdent la terre sont des... *fientas*. Dieu n'a rien à voir avec eux. C'est quelqu'un d'autre qui s'occupe d'eux, qui est leur patron. Dieu est seulement au paradis. La terre, c'est pas à Lui.

Il ne faut pas oublier, bien sûr, que les Indiens, là-bas, dans les vallées, n'ont jamais eu la vie facile, et sans parler même des massacres qui avaient suivi leurs siècles de résistance à la conquête espagnole, aucun gouvernement n'avait jamais rien fait pour améliorer leur sort. Mais, en général, ils avaient appris la résignation, et la religion leur avait apporté la consolation et l'espoir d'une vie meilleure. Ce jeune garçon, toutefois, était exceptionnellement amer. Ses maîtres faisaient ce qu'ils pouvaient pour lui : il était encore possible de le sauver. Oui, ils avaient tous fait ce qu'ils pouvaient. Malheureusement il n'avait pas tardé à avoir des fréquentations redoutables...

Le Jésuite parut un peu embarrassé, et Radetzky eut quelque peine à réprimer un sourire devant l'évidente et bien terrestre prudence dont faisait preuve soudain le Père supérieur. A quatre-vingt-dix ans, c'était assez touchant, mais sans doute s'agissait-il plus des intérêts de son ordre que de quelque souci de sécurité personnelle.

Bref, José disparut bientôt. Il semblait s'être pris d'une véritable passion pour la corrida et allait d'arène en arène, s'efforçant de maîtriser cet art. Il avait

113

trouvé une sorte de protecteur, un homme très riche et bien connu dans le pays, mais de mœurs tout à fait déplorables, qui facilitait son apprentissage en payant quelques-uns des meilleurs toreros pour lui donner des leçons. Mais cette persévérance ne le mena nulle part, il n'avait aucune disposition naturelle pour les *toros*. Le Père Sébastien entendait parler de lui de temps en temps. Il se faisait de nouveaux amis, des toreros de troisième ordre, de petits propriétaires d'arènes de province, des imprésarios ratés que son protecteur payait, toute la pitoyable racaille habituelle de *picaros* qui gravitent autour des rêves d'un homme et ne manquent jamais d'en tirer quelque profit. Une ou deux fois, il était revenu le voir, et le Père Sébastien avait essayé de le mettre en garde contre ses fréquentations et contre tous les parasites et les mauvais conseillers qui l'entouraient, mais il était très jeune et ambitieux, et il était beau, ce qui n'arrangeait rien, ou peut-être, au contraire, arrangeait trop bien certaines choses.

Le Père supérieur baissa à nouveau les yeux avec une gêne visible, mais aussi avec une tristesse profonde, et sans doute la tristesse et le regret qu'il éprouvait en parlant de son jeune protégé de jadis avaient-ils été plus forts que tout souci de diplomatie ou de prudence.

Cela se passait, bien sûr, il y avait déjà fort longtemps, ajouta-t-il cependant, se rappelant manifestement qu'il parlait au meilleur ami du dictateur, et cela montrait seulement qu'un homme peut surmonter toutes sortes de difficultés et de dangers pour parvenir quand même à une situation importante... si tant est qu'on pût considérer comme importante une situation en ce bas monde, quelle qu'en fût l'apparence de grandeur et de puissance.

Le Père Sébastien ne devait plus revoir le jeune homme qu'une seule fois, et il se souvenait bien de cette rencontre, car elle avait été très étrange et inattendue. C'était l'époque du carnaval et, depuis des semaines, la capitale était en proie à sa liesse habituelle en cette saison de l'année ; il y avait des courses de taureaux, des processions de masques, une *fiesta* continue dont les élans et l'ardeur ne tarissaient qu'un peu aux premières lueurs de l'aube après le bruit du dernier pétard, l'éclat du dernier feu d'artifice et le sifflement de la dernière fusée. C'était un de ces moments où le débordement charnel dans la rue et les grimaces obscènes figées sur les masques qui bondissaient sous les fenêtres, les danses frénétiques et le rire des femmes trop aigu serraient un peu son cœur de religieux, ou peut-être simplement était-il trop vieux. Il avait quitté la chapelle à l'aube après une nuit de prières, et il était assis dans la salle de classe vide, en train de corriger des devoirs. La porte s'ouvrit et un jeune Indien entra. Il était vêtu d'un costume de soie blanche luxueux, et il avait les cheveux et les épaules couverts de confetti. Mais son visage était grave. Il s'arrêta un moment sur le seuil sans rien dire, regardant son vieux maître, puis s'avança vers lui. Ce fut alors seulement que le Père Sébastien le reconnut. Il avait beaucoup changé, et si le visage des Indiens ne perd jamais complètement la trace de l'enfance, les traits avaient pris cependant une force et une dureté où la rupture avec l'adolescence ne se lisait que trop clairement.

— Tiens, José, quelle bonne surprise, dit le Père Sébastien.

Le jeune homme continua à le dévisager sans dire un mot. De toute évidence, il avait beaucoup bu. Il y avait quelque chose d'hostile, presque de menaçant dans son attitude, dans l'immobilité animale, figée de son corps ; il rappelait au Père Sébastien une de ces idoles de pierre qui projetait encore leur ombre sur cette terre prétendument chrétienne, et encore plus sur l'âme de ses habitants.

— Ils se sont moqués de moi, dit le jeune homme. Ils m'ont jeté des poignées de terre et des mangues pourries. Ils m'ont chassé de l'arène.

— Oh, il paraît que cela arrive à tous les toreros, dit le Père Sébastien amicalement. On dit que ça fait partie du métier. Je suis sûr que même El Cordobès est passé par là...

— Ça se peut, mais moi je n'ai jamais rien connu d'autre, dit le jeune homme. Jamais. C'est toujours la même chose. Je suis mauvais, voilà la vérité. Je ne vaux rien. J'ai beau prendre tous les risques... le talent, je n'ai pas de talent. Et pourtant...

Il regarda le Jésuite d'un air presque menaçant.

— Et pourtant, j'ai prié. J'ai tant prié, pour avoir le talent. Et rien. Toujours rien. Je ne peux plus entrer dans un café sans voir des sourires autour de moi.

S'il y avait une chose dont le Père Sébastien était fier, c'était la façon dont il savait maîtriser ses mauvaises humeurs et les sautes de son tempérament de Hollandais cclérique que son grand âge n'avait guère adouci. Mais, cette fois, il ne put s'empêcher d'élever la voix dans un grondement sourd et, comme chaque fois qu'il s'emportait ou cédait à l'agacement, son accent hollandais perça sous son espagnol.

— Une prière n'est pas un marché, dit-il. Ça ne rapporte rien. On te l'a assez dit, ici.

Il s'adoucit un peu.

— Tu n'étais peut-être pas fait pour être un torero. Il y a d'autres moyens honorables de gagner sa vie.

Le jeune homme parut réfléchir un moment, puis secoua la tête.

— Vous ne comprenez pas. On voit bien que vous n'êtes pas un Indien, vous ne savez pas ce que c'est. Quand on est né indien, si on veut en sortir, il faut le talent, ou il faut se battre. Il faut être torero, boxeur ou *pistolero*. Sinon, on n'arrive nulle part. Ils ne vous laissent pas passer. Vous n'avez aucune chance de vous frayer un chemin. Tout est fermé, pas moyen de passer. Ils gardent tout ça pour eux-mêmes. Ils se sont arrangés entre eux. Mais si on a le talent, même si on n'est qu'un Cujon, ils vous laissent passer. Ça leur est égal, parce qu'il n'y en a qu'un sur des millions, et puis ils vous prennent en main, et ça leur rapporte. Ils vous laissent passer, ils vous laissent monter, vous pouvez avoir toutes les bonnes choses. Même leurs femmes, elles ouvrent les cuisses, et on peut vivre comme un roi. Seulement, il faut avoir le talent. Sans ça, ils vous laissent pourrir dans votre merde d'Indien. Il n'y a rien à faire. J'ai ça en moi, je le sais. Le talent, je l'ai, je le sens là, dans mes *cojones*... Quand je suis là debout dans l'arène, les pieds solidement plantés dans le sable, avec la *muleta*... c'est ma place. D'un coup, je ne

117

suis plus un Cujon, je suis un *hombre*. Je ne suis plus un ver dans la boue. On ne peut plus me marcher dessus. Je suis quelqu'un.

Sa voix tremblait et il serrait les poings.

— Mais ça ne sort pas. Ça ne donne rien, rien. Tout de suite, c'est des rires et des injures. Malgré ça, je ne m'enfuis jamais. Personne ne m'a jamais vu courir. Je suis couvert de coups de cornes. Je prends tous les risques, mais il me manque quelque chose... Il me manque la *protección*. On ne peut rien faire ici sans la *protección*.

Le Père Sébastien le regardait par-dessus ses lunettes de fer. Il était profondément triste et bouleversé.

— Vous m'avez vu toréer, mon Père? J'ai du courage.

— Je ne suis malheureusement pas un *aficionado,* dit le Jésuite d'un ton bourru, mais la rudesse de la voix cachait cette fois une pitié profonde.

— Je serai un grand torero, dit José Almayo avec défi, en regardant le prêtre comme s'il le chargeait d'un message. Je trouverai le talent. Peu importe ce que ça me coûtera. Je connais le prix. Je le paierai. C'est pourquoi je suis venu vous voir. Je voulais vous prévenir.

Le Père Sébastien n'avait pas compris, et Radetzky sentit qu'il ne comprenait pas encore, cependant que le vieillard, les yeux baissés, se faisait visiblement quelques reproches.

— Il semble que j'aie été un mauvais maître.

Le jeune homme sourit; sa lèvre supérieure se retroussa soudain dans un éclair de dents blanches et son visage eut une expression de supériorité protectrice et presque indulgente.

— Vous êtes un bon maître. Vous m'aviez appris tout ce que vous saviez. Mais vous ne savez pas grand-chose, voilà. Vous êtes un brave homme et vous ne pouvez pas comprendre. Le monde est un mauvais lieu et, si on veut réussir, il faut jouer son jeu, il faut être mauvais, vraiment mauvais, un vrai champion, sans ça, vous n'aurez jamais ce que vous voulez. Le monde n'appartient pas à Dieu, vieil homme. Alors, il ne peut pas vous donner ce qu'il faut. C'est pas à lui, ici. Le talent qu'il faut, c'est pas lui qui peut vous le donner. Il faut le demander à quelqu'un d'autre. C'est lui le patron, ici. C'est lui qui donne la *protección*.

Il lui tourna le dos et s'en alla.

Le Père Sébastien se souvenait qu'il était resté assis un long moment, son stylo à la main, regardant par-dessus ses lunettes la porte qui s'était refermée sur José Almayo. Malgré l'aube qui venait, la rue retentissait encore des derniers soubresauts du carnaval et, parmi les cris et les ululements, les rires, la musique et le fracas des pétards, les fusées de papier s'élevaient parfois dans l'air déchiré avec un sifflement qui paraissait moqueur et presque cynique. La *fiesta* expirait sur les trottoirs et sur la chaussée, et la nuit fuyait en abandonnant sous les portes cochères, dans les cours et le long des murs des couples écroulés dans les confetti, le visage criblé de marques de plâtre et des serpentins enroulés autour du cou et de la tête. Le Jésuite éprouvait un sentiment douloureux d'échec et presque un remords ; il se reprochait de ne pas avoir été à la hauteur de sa tâche, de ne pas avoir su comprendre ni aider ce garçon, et peut-être d'avoir manqué de patience et de cœur. Mais José n'avait été son élève que moins d'une année, il s'était montré tellement difficile, hostile et violent, et il y avait tant d'autres jeunes gens qu'il fallait aider, guider, éclairer ! Plus tard, bien plus tard, lorsque les événements eurent confirmé si complètement le pressentiment qu'il avait éprouvé cette nuit-là, alors que, dehors, la *fiesta* hilare paraissait célébrer son triomphe sur le vieil homme assis, la tête penchée, sous le crucifix, il s'était souvent demandé comment il avait pu à ce point manquer de jugement et par quel triste malentendu d'irritation, de colère ou de lassitude, il n'avait pas su percevoir le désespoir, le découragement et le besoin d'être aidé qui avaient poussé José vers lui ce soir-là. Oui, il ne se ménageait pas les reproches et il savait aussi que la raison de sa défaillance était d'une simplicité, d'une petitesse aussi humaine qu'impardonnable : il y avait trop de bruit dans la rue et le tintamarre païen et obscène de la *fiesta*, les glapissements et les rires aigus des femmes l'avaient irrité, indigné et l'avaient rendu peu enclin à la tolérance et peu ouvert à la compréhension.

Non, il n'avait jamais revu José Almayo, dit-il en se levant pour indiquer qu'il en avait dit assez et que l'entretien était terminé, puis il baissa les yeux et il demeura un instant silencieux, joignant ses mains couleur de cire sur sa robe de bure, haute silhouette fragile, visage déjà creusé par des ombres que l'on devinait immuables et qui ne devaient plus rien à la vie, évoquant les momies que l'on pouvait visiter pour trente centavos dans les caveaux du monastère. Non, il n'avait jamais revu José. Mais, bien sûr, comme tout le monde, il avait beaucoup entendu parler de son ancien élève.

Radetzky tenait solidement les pattes du singe pour l'empêcher de commettre quelque nouveau méfait, et l'animal se plaignait amèrement, son petit visage noir plissé par la colère, essayant de le mordre et de lui arracher les cheveux avec ses dents.

— Croyez-moi, il est encore temps. Vous pouvez encore rattraper cet ordre. Écoutez mon conseil, pour une fois. Nom de nom, José, prenez le téléphone et sauvez votre peau.

— Ne vous affolez pas, *amigo*. Je ne sais pas ce que vous avez, ce matin. Je vous dis que ça va se passer très bien. Laissez faire papa.

— Écoutez-moi, José. Personne n'a jamais réussi à conclure ce genre de marché. Aucun homme depuis que le monde dure n'a encore réussi à sortir vivant de sa peau pour l'échanger contre quelque chose de meilleur. Il n'y a pas preneur pour ce que vous avez à offrir...

— Je ne comprends pas, *amigo*. Je ne vois pas du tout ce que vous essayez de me dire. Je ne suis qu'un Cujon. Nous sommes des gens simples, rappelez-vous. De braves paysans. Je vous dis que ça va très bien marcher. C'est O.K., O.K. Cessez donc de vous faire de la bile et versez-vous encore un verre. Ça vous redonnera de l'estomac. O.K. ?

Le singe continuait à grimacer, et Radetzky eut soudain envie de le saisir et de lui tordre le cou : c'était décidément un pays où l'on devenait superstitieux, et ce museau noir avec ses grimaces absurdes finissait vraiment par évoquer assez bien la puissance bestiale qui jouait avec le destin des hommes et qui devait se pencher à présent avec satisfaction sur les sept cadavres abattus pour assurer à José Almayo aide et *protección*.

CHAPITRE VIII

L'évangéliste se rendit enfin compte qu'il était encore vivant. Bien qu'en ouvrant les yeux son regard rencontrât une fois de plus les fusils braqués vers sa poitrine, quelque chose semblait avoir retardé leur exécution, et les soldats, la joue sur la crosse, attendaient un ordre qui ne venait pas. Il jeta un coup d'œil en direction de cette affreuse brute de Garcia et le vit en discussion animée avec un soldat qui venait d'arriver en courant du côté de la route. La discussion devait durer depuis quelques secondes, mais le Dr Horwat avait déjà pris, dans ses pensées, congé de cette terre, si bien qu'on ne pouvait guère lui demander de porter attention à ceux qui marchaient encore sur elle. Le capitaine Garcia brailla un ordre et les soldats abaissèrent leurs armes, puis l'officier, si l'on pouvait donner un tel nom à un vulgaire gangster, eut un geste d'excuse à l'intention des prisonniers.

« *Un momentico* », dit-il poliment, comme s'il voulait les rassurer et leur indiquer qu'il s'agissait seulement d'une interruption momentanée et que d'ici quelques minutes on allait enfin procéder à leur exécution, s'ils voulaient bien patienter un peu. Là-dessus il s'éloigna précipitamment en rengainant son revolver et disparut derrière le café en discutant vivement avec le soldat qui était venu le chercher.

L'évangéliste sortit son mouchoir, s'essuya le front et promena autour de lui un regard qui ne devait pas être très différent de celui d'un poulet à demi égorgé.

La première chose qu'il vit fut que M. Antoine, son voisin immédiat, continuait à jongler. Il était si totalement absorbé par son numéro, si grisé par la ferveur patriotique et par la démonstration de sa maîtrise artistique qu'il paraissait s'être victorieusement élevé au-dessus de la mort, comme tant de ses prédécesseurs illustres et glorieux de l'Histoire dont l'héroïsme et le suprême défi étaient enseignés aux enfants dans les écoles. Il semblait vraiment mimer, pour reprendre les mots d'un grand écrivain français, le triomphe de l'art sur la finitude humaine. Le mannequin se tenait toujours pétrifié dans les bras d'Agge Olsen, le visage tourné vers le peloton d'exécution et le cigare braqué dans la direction de l'ennemi. A présent, il levait la tête vers le ventriloque.

— Eh bien, on peut dire que l'on ne s'ennuie pas ici, dit-il.

M. Manulesco continuait à jouer du violon avec entrain. Un sourire triomphant perçait maintenant sous l'épaisse couche de blanc qui lui couvrait le visage : il était certainement convaincu que l'ordre d'interrompre leur exécution et peut-être même de les épargner définitivement était entièrement dû à son génie artistique et à l'enchantement, l'admiration et l'enthousiasme provoqués par sa musique. Quel que soit le régime politique, on ne tue pas les grands musiciens. On s'incline devant eux avec respect ; le grand art a une façon mystérieuse mais indiscutable d'éveiller dans les natures même les plus primaires un respect instinctif. Il était certain qu'il avait touché dans le cœur de ces brutes militaires une corde humaine. Peut-être, si les plus grands virtuoses juifs s'étaient précipités à temps à Berlin pour jouer devant Hitler, tout le sort de leur peuple aurait été changé.

Le monstre cubain, bien que le Dr Horwat évitât soigneusement de rencontrer son regard, lui adressait des sourires pathétiques, mais l'évangéliste détourna sévèrement la tête, il n'allait tout de même pas se laisser aller à fraterniser avec ce dégénéré.

La première pensée qui vint à l'esprit de l'avocat, Mr. Sheldon, dans l'état de presque total abrutissement où il se trouvait, était qu'avec un peu de chance le tranquillisant aurait maintenant le temps d'agir. Il fit ensuite une sorte de rêve éveillé — éclair, qui ne dura pas plus d'une seconde, mais qui laissa la capitale de ce maudit pays en ruine, et sans un seul survivant, dans les nuages de fumée noire soulevés par les bombes américaines. Lorsqu'on pensait qu'il y avait en ce moment même des dizaines de milliers d'étudiants qui réclamaient la paix avec le Vietcong, on se rendait compte à quel point les soi-disant intellectuels ignoraient tout de la situation dans le tiers monde. Il était en train de dire tout cela au Dr Horwat avec une volubilité extraordinaire, tout en luttant contre un besoin irrésistible d'uriner auquel il refusait de se laisser aller, craignant qu'il ne fût interprété comme le signe d'un dérèglement causé par la peur.

La vieille Indienne n'avait pas bougé. Elle se tenait là où on l'avait placée et attendait, mâchonnant toujours avec béatitude la drogue merveilleuse qui avait tant fait pour le pays. Elle rappela soudain au Dr Horwat les poupées *Katchina* des Indiens de l'Arizona, et ses vêtements eux-mêmes évoquaient les couleurs de ces petites divinités païennes qu'il avait vues au musée de Flagstaff.

Charlie Kuhn épongeait son visage terreux avec un mouchoir. Il était à peu près sûr maintenant qu'il était sauvé, que cet enfant de pute d'Almayo leur avait fait une de ses fameuses blagues ; ils étaient définitivement hors de danger, quoiqu'il ne sût pas très bien lui-même ce que « définitivement » pouvait vouloir dire, étant donné l'état de son cœur et le manque général de talent de l'humanité lorsqu'il s'agit de durée.

Mais il avait un flair théâtral très aigu, et son vieux sens du spectacle lui disait que cette fois les acteurs n'allaient pas quitter définitivement la scène.

La jeune femme avait allumé une cigarette avec un briquet en or. Elle paraissait maintenant plus émue que tout à l'heure, presque angoissée, comme si le fait de demeurer en vie eût posé à présent toutes sortes de problèmes qu'elle ne savait comment résoudre.

— Eh bien, j'ai vraiment cru que ça y était, cette fois, dit-elle avec une nuance de regret qui lui attira un regard indigné du prédicateur. Vraiment, c'est pas de chance. En général, je ne me laisse pas aller à des pensées aussi négatives, mais qu'est-ce que vous voulez, j'en ai marre, je ne sais plus ce que je vais faire maintenant. C'est toujours comme ça avec José. Il change d'avis tout le temps et il ne tient jamais ses promesses. C'est un garçon exceptionnel, mais il a des problèmes. Vous vous rendez compte qu'il n'y a pas un seul psychanalyste dans ce pays, pas un seul. J'ai voulu créer une chaire de psychanalyse à l'Université, et j'ai fait venir un médecin hongrois, mais il est devenu colonel dans la police, parce que le pays manque de cadres et n'a jamais su former des élites. Oh, et puis je ne sais même pas pourquoi je vous en parle. Il ne veut plus de moi, c'est aussi simple que ça. Il croit que je lui porte la poisse.

Ils virent le capitaine Garcia revenir vers eux en courant ; ils entendirent un crissement de pneus sur les pierres, cependant que les Cadillac et les jeeps surgissaient à toute allure en faisant sauter les cailloux et stoppaient devant eux dans un nuage de poussière et un grincement de freins. Le capitaine Garcia aboya de nouveaux ordres en gesticulant, et les soldats commencèrent à les pousser dans les voitures avec une brutalité due plutôt à la précipitation qu'à l'hostilité. Le Dr Horwat s'adapta si rapidement au pays qu'il ne lui vint même pas l'idée de protester lorsqu'il sentit une crosse de fusil s'enfoncer dans ses côtes. Il bondit dans la voiture et se trouva coincé entre le monstre cubain et la petite Américaine, face à face avec le visage sarcastique et, lui semblait-il, méchamment satisfait de la poupée du ventriloque qui se penchait vers lui par-dessus l'épaule de son maître, assis à côté du chauffeur. Il vit le capitaine Garcia apparaître sur le seuil du café, tenant tendrement dans ses bras un chargement de bouteilles qui paraissaient hors de proportion avec la longueur même de ses pattes de gorille ; il vit ce détritus humain se précipiter vers la

127

jeep munie d'une antenne qui se balançait, remettre les bouteilles à ses subordonnés et sauter auprès du conducteur ; après quoi, les jeeps, les motocyclettes et les quatre Cadillac démarrèrent à toute allure sur le terrain rocailleux où l'on ne distinguait pas la moindre trace de piste, s'éloignant à fond de train de la route et fonçant vers les montagnes. Après avoir roulé un quart d'heure avec des cahots insensés qui projetaient sans cesse l'évangéliste tantôt dans les bras de l'horrible Cubain, qui le soutenait pour l'empêcher de tomber, tantôt sur la malheureuse Américaine qui avait été prise de hoquets avant de s'endormir brusquement, la tête sur les genoux du Dr Horwat, ils rejoignirent ce qui pouvait à la rigueur dans ce pays passer pour un chemin et qui paraissait, par comparaison avec le parcours infernal qu'ils venaient d'accomplir, lisse comme un tapis. L'évangéliste, la tête renversée en arrière et les yeux clos, la cuisse chaude du dégénéré sexuel contre la sienne et la tête blonde de la fille ivre sur son bas-ventre, se laissa aller à un état de vide et de torpeur stupéfaite si voisin d'une sorte d'abdication totale qu'il n'hésita même plus à passer, pour plus de confort et peut-être même de réconfort, un bras autour des épaules du Cubain et l'autre autour de la taille de la pauvre enfant qui n'aurait jamais dû quitter à son âge sa famille et son pays.

Dans la jeep en tête, le capitaine Garcia, bien que la *tequila* continuât encore à brouiller agréablement son cerveau, s'efforçait une fois de plus de digérer la nouvelle incroyable qui venait de bouleverser complètement l'univers confortable d'ordres et de leur exécution dans lequel il vivait depuis plusieurs années.

Lorsque son sergent était venu lui annoncer en courant, et encore tout pantelant sous l'effet de la peur et de l'émotion, qu'il avait réussi à rétablir le contact radio avec le Quartier général pour s'entendre annoncer immédiatement que la rébellion avait éclaté dans la capitale, que l'Armée s'était soulevée et occupait tous les points stratégiques, il n'avait pas été particulièrement surpris, non qu'il s'y attendît, mais simplement parce que le soulèvement militaire faisait depuis toujours partie du patrimoine national et de la distribution des richesses et des postes qui rendaient celles-ci accessibles. Il avait toujours été prêt à être un jour torturé et exécuté lui-même, cela faisait partie du métier et, comme il avait su profiter de la vie et de ses fonctions, il n'avait pas particulièrement peur de mourir. Mais il avait horreur de l'incertitude et des situations où il fallait prendre de sa propre autorité des décisions dont les conséquences étaient imprévisibles. Il avait toujours été un subordonné qui se contentait d'exécuter les ordres, mais voilà qu'à présent, pour la première fois de sa vie, il lui fallait soudain faire preuve d'initiative et agir sans aucune instruction et dans une confusion politique où son action pouvait aussi bien faire de lui un traître qu'un héros. Il ne croyait pas que ce fût la fin du régime d'Almayo, bien que le message du Quartier général fût franchement pessimiste et même affolé ; il ne voyait pas un homme comme José Almayo se laissant surprendre par des ennemis ou laissant ourdir une conspiration alors qu'il avait des informateurs dans tous les milieux et ne faisait confiance à personne. Mais tout était possible sur cette terre, et même les plus grands salopards ne sont pas à l'abri des coups stupides du destin ; on a vu les pires salauds perdre soudain la chance et obligés de céder la place à un successeur, malgré le vide qu'ils avaient fait autour d'eux. Son instinct de conservation lui dictait la plus grande prudence, et sa première conclusion fut que ce serait de la folie de fusiller des citoyens américains dans une situation aussi confuse et alors qu'on ne savait pas du tout comment les choses allaient tourner. Si José Almayo s'avérait vainqueur, si les informations indiquaient clairement que sa chance tenait encore bon, il pourrait alors abattre les Américains avec une conscience tranquille, et personne ne saurait qu'il avait, momentanément désobéi aux ordres et sursis à l'exécution. Mais, si le mouvement militaire réussissait, sa meilleure et peut-être sa seule chance de sauver sa peau serait de garder les *gringos* comme otages dans quelque coin perdu de la Sierra, de faire savoir qu'il avait refusé d'exécuter les ordres criminels du dictateur sanglant et d'échanger ensuite les prisonniers, avec l'aide de l'ambassade des États-Unis, contre un sauf-conduit pour lui-même.

Le capitaine Garcia avait derrière lui plusieurs générations de bandits, et cette affaire n'était pas, au fond, très différente de ce que ses ancêtres hors la loi faisaient lorsqu'ils exigeaient une rançon ; aussi, puisant dans son désarroi l'inspiration dans la tradition familiale, seule clarté qui parvenait encore à percer l'obscurité dans laquelle baignait son cerveau, il avait embarqué les prisonniers dans les Cadillac et fonçait maintenant dans un coin de montagne qu'il connaissait et où, selon la légende, son grand-père venait chercher refuge avec sa bande après quelque exploit. Il savait qu'il ne pouvait passer inaperçu ou se laisser oublier plus de quelques jours, mais cela suffisait largement pour lui laisser le temps de s'orienter et de prendre position. Si les rebelles l'emportaient, il pourrait encore négocier un sauf-conduit en menaçant d'exécuter les prisonniers, créant ainsi au nouveau gouvernement dès ses débuts de sérieuses difficultés avec la grande démocratie américaine, où il comptait bien pouvoir se réfugier et où il avait toujours rêvé de finir ses jours. Le Libérateur y avait puisé le plus clair de sa doctrine et de son inspiration, et Garcia avait pour les États-Unis une grande admiration. Il se sentait maintenant très fier de lui, de sa promptitude d'esprit et de son astuce ; tandis que la jeep grimpait le long du précipice, sur le chemin des contrebandiers, il prit une bouteille et se mit à tourner le bouton de la radio, porta le goulot à ses lèvres et écouta avec satisfaction *Lovely You* de Frank Sinatra, un des hommes qu'il admirait le plus ici-bas.

Il y avait maintenant près d'une heure que les Cadillac avaient quitté la route. La jeune femme s'était réveillée et était en train de se refaire une beauté ; le Dr Horwat se présenta. Il ne fut nullement surpris qu'elle connût son nom. Elle interrompit son maquillage et, le rouge à lèvres encore levé, le regarda curieusement.

— Ah oui, dit-elle, j'ai souvent entendu parler de vous, Dr Horwat. José vous admire beaucoup. Je sais qu'il suit avec attention ce que vous faites. Il a même chargé l'agence de relations publiques qui le représente aux États-Unis de lui envoyer des traductions de vos articles et de vos sermons. Il aime bien ce que vous dites du Diable et trouve que vous faites une très bonne propagande là-dessus. Il est très croyant, vous savez. Tous les Indiens le sont. C'est un pays très croyant.

— On ne peut guère dire qu'il ait profité de mon enseignement, dit le Dr Horwat sombrement. Si j'en juge par l'expérience que nous sommes en train de vivre, cet odieux dictateur me paraît plus près du Diable qu'aucun des criminels que j'ai eu la malchance de rencontrer dans ma vie.

— On ne peut pas vraiment qualifier José de dictateur, dit la jeune femme d'un ton de reproche. C'est simplement un pays très différent du nôtre, et ils ont une tradition politique différente, voilà tout. On ne peut pas les juger suivant les critères de chez nous, et José a fait beaucoup de bien, croyez-moi.

— J'en doute, fit l'évangéliste.

— Seulement, il est un peu superstitieux, voilà, dit la jeune fille en soupirant. Très crédule. Et il faut bien admettre que des gens comme vous, Dr Horwat, permettez-moi de vous le dire, l'encouragent beaucoup, en lui donnant toutes sortes d'idées.

L'évangéliste lui jeta un regard dénué d'aménité.

— Je vous prierai de vous expliquer, dit-il d'un ton glacial.

— Oh, je vais m'expliquer, Dr Horwat, dit la jeune femme qui ne paraissait nullement impressionnée. Depuis des siècles et des siècles, des moines espagnols illettrés, ou en tout cas complètement dépourvus de la moindre parcelle de compréhension ou de tolérance, enseignaient aux Indiens que tout ce qu'ils aimaient, toutes leurs coutumes, leur façon de vivre, ne pou-

132

vaient manquer de les envoyer en Enfer. Tenez, ils avaient une grande liberté sexuelle ici, vous devez le savoir, mais on leur a expliqué que la sexualité était une invention du Diable. Et que c'était un crime contre Dieu que de se rebeller contre leurs maîtres espagnols. En fait, tout était mal, il n'y avait de bien que la résignation, la soumission, l'acceptation silencieuse de leur sort et la prière pour le repos de l'âme de leurs enfants morts de sous-alimentation ou d'absence totale d'hygiène, de médecins ou de médicaments. Tout ce qu'ils avaient envie de faire, les Indiens : forniquer, travailler un peu moins, tuer leurs maîtres et leur prendre la terre, tout cela était très mauvais, non ? Le Diable rôdait derrière ces idées, on leur expliquait ça sans arrêt. Alors, il y en a qui ont fini par comprendre et qui se sont mis à croire très sérieusement au Diable, comme vous le leur conseillez. Ce sont des gens superstitieux, primitifs, et personne n'a jamais essayé de changer, ici, ce qui rend les gens primitifs. Même José n'a pas d'instruction, bien qu'il soit très intelligent et qu'il ait une tournure d'esprit très logique. Oui, trop logique même. Alors quand vous, révérend, qui n'êtes pas un prêtre de village ignare ou un *chucho*, un sorcier du marché, mais une personnalité respectée et acclamée d'un grand pays civilisé, quand vous ou un homme comme Billy Graham proclamez que le Diable existe vraiment et qu'on le voit un peu partout gouverner le monde, José reprend confiance, il se sent rassuré et il vous est très reconnaissant. Vous l'avez encouragé dans ses superstitions. Vous devriez avoir honte.

— Ma chère enfant, je n'ai rien fait de tel, s'ex-

133

clama l'évangéliste avec indignation. C'est du blas-phème.

— Ce n'est pas la peine de vous fâcher, dit la jeune femme avec une trace d'ironie, et même de méchan-ceté, je voulais simplement que vous vous rendiez un peu mieux compte des choses.

— Vous semblez avoir beaucoup de sympathie pour cet individu, observa sèchement l'évangéliste.

La jeune femme bâilla.

— Évidemment, répondit-elle paisiblement, voilà trois ans que je suis sa maîtresse.

Le Dr Horwat décida de laisser passer cet aveu sans lui faire de la morale.

— Ça ne l'a pas empêché de donner l'ordre de vous fusiller, remarqua-t-il.

La jeune fille eut un sourire très satisfait.

— Oui, il a souvent essayé de se débarrasser de moi, mais il en est incapable. Il ne peut pas le faire parce qu'il m'aime. Il a horreur d'en convenir, mais c'est comme ça. Et vous voyez, il a donné un contror-dre. Nous avons souvent des scènes comme ça, c'est normal entre amoureux. Il a encore essayé de rompre, mais il n'y est pas arrivé, vous l'avez bien vu. Il a immédiatement annulé l'ordre.

— Voilà qui reste encore à voir, dit l'évangéliste d'un ton lugubre. Nous pouvons encore très bien être jetés dans un fossé après le prochain tournant et criblés de balles. C'est peut-être pour ça qu'ils nous emmè-nent dans les montagnes. Et pourquoi un homme essaierait-il de tuer une femme qu'il aime ?

Il y avait de nouveau dans l'expression de la jeune Américaine un air de triomphe et de supériorité. Elle semblait considérer qu'elle avait remporté une victoire. C'était pourtant de toute évidence une fille intelligente et qui avait reçu une bonne éducation. Cela en devenait encore plus triste. Pour la première fois, il regarda plus attentivement son visage. Malgré sa jeunesse, on y lisait les traces incontestables d'une existence dissipée. Elle était très jolie, mais elle se maquillait trop.

— Pourquoi ? Vous devriez être le dernier à poser une telle question, Dr Horwat. L'amour, vous savez ce que le Diable en pense. C'est trop près de Dieu. José croit que ça porte malheur d'aimer ou d'être aimé. Je ne voudrais pas vous vexer, mais ce sont des gens comme vous, et en tout cas tout le clergé espagnol depuis les conquistadores, qui lui ont fait croire à la puissance des ténèbres et au pouvoir du Mal, et il se trouve que tout ce que José attend de ce monde, tout ce qu'il désire ardemment, est exactement ce que, pour reprendre les termes mêmes que vous employez dans vos articles, le génie du Mal est seul en mesure de lui offrir : la puissance, la vengeance contre les années de misère, la richesse et le plaisir sans fin, tous les plaisirs, le vice si vous préférez.

— C'est ce qu'on appelle une hérésie, dit sèchement l'évangéliste.

— Bien sûr. Autrefois, on brûlait des gens pour ça, on se faisait torturer par l'Inquisition. J'ai été pendant deux ans à l'Université d'Iowa et, avant de venir ici, je me suis renseignée. Je ne suis pas sans posséder quelque lumière sur l'histoire de la conversion des Indiens. Je sais ce qu'on leur a appris, ce qu'on leur a démontré et comment on s'y est pris. Ils voyaient bien que Dieu, dont on leur a tant parlé pendant des siècles, ne faisait rien pour eux, et ceux qui leur en parlaient non plus, et qu'ils continuaient à crever dans la misère. Alors, José s'est adressé ailleurs. J'ai fait de mon mieux pour le guérir de son obscurantisme.

Le Dr Horwat serra les dents. Il n'allait pas se lancer dans des explications pour prouver à cette fille qu'il n'avait pas à être rendu responsable des méfaits du clergé espagnol. Il n'avait rien à voir avec l'Église catholique et appartenait à une Église moderne et éclairée qui travaillait au progrès.

— Oui, j'ai essayé, répéta la fille. Comme vous pouvez le constater, je ne suis pas parvenue à grand-chose. Si ce n'est à me détruire moi-même.

Le Dr Horwat déploya aussitôt ses ailes.

— Ma chère enfant... à votre âge...

— Et voilà, reprit la jeune femme sans l'écouter, haussant les épaules avec un air d'indifférence fort peu convaincant. Voilà. Il a une peur bleue des sentiments qu'il éprouve pour moi. L'amour, quelque chose de bon, de beau, de propre, il croit que ça vous fait mal voir du Patron. Oui, de celui à qui appartient ce monde. Je sais bien qu'il m'aime, mais il le cache admirablement parce qu'il a peur, il croit que c'est une terrible faiblesse en lui, et il déteste davantage encore l'idée que je l'aime et que je continuerai à l'aimer en dépit de tout. Je peux même vous dire que, s'il n'a pas osé me faire fusiller, c'est parce qu'il craint que j'aille au Ciel et que là je dise un mot en sa faveur, ce qui l'empêcherait de réussir sur cette terre...

C'était certainement ce que le Dr Horwat avait entendu de plus monstrueux de sa vie, et le fait que de telles machinations abominables lui étaient exposées alors qu'il se trouvait à côté d'un autre damné, dont l'occupation consistait à accomplir en public des prouesses sexuelles abominables, et sous le regard vitreux et cynique d'un mannequin qui ne cessait de sourire, alors que la mort les guettait peut-être au prochain tournant, donnait à tout cela un caractère particulièrement cauchemardesque et infernal. Ce que cette fille perdue venait de lui dire, les arrière-pensées véritablement diaboliques du dictateur étaient une perversion qui n'aurait pu naître que dans un esprit catholique romain. Cela montrait bien jusqu'à quel point l'Église romaine plongeait encore dans les ténèbres. Le protestantisme était une doctrine qui excluait ce genre d'aberration de la foi. Il avait toujours été hostile à l'élection d'un catholique à la présidence des États-Unis, et à présent il voyait mieux encore à quel point il avait raison. Le protestantisme était inséparable de l'américanisme, et seule l'action de ces deux facteurs puissants et dynamiques pouvait tirer les pays sous-développés du continent américain des miasmes du passé qui freinaient leur progrès.

— Je regrette de ne pas avoir eu l'occasion de parler à cet égaré. Je ne fais certes pas de miracles, mais j'ai tout de même obtenu quelques conversions remarquables. Je sais que c'est un langage que l'on n'emploie guère dans une Université où la marijuana, le L.S.D. et tout les autres hallucinogènes ont plus de succès que mes paroles, mais j'aurais peut-être pu sauver son âme.

La jeune fille observait tristement le paysage nu et désolé de la Sierra, au-delà du précipice.

— Je crois malheureusement que José à d'autres projets pour son âme, dit-elle.

La nuit tombait sur eux, une véritable chute, un vol noir. Le monstre cubain ronflait. Le Dr Horwat éprouva une curiosité dont il ne se serait pas cru capable : il se demanda de quoi il pouvait bien rêver.

— Qui est ce garçon ? demanda la fille.

— Je ne sais pas du tout, s'empressa de répondre l'évangéliste.

Elle regarda de nouveau par la vitre, vers les dernières traces de clarté qui touchaient encore le ciel au-dessus du volcan d'Astactivatl. Le sommet du volcan enneigé avait la forme d'une tête de chien.

— José aurait pu être un si grand homme, dit-elle. Il a vraiment tout ce qu'il faut pour mener le peuple vers la démocratie et le progrès. Une sorte de pouvoir irrésistible... un magnétisme. Les foules tombent toujours sous son charme. On ne peut pas lui résister... Oh, ne faites pas cette tête-là. Je ne parle pas de ça. Évidemment, toutes les filles lui courent après.

L'évangéliste toussa et regarda ses mains.

— Je le connais si bien, dit la jeune femme. Je pourrais vous raconter tout sur lui... tout.

Le Dr Horwat était trop préoccupé par l'avenir immédiat qui leur était réservé pour se sentir enclin à écouter ce qui ne pouvait être qu'une liste d'horreurs, de crimes et de turpitudes ; s'il devait laisser sa vie dans cette montagne perdue, il estimait qu'il y avait d'autres façons de passer ses derniers instants que d'assister à la projection d'un film pornographique et sanglant, car, à en juger par ce qu'il avait déjà entendu, cela ne pouvait guère être autre chose. Mais la fille se mit à parler, et, tandis que la caravane des Cadillac s'enfonçait de plus en plus profondément dans les ténèbres, l'évangéliste se mit à l'écouter : c'est parfois la seule façon d'aider un être humain.

CHAPITRE IX

Le colonel commandant l'Aviation téléphonait toutes les demi-heures pour rendre compte de la situation
et assurer Almayo de sa totale fidélité, tout en
annonçant qu'il tenait un appareil à la disposition du
lider maximo au cas où ce dernier déciderait — momentanément, bien sûr — de quitter le pays. Almayo lui
intima l'ordre de bombarder les rebelles : le Quartier
général de l'Armée, les chars, la station radio, la
canaille dans les rues, puis le rappela pour lui dire de
bombarder également la bibliothèque nationale, la
nouvelle Université et le Centre philharmonique. Le
colonel risqua une question : il n'avait pas l'impression que ces trois derniers objectifs pussent être
importants ; il lui semblait que ces destructions ne
pouvaient avoir de grande portée pratique.

— Les étudiants sont barricadés là-dedans, lui dit
Almayo, puis il raccrocha.

Ce n'était pas vrai, mais il avait ses raisons.

La fusillade paraissait diminuer d'intensité, et le
téléphone continuait à fonctionner sans accroc sous
contrôle gouvernemental. Le central téléphonique

avait subi trois assauts, mais les forces de sécurité avaient tenu bon. Almayo dépêcha en ville le colonel Morales avec ordre de rendre compte de l'évolution des combats de rues, puis prit une bouteille sur son bureau et regagna ses appartements privés. Il trouva la jeune Indienne exactement comme il l'avait laissée : accroupie nue sur un matelas en train de se peigner les cheveux. Il en avait toujours deux ou trois dans sa résidence, mais celle-ci avait plus de talent que les autres ; elle faisait semblant de s'intéresser à l'affaire, alors que les autres le laissaient faire comme des vaches. Il lui dit de se rhabiller ; il n'aimait pas la nudité et était toujours un peu choqué par elle ; la nudité lui rappelait la pauvreté, le dénuement de son enfance, le cul nu des Cujons crevant de faim dans leur merde millénaire.

Après il demeura couché sur le dos, attendant le retour de ses forces. Il pensait au phénomène cubain qu'il avait fait venir d'Acapulco où celui-ci faisait sensation et dont le talent extraordinaire lui avait été signalé par son ambassadeur à Mexico. Il ne pensait plus à la rébellion. Il savait qu'il allait l'écraser : les belles proclamations des chefs de l'insurrection, dont certains étaient des intellectuels animés des meilleures intentions, montraient bien qu'ils étaient sincères et désintéressés et n'avaient donc aucune chance de réussir. Il était hors de question qu'ils pussent obtenir la *protección* nécessaire. Il pensait à sa boîte de nuit, la seule chose qui le passionnât vraiment et où il passait ses meilleurs moments. Il était propriétaire de l'établissement depuis plus de dix ans ; à présent, en raison de sa position, il avait un homme de paille qui lui servait de prête-nom, mais il veillait à tout lui-même. Il engageait les plus grands artistes du monde et les meilleures attractions, et il était souvent dans la salle ou les faisait venir au Palais. « Le goût du *lider maximo* pour les saltimbanques de toutes sortes et les charlatans — il y en a quelques-uns jusque dans son entourage — fait beaucoup sourire dans les ambassades. » Il avait lu cela dans un magazine américain.

Il pensait toujours à certains d'entre eux à des moments difficiles lorsque le doute l'effleurait ou lorsqu'il perdait confiance.

Il y avait eu le Hollandais qui s'enfonçait une épée dans le ventre et faisait ressortir la pointe de l'autre côté ; il retirait ensuite l'épée, saluait et s'en allait avec le sourire, pour recommencer son exploit le lendemain. C'était un pouvoir qui faisait dresser les cheveux sur la tête du public, et dont de nombreux médecins avaient été témoins. Le Hollandais était mort depuis, à Hambourg, un jour où quelque chose avait cloché dans son truc ; peut-être avait-il fait un geste maladroit et raté de quelques millimètres le point précis où il pouvait enfoncer son épée sans se faire du mal. Tel était l'avis des spécialistes du music-hall, mais José avait d'autres idées là-dessus. Le Hollandais avait tout simplement été abandonné par la chance, il avait perdu la *protección* dont il jouissait.

Il y avait eu Kruger, qui hypnotisait des centaines de personnes à la fois et leur faisait voir et ensuite décrire avec précision des événements historiques vieux de plusieurs siècles. C'était très impressionnant, mais quelqu'un avait expliqué à Almayo que l'hypnotisme était un phénomène scientifique pratiqué dans

142

les hôpitaux, ce qui avait écœuré José au point qu'il arrêta la représentation de l'Allemand et l'expulsa du pays sans le payer. Il aurait donné n'importe quoi pour voir quelque chose que l'œil humain n'avait encore jamais contemplé. Il avait vu défiler à l'*El Señor* les plus grands danseurs, jongleurs, prestidigitateurs, acrobates et illusionnistes, et, dernièrement, il avait vécu un moment d'espoir particulièrement fervent en écoutant un nègre de Haïti, P'tit Louis, dont le tambour précipitait dans de véritables transes les spectateurs et créait un *suspense* vraiment bouleversant : on sentait que quelque chose allait enfin se passer. Almayo était demeuré des nuits entières à l'écouter, se soûlant et attendant quelque chose, il ne savait pas quoi au juste. C'était une attente d'autant plus envoûtante que le Noir en jouait avec un raffinement et une cruauté rusés, sachant parfaitement comment exploiter le sentiment d'imminence qu'il créait et faisait durer impitoyablement, avec toute l'intuition d'un prêtre vaudou lorsqu'il s'agit d'exploiter le plus profond besoin des esclaves et des malheureux.

Le Haïtien était infatigable, habité par un souffle et une force qui paraissaient avoir donné à ses bras le secret du mouvement perpétuel. Il s'accroupissait sur le dallage de marbre noir auprès de son tambour, son torse nu ruisselant de sueur, et fixait Almayo avec un sourire immuable qui lui fendait le visage comme une craquelure blanche et tordue. Almayo sentait une intimité à la fois canaille et fraternelle s'établir entre eux, il avait l'impression que le Noir savait vraiment quelque chose, *qu'il en venait*. Ses mains frappaient le tambour avec une telle rapidité qu'elles devenaient invisibles; les rythmes ne se répétaient jamais, et la nuit s'épuisait alors que leurs étonnantes variations paraissaient devoir continuer à tout jamais; Almayo restait là, un cigare éteint au coin des lèvres, dans la boîte de nuit vide, et il attendait, il écoutait la promesse, le regard plongé dans les yeux de ce sale nègre qui savait si bien de quoi rêvent ceux qui ont derrière eux des siècles d'esclavage et d'abjection.

A côté du tambour, un fétiche de plumes multicolores au visage hideux d'homme-oiseau était encore vivant, bien que le Smithsonian Institute eût bati dans la capitale un très beau Musée de l'homme et qu'il y eût à l'Université une chaire d'anthropologie et de sociologie.

Mais rien ne se produisait jamais. Il n'y avait pas de signe, personne ne répondait jamais à l'appel, c'était du chiqué. Le Haïtien était seulement le meilleur batteur du monde, rien de plus. C'était peut-être pour cela que Trujillo l'avait expulsé de Saint-Domingue, peu de temps avant son assassinat. Sans doute se sentait-il, lui aussi, abandonné.

José commençait à perdre ses illusions sur l'art et les artistes. C'étaient des saltimbanques. Il n'y avait personne derrière eux : ils ne s'appuyaient que sur eux-mêmes, sur leur habileté et leurs ruses. C'était l'époque où il avait commencé à mener sa campagne contre les sorciers, ce qui lui avait valu un regain de popularité parmi les élites progressistes. Il en avait fait abattre un grand nombre dans la brousse; il faisait brûler dans les villages les fétiches, les masques, et jeter en prison tous ceux qui étaient surpris en train de

144

pratiquer le culte du poulet. Il fut pris d'une crise de modernisme impitoyable qui se chiffra par des centaines de morts. Ce fut un véritable règlement de comptes personnel avec tous ceux qui, depuis son enfance, n'avaient fait que le tromper. Il interdit l'enseignement religieux dans les écoles et ordonna l'expulsion du pays de tous les prêtres étrangers. C'étaient tous des tricheurs et des charlatans qui se donnaient des airs renseignés et se réclamaient d'une puissance qu'ils prétendaient représenter sur terre, mais le vrai pouvoir était ailleurs, et ils n'y avaient pas accès. Ils n'avaient pas ce qu'il fallait, ils avaient peur de payer le prix, qu'ils trouvaient exorbitant. Mais ce prix, Batista l'avait payé, et Trujillo aussi, et bien d'autres, Jimenez du Venezuela, Duvalier de Haïti. Tant qu'ils continuaient à le payer sans lésiner, ils bénéficiaient d'une *protección* qui leur permettait de triompher de tous leurs ennemis. Mais il venait toujours un moment où ils commençaient à avoir peur : le pouvoir leur glissait entre les mains, simplement parce qu'ils commençaient à mollir et à essayer de se racheter, de faire du « bien ». Ils étaient alors immédiatement chassés et perdaient leur puissance et même leur vie. Il était totalement impossible de conserver le pouvoir sans payer le prix, et Almayo n'avait jamais cessé de le payer. Il était devenu un salopard exemplaire, célèbre par sa cruauté et son absence totale de scrupules dès l'âge de dix-huit ans ; au bout de quelques années, ses talents dans ce domaine avaient été reconnus et lui avaient valu des appuis politiques décisifs ; très vite, sa réputation avait dépassé les frontières de son pays ; le récit de ses « atrocités », des exécutions sommaires, des tortures — des familles entières de membres de l'opposition poussées de la route de Sandorin dans le précipice — était publié tous les jours par la presse indignée de l'Amérique « progressiste », et Almayo, qui n'était alors que le chef de la police politique, le lisait avec satisfaction en faisant durer la cendre au bout de son cigare : la notoriété dont ses actes étaient entourés ne pouvait absolument pas échapper à l'attention de tout prospecteur de talents sérieux et exceptionnels désireux d'étendre son pouvoir sur le monde qu'il gouvernait. La foi d'Almayo était profondément ancrée, irréductible, fervente et à l'abri de tout scepticisme. Depuis le jour où le jeune Indien avait pour la première fois quitté son village et bien regardé son pays natal où, selon les rapports de l'Unesco et de la Commission de santé des Nations Unies, la sous-alimentation et le manque d'hygiène étaient responsables d'une mortalité infantile qui atteignait soixante-quinze pour cent et où la syphilis touchait quarante-cinq pour cent de la population, cependant que la prostitution des enfants était dénoncée par toutes les commissions d'enquête, il savait qui gouvernait le monde. Dès l'âge de douze ans, il avait compris et il avait appris à regarder les choses en face et à en tirer les conclusions. Il avait vu la misère physiologique sans espoir, l'abêtissement par les « étoiles » de *mastala* de *teonanacatl,* de *peyotl* et d'*ololiuqui* mâchées sans arrêt par les paysans indiens pour oublier leur sort, l'exploitation, l'injustice et la corruption totale du pouvoir solidement aux mains des élites de souche espagnole, de l'Armée et de la police, et il savait que le monde était un mauvais lieu dont il n'était pas difficile de reconnaître le véritable maître. Il avait toujours tout fait pour se montrer digne de lui, puisque Dieu était seulement au Ciel. Et pourtant, après des années de succès et de tranquillité au sommet de la puissance qui lui avait été conférée par ceux qui avaient reconnu ses talents, quelque chose avait mal tourné, et il avait beau faire, il avait beau se surpasser, tous les gages qu'il continuait à donner, tous ses efforts incessants paraissaient ignorés. Peut-être, après tout, n'avait-il pas été assez mauvais, assez cruel. Il commençait à se sentir découragé, et même indigné. Si le fait d'avoir fait fusiller sa propre mère ne suffit pas à vous assurer le soutien qu'il faut pour demeurer au pouvoir dans ce pays, il ne voyait pas ce qu'il pouvait faire de plus, quel meilleur gage il pouvait donner. Il n'avait pas perdu la foi, mais commençait tout de même à se demander si les prêtres qui l'avaient élevé et qui l'avaient confirmé dans sa foi ne l'avaient pas trompé, et si le monde n'avait pas été abandonné par Celui qui veillait sur lui. Il avait déjà été très impressionné par l'assassinat de Trujillo, dont l'exemple l'avait inspiré dans sa lutte pour le pouvoir ; mais le vieux dictateur avait à la fin de sa vie donné des signes de faiblesse, et l'influence américaine lui avait été particulièrement néfaste. L'aide américaine vous portait incontestablement malheur, et pourtant il était difficile de s'en passer.

Il se leva et revint près de la fenêtre, guettant les avions dans le ciel. Ils tardaient à venir, et le bombardement qu'il avait ordonné n'avait pas encore commencé. Il contempla sombrement les grands immeubles neufs au centre de la capitale, le gratte-ciel

147

de l'Université dressant au-dessus de tous les autres sa masse de verre étincelant. La petite pute américaine, songea-t-il. Tout ça, c'était son œuvre. Il ne s'en était pas méfié à temps. Elle avait sans doute défait tout ce qu'il avait accompli, toutes les preuves qu'il avait données de sa bonne volonté. Il l'avait laissée bâtir tous ces Centres culturels, sans y attacher d'importance, et une nouvelle Université, d'où étaient partis tous ses malheurs. Elle avait voulu faire du bien au pays, et à présent on pouvait dire qu'elle avait réussi. Elle avait vraiment fait du bien, et il en faisait les frais. Il aurait dû s'en méfier. Elle était à ce point bourrée de bonnes intentions et de bonne volonté qu'il aurait dû sentir qu'elle allait lui porter la poisse.

Il s'assit sur le lit, finissant son cigare, se demandant si ce flot de souvenirs qui l'assaillait était un mauvais signe, si le fait de s'absorber si complètement dans le passé, alors que le présent aurait dû retenir toute son attention, était une marque de fatigue et de relâchement de son énergie, ou s'il fallait y voir un présage qu'il refusait d'admettre. Toutes les étapes de son ascension défilaient à présent devant lui, tous les efforts qu'avait dû faire un jeune Cujon pour mériter l'attention du Maître ténébreux dont les prospecteurs, s'il fallait en croire le prêtre de son village et les religieux de San Miguel, parcouraient sans cesse le monde à la recherche de nouveaux talents, d'âmes ferventes et prêtes à tout.

Il revoyait le visage du gros homme et il entendait clairement sa voix qui lui assurait : « Tu auras plus de chance la prochaine fois, mon garçon. »

Il sentait encore le contact de la main ignoble sur sa

joue. C'était une main douce et pourtant lourde, qui courait partout comme un gros et sale iguane, et José la connaissait bien et la détestait avec une haine, un sentiment de honte, dont il se promettait bien de se venger un jour impitoyablement.

Il portait encore l'habit de lumière que le gros homme avait payé, comme il avait payé bien d'autres choses : toute sa garde-robe, son logement, ses cigarillos et ses douze paires de souliers. Mais José ne croyait plus au gros homme, il n'avait plus confiance en lui. Bien sûr, c'était une immonde salope, et son visage blafard, ses yeux avaient quelque chose de damné et de terrifié, mais José savait maintenant qu'il y en avait des milliers et des milliers comme lui, qui n'étaient pas assez importants, pas assez puissants, qui n'avaient sans doute pas les relations qu'il fallait.

Il lui avait fait toute sorte de promesses, entre des supplications murmurées au coin des rues, mais ça n'avait pas marché. C'était encore un imposteur, un menteur, il n'avait aucun appui. Chaque fois que José quittait l'arène, les rires, les insultes et les quolibets de la foule l'accompagnaient et demeuraient avec lui pendant des jours. Il lui fallait parfois des semaines pour les oublier ; la nuit, alors qu'il demeurait couché sans dormir dans le lit du gros homme, se levant parfois pour regarder le ciel d'un œil suppliant, chaque fois qu'il levait les yeux, il ne voyait pas les étoiles mais seulement les visages railleurs du public qui riait aux éclats du *novillero* maladroit et sans trace de talent. Le gros homme lui avait menti. Ce n'était pas assez de vendre son corps et son âme, le plus difficile était de se faire payer.

Il regarda pour la dernière fois. C'était pourtant un visage prometteur : des yeux lourds et jaunâtres au-dessus des cernes sombres, la bouche corrompue, à la fois molle et cruelle, les mains grassouillettes comme des pattes de sauriens avec des rubis et des diamants. C'était exactement un de ces hommes dont le père Chrysostome, là-bas, au village, lui avait dit qu'ils sortaient des « abîmes de ténèbres de feu emplis de corps qui se tordent dans les flammes et de reptiles, où les pécheurs paient cher leur vie de débauches et de jouissances »... José pensait que ce n'était pas payé très cher. Les Indiens payaient depuis des siècles un prix de souffrance tout aussi élevé sur la terre, et ils n'avaient rien en échange, ni jouissance, ni débauche, pas même du pain.

Il lui avait donc fait confiance. Mais le gros homme était de toute évidence un imposteur et, en mettant les choses au mieux, il avait seulement aidé l'enfant de quatorze ans à faire un pas dans la bonne direction. Il ne regrettait rien, mais il lui fallait maintenant aller plus loin, beaucoup plus loin, s'il voulait réussir. Ce n'était pas facile, car depuis qu'il traînait dans les rues de la capitale, parmi d'autres gosses indiens à la recherche d'un appui, il savait déjà qu'il y avait de la concurrence.

— Je ne te reverrai plus, lui dit-il.

Le gros homme enleva le cigare qu'il avait au coin de la bouche. Son menton se mit à trembler dans les vagues de graisse. Il pressa une main contre son cœur et il eut soudain des larmes dans les yeux. C'était tout de même extraordinaire où les larmes allaient se fourrer, pensa l'enfant.

— Je ferai tout pour t'aider, dit-il, tout. J'engagerai les meilleurs entraîneurs. J'ai déjà parlé à Pedro Ramirez : il a promis de te donner des leçons. Je te donnerai les meilleurs taureaux. Nous allons partir pour mon ranch et tu seras prêt pour la saison prochaine. Et je t'achèterai une nouvelle voiture, une Mercedes.

— On ne va plus se revoir, dit José. Tu es une « caille »...

Dans l'argot des arènes, la « caille » était un voleur qui faisait les poches du public dans la foule.

— Tu es un gagne-petit, tu ne peux rien faire pour moi. Tu n'es pas assez fort. Tu promets n'importe quoi, mais tu ne peux pas tenir tes promesses. Tu n'es pas assez important.

Le gros homme pleurait.

— Nous irons au Mexique, dit-il, je connais Arrozo et Pancho Gonzalez : ils te feront travailler. Tu seras un grand matador, le plus grand. Le talent ne vient pas comme ça, il faut en faire beaucoup, il faut du temps. Tu ne vas pas me laisser, dis ? Je ne peux pas me passer de toi.

— Je retourne dans mon village ce soir, dit José.

— Que feras-tu là-bas ? demanda le gros homme. Tu es trop beau pour perdre ton temps avec ces culsterreux.

— Il y a quelqu'un là-bas à qui j'ai deux mots à dire, répondit José.

Il commença à se déshabiller, et le gros homme essaya de l'aider de ses mains tremblantes. Quand José se trouva nu devant lui, le gros homme regarda ses jambes et ses cuisses et se remit à pleurer.

— Peut-être que je partirai demain matin seulement, dit José d'un ton railleur, mais donne-moi tes bagues, les deux, le diamant et le rubis.

Le gros homme commença à ôter ses bagues.

— Tu peux avoir tout ce que tu veux, mais ne me quitte pas.

— Je te quitterai... demain matin. Je te connais maintenant. Tu n'es pas assez important. Je les entends encore, ces imbéciles qui se moquent de moi... Tiens, je sens encore les cornes du taureau... là, et là. Je saigne, tu vois. Tu n'as pas le pouvoir.

Le gros homme tira un mouchoir de sa poche et s'essuya les yeux. Puis il secoua la tête :

— Je ne te comprends pas, mon garçon, dit-il, je ne sais pas ce que tu as. Je t'ai acheté les plus beaux vêtements, et quand tu voulais t'amuser avec des filles, je n'ai jamais dit un mot. Tu peux avoir de moi tout ce que tu veux. Demain, je t'achèterai la Mercedes. Seulement, ne me quitte pas.

— Je n'ai pas besoin de toi, dit José, je sais comment faire. Je connais le chemin.

Il quitta la ville au matin, en autocar, et, trois jours plus tard, il était de retour dans son village. Les vallées s'enfonçaient déjà dans l'obscurité lorsqu'il descendit du petit car miteux bourré de paysans, avec leurs poules et leurs chèvres sur le toit ; les cyprès qu'il connaissait si bien s'estompaient et disparaissaient dans la nuit foudroyante, montrant encore dans un dernier geste le ciel. Il resta seul dans la poussière du car qui s'éloignait et se mit à suivre les sentiers déserts ; c'était si différent de tout ce qu'il avait rêvé, ce retour silencieux au pays natal, les mains vides : on était loin des acclamations et de l'accueil bruyant fait au torero glorieux ; seuls quelques chiens aboyaient au loin.

Il avait dix-sept ans, et cela faisait trois ans qu'il avait quitté le village. Il avait faim, mais il avait honte d'aller chez lui et de revoir sa mère, et la colère grondait en lui, et l'impatience, le besoin de frapper un grand coup à la porte de la puissance qui avait comblé de tant de ferveur des hommes dont la gloire le faisait déjà rêver, des hommes comme Trujillo et Batista.

Il se dirigea vers le lac et marcha au milieu des roseaux vers le village, contemplant les derniers reflets dans l'eau, parmi les bateaux enveloppés dans leurs filets, et, dans l'île au milieu de l'eau, l'énorme statue de granit du Libérateur qui était déjà là bien avant le jour de sa naissance. Au-delà, c'étaient les montagnes et les statues des dieux anciens renversées par les Espagnols, aux yeux fermés par des pétales de fleurs que des paysans déposaient pieusement chaque matin ; il avait souvent aidé son père à cueillir les fleurs et à déposer les pétales frais sur leurs yeux ouverts pour leur épargner la vue de ce monde devenu si dur pour les Indiens depuis qu'on l'avait arraché à ses maîtres véritables, déposés par les hommes blancs armés de leur croix.

Aussitôt après le lac, il tourna à gauche et se dirigea vers la maison. Elle avait vieilli et les roseaux avaient grandi autour d'elle jusqu'au toit. Les murs d'adobe étaient fendus et sentaient la pourriture. La porte, comme toujours, était ouverte. A l'intérieur, la lumière de la lampe à huile brûlait doucement. Il entra, en se demandant si le vieux prêtre vivait toujours, si un

153

autre avait pris sa place, mais à peine avait-il passé la porte qu'il l'aperçut, assis à la même table que jadis, très droit, silencieux, perdu dans ses pensées. La table était jonchée de fleurs et d'herbes, et José connaissait bien leur message. Vert pour la fertilité, rouge pour la santé, blanc contre le mauvais œil et les démons. Demain matin, comme tous les jours, les paysans les déposeraient dans l'église, aux pieds du saint du village. Ils iraient ensuite vers les statues des dieux dont ils attendaient encore le retour, pour déposer d'autres pétales sur leurs yeux sans paupières.

Le Père Chrysostome leva la tête et parut le regarder, mais la nuit était partout autour de la petite lampe à huile et il n'eut pas l'air de le reconnaître. José fit un pas en avant pour que la lueur vînt éclairer son visage, et le vieil homme chaussa ses lunettes et le dévisagea.

— Te voilà donc revenu, dit-il. La ville ne t'a pas dévoré. Ou bien peut-être que tu fuis la police ? Quand les jeunes gens reviennent au village, c'est presque toujours parce qu'ils sont traqués. C'est comme ça, aujourd'hui.

— Je suis revenu, dit José. Je voulais te voir encore une fois avant ta mort, vieil homme. Ça ne va pas tarder, maintenant. Je voulais te parler encore une fois.

— Il me reste encore sept mois avant de mourir, dit le religieux avec satisfaction.

— Comme le sais-tu ?

— Le nouveau prêtre qu'ils ont envoyé ne sera pas là avant.

José s'assit et regarda le vieil homme. C'était un

visage vraiment ancien, creusé de profondes crevasses, et s'il était aussi sombre qu'un visage de Cujon, les cheveux et la barbe étaient tout blancs, à l'espagnole. C'était curieux, les cheveux d'un Cujon ne blanchissaient jamais, pensa José. Lorsqu'on voyait un Cujon à cheveux blancs, c'était que sa mère avait été une pute dans la capitale, et que ses enfants étaient revenus pour occuper des postes dans l'administration ou dans la police, ou être élus maires parce qu'ils avaient du sang espagnol.

— Comment est la vie dans la grande ville?

— Je n'ai pas eu de chance.

— Peut-être que tu ne la méritais pas.

José regardait les fleurs rouges et blanches et les herbes sur la table.

— Dis-moi, quel est le plus grand péché?

— Ils sont tous grands, dit le vieil homme. Il n'y a pas de choix à faire. Ils sont tous mauvais et ils conduisent tous à l'Enfer.

— Mais il doit y en avoir un qui est le plus grave de tous?

— Je ne sais pas, dit le vieil homme d'un ton las. Ça se discute. Il n'y a que l'embarras du choix. Tuer sa mère est le pire, à mon avis. La sodomie, c'est très mauvais aussi. On n'arrive jamais à mettre dans le mille, en ce bas monde. C'est un mauvais lieu.

— Mais quel est le péché qui te donne vraiment la chair de poule, vieil homme?

— Je suis beaucoup trop vieux pour avoir la chair de poule. J'ai la peau trop dure.

— Est-ce que le meurtre a une bonne place?

155

— Oui, le meurtre est un des plus graves. L'inceste est très mauvais aussi.

— Je ne connais pas ce mot. Comment tu dis ?

— L'inceste.

— Qu'est-ce que c'est ?

— C'est quand un frère et une sœur forniquent ensemble, ou un père et sa fille. C'est un péché mortel. Je leur ai dit ça souvent, mais ils le font. Je sais qu'ils le font.

— C'est très mal ? C'est ce qu'il y a de pire ?

— On va directement en Enfer pour ça, dit le vieil homme. On y va tout droit, et le Diable se frotte les mains. Mais pourquoi me poses-tu cette question ?

— Si quelqu'un venait vous demander ce qui ferait le plus de plaisir au Diable, que lui diriez-vous ?

Le vieux prêtre réfléchit longuement. Il secoua la tête.

— Je ne sais pas, dit-il. Tout lui plaît. Tout ce que nous faisons. Il aime tout ce que nous faisons, oui. Il aime la misère, la maladie, il aime nos gens qui sont au pouvoir. Il les aime beaucoup. C'est lui qui les a mis là parce qu'ils ont fait tout ce qu'il fallait pour lui plaire. C'est le Diable qui commande ici et c'est pourquoi il n'y a pas d'espoir. Le Diable se contente de rester là à nous regarder barboter dans le péché et il rit. Je l'entends souvent rire.

— Mais il doit quand même y avoir des choses qui lui plaisent plus que d'autres ?

— Je te l'ai dit, l'inceste est mal, dit le vieil homme. On va en Enfer pour cela. L'inceste vous marque comme une créature préférée du Diable. Et puis brûler les églises et tuer les prêtres, comme on l'a fait au

Mexique quand j'étais jeune. Mais pourquoi me demandes-tu cela, mon garçon? Tu as fait tout ce chemin uniquement pour me poser cette question?

L'adolescent resta silencieux un moment, les mains jointes et crispées.

— Ce n'était pas la peine de venir jusqu'ici. N'importe qui aurait pu te le dire.

— Vous êtes le seul à qui je me fie, dit le jeune homme, le seul. Vous êtes un saint.

Le vieil homme le regarda sévèrement.

— C'est un blasphème. Je suis un pauvre prêtre de village et voilà tout. J'ai fait ce que j'ai pu, mais je n'ai pas fait grand-chose. Il faut me pardonner. Il faudra prier pour moi quand je mourrai.

La petite lueur orange de la lampe émettait une langue de fumée noire où les moustiques et les insectes grésillaient. Le jeune homme contemplait la silhouette droite et immobile, les longues mains posées sur les genoux décharnés.

— Vous vous rappelez ce que vous me disiez?

— Non, je ne me rappelle plus grand-chose maintenant. Mon vieux chien est mort la semaine dernière, je ne me souviens même plus de son nom. Quand tu es entré, j'essayais de me le rappeler.

— Pedro, dit le jeune homme.

— Oui, dit le vieil homme, et son visage s'éclaira. Je suis content que tu t'en souviennes. Pedro, c'est bien ça.

— Vous me disiez toujours : les bons hériteront le ciel, et les méchants hériteront la terre.

— Oui, je m'en souviens maintenant, dit le vieil homme, et c'est bien vrai. La terre est un mauvais lieu, et il le devient de plus en plus. Ne l'oublie jamais si tu veux mériter le ciel. Tu es un brave garçon. Je me souviens bien de toi, bien que j'aie oublié ton nom. Comment t'appelles-tu?

— José. José Almayo. Moi aussi, j'ai du sang espagnol comme vous.

— C'est ça, José. Tu es parti pour la ville.

— Je suis revenu.

— Tu vois, je me souviens de toi, et pourtant on dit que je n'arrive même plus à me rappeler mes prières, ni à faire un sermon, et on a fait venir un nouveau prêtre pour prendre ma place. Je me souviens. Quand tu étais petit, tu voulais être torero.

— Oui. J'ai essayé, mais je n'étais pas bon. Je n'ai pas de talent.

— Tu pourrais peut-être faire un bon pêcheur, comme ton père. Il m'apportait souvent du poisson.

Le jeune homme se leva.

— Quel était ce mot, déjà?

— Quel mot? Je n'ai pas dit le mot. Je ne le connais pas. Il ne faut pas être superstitieux, comme les gens du village qui vont faire des offrandes à leurs anciennes idoles. Ils pensent que je ne le sais pas. Il y a qu'un seul mot, c'est Dieu.

— Non, l'autre. Celui qui veut dire le plus terrible des péchés. Celui qui rend le Diable si heureux.

— Tu ne dois pas tant penser au Diable. Laisse le Diable à ceux qui nous gouvernent. Pense à Dieu.

— Au revoir, vieil homme. Meurs en paix.

— Au revoir, Pedro. Je suis heureux que tu sois venu. Je suis heureux que tu ne m'aies pas oublié. Peut-être ai-je quand même fait du bien, sans le savoir.

José tira son pistolet de sa poche. Il n'y avait plus que très peu d'huile dans la lampe, et, comme il était presque aveugle, José savait que le vieux prêtre ne verrait rien. Il aimait mieux ça.

Mais c'était peut-être ça l'erreur, se disait-il maintenant, tant d'années après, et il tourna à nouveau les yeux vers la fenêtre et chercha les avions dans le ciel. Peut-être était-ce pour cela que tout allait échouer maintenant, à cause de ce moment de faiblesse et de pitié, lorsqu'il n'avait pas voulu que le vieil homme sût qu'il allait le tuer.

Il attendit quelques secondes, le pistolet à la main, puis il visa soigneusement et pressa la détente. Le vieil homme demeura assis, toujours immobile et droit, les deux mains posées sur ses cuisses comme si rien ne s'était passé, et peut-être qu'il ne s'était vraiment rien passé, et qu'il ne se passait jamais rien, que rien ne comptait, qu'il n'y avait personne et que le péché, le crime, comme le Bien et le Mal, n'existaient pas et ne voulaient rien dire.

Il sentit des gouttes de sueur froide sur ses tempes, car s'il y avait une chose qui effrayait toujours celui que le pays entier croyait à l'abri de la faiblesse et de l'inquiétude, c'était que la terre appartenait aux hommes, qu'ils en étaient les seuls maîtres, qu'il n'y avait pas d'aide extérieure, qu'il n'y avait pas de source secrète de puissance et de talent, mais seulement des saltimbanques, des illusionnistes et des tricheurs comme ceux qui lui procuraient, à l'*El Señor*, quelques moments d'illusion.

Almayo se souvenait comment il était resté là à regarder le vieil homme assis si tranquillement, avec

159

cette balle en lui ; il ne tombait pas. Peut-être n'en restait-il pas assez pour qu'il pût tomber, sans doute n'était-il pas assez lourd. Seule sa tête pencha un peu de côté, et ce fut tout.

Le jeune homme demeura longtemps dans l'ombre, écoutant, mais on n'entendait que le bruit des oiseaux nocturnes, le grésillement des insectes dans la flamme et le tintement des cloches d'un bateau sur le lac lorsque le vent se levait. Il attendait. Il allait sûrement y avoir un signe, une marque quelconque de bienveillance et de faveur. Il sentait qu'on ne pouvait guère mieux faire. Il avait tué un homme de Dieu, un être qu'il avait toujours aimé et vénéré, qu'il avait toujours écouté et cru, et si ce qu'il lui avait toujours dit était vrai, si les bons héritaient le ciel et les méchants la terre, il allait sûrement être élu.

Il regarda autour de lui et vit quelque chose qui bougeait sournoisement dans un coin : deux lueurs phosphorescentes et fixes. Il commençait déjà à sourire, mais le chat bondit en miaulant vers la porte et disparut, et José resta seul devant le cadavre, dans un univers qui paraissait soudain se vider de tout sens et où il n'y avait ni talent, ni magie, ni pouvoir secret.

Un oiseau de nuit cria encore, les clochettes tintaient, la porte grinçait sur ses gonds, le vent passait sur les roseaux, bruits familiers et paisibles, il n'y avait pas de signe. Personne ne semblait l'avoir remarqué, aucune voix bienveillante s'éleva pour lui dire : « C'est bien, mon garçon. Tu as vraiment fait là ce qu'on pouvait faire de pire. Tu promets. J'ai besoin de garçons comme toi. J'achète ce que tu as à offrir, et en échange tu auras le talent, et tu auras la puissance et la gloire, tu seras un grand homme craint de tous et respecté. Tu auras toutes les meilleures choses que la terre peut offrir. Tu es intelligent, tu as compris que la terre m'appartient comme le ciel est à Dieu. En ce monde, c'est moi qui donne. »

Un moment, il crut entendre un bruit de pas et se tourna vite vers la porte, bien qu'il sût que le Diable n'avait pas besoin de porte pour entrer. Son espoir et sa foi profonde étaient encore intacts. Il n'était pas possible, et ses maîtres au couvent San Miguel le lui avaient sans cesse affirmé, il n'était pas possible que les hommes fussent seuls et libres, qu'ils n'eussent pas de maîtres. Seuls les communistes faisaient circuler dans le pays de telles idées.

Peut-être était-ce ce moment de faiblesse et de pudeur, quand il n'avait pas osé annoncer au vieil homme qu'il allait le tuer, qui lui avait fait tout perdre. Peut-être avait-on interprété ce scrupule comme un signe qu'il y avait encore quelque bonté en lui, qu'il n'était pas encore entièrement mauvais et qu'il était donc indigne d'accéder à la place d'honneur. Mais il était encore très jeune, il n'avait que dix-sept ans. Il avait bien le temps de s'endurcir, il allait être un jour l'orgueil de son village, de son pays. Son portrait allait être partout. Mais il avait besoin d'être aidé un peu.

Il sortit et vit le lac et vit la lune qui nageait vers les bateaux comme si elle s'apprêtait à monter à bord, et la statue du Libérateur, qui avait brûlé des églises et des couvents. Un jour, il allait avoir lui aussi sa statue et il allait la faire bâtir ici même, là où pour la première fois un saint homme lui avait ouvert les yeux. Il n'y avait personne parmi les roseaux ; le ciel était

161

parsemé d'étoiles et si tranquille qu'il se sentit offensé et serra les poings. Il se demanda un instant avec désespoir s'il fallait prier Dieu pour rencontrer le Diable. Puis il leva les poings et se mit à crier des obscénités vers les étoiles, vers les volcans qui se dressaient au-dessus du lac avec leurs temples en ruine, et le visage mort des dieux inutiles aux yeux couverts de pétales de fleurs pour les protéger contre le spectacle du monde.

Lorsqu'il ne resta plus rien en lui que la soif et la fatigue, et le vide qui se faisait peu à peu dans sa tête, il partit vers le village.

Il n'y avait pas de police, pas de téléphone, pas d'électricité. On allait vite trouver le corps et il y aurait des funérailles, mais on ne se soucierait guère de chercher qui avait commis le crime et pourquoi. Il ne pouvait venir à personne l'idée de le soupçonner. Ils savaient tous qu'il avait été l'élève préféré du vieux prêtre et qu'il l'avait toujours vénéré, — nul ne pourrait imaginer qu'il était capable de le tuer. Il marcha tranquillement vers le village. Il sourit en pensant que le vieil homme avait oublié le nom de son chien et qu'il avait pu le lui rappeler. Il était content d'avoir fait au moins ça pour lui.

CHAPITRE X

Il entra dans la maison en baissant la tête — il était plus grand que la plupart des Cujons — et hésita une seconde, observant les visages familiers autour de la table, tous plus foncés que le sien, et qui semblaient avoir été pétris dans le même adobe que leur demeure. Ils étaient tous là et n'avaient pas beaucoup changé. Sa mère était penchée sur le fourneau ; elle tourna la tête vers lui lorsqu'il entra, puis détourna les yeux, comme s'il était un étranger, et continua à mâcher son mastala ; personne ne lui dit un mot.

Seul, son frère aîné lui montra les dents dans un sourire méprisant. Pourtant ses vêtements étaient neufs et propres, et on voyait tout de suite qu'ils avaient coûté cher. Ou peut-être son frère n'avait-il pas remarqué les deux bagues qu'il avait aux doigts. Son père avait toujours les cheveux noirs : il n'avait pas une goutte de sang espagnol. Il jeta un coup d'œil à sa sœur et constata qu'elle avait de la poitrine maintenant. Son père continua à manger, le visage impassible comme s'il ne croyait pas aux vêtements ni aux bagues, ni aux chaussures de vrai cuir, comme s'il ne croyait pas que José fût vraiment quelqu'un, maintenant. Il savait bien que si son fils avait réussi, il ne serait pas revenu au village ; lorsqu'un jeune Cujon quittait la ville et revenait ainsi chez lui, c'était toujours les mains vides ; c'était seulement encore une bouche à nourrir en attendant que la police le découvrît et qu'on n'en entendît plus jamais parler.

Il attendit un moment, mais personne ne lui demanda de s'asseoir ; puis sa mère, sans un regard, prit une assiette et la mit sur la table ; il poussa une caisse vide de Coca-Cola et s'assit. Personne ne disait mot et seul son frère continuait à lui cracher à la figure son sourire insolent et moqueur. José se demanda combien on pouvait recevoir pour avoir tué son frère, combien c'était coté dans l'échelle des péchés ; ce serait sûrement un bon point pour lui. Il était à peu près sûr que le Diable serait favorablement impressionné et lui témoignerait sa bienveillance. Il se sentait mieux, maintenant, moins découragé ; il ne fallait pas être trop pressé, il ne fallait pas croire qu'il avait tué le vieil homme pour rien, simplement parce qu'il n'avait eu aucun signe, aucune offre. Ces choses-là prennent du temps, sans doute n'étaient-elles même pas immédiatement remarquées et n'étaient-elles signalées qu'à leur tour, parmi des milliers de gages et de marques de bonne volonté qui parvenaient là-haut ; mais il était sûr que cela allait lui être compté, surtout parce qu'il avait été vraiment très attaché au vieux. Il était tout de même quelqu'un, même si sa famille ne s'en rendait pas compte. Mais il se sentait insulté par cette indifférence ; il fouilla alors dans ses poches et jeta sur la table une liasse de billets. Il les poussa vers son père qui continuait à manger son poisson.

Il ne parut pas avoir remarqué l'argent.

— Il paraît que tu vis de ton cul, dit-il.

— Ils mentent, dit José. Ce sont des chiens. Ils crèvent d'envie. Regarde.

Il montra ses mains avec le diamant et le rubis. Ils les regardèrent tous. Le frère ne souriait plus. Sa mère quitta ses casseroles, s'approcha et regarda les mains de son fils. Elle toucha les bagues du doigt. Les yeux de la fille s'éclairèrent, elle lui sourit avec admiration.

— Regardez, vous tous. Je suis quelqu'un, maintenant. Lorsqu'ils vous disent que je vis de mon cul, tuez-les. Ils mentent. Je prends tout, mais je ne donne jamais rien. Je vis du cul des autres. Regardez.

Il leva la main vers la lumière.

— Ce n'est pas du verre. Et ce n'est qu'un commencement. J'aurai tout ce que je voudrai. Toutes les bonnes choses. Je sais comment m'y prendre.

— Qu'est-ce que tu fais pour vivre ? demanda son père.

— Rien, dit José. Je ne travaille pas. Quand on commence à travailler, on ne s'en sort plus jamais. Il suffit de relations, de connaître des gens importants, ils vous présentent à d'autres, on grimpe de plus en plus haut. C'est comme la pyramide des Tatzlan, là-bas, dans la forêt, nos anciens savaient ce qu'ils faisaient, ils savaient que le monde est une pyramide, et celui qui est au sommet commande à tout. On a des voitures américaines, des femmes propres, de beaux souliers et des costumes bien coupés. Et ça...

Il tendit de nouveau la main, les doigts écartés. La fille toucha le rubis.

— C'est beau.

José ôta la bague de son doigt et la lui jeta.

— Tiens. Je te la donne.

Elle regarda la bague mais n'osa pas la prendre.

— Prends-la. Ce n'est rien. J'en ai d'autres.

— On dit que tu as de mauvais compagnons, dit le père, qui te donnent de mauvais exemples. Tu mènes une mauvaise vie.

— C'est une bonne vie, dit José. J'ai ce que je veux. J'ai choisi. Je sais ce que je fais. Oui, je suis mauvais, mais il faut être mauvais si on veut monter dans le monde et rencontrer des gens puissants. On n'a jamais rien pour rien. Mais j'ai le talent. On me connaît déjà. Je serai un grand torero, le plus grand de tous. Plus grand qu'Ordoñez, plus grand qu'El Chico.

Le frère le regarda de nouveau droit dans les yeux d'un air moqueur.

— *Maha!* dit-il. Je t'ai vu toréer.

José se figea. Il sentit le sang lui affluer à la tête et il ne savait plus quoi dire.

— Je suis allé en ville pour la *fiesta*, on m'a payé pour danser la *cuja* avec les gens du village. Je t'ai vu toréer.

— Quand ça? demanda José. Je ne suis plus un débutant.

— Le mois dernier, dit son frère. J'étais là. Je t'ai vu. J'ai entendu les railleries, les huées et les rires de la foule. Et moi aussi, j'ai hué et j'ai ri avec eux. Ça valait la peine de voir ça. Tu es vraiment mauvais. Les gens autour de moi disaient que tu étais le plus mauvais de

166

tous et que tu as un protecteur qui paie pour qu'on te laisse toréer.

Le père continuait à manger. Ils évitaient tous de le regarder maintenant, seul son frère continuait à le narguer.

— Un jour, je te tuerai, dit José.

— Silence, dit le père.

— Et peut-être que je te tuerai toi aussi, dit José. Je vous tuerai tous. Je le ferai pour rien, juste pour vous montrer. C'est vrai, je n'ai pas encore ce qu'il faut, mais un jour, je l'aurai. Vous allez voir. Alors, j'aurai tout, je ne vous donnerai rien.

— Tu n'as pas de talent, dit son frère.

— Un jour je reviendrai ici et je vous montrerai, dit José.

— Tu n'as rien à montrer, dit le frère. Je t'ai vu.

— Tu n'as pas besoin d'être torero, dit le père avec colère. Pourquoi n'essaies-tu pas autre chose ?

— Vous allez voir, dit le jeune homme. Je reviendrai ici et il y aura des drapeaux et des fleurs, et mon portrait sera partout. Et tu seras honoré partout parce que je suis ton fils. J'aurai le pouvoir et tout ce qui vient avec. Je sais comment l'obtenir. Je sais qui le donne. Je suis allé à l'école. J'ai eu de bons maîtres, et je sais. Vous, vous ne savez même pas lire. Moi, je sais. On m'a enseigné tout ce qu'il faut savoir pour devenir quelqu'un, les Espagnols l'ont toujours su, c'est comme ça qu'ils sont devenus nos maîtres. Je veux faire de la politique. Je sais comment on devient président et général, comment on devient riche et puissant, et je peux vous dire comment Trujillo y est arrivé, et Batista, et tous ceux qui sont les maîtres.

— Je vois que tu as toujours la gueule aussi grande que le cul, dit son frère. Et pourtant, quand je vois tes bagues et tes vêtements, je sais que tu dois avoir le cul très grand.

— Ça suffit, dit le père.

José avait mis la main dans sa poche. Mais il ne pouvait pas le faire, pas à la table de son père, sous les yeux de sa mère. C'était peut-être encore une preuve de faiblesse, mais il n'osait pas. « J'ai encore beaucoup à apprendre, songea-t-il. J'ai encore du chemin à faire. Je n'ai pas encore ce qu'il faut, je suis un débutant. Pas étonnant qu'il n'y ait pas eu de signe, pas de réponse. Le Père Sébastien avait toujours dit que Dieu voyait tout ce qui se passait dans le cœur d'un homme et que l'Autre le voyait aussi. Le *Señor* sait que je ne suis pas encore digne, que je ne suis pas encore assez mauvais. Mais un jour, je le serai. Alors, j'aurai tout. Je serai le maître. »

Il repoussa son assiette et se leva.

— Je trouverai mon chemin et j'irai loin. Je sais comment m'y prendre.

Il sortit.

Il entendit son frère rire derrière son dos. Ils ne le croyaient pas. C'étaient des Indiens stupides, des bâtards cujons, des chiens, sa race. Ils n'étaient jamais allés à l'école et ne savaient rien du monde. Il fit quelques pas parmi les roseaux en regardant les étoiles, se demandant où il allait dormir et s'il allait avoir de la chance enfin, s'il allait être aidé. C'était beaucoup plus difficile qu'il n'avait cru. Il y avait trop de concurrents, trop d'hommes prêts à tout. Il ne suffisait pas d'être simplement mauvais dans un pays où chaque soldat, chaque flic, chaque joueur de couteau était aussi croyant que lui et aussi résolu à réussir. Il ne suffisait pas d'être mauvais, il fallait être le plus mauvais. Il avait entendu parler d'un très grand chef au-delà des mers qui s'appelait Hitler et qui avait fait trembler le monde. C'était cela qu'il voulait, faire trembler le monde, être aimé et respecté. Le monde était une saloperie de pute qui aimait les coups et se donnait au plus fort. Mais il n'avait que dix-sept ans.

Il sentit une main sur son épaule et sursauta, le cigare qu'il fumait tomba de ses lèvres, il demeura pétrifié et eut la chair de poule, il n'avait jamais eu aussi peur de sa vie, mais c'était seulement sa sœur.

— Tu as oublié tes bagues.

— Je te les ai données, dit-il. Vends-les et achète-toi des robes. J'en aurai d'autres pour toi si tu viens avec moi à la ville.

— Je sais ce que tu me demanderas de faire là-bas, dit la fille.

— Alors, reste à pourrir ici.

— Je vais venir, dit-elle. J'en ai assez du poisson.

Il fut un peu déçu ce soir-là lorsqu'il découvrit qu'elle n'était pas vierge : elle lui avoua que son frère faisait l'amour avec elle depuis elle ne savait plus combien de temps, et il se sentit écœuré et désespéré, il ne savait plus quoi faire.

Son frère péchait avec cette fille depuis plusieurs années et il n'était toujours qu'un miséreux, un ver de terre qui tremblait de fièvre la nuit. Le Père Chrysostome lui avait pourtant dit que c'était un péché mortel. On devait donc avoir quelque mérite à le commettre ;

cela devait vous valoir quelque chose, une amélioration de votre sort, une marque de bienveillance et d'encouragement. Ce que son frère avait fait était un grand mal, selon tout ce qu'on lui avait appris, et cela aurait dû l'aider à sortir de ses sales vêtements de péon, à quitter son trou puant et à se faire une place dans le monde. Sûrement cela aurait dû pourtant lui valoir une récompense. A quoi cela vous sert-il donc d'avoir reçu une bonne éducation ? Ses maîtres lui avaient-ils menti ? Peut-être n'était-ce pas du tout un péché et fallait-il s'y prendre autrement.

— Pourquoi frissonnes-tu ? demanda la fille.

Peut-être rien de ce qu'on faisait avec son corps n'était vraiment mauvais, songea-t-il, ni bon ni mauvais, et il se rappela soudain que, dans les bandes dessinées qui racontaient la vie de Hitler dans les journaux, on disait que ce grand chef ne mangeait pas de viande et ne buvait que de l'eau. Peut-être le Mal était-il ailleurs, le corps ne comptait-il pas, et, quoi qu'on fît avec lui, on demeurait innocent et pur. Peut-être ne pouvait-on vraiment faire le Mal avec son cul.

Mais il se rappela le Père Sébastien et ses mises en garde sévères et menaçantes contre les périls de la chair. Il se sentit un peu mieux, moins découragé, l'espoir revint et il attira à nouveau la fille contre lui. Puis il alluma un cigare et réfléchit un moment. Il était trop impatient. Il fallait probablement des années et beaucoup de luttes, beaucoup de persévérance et de courage pour parvenir au sommet et devenir un grand homme. Pour l'instant, il ne faisait que bricoler. Il devait continuer à faire de son mieux et avoir confiance. Pour l'instant, il n'était qu'un *novillero,* il n'avait pas encore fait vraiment ses preuves.

Il gardait toujours sur lui, dans sa poche, la feuille de journal avec la bande dessinée qui montrait Hitler debout dans sa Mercedes, le bras levé, saluant les foules qui l'acclamaient, ou visitant les villes en ruine, sur un fond de flammes.

Il ne fallait pas être trop pressé.

A la ville, au cours des semaines qui suivirent, tout alla très bien. On sentait tout de suite que les choses prenaient bonne tournure. Ils posèrent pour des photos et pour des films qu'on montrait dans les cinémas, s'exhibèrent pour des touristes dans une arrière-salle de café. Le patron du café était toujours en quête de nouveaux talents et il parlait pendant des heures de ses difficultés, du mal qu'il avait à trouver le bon numéro et du peu d'enthousiasme, d'ardeur et d'amour du métier qu'on rencontrait aujourd'hui chez les artistes. Puis il s'interrompait et regardait José rêveusement et avec un certain respect. C'était un homme âgé, qui en avait beaucoup vu et qui connaissait le monde.

— Tu iras loin, mon garçon, disait-il. Tu as quelque chose. Je l'ai senti tout de suite, dès que je t'ai vu. Tu as des dispositions. C'est comme dans toutes choses, ou bien on a le don, ou bien on ne l'a pas. Toi, tu l'as. On sent tout de suite que tu es bien décidé. Tu arriveras. J'ai des amis haut placés dans la police et, si tu veux, je leur dirai un mot. Ils cherchent toujours des gars comme toi qui en veulent vraiment. Reste avec moi, p'tit. Je t'aiderai.

CHAPITRE XI

Il se fit ainsi quelques relations. Deux ou trois politiciens locaux l'invitèrent chez eux à plusieurs reprises avec sa sœur, lorsqu'ils avaient des visiteurs étrangers auxquels ils voulaient faire plaisir. Un homme d'affaires américain, qui avait fui les États-Unis, les avait entretenus pendant quinze jours, mais il était constamment ivre et ils le laissèrent tomber après lui avoir volé son portefeuille et des vêtements. Il y avait quelques commerçants très riches qui leur donnaient de l'argent, mais ils étaient trop exigeants et presque toujours radins, et José comprit très vite que c'étaient tous des types sans pouvoir qui faisaient les importants, mais qui n'avaient jamais vraiment eu ce qu'ils voulaient dans la vie et qui se rattrapaient comme ils pouvaient. Ils ne connaissaient personne.

Il en avait assez du métier, des exhibitions et du patron du café avec ses belles promesses.

— Ce n'est pas facile de rencontrer les gens vraiment importants, mon garçon, mais tu réussiras. Tu es un bon gars, tu as des dents aiguës comme des couteaux et tu feras ton chemin dans le monde, c'est moi qui te le dis. Tu as ce qu'il faut.

José en avait assez également de la gaieté et des chansons de Rosita, et il n'arrivait pas vraiment à croire que ce qu'ils faisaient ensemble était vraiment un terrible péché. Il avait une curieuse impression de patauger sans jamais parvenir à s'enfoncer vraiment. Chaque fois qu'elle avait un moment, elle se précipitait à l'église pour prier et revenait gaie comme un oiseau. Elle lui donnait le sentiment d'être condamnée à l'innocence. José comprenait maintenant pourquoi son frère, malgré tout ce qu'il avait fait avec elle, était toujours un pêcheur crasseux dans son village : elle était pure et on n'y pouvait rien. A peu près au moment où il arrivait à cette conclusion, elle s'éprit d'un chauffeur de taxi qu'elle épousa.

C'était maintenant une grosse bonne femme avec plusieurs enfants qu'elle appelait « mes petits anges », et il ne la voyait plus. Il n'était rien sorti de bon de cette aventure.

Il menait une existence précaire, essayant de séduire des bonniches et de les persuader de travailler pour lui, traînait à la sortie des boîtes de nuit dans l'espoir de se faire lever par quelque touriste, portant de la drogue pour de gros trafiquants, qui avaient des trafiquants encore plus gros au-dessus d'eux, et étaient à leur tour responsables envers quelqu'un qu'ils ne connaissaient pas et dont ils ne parlaient que d'une voix craintive, quelqu'un qui était, de toute évidence, tout près du sommet de la pyramide et dont José n'arrivait jamais à connaître le nom.

Il se mit alors à travailler comme prospecteur de

talents pour le producteur de films porno, pour les boîtes de strip-tease et les *chiantas,* où l'âge moyen des filles était de douze ans. Mais il était déjà complètement déçu par le cul. On pouvait aller aussi loin qu'on voulait dans cette direction, cela restait toujours banal, humble et trop facile ; il était maintenant convaincu que le vrai mal était ailleurs. Tout ce que les hommes et les femmes pouvaient faire entre eux lorsqu'ils se foutaient à poil était totalement dépourvu d'importance. Cela ne vous ouvrait aucune porte. On était toujours en dehors du coup, du vrai truc. Il pensait de plus en plus à se lancer dans la politique.

Le vieux prêtre du village, avec ses idées d'un autre temps, s'était trompé. Dans le monde moderne, les deux péchés qu'il avait désignés à José comme les plus graves et dont on pouvait vraiment attendre quelque chose, la sodomie et l'inceste, n'étaient rien du tout. C'était tellement vrai qu'aucune des bandes dessinées consacrées à Hitler ne les avait mentionnés ; celui-ci ne les avait jamais pratiqués : il devait savoir qu'ils ne menaient pas loin. Ça ne vous valait même pas d'ennuis avec la justice.

Le vrai travail était ailleurs : dans le gouvernement, dans la police ou dans l'Armée. Là, si on était doué, on pouvait devenir quelqu'un et être vraiment respecté et honoré. Il aimait à s'attarder dans la petite boutique d'archives photographiques derrière la place du Libérateur ; les photos racontaient les quarante dernières années de l'histoire du pays. Les murs étaient couverts de vieilles images jaunies de pelotons d'exécution et de politiciens pendus, de bandits et de meneurs syndicalistes exécutés, et de tous ceux qui avaient été assez malins pour pendre leurs ennemis avant que ceux-ci ne deviennent trop puissants et qui étaient ainsi devenus des hommes d'État respectés et célèbres. On pouvait voir là tous les grands personnages historiques de la nation, aussi loin que remontait l'art de la photographie et de la politique.

Il y avait notamment une photo d'un colonel fusillé pour avoir accepté des pots-de-vin — sans doute avait-il omis de partager l'argent avec ses supérieurs —, qui emplissait toujours José d'admiration et de respect lorsqu'il la regardait. Le colonel se tenait devant le peloton d'exécution, un cigare aux lèvres, les bras croisés, montrant du doigt son cœur pour aider les soldats à viser. Il était absolument calme et maître de lui, il souriait un peu. Sans doute se disait-il qu'il savait très bien ce qu'il faisait, et s'il montrait tant de courage, c'est qu'il se rappelait tous les vols, toutes les exactions, les persécutions sans merci chaque fois qu'il y avait de la révolte dans l'air, et la protection qu'il avait accordée à ceux qui avaient les moyens de le payer au détriment de ceux qui ne pouvaient pas. Ainsi, il pourrait se présenter avec une bonne conscience devant son maître qui le recevrait à bras ouverts et le renverrait de nouveau sur terre en faisant de lui un personnage beaucoup plus important, peut-être même un président ou un impérialiste américain, un de ces hommes qui possèdent le monde, comme les communistes l'assuraient à qui voulait l'entendre avec une conviction si impressionnante. José croyait que les communistes avaient raison, il avait donc beaucoup de respect pour les Américains.

José continua pendant quelques mois à prospecter

des talents nouveaux pour les films porno, simplement pour gagner sa vie et se créer quelques contacts politiques, puisque le vice vous permettait de rencontrer toutes sortes de gens bien. Il continuait aussi à vendre de l'héroïne et de la marijuana dans les rues et commençait à se faire une certaine réputation dans la police. On savait déjà qu'on pouvait compter sur lui pour n'importe quoi. Lorsqu'il avait de l'argent, ce qu'il aimait par-dessus tout, c'était de passer quelques heures dans les meilleures boîtes de la capitale pour regarder les attractions. C'était ainsi qu'il avait connu le grand maestro à l'*El Señor,* un des rares établissements de la ville où les touristes pouvaient venir avec leur femme.

Le grand maestro était italien. C'était un homme robuste, doté d'une puissante poitrine, avec une barbe noire et des sourcils broussailleux, un nez fort et crochu, et des cheveux soigneusement teints qui s'éclaircissaient un peu au milieu, mais qui se dressaient de chaque côté du crâne comme sous l'effet de quelque étrange phénomène électrique. José avait alors déjà près de dix-neuf ans, mais il n'avait encore jamais rencontré d'homme aussi puissant. Non seulement il faisait jaillir des colombes de nulle part, trouvait au fond de son haut-de-forme des objets personnels que les spectateurs étaient sûrs d'avoir dans leurs poches et faisait surgir d'un claquement de doigts un cigare allumé, puis un flacon de cognac, puis un verre, pour boire un coup en fumant le cigare, et puis faisait disparaître tout cela dans le vide, mais il possédait un pouvoir encore plus étonnant.

Un soir, alors que José était assis au bar, la bouche

ouverte, regardant l'Italien faire son numéro, le grand maestro, remarquant sans doute son air plein de respect, lui demanda de venir sur la piste. Il se tourna ensuite vers le public.

— Mesdames et messieurs, chacun de nous cache dans son cœur un désir, un rêve secret... Ce jeune homme, par exemple. C'est, manifestement, un jeune Indien. Je ne l'ai jamais vu, mais il m'est très sympathique. Je vais donc faire quelque chose pour lui. Mesdames, messieurs, je réclame toute votre attention s'il vous plaît. Je vais exécuter devant vous un tour d'une difficulté sans pareille, absolument sans précédent dans l'histoire de la magie, par la grâce du pouvoir spécial qui m'a été conféré... Je vais vous demander le silence complet et une totale concentration... Dans quelques secondes, ce jeune homme va voir son rêve le plus secret se réaliser et il va nous le révéler...

Il regarda José droit dans les yeux et passa à plusieurs reprises ses mains devant le visage du jeune Indien. José était devenu blême. Ses yeux s'agrandirent, son corps se raidit, le public entendait son souffle rauque, haletant...

— Il ne devrait pas faire cela avec un Indien, murmura une Américaine. C'est méchant.

— Oui, mon petit, dit le magicien. Tu le vois maintenant. Tout cela est à toi. Allons, dis-nous, mon petit, ce que tu vois...

— *El Señor!* s'écria José. *El Señor!*

Et il était exactement tel que l'avaient représenté le Père Chrysostome d'abord et ensuite tous ses maîtres à San Miguel, ou les images que faisaient de lui si souvent les illustrateurs dans la presse communiste. Oui, les religieux et les communistes étaient tous d'accord là-dessus, et comme ils étaient des ennemis mortels, cela devait donc être vrai. Il était entouré de flammes, mais aussi de piles de bank-notes marquées du signe du dollar ; derrière lui, il y avait des filles à poil qui se tortillaient comme dans les films cochons avec le signe du dollar sur le soutien-gorge et sur le cache-sexe. D'une main, il brandissait le drapeau américain. A droite, on voyait des canons et des chars et des militaires et des avions qui bombardaient ; *El Señor* avait bien des pieds fourchus et des cornes comme les prêtres le lui avaient toujours dit, mais aussi il avait une barbiche grise, portait un gilet brodé de signes du dollar et un chapeau haut de forme dont le ruban était également le drapeau américain. Il avait un pied sur le corps d'un paysan tué, dont la femme affamée tenait serré dans ses bras un enfant sous-alimenté... Le public se tordait de rire devant ce jeune Indien hypnotisé qui décrivait avec une telle expression de bonheur sur le visage sa conception naïve du Mal et du Diable, qui paraissait faite des plus vieux clichés de l'Église et en même temps de toutes les caricatures de la presse communiste. Lorsque le magicien l'éveilla enfin de ses transes, José se mit à regarder autour de lui, tourna la tête de tous les côtés comme s'il cherchait quelque chose. Puis il fixa son regard fervent, émerveillé et enfantin, sur le visage de l'Italien : de toute évidence, il lui attribuait des pouvoirs surnaturels et n'avait jamais entendu parler d'hypnotisme.

Le lendemain soir, José était revenu dans la boîte de

nuit. Mais le grand maestro ne lui prêta pas la moindre attention. Il l'ignora complètement et ne parut même pas le reconnaître. Sans doute estimait-il qu'il fallait être prudent. Il choisit quelqu'un d'autre dans le public, un touriste américain au gros cul à qui il fit voir des tas de filles à poil et ce fut tout. José partit avant la fin du spectacle et se rendit à l'hôtel Cortez, où était descendu le magicien. Il prit la clé et monta dans sa chambre, accompagné du veilleur de nuit qui connaissait assez la réputation du jeune voyou et qui obéit précipitamment. Il entra dans la chambre et rendit la clé au veilleur.

Il était tard lorsque le maestro revint chez lui, et José vit tout de suite avec stupeur qu'il était ivre. L'Italien regarda le jeune Indien en costume bleu immaculé, coiffé d'un panama blanc, chemise bleue et cravate blanche, assis dans un fauteuil.

— Qu'est-ce que tu fous ici ? demanda-t-il d'une voix rauque et pâteuse.

José était abasourdi : qu'un homme doué de tels pouvoirs et ayant de tels contacts éprouvât le besoin de se soûler, c'était là quelque chose qu'il n'arrivait pas à comprendre.

— Pourquoi ne m'avez-vous pas choisi ce soir ? demanda-t-il. Pourquoi ne m'avez-vous pas laissé voir ?

L'Italien avait ôté son manteau. Il était encore en habit et, dans la lumière blafarde, au-dessus du gilet blanc, son épaisse barbe noire et son visage paraissaient encore plus sombres.

— Pourquoi veux-tu que je te prenne ? grogna-t-il en le regardant stupidement. Je choisis un autre sujet chaque soir. Sans ça, le public croirait que j'ai un compère. Je n'ai pas besoin de compère. Je suis très fort, le plus fort... Je n'ai pas besoin de toi. Fous-moi le camp.

Il s'assit dans un fauteuil et commença à ôter ses chaussures.

— Je peux faire ça sur n'importe qui. J'ai le don.

Il regarda le jeune Indien d'un air rusé et lui cligna de l'œil.

— Un don surnaturel, tu comprends. C'est le Diable qui me l'a donné, ah, ah, ah !

José avala sa salive. Son visage se tendit, se creusa, et ses narines se crispèrent. Il ne savait pas que son cœur pouvait battre ainsi. C'était le moment qu'il avait tant attendu.

— Je suis le plus fort, dit le grand maestro en se massant l'orteil. Je débute à Las Vegas la semaine prochaine. Personne n'est aussi fort que moi. Je les enfonce tous. Donnez-moi une salle de vingt mille spectateurs et, d'une passe de mains, je leur fais voir ce que je veux. Je les ferai ramper par terre, se déculotter, crier « Vive l'Empereur ! », « *Viva'l Duce !* », « *Sieg heil !* » Je leur ferai faire n'importe quoi. Il y a bien un Allemand, Hans Kruger, et le Français Belladone, mais ils peuvent venir, je t'assure que je ne les crains pas, je ne crains personne. Je n'ai pas de rival. J'ai fait mon numéro devant des rois et des grands dictateurs, devant des gens vraiment importants. J'ai toutes les décorations de tous les pays.

Il rota bruyamment.

— Je me demande ce que je suis venu faire dans ce sale patelin. Ils paient bien, évidemment, mais on me

180

paie bien partout. Si, au fait, je sais bien pourquoi je suis venu : à cause des filles. Ils vous offrent les plus jeunes ici, de vraies gosses, et puis on risque rien avec la police. Les gens sont complètement corrompus ici, complètement pourris, c'est un pays vraiment arriéré. J'avais une môme, hier... ah, ah, ah! Je ne vais pas te donner des détails, mais j'te jure, elle était drôlement douée, elle avait vraiment du talent. Un petit démon. J'adore cet endroit, il vaut mieux le reconnaître. Les films porno... on les projette dans des salles de cinéma publiques, comme à La Havane au temps de Batista, et ce n'est pas interdit aux mineurs. Tout va, quoi. Vous n'avez qu'à demander n'importe quoi, on vous l'offre. Ce peuple est complètement dégénéré. Je te dirai franchement que j'ai accepté l'engagement à l'*El Señor* pour une raison bien simple : je suis venu ici pour me décontracter, pour avoir du bon temps. De temps en temps, il faut recharger ses batteries. Seulement, il faut bien dire que j'ai déjà tout vu, il n'y a vraiment pas grand-chose de nouveau. Au fait, mon garçon, si tu connais un numéro cochon que je n'ai pas encore vu, quelque chose de vraiment dégueulasse, marque-le bien parce que, j'te le dis, j'suis un vieux singe et j'connais déjà toutes les grimaces, tu pourras m'l'indiquer, tu auras un bon pourboire. Pas le vieux truc de l'âne et du chien, ça, ils le font partout, mais quelque chose de vraiment neuf, de différent. Quelque chose de vraiment original, d'absolument dégueulasse.

Il le suppliait, à présent, il l'implorait presque, et il avait une expression vraiment inquiète, anxieuse, comme s'il craignait que quelque chose d' « absolument dégueulasse » n'existât pas.

— Faites-moi voir encore, murmura José.

Le grand maestro bâilla :

— Fous-moi la paix. Pas ce soir. J' suis fatigué. Une autre fois. Ah ! si tu connais des petites filles vraiment vicieuses... quelque chose de différent, alors là, je te ferai voir tout ce que tu voudras. Je peux le faire, tu l'as bien vu, j'ai le pouvoir. Donnant donnant, et tu m'as l'air d'un sale petit voyou qui doit connaître tous les bons endroits. Il paraît qu'il y a un nouveau truc en ville, quelque chose de formidable. Mais, au fond, je n'y crois plus. Il y a une limite dans ce qu'on peut faire dans ce domaine. On vous promet toujours quelque chose de neuf, mais c'est toujours de la frime. Je suis un grand amateur de pornographie, et je sais de quoi je parle. J'ai tout vu à Bangkok, en Birmanie, au Japon. C'est très limité. C'est peut-être encore en Allemagne qu'on trouve ce qu'il y a de mieux ; les Allemands, quand ils font quelque chose, ils y vont pas de main morte. Bah !... J'y crois plus, au fond. Demande-moi ça une autre fois, mon garçon. Va-t'en.

Il bâilla, puis ses yeux s'agrandirent et se figèrent, et il se redressa en sursaut, le canon d'un pistolet braqué sur lui.

— Dépêche-toi, dit José entre ses dents. Je ne rigole pas. Fais-le-moi voir tout de suite, ou j' te fous une balle dans la peau. Tu seras pas le premier. Grouille-toi, j' te dis : je veux lui parler.

— A qui ? bégaya le magicien affolé. A qui veux-tu parler ? Qu'est-ce que j't'ai fait voir hier ?... Je ne me...

Puis il se souvint. Il essaya de ne pas rire. Un petit sourire moqueur, ce fut tout ce qu'il se permit. Il fallait être prudent avec ces Indiens primitifs et superstitieux.

182

Ils étaient tous croyants. Seulement, on leur avait pris leurs dieux anciens, et le nouveau Dieu qu'on leur avait enfoncé dans la gorge à coups de fouet et de massacres, ils ne le comprenaient pas. On leur avait dit que c'était un Dieu de bonté, de générosité et de pitié, mais pourtant ils continuaient à crever dans la faim, l'ordure et la servitude malgré toutes leurs prières. Ils gardaient donc la nostalgie de leurs dieux anciens, un besoin profond et douloureux de quelque manifestation surnaturelle, ce qui faisait d'eux le meilleur public du monde, le plus facile à impressionner et le plus crédule. Dans toute l'Amérique centrale et en Amérique du Sud, il s'était toujours efforcé de choisir un Indien comme sujet. Pour un hypnotiseur, ils étaient vraiment du pain bénit.

— Très bien, mon garçon, tu as gagné. Décontracte-toi un peu, laisse-toi aller. Je ne peux rien te montrer si tu demeures aussi tendu. Et rentre-moi ce pistolet. Je ne suis pas bon à grand-chose quand j'ai peur.

José enfonça son colt sous sa ceinture. Le grand maestro se leva. Il fixa le jeune homme dans les yeux et fit quelques passes. José sentit qu'il s'en allait à la dérive, qu'il s'enfonçait, qu'il plongeait dans le vide, que le monde le quittait. Puis ce fut le noir. Quand il reprit conscience, il avait mal dans tout son corps et il pouvait à peine respirer : il avait une côte cassée. Il gisait le nez dans le ruisseau, dans la rue derrière l'hôtel Cortez. Le grand maestro l'avait endormi, puis avait appelé la police : on l'avait rossé et jeté dehors.

Il resta un moment assis, la tête basse, regardant ses beaux vêtements souillés. Peu lui importait la douleur : quand on est un Indien, on y est habitué. La seule chose qui comptait, c'était que le magicien l'avait roulé. Mais peut-être l'avait-il mis seulement à l'épreuve pour voir s'il avait le cœur bien accroché et s'il était vraiment décidé.

Il lui suffit de quarante-huit heures pour retrouver le grand maestro. Il savait où il fallait le chercher. Il fit le tour des *chachas* derrière la place du Libérateur et dans la calle Chavez, où même les politiciens bien en place n'aimaient pas être vus : lorsqu'ils entendaient parler d'un numéro vraiment cochon qu'on y exécutait, ils faisaient venir chez eux les artistes pour sauvegarder leur respectabilité. Cette fois, José ne fit pas la tournée seul. Il emmena deux amis avec lui. L'un était Pépé, qui pouvait briser le cou d'un homme d'un craquement de doigts, mais qui avait renoncé depuis long-temps à ce jeu de société : il ne croyait plus à rien, il avait perdu la route et ne cherchait plus. Le second, Arzaro, était encore ambitieux et décidé à faire son chemin dans le monde. Il avait été le garde du corps du Président à une époque où ce dernier n'était qu'un politicien municipal tout juste assez fort pour accorder sa protection à quelques hommes d'affaires locaux.

Ils découvrirent le grand maestro le deuxième soir, à deux heures du matin, dans l'arrière-boutique d'un café où quelques *gringos* assistaient à un numéro avec un animal. C'était un numéro très classique, que l'on voyait partout, et José éprouva un moment de doute et de stupéfaction. Comment un homme doté de tels pouvoirs pouvait s'intéresser à des trucs aussi mina-bles, voilà qui le dépassait.

L'Italien le reconnut aussitôt et verdit. José n'avait

pas à se gêner, pas dans cet endroit. Il y était connu et respecté, et son nom signifiait déjà quelque chose. Il se contenta de faire signe à l'Italien et celui-ci obéit, en jetant autour de lui des regards affolés. Personne ne bougea.

Il y avait au premier étage quelques chambres à la disposition des *gringos* les plus hardis qui montaient parfois avec une fille, ou bien se faisaient donner des exhibitions privées pour être plus à l'aise. Ils le firent monter. Ils ne le rossèrent pas : ce n'était pas la peine. Le grand maestro voyait bien à qui il avait affaire. Pépé avait sûrement les plus grosses mains du pays, et Arzaro était si bourré d'héroïne qu'il n'avait pratiquement pas de pupilles.

— Ne me faites pas peur, dit le magicien d'une voix tremblante en luttant contre son col qui paraissait l'étouffer. Ne me touche pas, sinon je ne pourrais rien faire pour toi.

Déjà, il se sentait rassuré. Son visage prit une expression rusée. Ils n'oseraient pas le toucher. Il connaissait bien ces sales Indiens, bêtes, superstitieux et qui ne savaient même pas lire ; il savait combien ses « pouvoirs » impressionnaient ces créatures enfantines. Leur naïveté n'avait pratiquement pas de limites. Ils l'attendaient souvent à la porte de l'*El Señor* et touchaient ses vêtements pour qu'ils leur portent bonheur, ou le suppliaient de les guérir, de les rendre riches, de leur donner des enfants. Même en Bolivie, à l'époque où les syndicats de Lechon menaient une campagne d'éducation particulièrement active, ils venaient l'implorer. Il aimait bien ça. C'étaient les moments où il croyait presque en lui-même.

185

José fit un pas en avant.

— Dites-lui de venir, dit-il. Je veux lui parler.

Le magicien reprit toute son assurance. Sa belle poitrine fut secouée d'un gros rire et il cligna de l'œil aux voyous.

« Très bien, tu vas le voir, petite ordure », songea-t-il.

Il n'y avait pas beaucoup d'hypnotiseurs capables de faire cela. Il ne connaissait guère que l'Allemand Kruger qui pouvait exécuter le même tour. En général, même le meilleur spécialiste devait utiliser sa voix et dire tout haut ce qu'il voulait faire voir au sujet, mais ni lui, ni Kruger, qui avaient tous deux été élèves du Français Belladone, n'avaient besoin de cela. Dans certains cas — il fallait évidemment être capable de juger très rapidement de l'impressionnabilité du sujet — il ne prononçait pas une parole. Les obsédés faisaient le travail eux-mêmes, il n'y avait qu'à les laisser suivre leur imagination.

Il leva les mains, puis fit un pas en arrière et le regarda.

Le jeune Indien était planté devant lui, les poings serrés, le corps tendu, les yeux clos, la tête renversée en arrière. Il haletait.

— Tu le vois, n'est-ce pas ? Il est là. Eh bien, parle-lui. Dis-lui pourquoi tu as demandé à le voir... *Pourquoi as-tu demandé à le voir ? Qu'est-ce que tu veux ?*

Il y avait, dans les paroles fiévreuses et saccadées de l'Indien, toute l'amertume des siècles et tout l'histoire de sa race, de son espoir et de sa nuit. Sans le savoir, José Almayo prononçait son premier discours politique et exprimait la rancœur d'un peuple habitué à la seule misère plus clairement que tous ceux qui publiaient des livres sur sa condition, qui parlaient le langage des statistiques et qui dénonçaient le manque d'écoles, le niveau de vie le plus bas du monde, la richesse en Cadillac d'une minorité au pouvoir et la sombre ignorance des masses.

— Je m'appelle José Almayo, disait le jeune homme d'une voix hachée. Tu as peut-être entendu parler de moi. J'ai fait tout ce que je pouvais imaginer pour te plaire, pour que tu me donnes le talent. Je ferai encore plus. J'apprendrai. Mais il faut m'aider. Je ne suis qu'un Cujon. J'ai besoin de tout ton appui pour monter au sommet. Il n'y a encore jamais eu d'Indiens au sommet, jamais. Le gouvernement, l'Armée, la police y ont toujours veillé. Tu leur as toujours prêté ton concours et je ne discute pas leurs mérites, je sais qu'ils sont cruels et pourris. Je sais bien que le peuple est bon et qu'il trime dur, mais ce n'est pas sa faute, il ne comprend pas. On lui a dit que c'est Dieu, et il le croit, ce sont des ignorants, des culs-terreux. Mais moi, je sais. J'ai eu de bons maîtres qui m'ont expliqué. J'ai vu le monde. J'ai compris. Je sais ce qu'il faut. Je suis prêt.

Pépé et Arzaro le regardaient, chiant de peur. Le grand maestro lui-même était un peu embêté. Il prit un cure-dents dans son gilet et se mit à le mâchonner, en observant avec un peu de gêne la silhouette carrée et puissante, les bras aux poings fermés et le visage qui paraissait taillé dans le granit levé d'un air presque menaçant vers le ciel. Il n'aimait pas cela du tout, mais pas du tout. Ce voyou se mettait soudain à ressembler à une de ces affiches de propagande de Siqueiros qu'il avait vues au Mexique. Pas étonnant qu'on ait mis Siqueiros en prison. Ces gens-là étaient capables de tout faire sauter. Des millions d'Indiens étaient ainsi debout sur toute l'étendue du continent sud-américain, serrant les poings et levant les yeux au ciel ; le jour où ils cesseraient de lever les yeux là-haut, ça allait barder drôlement. Si seulement l'idée leur venait de réunir leurs poings et de s'en servir, il se passerait de drôles de choses. Heureusement ils étaient encore trop cons et ils ne savaient pas où se trouvait la vraie source du pouvoir : dans leurs poings. Ils étaient trop ignorants, trop superstitieux, tout comme ce jeune Cujon qui essayait de conclure un marché avec le Diable, simple création de son esprit primitif, en offrant de lui vendre son âme.

« As-tu jamais pensé à ce qu'elle vaut, ta sale petite âme ? se demanda le grand maestro en jouant du cure-dents dans ses gencives. Pauvre imbécile, personne ne te l'achètera. Il n'y a pas preneur. D'ailleurs, le marché est saturé et tu n'en tirerais pas une carotte. Tu peux te la garder. Tu peux te la fourrer au cul. Elle est, de toute façon, pleine de merde. »

Lorsque José sortit de ses transes, le magicien s'était prudemment éclipsé. Les deux autres Indiens ne l'avaient même pas vu filer. Pépé regardait leur chef la mâchoire branlante, suant à grosses gouttes, et Arzaro avait une telle frousse qu'il avait tiré son couteau, dans un simple réflexe de défense.

— Où est-il ?

Les deux Indiens avalèrent leur salive.

— Q... q... qui ?

— Où est le sorcier ? Pourquoi l'avez-vous laissé partir ?

Ils regardèrent autour d'eux avec stupeur. Ils n'avaient pas vu sortir le magicien. Il avait dû s'évanouir dans les airs, comme ça, avec un claquement des doigts. Il y avait d'ailleurs une odeur étrange dans l'air, une odeur de brûlé. Ils la sentaient tous les trois distinctement.

Le cigare du magicien avait brûlé le tapis.

José se jeta dehors et courut droit à l'*El Señor,* mais le magicien ne s'y montra pas. Il roulait déjà vers l'aérodrome, après avoir ramassé en toute hâte ses affaires à l'hôtel. Son engagement n'était pas tout à fait fini, mais il n'était pas fou et il n'allait pas laisser sa peau dans ce sale pays. Pourtant il se souvint pendant longtemps de ce jeune Indien si convaincu planté là, les poings serrés, avec une expression de sombre détermination sur le visage. Il n'avait absolument aucune envie de le revoir.

Le grand maestro avait laissé une si forte impression à José qu'il abandonna complètement le circuit des films porno et chercha à travailler pour des artistes qui avaient un vrai talent et des dons extraordinaires, dans le vague espoir de trouver parmi eux quelqu'un qui pourrait l'aider à rétablir le contact interrompu. Il manifestait une telle passion que le propriétaire de l'*El Señor* l'envoya prospecter en province, puis à Saint-Domingue et à a Haïti où il rencontra pour la première fois P'tit Louis et son tambour. Il rêvait presque chaque nuit. Des silhouettes en habit et haut-de-forme se penchaient sur son lit, comme pour l'examiner, et scrutaient jusqu'au fond de son âme pour voir s'il avait tout ce qu'il fallait, pour voir s'il avait vraiment le don et s'il méritait de prendre place parmi les puissants de ce monde. Il continuait à faire le trafic de la drogue et il avait maintenant cinq filles qui travaillaient pour lui, mais il y avait beaucoup de concurrence et les choses n'étaient pas faciles pour un débutant. Il continuait à se rendre de temps en temps dans le petit magasin d'archives historiques derrière la place du Libérateur, pour nourrir ses yeux respectueux et graves de documents photographiques, portraits de toutes les grandes figures nationales, politiciens, généraux, qui s'étaient rendus célèbres par leur cruauté et leur avidité, et qui avaient réussi. Il était décidé à devenir un grand homme.

Il se mit à prêter une grande attention à la propagande anti-yankee qui déferlait sur le pays et commença à être vivement impressionné par les États-Unis. Il s'arrêtait toujours pour écouter les agitateurs politiques sur les marchés, qui expliquaient aux Indiens combien il était puéril et stupide de croire que le Diable avait des cornes et des pieds fourchus : non, il conduisait une Cadillac, fumait le cigare, c'était un gros homme d'affaires américain, un impérialiste qui possédait la terre même sur laquelle les paysans trimaient, et qui essayait toujours d'acheter à coups de dollars l'âme et la conscience des gens, leur sueur et leur sang, comme l'*American Fruit Company* qui avait le monopole des bananes dans le pays et les achetait pour rien. Ces discours impressionnaient vivement José ; il se mit à considérer les touristes américains avec un respect nouveau et put même établir un contact avec un jeune *gringo* qui travaillait pour l'*American Fruit Company*.

Il commençait maintenant à susciter une certaine attention et l'estime des milieux politiques. Au cours d'une des rares grèves qui avait éclaté dans le faubourg, il organisa une brigade de répression qui agit avec une brutalité et une rapidité telles qu'on lui demanda de la transformer en une organisation permanente. Sa « brigade volante » fut à plusieurs reprises utilisée en province lorsque les paysans tentèrent de brûler leurs récoltes en signe de protestation contre le prix trop bas qui leur était payé et qui ne leur permettait pas de vivre. La police régulière se montrait amicale avec lui. Elle ne se mêlait jamais à ses répressions, que la presse mettait au compte d'un « réflexe de défense spontanée des milieux sains du pays ». C'était de toute évidence un garçon qui irait loin. Sa « brigade volante » eut bientôt des sections dans toutes les villes, et même dans les villages. Il s'était fait de précieuses relations durant toutes les années qu'il avait passées dans le circuit des films cochons et exhibitionnistes et entretenait d'excellents rapports avec des gens influents qui appréciaient sa discrétion, sentaient en lui un homme avec qui il allait falloir compter bientôt et le laissaient volontiers participer à leurs affaires. Il connaissait déjà presque tous les personnages importants du régime actuel. Mais le régime était au bout du rouleau, avec tous les gens en place déjà riches et gras qui n'avaient plus rien à gagner et commençaient donc à se prendre au sérieux, à construire des routes, des écoles, et parlaient même

191

de nettoyer la capitale du vice, de façon à tout gâcher pour les autres. Il était vraiment temps que ça change.

De nouveaux partis politiques naissaient partout; aussitôt interdits par le gouvernement, ils entraient dans la clandestinité et se transformaient en groupes d'action. José avait ses hommes dans chaque groupe et était décidé à choisir le gagnant. La grande difficulté était de se procurer des armes, car l'Armée n'était pas dans le coup, mais les six ou sept généraux s'engraissaient déjà au sommet depuis longtemps et les colonels s'impatientaient. Cependant il y avait des frictions entre les groupes, et personne ne savait au juste dans quelle direction sauter. Ils étaient, bien sûr, tous antiaméricains et tous anticommunistes, c'est-à-dire nationaux, et ils se réclamaient tous d'une tendance socialiste qui paraissait plaire aux masses. José était sérieusement gêné par tous ces mots auxquels il ne comprenait pas grand-chose. Mais il était sincèrement antiaméricain. Cela, il le comprenait très bien. Être antiaméricain pour un politicien du pays, cela voulait dire faire le difficile pour faire monter le prix et obtenir l'aide américaine.

Très vite, José put devenir le propriétaire de l'*El Señor*, la meilleure boîte de nuit de la ville, qu'il chérissait comme la prunelle de ses yeux; il avait maintenant des prospecteurs de talents qui travaillaient un peu partout à la recherche de nouveaux numéros.

Il avait aussi une petite amie américaine.

CHAPITRE XII

Elle était entrée un soir dans le bar en trébuchant, hystérique, échevelée, et s'était arrêtée à la porte en sanglotant, regardant autour d'elle d'un air affolé, les yeux agrandis par l'épouvante et l'horreur. Il avait déjà acquis quelques notions d'anglais avec les touristes, et peu à peu il avait réussi à comprendre ce qu'elle disait, tantôt à voix basse et à peine perceptible, tantôt en hurlant, en pleine crise de nerfs. Elle se rendait en taxi à un site touristique célèbre à dix kilomètres de la ville, les ruines de la pyramide de Tzopotatzek, où avaient lieu jadis des sacrifices humains... On lui avait dit qu'il fallait y aller le soir, au moment où la lune se levait, c'était plus beau à cette heure-là et plus typique... et... elle sanglota encore... le chauffeur l'avait entraînée dans un terrain vague et il l'avait violée et lui avait volé son sac.

Son histoire n'avait rien d'extraordinaire. José avait fait ça souvent lui-même, comme il le lui avoua plus tard, quand il était un débutant manquant à la fois d'argent et de femmes.

La petite Américaine prenait la chose plutôt mal, on

voyait bien qu'elle n'avait aucune expérience, elle parlait d'ailleurs sans cesse d'une grand-mère qu'elle avait dans l'Iowa et d'un diplôme de langues qu'elle avait obtenu dans une Université là-bas, en le regardant d'un air pitoyable et en pleurant dans son mouchoir. Elle voulait probablement dire que ce n'était pas elle que le chauffeur de taxi aurait dû violer, mais quelqu'un d'autre qui n'avait ni grand-mère, ni diplôme. José et le barman se regardaient en rigolant.

Le barman avait travaillé aux États-Unis et, tandis que José observait la petite qui était fichtrement bien roulée, en fumant son cigare, il exprima l'opinion que la souris, quand le taxi lui était passé dessus, était sans doute encore vierge. Cela arrivait souvent là-bas. José n'y comprenait rien, il essaya de demander à la fille combien d'argent elle avait dans son sac, c'était peut-être ce qui l'avait mise dans un tel état. Elle ne savait pas combien au juste, une centaine de dollars peut-être, en *travelers*. Il lui expliqua que ce n'était pas grave et qu'elle pourrait récupérer son argent. Il déboucha une bouteille de *tequila* et lui en fit avaler un verre pour lui remonter le moral : immédiatement elle déborda de reconnaissance, et même réussit à sourire, à travers ses larmes ; elle parut un peu rassurée. Le barman lui dit qu'on sentait tout de suite que la petite avait de l'instruction et qu'elle venait d'une bonne famille. Il ne savait pas très bien pourquoi, mais ce renseignement lui donna envie de coucher avec elle. C'était une fille bien et c'était toujours excitant. Elle avait la peau très blanche, avec une bouche appétissante, un petit nez retroussé. Mais les cheveux n'étaient pas comme il les aimait. Elle les portait très courts, si bien qu'il n'y en avait pas assez. Il aimait les blondes avec les cheveux très longs qui vous emplissent bien les mains. En tout cas, il eut tout de suite envie de lui rentrer dedans.

L'Américaine insista tout d'abord pour qu'il appelât la police, mais José ne voulait pas d'histoires et lui fit comprendre que, si on mettait les flics dans le coup, l'affaire serait alors dans tous les journaux ; ce qui n'était pas bon pour le tourisme, et le barman expliqua en clignant de l'œil à José que les journaux américains allaient tout de suite s'en emparer et que la grand-mère risquait alors d'apprendre la chose, ce qui pouvait la tuer.

Non, elle n'avait personne, elle était toute seule ici, elle venait d'arriver et n'avait pas encore pris contact avec ses employeurs... Elle était membre du *Peace Corps,* créé par le président Kennedy pour aider les pays sous-développés. On pouvait choisir le pays où on voulait travailler ; elle avait d'abord songé à l'Afrique, mais avait finalement décidé de venir ici à cause de l'art précolombien et des trésors archéologiques, et ensuite parce c'était tout de même plus près de *home.* Au mot *home,* elle éclata de nouveau en sanglots. Oui, elle était venue ici pleine d'espoir et de bonne volonté, pour apprendre l'anglais aux enfants, et voilà que le premier jour... Il la fit boire encore de la *tequila* pour la remettre d'aplomb, puis l'emmena dîner dans le meilleur restaurant de la ville. C'était une bonne chose pour lui d'être vu en compagnie d'une Américaine. L'Amérique était un pays puissant et impérialiste, qui faisait ce qu'il voulait ici, et il se sentait vraiment attiré par la petite.

Elle n'avait manifestement pas l'habitude de boire, elle regardait déjà José comme s'il était son sauveur, elle ne cessait de le remercier dans son mauvais espagnol et il essayait sur elle son mauvais anglais. Au bout d'une demi-heure il en eut marre, n'essayant même plus de comprendre ce qu'elle disait, et la fit boire encore. Elle savait à peine ce qu'elle faisait lorsqu'un peu plus tard il la fit monter dans l'appartement qu'il occupait au-dessus de la boîte de nuit. Quand il commença à la déshabiller, elle se mit à faire des histoires. Il aurait dû comprendre à ce moment-là que c'était une emmerdeuse, se l'envoyer et puis la foutre dehors. Mais c'était la première Américaine qu'il se tapait, et cela l'impressionnait un peu. C'était un grand pays.

— Vous faites cela parce que vous me méprisez, dit-elle. Je vous en prie, soyez gentil, je vous en prie. Je ne sais même pas qui vous êtes, après tout. Mon Dieu, je suis tellement désorientée... Je n'ai que ma grand-mère au monde...

Il commençait à en avoir sérieusement marre de sa grand-mère. On sentait qu'elle avait besoin de s'accrocher à quelqu'un et elle le laissa faire, mais elle était dans un tel état, après le chauffeur de taxi et la *tequila,* qu'elle s'endormit avant qu'il eût fini. Ça ne lui était encore jamais arrivé. Il la prit encore deux fois pendant qu'elle dormait. Elle avait l'air vraiment d'une gosse dans son sommeil, le visage encore mouillé de larmes.

Le lendemain matin, lorsqu'elle se réveilla et qu'elle vit José tout nu couché auprès d'elle, une jambe sur son ventre, en train de fumer un cigare, elle fit une nouvelle crise.

— Mon Dieu, je suis une nymphomane, murmura-t-elle. Je suis en train de me détruire...

Le barman devait avoir raison. C'était sûrement une fille qui avait de l'instruction, elle employait sans cesse des mots que personne n'avait jamais entendus. Maintenant qu'elle n'était plus ivre, elle démarra en vitesse lorsque José remit ça, mais ensuite elle le regarda d'un air de reproche.

— Vous n'auriez pas dû faire ça.

— Pourquoi ? C'est O. K.

— Enfin, je crois que vous êtes quand même quelqu'un de bon. Vous avez des yeux extraordinaires. Vous êtes espagnol ?

— Oui.

— Ça m'est égal, vous savez, je demande ça comme ça. Je ne suis pas raciste. Vous voulez que je m'en aille, maintenant ?

— Vous pouvez rester.

Elle resta. D'abord une semaine, puis deux, puis deux mois.

Elle devait se demander souvent, plus tard, pourquoi elle était restée, ce qui l'avait attirée chez lui dès le début. Même aujourd'hui, en y pensant, elle n'arrivait pas tout à fait à se l'expliquer. Mais il y avait une chose dont elle était sûre, dit-elle au Dr Horwat en le regardant droit dans les yeux : ce n'était pas seulement physique. Il y avait quelque chose de plus. Elle ne se serait jamais laissé aller, autrement. Elle n'était pas comme ça.

Au cours des premières semaines, elle vécut dans une sorte de brume, tout était tellement nouveau pour elle, et le pays était d'une beauté incroyable, bien que si affreusement pauvre. Et le peuple était si malheureux, elle avait tellement envie de l'aider. Les enfants, surtout, étaient adorables. Elle s'arrêtait souvent dans la rue et les prenait dans ses bras. Ils ne pleuraient jamais, même les bébés, et leurs petits visages avaient toujours un air triste et ils vous regardaient fixement, silencieusement... Les enfants sous-alimentés ont toujours l'air d'avoir des yeux trop grands. C'était terrible. Dans les provinces, c'était encore pis. La misère était vraiment effroyable. Et ce silence, sans la moindre plainte, la dignité et l'expression de stupeur des Indiens lorsqu'on faisait quelque chose pour eux, lorsqu'elle apportait du lait pour les bébés ou des boîtes de conserve pour les mères... Elle fut prise pour ce peuple d'un attachement qui ne faisait que grandir chaque fois qu'elle parvenait à aider une famille, un village. Ils ne savaient pas manifester leur reconnaissance, ils ne remerciaient jamais, prenaient ce qu'on leur donnait et vous dévisageaient avec étonnement, comme si vous n'étiez pas un être humain. Elle commençait déjà à être hantée par l'idée bizarre qu'ils étaient sous sa protection, que sa mission était de s'occuper d'eux et d'améliorer leur sort.

— Je me sentais toujours coupable, simplement parce que j'étais américaine et que nous ne manquions de rien. Oh! Dr Horwat, ne croyez pas que j'essaie de me justifier et de vous expliquer pourquoi j'étais restée. Mais je n'ai jamais su ce que je voulais faire de ma vie, et quand je voyais ces enfants, je savais. Évidemment, ce n'était pas seulement cela, j'étais tombée amoureuse de José, je n'irai pas vous dire le contraire. On avait envie de le protéger, lui aussi. Je sais bien tout ce qu'il a fait, et surtout ce qu'il n'a pas fait et aurait pu faire, et je sais que ça peut prêter à rire, mais croyez-moi, on sentait en lui un gosse indien qui se cachait dans un coin. Ce n'est pas que j'aie tellement l'instinct maternel, mais finalement, José et le pays s'étaient un peu confondus dans mon esprit. J'avais vraiment l'impression que ce que je faisais pour l'un, je le faisais pour l'autre... Oh! et puis, ce n'est pas la peine, vous ne comprendrez pas.

Mais elle continua à parler, avec une sorte d'indifférence délibérée à l'égard de l'évangéliste, et parut s'adresser uniquement au pantin du ventriloque, penché vers elle par-dessus l'épaule de son maître. A un moment, elle tendit la main et caressa les cheveux roux de la poupée, comme si elle avait trouvé dans son regard immuable quelque trace de compréhension et de sympathie. Le Dr Horwat, avec un élan de pitié qu'il fut incapable d'exprimer, peut-être parce qu'il était trop habitué à l'éloquence et aux foules anonymes et qu'il avait un peu perdu le sens des contacts personnels et des mots qui leur convenaient, eut soudain l'impression qu'il aurait pu faire davantage pour elle s'il avait été un ours en peluche. Il voulut lui prendre la main, mais s'estimait encore trop jeune pour pouvoir se permettre un tel geste sans risque de quelque affreux malentendu, surtout dans ce genre de compagnie, avec le dégénéré cubain qui ne cessait de lui envoyer des éclats d'or entre ses gencives mouillées l'œil vitreux et cynique du paillasse posé sur lui. Le paysage lui-même semblait grimacer moqueusement de tous ses plis autour de la Cadillac perdue dans la Sierra où les crevasses écartaient partout leurs lippes de lave noire comme des sourires pétrifiés qui paraissaient receler toute l'obscénité profonde de la terre. L'évangéliste soupira, croisa les bras d'un air stoïque et regarda droit devant lui.

Elle se rendit très vite compte que José était un garçon très complexé, qu'il avait des problèmes psychologiques dont il n'avait pas lui-même la moindre idée. Il était très instable, avec des sautes d'humeur que rien ne paraissait justifier, et il semblait torturé par une angoisse profonde, un sentiment de frustration qui le dévoraient ; elle avait tenté de lui poser des questions sur son enfance, sur ses rapports avec son père et sa mère ; sans doute y avait-il quelque chose de freudien là-dedans. Lorsqu'elle voulut expliquer à José ce qu'était la psychanalyse, il parut vivement intéressé. Il écouta très attentivement, réfléchit un bon moment en mâchonnant son cigare, puis lui demanda s'il ne pourrait pas engager un de ces types pour sa boîte de nuit. Évidemment, il était très naïf et, elle devait bien l'avouer, dépourvu d'instruction. Inculte, oui, elle ne craignait pas d'employer ce mot. Mais c'était là, au moins, un domaine où elle pouvait vraiment l'aider. Il avait besoin d'elle et lorsque vous trouvez enfin quelqu'un qui a besoin de vous, une bonne partie de vos problèmes sont résolus. Vous cessez d'être *aliénée*... d'errer à la recherche d'une identité, d'une place dans le monde, d'un but qui vous permettrait de vous libérer de vous-même, de *choisir*, de vous *engager*...

— Vous pouvez enfin vous *justifier*... C'était très important pour moi. J'ai toujours eu la sensation, et beaucoup de mes camarades au collège l'avaient aussi, de flotter dans une espèce de boîte de conserve vide... Vous savez ce que je veux dire ? Je ne parle pas de l'Amérique, mais de la vie en général. Je n'ai jamais su, au fond, qui j'étais et ce que je faisais là. Il y avait évidemment la bombe à hydrogène, les discriminations raciales et la guerre au Vietnam, cela nous avait beaucoup aidés, on pouvait au moins être *contre* quelque chose... Mais c'était très *négatif*... Je me sentais coupable, sans aucune raison précise, simplement parce que j'existais sans savoir pourquoi, sans rien faire pour le justifier... justifier le fait d'exister, vous comprenez. Je n'ai jamais su qui j'étais, je n'avais pas *d'identité*... J'insiste sur tout cela, mais c'est très important pour moi. Et ce pays, brusquement, me permettait de m'accomplir... de me *trouver*. Je sentais soudain que j'avais quelque chose à donner... J'essayais parfois d'expliquer tout cela à José, mais il ne comprenait pas, il me regardait avec une sorte d'ahurissement... Son anglais n'était pas encore suffisant, et puis, il faut bien le dire, il n'avait aucune idée de certains problèmes moraux et intellectuels. Il y avait en tout cas un fait dont j'étais sûre et qui m'emplissait de gratitude chaque fois que je le serrais très fort dans mes bras et que je regardais tendrement son beau visage toujours un peu inexpressif, toujours fermé et sombre — c'était une sorte de pudeur virile, chez lui, ce masque secret, il était très espagnol — avec des yeux si extraordinaires, gris et vert à la fois, c'était que je m'étais enfin *trouvée*... J'avais un but dans la vie, une raison d'être, je tenais enfin quelque chose...

Elle tenta d'étendre peu à peu son horizon intellectuel sans avoir l'air de lui donner des leçons et fut épouvantée de découvrir son ignorance à peu près totale. Il n'avait pas la moindre idée de ce que la vie pouvait offrir de meilleur, dans le domaine culturel, la musique, la peinture, la littérature ; dès qu'elle engageait délicatement la conversation là-dessus, il se mettait à la regarder avec une sorte d'aversion qui la rendait très malheureuse. Mais il paraissait intéressé par les institutions démocratiques américaines. Il écoutait alors attentivement et parfois hochait la tête avec étonnement. Elle pouvait dire qu'elle put ainsi, dans une certaine mesure, combattre la campagne antiaméricaine ridicule que les communistes faisaient déferler sur le pays et donner à José une idée plus juste des États-Unis et de ce qu'ils s'efforçaient de faire pour le monde. Oui, dans ce domaine au moins, et lorsqu'on savait le rôle que José devait bientôt jouer, on pouvait dire qu'elle avait réussi et qu'elle avait tout de même contribué à une meilleure entente entre deux peuples très différents et qui se comprenaient si mal.

Il aimait beaucoup se montrer avec elle en ville et il exigeait qu'elle s'habillât d'une manière qu'elle trouvait un peu trop voyante. Grâce à elle, il s'était fait des relations qu'il n'aurait jamais pu avoir auparavant, avec le consul des États-Unis, entre autres, et dans les milieux d'affaires américains. L'Amérique venait d'investir de gros capitaux dans le pays, lui avait accordé une aide économique et financière, et, comme le gouvernement était complètement pourri et que l'aide n'arrivait jamais jusqu'au peuple à qui elle était destinée, la C.I.A. était en train de chercher discrètement des hommes nouveaux et qui n'étaient pas compromis aux yeux de la population, sur lesquels les États-Unis pourraient compter. Elle entendait des rumeurs au sujet des relations que José avait dans les milieux criminels, mais on traversait une période révolutionnaire, le progrès et la démocratie ne pouvaient être que chèrement acquis dans ce pays où la violence et le crime avaient à jamais marqué depuis des siècles l'âme du peuple. Il ne fallait pas oublier — et on l'ignorait généralement — que dans les trente années qui avaient suivi l'arrivée de Cortez, les Espagnols avaient exterminé quinze millions d'hommes au Mexique seul, sur une population de vingt-cinq millions. Et cela n'avait fait que continuer, avec les conversions forcées et l'esclavage de ceux qui refusaient la Croix et qui étaient alors déclarés « sans âme ». Elle se sentait terriblement coupable, comme avec les Noirs américains qui sont devenus racistes à leur tour, et qui vous crachent à la figure. Au fond, c'était la même chose, le même combat, la même injustice, et ce qu'elle faisait ici pour les Indiens, elle le faisait aussi pour les Noirs américains : elle avait été membre du N.A.A.C.P. depuis l'âge de quatorze ans, et avait toujours voulu se vouer, se dédier à quelque chose de propre, sauver quelqu'un ou quelque chose. Elle espérait de tout son cœur que la révolution se passerait cette fois sans effusion de sang et sans atrocités, mais elle comprenait aussi qu'on n'eût pas le choix des moyens, lorsqu'on voyait la pauvreté et l'absence d'espoir des masses indiennes, et c'était sur ces masses que José cherchait à s'appuyer. Il était un des leurs, c'était vraiment un fils du peuple.

Elle estimait que les États-Unis devaient faire beaucoup plus pour les pays sous-développés et expédia une longue lettre à un journal de Des Moines où elle décrivit longuement, et avec une émotion qui l'avait fait pleurer sur sa machine à écrire, la pauvreté qu'elle voyait autour d'elle, en protestant avec indignation contre la diminution par le Sénat de l'aide à l'étranger. La lettre fut publiée et José admira longuement sa signature au bas de l'article. Il était véritablement impressionné.

Elle voyait bien qu'il y avait chez lui, lorsqu'elle lui parlait de ces choses, une certaine incompréhension, et même une sorte de stupeur ; son manque d'instruction ne lui permettait pas toujours de s'orienter dans les problèmes moraux et sociaux. Il n'en tenait que davantage à elle, et elle sentait déjà qu'elle lui devenait indispensable. Il l'invitait à des réunions politiques, l'encourageant à parler, comme elle le faisait avec lui, devant ses amis, devant les membres des « brigades volantes », et l'avait même emmenée avec lui dans quelques-unes des tournées qu'il faisait en province. Pendant qu'elle expliquait au cours de ces séances « d'études » clandestines ce qu'un régime vraiment démocratique, ayant à sa tête un homme qui aimait son peuple et ne cherchait pas le pouvoir uniquement pour s'enrichir, pourrait accomplir, il l'écoutait avec une satisfaction évidente, le cigare entre les dents, approuvant parfois d'un mouvement de la tête et regardant ses amis avec fierté. Elle regrettait terriblement de ne pas avoir fait à l'Université des études de sociologie et d'économie politique et écrivit une lettre au professeur Galbraith, le priant de lui indiquer les livres qu'il fallait lire. Elle écrivait des lettres à tout le monde, à sa grand-mère, à ses amis, au président Johnson, et surtout à Jacqueline Kennedy, à laquelle elle rêvait beaucoup, non qu'elle songeât à devenir elle-même un jour la première dame du pays, mais elle trouvait que Jacqueline était une femme extraordinaire et elle était sûre d'être très bien comprise par elle.

Il avait à présent une petite amie américaine, et il la traînait partout avec lui, c'était bon pour sa réputation. Il l'emmenait toujours dans ses tournées en province, les culs-terreux aimaient voir un des leurs se taper une Américaine, ça les encourageait à rêver. On leur décrivait tout le temps les États-Unis comme un pays méchant et très puissant, et ils regardaient José avec admiration. Il avait la *protección*. Il devenait parfois fou de rage devant le flot de paroles excitées et incompréhensibles qu'elle déversait sur sa tête et avait alors envie de la jeter par la fenêtre, mais se contentait de retrousser ses jupes, de baisser sa culotte et de lui régler son compte par-derrière, *à la chienne*, cela revenait au même et cela la faisait taire, elle devenait humble et reconnaissante. Il commençait à tenir à elle, d'une certaine façon. Il y avait chez elle une sorte d'humilité, de bonne volonté, elle ressemblait parfois à un oiseau captif battant des ailes contre sa cage, et cela l'excitait, c'était une fille bien et instruite, il sentait qu'il montait en grade, qu'il était quelqu'un. Il aimait les filles propres, qui avaient l'air de venir d'ailleurs et il n'avait jamais vu une fille aussi propre qu'elle. Elle se lavait tout le temps, avant, après. Elle avait toute sorte de trucs qu'elle se mettait sur le corps, qui sentaient bon et qu'elle appelait désodorisants. Il n'avait jamais eu tant de plaisir avec une femme. Ce n'était pas tellement le cul, c'était quelque chose dans sa tête. Chaque fois qu'il lui rentrait dedans à grands coups de reins, il avait la sensation de se venger, de régler de très vieux comptes. Il ne savait pas d'où cela venait, mais quand il l'avait bien remplie et qu'elle baisait sa main et appuyait sa joue tendrement contre sa paume, comme pour lui demander pardon, il sentait qu'il devenait quitte avec quelqu'un, il ne savait pas qui, au juste. C'étaient les rares moments où il souriait avec une satisfaction complète, où il se sentait vraiment arrivé. Ces salauds-là n'avaient plus rien à lui refuser. Elle connaissait beaucoup de choses et pouvait lui expliquer tous les mots techniques nécessaires à la révolution que les jeunes officiers prononçaient sans arrêt autour de lui et qu'il fallait avoir l'air de bien connaître quand on était avec eux. Des mots comme « iniquité », « émancipation », « socialisation », « éthique », et mille autres, qu'elle était capable de débiter pendant des heures.

Il admirait de plus en plus l'Amérique.

Les communistes disaient que les Américains étaient sans scrupules, qu'ils voulaient se rendre maîtres du monde et que leurs touristes corrompaient le pays ; à les entendre, tout ce qui était puissant, riche, agressif et pourri, tout ce qui était vraiment mauvais venait d'Amérique et, bien que José sût maintenant faire la part de l'exagération dans leurs propos, il était néanmoins fort impressionné par leur propagande et de plus en plus attiré par les États-Unis. Même le « petit prêtre » catholique disait souvent que les États-Unis étaient un pays protestant qui avait vendu sa foi et ne s'occupait que des richesses matérielles. Aussi commençait-il à regarder tout ce qui venait des États-Unis avec respect, mais il se garda de l'avouer : presque tous ses amis étaient violemment antiaméricains, et il fallait faire attention.

Elle ne tarda pas à acquérir la certitude que José avait un grand avenir politique devant lui. Il recevait à présent de plus en plus de personnalités en vue et s'était vu attribuer un grade honoraire dans l'armée. Il était très généreux et dépensait tout l'argent qu'il avait à offrir des cadeaux aux épouses des militaires et des fonctionnaires. Elle avait l'impression d'avoir trouvé sa voie et se voyait au seuil d'une vie stimulante et féconde de création, d'accomplissement. Elle allait enfin pouvoir *se réaliser,* ce besoin qui la hantait depuis l'adolescence — elle avait parfois la sensation qu'elle n'existait pas vraiment, qu'elle rêvait seulement d'elle-même. Elle avait vécu jusque-là avec cette impression bizarre et qui ne la quittait pas d'être dans le flou, de manquer de contours, de réalité, d'attendre une nouvelle et véritable naissance. Il lui arrivait souvent de se sentir inachevée, comme une sorte de rapide esquisse, de brouillon, qui attendait de prendre forme. Créer avait toujours été son obsession, un besoin ; elle avait suivi des cours de *creative writing* à l'Université, où l'on vous apprenait en deux semestres comment écrire un roman ou une pièce de théâtre, mais elle ne paraissait pas particulièrement douée dans ce domaine, bien qu'elle eût une fois remporté en Iowa le premier prix dans un concours de poésie interscolaire, quand elle avait douze ans. Elle avait également essayé de faire de la céramique, cherchant obstinément une voie qui lui permettrait de libérer tout ce qu'elle sentait en elle. Combien de jeunes Américains ont-ils la chance de pouvoir se donner à une grande œuvre, de faire quelque chose de vraiment constructif, en aidant un peuple malheureux à s'épanouir et à sortir des ténèbres matérielles et culturelles dans lesquelles on l'avait maintenu pendant des siècles ? Sa génération cherchait une voie, une mission, une œuvre constructrice, comme les *kibboutz* en Israël. Il n'y avait qu'à voir ce qui se passait dans les universités, où plus de soixante pour cent des étudiants mangeaient du L.S.D., parce que cette drogue leur procurait des visions merveilleuses, qu'elle leur faisait entrevoir un monde meilleur d'une beauté inouïe. On devait penser à tout cela si on voulait comprendre ce que José et ce pays représentaient pour elle ; elle n'avait pas du tout cherché à s'évader, à fuir, en venant ici, en acceptant de faire partie du *Peace Corps,* mais à *se réaliser* — elle tenait à insister sur ce mot. Elle en arrivait presque à être reconnaissante à cet affreux chauffeur qui avait abusé d'elle : sans lui, elle n'aurait pas fait la connaissance de José.

« J'ai eu la chance de rencontrer un homme décidé à se dévouer corps et âme à son peuple et à son pays », écrivit-elle à sa grand-mère. « C'est une occasion vraiment unique et passionnante pour moi de participer à une œuvre créatrice. J'ai trouvé ici mon *identité*, je sais qui je suis et ce que je veux faire. Je compte donc rester encore quelque temps. »

Elle s'attendrissait jusqu'aux larmes, en constatant chaque jour davantage à quel point José était inculte, combien son éducation avait été primaire, pour ne pas dire inexistante, bien qu'il eût une grande intelligence naturelle. On le devinait totalement désarmé devant le monde et ses complexités. Chaque fois qu'elle lui parlait et qu'elle voyait apparaître sur son visage une expression d'incompréhension et même une sorte de dégoût, elle était bouleversée et sentait s'éveiller en elle un véritable instinct maternel. Il avait bien fait une année d'études au monastère de San Miguel, mais il ne paraissait en avoir gardé qu'un profond sentiment religieux. Personne n'avait jamais aidé ce garçon à cultiver son esprit. Elle écrivit une longue lettre furieuse à une amie qui travaillait comme secrétaire d'un sénateur de l'Iowa, en insistant sur la nécessité de ne pas limiter à l'argent l'aide américaine aux pays sous-développés, mais d'y envoyer des éducateurs, des cadres techniques et d'y créer des centres culturels. Les Nations Unies avaient là failli à leur tâche. Elle mentionna les Nations Unies devant José et découvrit qu'il connaissait fort bien les possibilités qu'il y avait là.

— C'est très utile, reconnut-il.

Un de ses meilleurs amis représentait le pays à l'O.N.U. et bénéficiait de l'immunité diplomatique, ce qui signifiait qu'il n'avait pas à passer par les douanes. José avait pu ainsi faire passer plusieurs kilos d'héroïne aux États-Unis. Il avait une grande admiration pour l'O.N.U. La petite avait raison lorsqu'elle lui disait que c'était quelque chose de très utile.

Elle se rendit à l'ambassade des États-Unis et pria qu'on lui dît ce que les États-Unis faisaient ici. On lui donna des brochures à lire, et elle découvrit que l'aide américaine s'élevait chaque année à une somme considérable, bien que ce fût pour elle un mystère de savoir où allait tout cet argent : la capitale avait le plus mauvais réseau téléphonique imaginable, pas de bibliothèques publiques, pas de théâtre ni de salle de concert, l'Université était un vieux couvent désaffecté, le ministre de l'Éducation était un général et paraissait s'occuper uniquement de mettre les étudiants en prison, il n'y avait même pas de musée archéologique, n'importe quel touriste pouvait acheter et emporter avec lui des trésors de cet art précolombien qui était l'âme véritable de cette terre. Bref, rien n'était fait pour élever le niveau de vie des masses.

Elle se mit à commander par centaines des livres aux États-Unis. José lui versait une sorte de pension très généreuse, et bien qu'au début elle ne voulût pas l'accepter, elle finit par céder. Elle avait conscience d'être bien plus que sa maîtresse, une sorte de conseiller technique et culturel, si bien qu'il n'y avait vraiment rien de mal là-dedans. Au début, José se mettait en colère parce qu'elle dépensait l'argent qu'il lui donnait à acheter des livres au lieu de toilettes, mais il se rendit vite compte que ses visiteurs regardaient « sa » bibliothèque avec respect et que c'était là une marque de statut social qui lui était utile.

Elle veillait tard dans la nuit, un crayon à la main, essayant de condenser les ouvrages qu'elle considérait comme essentiels en quelques phrases claires d'espagnol, bien que José apprît l'anglais très rapidement ; c'était vraiment stupéfiant, la rapidité avec laquelle il savait tirer profit d'elle. Finalement, du reste, elle se contenta elle-même de travailler sur des condensés de chefs-d'œuvre, et elle découvrit un *digest* en un volume de trois cents pages qui contenait le résumé de toutes les grandes œuvres de l'humanité ; elle y étudia notamment le marxisme, qui était présenté avec une clarté remarquable en deux lignes.

Leur appartement au-dessus de la boîte de nuit était maintenant tapissé d'ouvrages philosophiques et de livres d'art, et José avait lui-même posé sur son bureau, bien en évidence, une édition de luxe de la Déclaration d'Indépendance des États-Unis, de leur Constitution et de la vie de Lincoln par Barclay, à l'intention de ses visiteurs américains. Lorsque les jeunes officiers ou les étudiants venaient le trouver, il remplaçait ces ouvrages par une *Vie de Lénine* et une photo de Castro. Il fallait reconnaître qu'il était assez opportuniste, mais c'était surtout dû à son ignorance, ce qui l'empêchait de se décider, de choisir entre diverses idées. Il ne faisait jamais la moindre déclaration politique mais écoutait attentivement ses visiteurs lorsqu'ils venaient lui parler et faisait ensuite un geste d'approbation. On disait de lui que c'était un homme qui n'aimait pas les vaines paroles et que, sous ses propos laconiques, il cachait une volonté de réforme profonde et un amour brûlant pour son pays. Les trois tendances en conflit dans les mouvements d'opposition lui avaient fait chacune des promesses, et ses « brigades volantes », qu'il était en train de transformer en milice populaire, étaient la seule force organisée à laquelle le gouvernement n'osait pas toucher. L'Armée eût pu les balayer sans trop de difficultés, mais les officiers supérieurs n'étaient pas sûrs des jeunes officiers et, pour les sous-officiers, José représentait l'image même du chef issu des couches populaires dont le pays avait besoin.

Elle devait faire preuve d'énormément de tact dans leurs rapports afin de ne pas le vexer ou l'irriter par quelque manifestation trop évidente de sa supériorité intellectuelle et culturelle. Son amour-propre espagnol ne tolérerait sans doute pas une telle attitude de la part d'une femme. Elle savait qu'il avait du sang indien, mais, à cet égard, il était très espagnol, très *hidalgo*.

« Ils sont si complètement différents, ici, des hommes de chez nous, écrivit-elle à une amie. Ils aiment sentir que leurs femmes leur sont inférieures et qu'elles sont dociles, et, bien que je ne compte nullement céder là-dessus, je fais très attention de ne pas m'attaquer à ce problème de front, mais de parvenir aux mêmes résultats en gagnant son respect. Il y a beaucoup de choses que j'ai l'intention de changer dans le caractère de José, dans ses habitudes, et jusque dans sa façon de s'habiller — le pauvre garçon porte encore parfois des costumes bleu foncé avec une chemise bleu marine, une cravate blanche et un panama blanc, comme dans *Les Incorruptibles* — mais je me garde bien de l'irriter en jouant les mères poules. C'est une question d'adaptation mutuelle et d'égards réciproques. C'est une tout autre mentalité, ici. Ainsi, par exemple, il me couvre de bijoux, mais il n'a jamais songé à m'offrir des fleurs. Parfois il me semble que je donnerais n'importe quoi pour recevoir ne fût-ce qu'un tout petit bouquet de fleurs des champs. Évidemment, c'est très enfantin. Je suis d'ailleurs assez surmenée et j'ai parfois l'impression de me trouver devant un véritable mur. C'est d'autant plus bête que José m'adore littéralement. »

Elle prenait donc grand soin de ne jamais lui faire la leçon ouvertement et se contentait de glisser quelques informations ici ou là, de jeter la bonne semence, ainsi que son pasteur à Des Moines disait jadis. Mais elle avait souvent l'impression qu'elle ne faisait que l'amuser et elle se sentait toujours déroutée lorsqu'il la regardait d'une certaine façon, très fixement, de ses yeux presque verts. Il y avait chez lui une extraordinaire assurance, une confiance en lui-même absolue, comme s'il savait tout ce qu'il y avait à savoir de la vie et du monde, et comme si aucun doute ne l'effleurait jamais. C'était une bonne chose, bien sûr, la confiance en soi est essentielle chez un chef, mais c'était tout de même pathétique, et cela la touchait profondément, car cette assurance, dans une grande mesure, était le fruit de l'ignorance. Il avait appris à le cacher, mais il était très croyant. Un jour, alors qu'il se rendait dans sa Mercedes à une soirée donnée par un des généraux, elle essaya de lui expliquer différentes choses à propos du bouddhisme Zen, du détachement et de la contemplation. On voyait alors de plus en plus dans les rues de la capitale de jeunes Américains barbus aux cheveux sur les épaules et qui ressemblaient à des Christs échappés d'un asile, et José s'étonnait que l'ambassade des États-Unis leur permît de venir, car cela donnait une mauvaise idée de leur pays. Elle se lança dans une longue explication, ces jeunes gens, que

l'on appelait *beatniks,* cherchaient à échapper au maté-
rialisme et à vivre en marge d'une société entièrement
vouée à la production et à la consommation.

Pour une fois, José parut l'écouter attentivement,
puis il lui dit, de sa voix sourde, toujours un peu
voilée :

— La philosophie, oui... Bien sûr, je sais ce que
c'est. Les curés me l'ont assez répété. Le mal règne sur
la terre, l'argent c'est le mal, la fornication c'est le mal,
tout ce qui est bon est mauvais. Alors ? Alors, si un
homme veut être heureux, il faut qu'il soit mauvais lui-
même. Sans ça, il n'a accès à rien. Il faut qu'il se fasse
les relations nécessaires et montre qu'on peut avoir
confiance en lui, qu'il sait qui est le Patron. O. K. ?

Elle en fut terriblement attristée. Elle n'avait jamais
compris à quel point il était pessimiste, marqué par la
pauvreté de son enfance et par les injustices sociales.
Évidemment il en avait trop vu et cela l'avait rendu un
peu amer. Elle essaya bien de discuter avec passion ce
point très important pour elle, de lui expliquer que le
monde était plein de beauté et de bonté et de lui en
donner quelques exemples, la peinture, la musique,
l'amour, mais depuis quelque temps elle buvait trop,
elle ne savait du reste pas du tout pourquoi, et ses idées
devenaient confuses. Elle tenta encore de parler de
musées et d'orchestres symphoniques, elle dit quelques
mots à propos des impressionnistes, mais les choses se
brouillaient un peu dans sa tête, elle avait parfois la
sensation d'être complètement désorientée, perdue,
paumée...

— Paumée, oui, Dr Horwat, je me souviens que
l'idée me vint soudain que j'étais paumée, oui, il n'y

avait pas d'autre terme. Je me souviens que j'ai soudain éclaté en sanglots. Brusquement je ne savais plus du tout où j'en étais. Et en même temps je me sentais terriblement coupable. Nous n'avons pas fait assez pour ce pays, et j'étais là, dans la Mercedes, à pleurer en pensant à toute l'Amérique du Sud, et à l'Inde, à l'Afrique, au Vietnam, et à tout ce que j'aurais voulu pouvoir faire pour eux. Tous ces siècles de colonialisme, cela a été une telle injustice. J'étais dans un tel état que José a fait arrêter la voiture, nous sommes entrés dans un bar, et il m'a fait boire pour me remettre un peu d'aplomb. Il ne voulait pas que le général me vît dans un tel état. Nous sommes allés ensuite à la réception et j'ai été très bien, sauf que je parlais peut-être un peu trop ; je parle toujours un peu trop lorsque je suis à bout de nerfs, c'est une sorte de fébrilité. Puis nous sommes rentrés à la maison et il fut très gentil avec moi. J'avais beau être complètement désorientée, il y avait une chose dont j'étais sûre et certaine : il m'aimait. Il m'aimait vraiment...

Elle regrettait souvent de ne pas avoir d'amies assez proches, dans ce pays, à qui elle pourrait se fier complètement, à qui elle pourrait parler des moments de bonheur extraordinaires qu'elle était en train de vivre ; parfois, après une de leurs violentes et interminables étreintes, elle avait l'impression de se réaliser complètement et même, d'une manière curieuse, de travailler à quelque chose de constructif dans ses bras. « J'ai découvert que l'amour peut être une expression totale de soi-même, une véritable réalisation et qui peut vous donner un sentiment merveilleux d'identité et de sécurité », écrivit-elle à son amie. Il ne pouvait s'agir chez José d'un attachement simplement physique, bien qu'elle eût parfois cette impression — simple signe peut-être chez elle d'une absence de sécurité intérieure. Certes, elle n'avait pas beaucoup d'expérience, mais elle avait assez d'intuition féminine pour comprendre que seul un homme qui aimait profondément et sincèrement pouvait donner un tel bonheur à une femme. C'étaient là des choses qu'il fallait garder pour soi. Elle écrivit seulement dans sa lettre : « Il m'aime passionnément, d'une façon très touchante, et il ne manque jamais de m'en donner des preuves merveilleuses. »

L'avenir politique de José commençait à prendre tournure. Des réunions quasi permanentes se tenaient dans une atmosphère fiévreuse dans la salle de l'*El Señor* qui avait suspendu son programme pour « travaux de renouvellement et de modernisation ». José avait des amis dans toutes les factions qui se préparaient à l'assaut du pouvoir. Il travaillait lui-même à l'image de sa respectabilité et s'était séparé notamment de Pépé et d'Arzaro dont on avait d'ailleurs repêché peu après les cadavres dans un lac de la montagne. Il évitait toujours de prendre la parole dans les réunions politiques, mais se tenait sur l'estrade, immobile et silencieux, dans cette attitude de pierre qui donnait une telle impression de force. Elle était dans la salle et ne se lassait jamais de le regarder. Il y avait en lui un extraordinaire magnétisme, et cela tenait à ses beaux yeux gris-vert, à sa bouche ferme et à son menton énergique, à ses traits empreints même d'une certaine brutalité ; elle sentait presque ses flancs se creuser, ses hanches, ses seins et ses épaules réclamer ses bras : c'était un chef-né ; parfois, en l'observant ainsi tendrement de la salle, elle discernait une frappante ressemblance entre son visage et celui d'Abraham Lincoln. Les yeux, bien sûrs, étaient différents, et les traits étaient résolument espagnols — il avait un grand-père indien et il en était à juste titre très fier —, il n'avait pas de barbe, mais il y avait incontestablement quelque chose, elle ne savait pas très bien quoi, qui la faisait penser à un jeune Lincoln, ou peut-être était-ce seulement le pressentiment de tout ce qu'il allait faire pour son pays.

Le gouvernement cherchait maintenant à discréditer José par tous les moyens. On avait fait circuler le bruit que l'*El Señor* était le quartier général de tous les truands et de tous les vices, et que l'opposition tirait ses principales ressources du trafic de stupéfiants. Évidemment, tout cela était complètement faux mais, à diverses occasions, elle remarqua en effet que le barman procurait des filles à certains hommes politiques et à des officiers et qu'il n'hésitait pas non plus à leur fournir de la drogue. Elle tenta d'en discuter avec José, sans l'accuser bien sûr, sans en faire tout un plat, mais il se borna à hausser les épaules :

— Comment dit-on en Amérique ? La politique est un truc salissant, hein ? Il faut ce qu'il faut.

Elle n'était naturellement pas d'accord, mais elle traversait à ce moment-là elle-même une période psychologique et morale difficile, parce qu'elle se rendait compte qu'elle buvait trop et qu'elle ne parvenait pas à s'arrêter. Ce n'était pas qu'elle manquât de volonté, mais elle dépensait tant d'énergie à aider José à ce moment décisif, et puis elle était tellement déçue par beaucoup de choses, bien qu'elle ne sût pas au juste lesquelles, qu'il lui fallait se laisser aller parfois, elle ne pouvait pas lutter sur tous les fronts, et il lui arrivait de plus en plus souvent de commencer sa journée par un martini. Encore une fois, il fallait tenir compte qu'ils vivaient tous les deux des heures dramatiques, et ses nerfs évidemment en payaient le prix. D'ailleurs, on ne devait pas voir ces choses-là avec des yeux d'Américaine, le trafic de stupéfiants fleurissait depuis toujours dans le pays, c'était une de ses principales ressources économiques. Un des hauts fonctionnaires de la police, un ami de José qui s'efforçait de donner des gages à l'opposition, lui expliqua tout cela, en ajoutant qu'une baisse nouvelle du niveau de vie et un marasme économique ne profiteraient qu'aux communistes, et que le communisme était une drogue bien plus dangereuse que l'héroïne. Puis il ajouta :

— Notre peuple est très pauvre. Nous n'avons jamais été aidés par les grandes puissances, et nous avons toujours été exploités. En attendant la rénovation sociale, on ne peut pas priver notre population de ce qui assure son énergie et lui permet de travailler. Dans les vallées, les paysans mâchent des feuilles de *mastala* depuis des siècles, on les appelle les « mangeurs d'étoiles » en dialecte cujon. Cela leur procure beaucoup de bonheur et de bien-être, cela compense leur sous-alimentation, et on ne peut pas leur ôter ça, sans rien leur donner d'autre à la place.

Elle était obligée de reconnaître qu'il y avait une certaine vérité dans ce raisonnement, bien que la moralité en fût hautement discutable. Mais elle en était venue à admettre qu'il existait ici une moralité très différente, spécifique, en quelque sorte, qu'il n'était pas toujours possible de diviser les choses clairement en Bien et en Mal. Elle avait néanmoins beaucoup de peine à s'adapter, à renoncer à ses préjugés moraux, — le résultat était que le sentiment de culpabilité qu'elle traînait sans doute depuis son enfance, devenait de plus en plus pénible, et elle buvait de plus en plus. Et il n'y avait toujours personne à qui elle eût pu se confier. Le consul des États-Unis ne songeait qu'à l'utiliser pour avoir des renseignements sur ce qui se passait, et la plupart de ses amies étaient totalement incapables de la comprendre. Les robes qu'elles faisaient venir de Paris et leur coiffeur constituaient leurs seuls sujets de conversation. Elle souffrait beaucoup d'une certaine dureté qu'elle découvrait chez José, de la façon méprisante dont il parlait parfois du peuple, comme s'il lui en voulait de sa misère et encore plus, peut-être, d'en être lui-même issu. Il était très complexe. Il fallait patienter. Elle savait que, dès que José aurait atteint sa pleine stature, elle pourrait exercer sur lui une influence salutaire. Ensemble, ils nettoieraient le pays, ils le mettraient sur le chemin des institutions démocratiques et du progrès. En tout cas, il l'adorait. Il continuait à la couvrir littéralement de cadeaux somptueux, bijoux, voitures, toilettes. Elle n'aurait jamais pu accepter cette situation en Amérique, mais, encore une fois, les gens vivaient ici d'une manière totalement différente, et on ne pouvait pas dire qu'elle fût vraiment sa maîtresse, mais plutôt sa compagne dans la lutte politique, comme Evita Peron ou Mrs. Roosevelt. Elle était d'ailleurs reçue partout, et tout le monde lui manifestait le plus grand respect ; c'était vraiment stupide, ce sentiment de culpabilité qui ne la quittait pas et la forçait à boire. Elle ne désespérait pas d'être un jour la première dame du pays, bien qu'il ne lui parlât jamais de l'épouser, mais lorsqu'il la regardait parfois fixement, avec une sorte de question informulée dans le regard, elle savait bien qu'il y avait chez lui ce ridicule préjugé de race, avec cet effroyable complexe d'infériorité que les Espagnols avaient inoculé à ce malheureux peuple. Car elle n'ignorait pas que les parents de José étaient des Indiens, elle en était d'ailleurs très fière.

José avait des ennemis acharnés ; à plusieurs reprises il y avait eu des fusillades dans son établissement, et sa vie était constamment en danger. Elle le suppliait de faire attention, mais il haussait les épaules avec mépris.

— Ils peuvent me tirer dessus tant qu'ils veulent, disait-il tranquillement. C'est seulement du bruit. Il ne m'arrivera rien. Je suis bien gardé. J'ai la meilleure *protección* qui existe, la meilleure !

Il lui clignait de l'œil en mâchonnant son cigare, et elle riait.

Il croyait à sa bonne étoile.

Il ne lui manifestait jamais son affection ou sa tendresse ouvertement. Il y avait chez lui à cet égard une pudeur étrange qui ne lui permettait jamais d'extérioriser ses émotions. Il avait appris à réprimer ses élans, attitude traditionnelle chez ces hommes durs qui avaient une notion très espagnole de la virilité.

C'était même assez touchant, cette façon qu'il avait de se dérober, de demeurer pudiquement fermé en quelque sorte. Elle aurait bien voulu l'aider à s'ouvrir, à s'abandonner un peu, à se laisser aller. Le contrôle absolu qu'il exerçait sur ses émotions était une véritable inhibition, le repli sur soi-même d'un homme que la vie avait dû blesser bien souvent. Il était évident qu'un peu de psychothérapie lui aurait fait le plus grand bien, mais il ne fallait même pas y songer ici. Elle savait qu'elle le rendait heureux, qu'il lui était plus attaché intellectuellement et surtout par des liens affectifs que physiquement, et, dans une certaine mesure, cette intuition fut confirmée lorsqu'elle découvrit qu'il avait d'autres maîtresses. Elle en fut bien un peu vexée, réaction féminine assez compréhensible, mais au fond, il lui donnait ainsi la preuve que la force qui les poussait l'un vers l'autre n'était pas simplement sexuelle et qu'il y avait entre eux une communion infiniment plus solide et plus importante que tout ce que la sexualité pouvait donner. Le fait qu'il eût d'autres femmes et qu'il en changeât même constamment, alors qu'il la gardait toujours, prouvait, au fond, qu'il lui était vraiment fidèle pour l'essentiel et qu'il la plaçait dans une catégorie tout à fait différente et infiniment supérieure.

Il tenait à elle, et cela se voyait à divers signes ; par exemple, il se fâchait lorsqu'elle buvait trop, et une fois même il la gifla comme elle lui faisait une scène ridicule après avoir passé toute une soirée seule à l'attendre devant une bouteille de whisky. Elle était sortie de la chambre pour voir s'il était rentré et avait trouvé qu'il était rentré en effet, mais avec une de ses filles. Évidemment, dans l'état où elle était, à cause de l'insomnie, des tranquillisants et de la boisson, elle n'avait pu s'empêcher de hurler et de sangloter ; il était venu à elle et lui avait donné une paire de gifles, comme on fait toujours avec des gens qui ont trop bu, pour essayer de leur faire reprendre leurs esprits. Elle savait qu'elle devait se ressaisir, se reprendre en main si elle voulait continuer à lui être utile. Mais elle était complètement désorientée, il fallait bien le reconnaître ; elle avait un peu trop présumé de ses forces, et elle fit même quelque chose qui ressemblait fort à une tentative de suicide, bien qu'en fait elle eût simplement pris trop de cachets pour essayer de dormir ; c'était ridicule, elle n'avait aucune raison de se suicider, alors qu'elle était en train de faire quelque chose de sa vie et qu'elle était la compagne d'un homme qui serait bientôt à la tête de son pays et qui allait avoir plus que jamais besoin d'elle. La première chose qu'elle comptait faire était de bâtir une salle de concert et un musée et, naturellement, de donner d'abord à la capitale et ensuite à tout le pays un réseau téléphonique moderne afin qu'on pût communiquer directement avec les États-Unis ; elle eût donné n'importe quoi pour pouvoir décrocher le téléphone et parler à sa grand-mère, en Iowa, et lui dire toutes les choses merveilleuses qu'elle allait bientôt pouvoir faire ici. Elle regrettait un peu que José s'affichât si ouvertement avec d'autres femmes, à présent, mais c'était une chose tout à fait admise ici, où l'on en était encore à diviser les femmes en sœurs, mères et fiancées qu'on respectait alors que les autres ne comptaient guère, et on pouvait faire n'importe quoi avec elles ; il fallait constamment se rappeler que l'on était très loin des États-Unis, que José n'était pas un mari américain et que cela faisait partie de leurs mœurs, ici, d'avoir des maîtresses, et d'ailleurs elle ne se considérait absolument pas comme sa maîtresse. Il fallait patienter, accepter certaines humiliations, en attendant de pouvoir se réaliser pleinement, donner le meilleur de soi-même et montrer que les États-Unis n'étaient pas seulement ce pays matérialiste et intéressé que ses ennemis décrivaient : il faisait aussi beaucoup de bien ; elle allait, en quelque sorte, travailler non seulement pour ce peuple qu'elle avait adopté, mais aussi pour son propre pays. Le Centre culturel, c'était cela qu'elle voulait par-dessus tout — musée, salle de concert, cinémathèque — et peut-être ce centre aurait-il son nom, cela se faisait parfois, et les étudiants verraient bien que les *yankees* n'étaient pas tous des conquérants de marchés, des « conquistadores économiques », comme ils le disaient. Il ne fallait absolument pas se décourager. On était ici face à ce que le président Kennedy avait appelé « la nouvelle frontière », il fallait garder la lucidité et le courage des pionniers, tenir bon, éviter de s'en aller en morceaux. Ce qu'il y avait de plus pénible, c'était l'oisiveté, l'attente, la tension nerveuse et l'énergie qui n'arrivait pas à s'employer, mais elle était fidèle à José, bien que la nature de leurs rapports fût à cet égard en train de changer, c'est une chose qui arrive souvent, un homme qui se met à admirer et à respecter trop une femme s'éloigne presque toujours d'elle physiquement. Tous les livres sur la psychana-lyse sont d'accord là-dessus. On lui faisait beaucoup la

223

cour, mais il n'était pas question de céder à ce genre de facilité.

Elle dut faire un court séjour dans une clinique pour se désintoxiquer.

CHAPITRE XIII

A sa sortie de la clinique, José avait été très gentil avec elle, il lui avait loué une grande maison avec six domestiques et un grand jardin, à l'autre bout de la ville, dans un quartier très élégant. C'était une merveilleuse maison espagnole, le jardin était divin ; c'était très bien pour recevoir, et elle fut très heureuse, bien qu'elle ne vît plus José aussi souvent qu'avant. Mais s'il voulait l'épouser, la première chose était évidemment de vivre séparément, car ici, les hommes importants épousaient rarement leurs maîtresses. Il fallait faire preuve de discrétion, d'autant plus que José était en train de devenir déjà l'homme le plus influent du pays, à un moment où la meilleure plate-forme politique était l'antiaméricanisme. Il était obligé de sacrifier un peu de sa vie personnelle. Elle le comprenait parfaitement. Il avait d'ailleurs une espèce de poule allemande qui vivait avec lui tout à fait ouvertement, sans aucune pudeur, dans son appartement au-dessus de l'*El Señor* et qui essayait même de se lier d'amitié avec elle. C'était une de ces passades sans importance qui étaient monnaie courante ici et il fallait avoir dans

ces histoires une attitude civilisée, même si, superficiel-
lement, c'était un peu blessant. C'était une erreur de
ramener toujours tout au niveau physique. Avec
beaucoup de chic, elle invita l'Allemande à prendre le
thé. Au fond c'était une sorte de visite officielle. Elle
eut ensuite une crise de larmes épouvantable, mais elle
ne pouvait tout de même pas retourner en Iowa dans
l'état moral et nerveux où elle était, alors que personne
là-bas ne l'avait vue boire autre chose que du Coca-
Cola. Et puis, elle ne voulait pas être une ratée.
Renoncer, partir dans un moment de faiblesse et de
pique féminine, c'était reconnaître un échec. Ce n'était
pas du tout, mais du tout, alors, qu'elle fût obsédée,
comme tant de ses compatriotes, par un véritable culte
du succès et de la réussite, c'était tout simplement
l'idée très claire qu'elle avait de ce qu'elle voulait
accomplir, de ce qu'elle pouvait faire de sa vie.

Elle ne voyait que quelques femmes d'officiers ; il
fallait faire très attention, elle craignait par-dessus tout
d'être présentée par les ennemis de José comme un
agent de l'ambassade américaine. Elle rompit tout
contact avec l'ambassade et avec la femme du consul,
qui était sa seule amie. C'était un mauvais moment à
passer. Elle se rendait presque tous les soirs à l'*El
Señor,* dans l'espoir d'apercevoir José ; on lui donnait
toujours la meilleure table et on la traitait avec
beaucoup d'égards.

Il y avait, naturellement, des moments de faiblesse,
voire même de panique. Sans doute à cause de
l'altitude et de tous ces volcans noirs qui semblaient
vous enfermer de toutes parts, elle se sentait souvent
oppressée et même terrifiée, et elle n'arrivait plus à

penser clairement. Toutes les femmes l'encourageaient à partir, mais c'était évidemment dû à la jalousie. Parfois elle regardait autour d'elle avec stupeur et se demandait ce qu'elle faisait là, allongée sur un divan dans une maison étrangère, en un pays étranger où elle était arrivée deux ans auparavant à la recherche d'elle-même, pour essayer de faire quelque chose de sa vie, et elle était prise alors d'affolement et éclatait en sanglots. Après quelques verres, elle se sentait mieux. Et souvent, au milieu de la nuit, elle avait envie de se lever et de courir chez la femme du consul, de la supplier de l'héberger et peut-être ensuite de la rapatrier, de force s'il le fallait. Mais elle se reprenait toujours; elle savait que c'était une réaction hystérique, névrosée, et qu'il n'était pas question pour elle d'accepter un tel échec. Elle refusait de céder à une dépression passagère qui risquait de tout compromettre. Ce qu'il lui fallait, c'était une activité utile, quelque chose de constructif. Elle décida d'enseigner l'anglais dans une école, et José, comme toujours, se montra compréhensif et très gentil. Désormais, tous les matins, sa Cadillac noire la conduisait jusqu'à un petit bâtiment miteux derrière le marché — un jour elle veillerait à ce qu'on construise partout de vraies écoles, bien conçues et agréables à l'œil, dans le style brésilien —, puis le chauffeur lui ouvrait respectueusement la portière, sa casquette à la main, l'aidait à descendre car elle était parfois un peu ivre, et on l'accueillait avec respect. Le directeur de l'école était un charmant vieil Espagnol avec une petite barbiche blanche; il l'accompagnait jusqu'à la salle de classe, et les enfants étaient mignons et attentifs, ils regardaient avec de grands yeux la dame qui sentait si bon et qui était si bien habillée, debout près du tableau noir, qui écrivait des mots étranges dans une langue étrangère, et était parfois obligée de s'appuyer contre le mur comme prise d'un malaise soudain. Elle ne manquait jamais une classe, et son espagnol s'améliora rapidement ; bientôt elle put parler couramment aux enfants dans leur propre langue et devenir leur amie. Ils lui faisaient le plus grand bien et, vraiment, elle leur devait beaucoup. Un jour qu'ils lui enseignaient ainsi leur langue — elle apprenait très vite, s'exprimait avec très peu d'accent et commençait à être acceptée par eux —, elle sentit une petite main prendre la sienne et elle vit une fillette qui la dévisageait de ses grands yeux.

— Ne pleure pas, dit la petite fille. Pourquoi pleures-tu ? On t'aime bien.

Elle se rendit compte alors qu'elle était assise à sa table, face à ses élèves, en train de sangloter ; il devait y avoir déjà pas mal de temps qu'elle se laissait aller ainsi, car son visage était couvert de larmes et de rimmel. Il n'y avait aucun doute : elle commençait à être un peu névrosée. Il fallait mettre un terme à cela. Elle ne pouvait se laisser aller à devenir une épave au moment même où José allait avoir tellement besoin d'elle. Elle n'allait pas se laisser abattre, il lui fallait réagir. Et elle réussit, en effet, à accomplir toute seule, et sans aide du médecin, quelque chose qu'elle ne pensait plus avoir la force et le courage de faire : elle parvint à se débarrasser de l' « habitude ».

Elle regarda l'évangéliste avec un sourire triomphant et attendit ses félicitations.

— L'habitude? répéta le jeune Dr Horwat.

— Mais oui, l'habitude, vous savez. Ce n'est pas facile, croyez-moi. C'est un véritable fléau dans ce pays.

Elle ne se rappelait pas très bien elle-même comment cela avait commencé. Elle avait toujours été violemment opposée au trafic éhonté d'héroïne qui se faisait dans la boîte de nuit, derrière le dos de José, qui ne pouvait avoir l'œil à tout, mais elle savait aussi que « l'habitude » était passée dans les mœurs du pays et qu'il était impossible d'empêcher les « mangeurs d'étoiles » de s'y livrer sans leur donner quelque chose à la place, un espoir, un but, un idéal. Presque tous les gens qu'elle connaissait usaient de stupéfiants, et il fallait bien reconnaître que cela ne paraissait pas leur faire grand mal. Peut-être avait-on exagéré aux États-Unis les effets nocifs de la drogue; là-bas, c'était au fond un problème moral, évidemment. Un jour, alors qu'elle avait une crise d'inquiétude et même d'angoisse et qu'elle se sentait vraiment désorientée, la femme d'un des officiers qui fréquentaient José lui fit une piqûre pour l'aider à dormir. Elle se rendit immédiatement compte que cela la calmait beaucoup et ne semblait avoir aucun effet nocif, ce qui tendait simplement à prouver qu'on devait se méfier des idées préconçues et des préjugés. C'était un médicament remarquablement actif. Elle était extrêmement heureuse, euphorique même. Elle voyait les choses d'une manière beaucoup plus optimiste et n'eut aucune difficulté à surmonter ses idées morbides. Elle écrivit à sa grand-mère une lettre un peu surexcitée où elle lui annonçait son prochain mariage avec un homme qui allait être bientôt la personnalité politique la plus remarquable de l'Amérique centrale et dont le nom allait devenir célèbre dans le monde entier. Ils seraient sûrement invités en visite officielle à Washington ; elle avait tellement envie de connaître Jacqueline Kennedy qui pourrait l'aider énormément de ses conseils. Elle découvrait chaque jour davantage combien la vie pouvait être exaltante et enrichissante, et quelles beautés extraordinaires et paradisiaques, quelles étoiles merveilleuses elle charriait dans ses flots, et combien il fallait se méfier des préjugés et mensonges que des esprits étroits et mesquins répandaient à propos de certaines choses qui étaient une véritable bénédiction pour l'humanité...

Elle n'arrivait pas à comprendre toutes ces histoires ridicules que l'on faisait circuler aux États-Unis à propos de la drogue et de ses effets pernicieux — en réalité, l'alcool était beaucoup plus dangereux et c'étaient, justement, des distillateurs et des marchands d'alcool qui menaient cette propagande. Il fallait simplement en prendre régulièrement, comme tous les tranquillisants, voilà tout, et, naturellement, elle se trouvait dans une position privilégiée car elle n'en manquait jamais, et le médicament qu'elle se procurait était toujours d'excellente qualité. Et puis vint ce moment où le regard de la petite fille lui rappela quelque chose.

— Oui, je crois vraiment que c'est à ce moment-là que je me suis rendu compte que j'étais en train de couler et que je devais me ressaisir, s'il était encore temps.

Il était encore temps. Elle ne savait pas très bien

comment ni où elle avait trouvé la force d'arrêter ses piqûres du jour au lendemain. C'était quelque chose qu'elle avait vu soudain dans les yeux de la petite fille, quand celle-ci l'avait prise par la main et l'avait regardée : d'une certaine façon curieuse, cela lui avait brusquement rappelé sa propre enfance, son premier sourire confiant à la vie. En tout cas, elle ne toucha plus à l'héroïne.

Elle adressa encore une fois au jeune évangéliste un de ses sourires triomphants et attendit.

Le jeune Dr Horwat ouvrit la bouche, mais tout se qu'il avait à dire se lisait déjà sur son visage hagard et indigné. Dans la Cadillac qui basculait d'une pierre à l'autre et le projetait tantôt vers le monstre cubain, tantôt vers cette fille perdue qui lui débitait depuis trois quarts d'heure son chapelet d'abominations, il avait vraiment l'impression de faire un voyage en Enfer. Son récit l'avait tellement bouleversé et outré qu'il en était venu presque à oublier le péril mortel qui les guettait, car, sans aucun doute, ces bandits en uniforme étaient tout simplement en train de les emmener vers un endroit isolé dans les montagnes pour les exécuter.

— Mais comment avez-vous pu...

Il allait dire : « Comment avez-vous pu tomber si bas ? » mais se reprit et dit :

— Comment avez-vous pu rester avec un homme pareil ?

Elle fit une petite mine boudeuse et obstinée.

— J'ai toujours voulu faire quelque chose de beau de ma vie.

L'évangéliste fut tellement interloqué qu'il se surprit

231

à échanger, en quelque sorte, un regard avec le pantin qui observait la malheureuse du haut de son balcon, le cigare en avant, les bras croisés sur l'épaule de son maître, et crut même surprendre dans l'œil rond du fantoche, semblable à quelque païenne absence de Dieu dans la créature, une expression d'ahurissement.

— De... *beau?* répéta le Dr Horwat et, songeant à l'abîme de noirceur et d'humiliation d'où s'élevait ce cri, il se tut aussitôt. Il n'y avait vraiment plus rien à dire.

— Eh bien, quoi? grommela le mannequin, d'une voix bourrue qui paraissait, pour la première fois, trahir quelque émotion. Vous devriez comprendre ça, vous, un missionnaire américain.

Le jeune Dr Horwat jugea que les Danois, surtout lorsqu'ils étaient ventriloques, n'étaient pas une compagnie qu'il rechercherait désormais.

— Oui, je n'allais pas me laisser rejeter. J'ai décidé de lutter. Je suis issue d'une vieille famille de pionniers... Ça doit être pour ça, je ne sais pas, moi. J'ai toujours eu une volonté terrible, mais *terrible,* de bien faire. J'ai compris que j'étais en train de gâcher une chance unique et que je ne pourrais rien pour José, pour ces enfants que j'adorais, ni surtout pour moi-même, si je n'avais pas assez de force pour me reprendre en main. J'étais absolument décidée à réaliser quelque chose... à me réaliser, si vous voulez. Et si vous restez un peu de temps ici, Dr Horwat, vous verrez que j'ai réussi.

— J'ai en effet l'impression que je vais rester ici, remarqua l'évangéliste sombrement.

Chaque fois que la Cadillac ralentissait et semblait

devoir s'arrêter, sa gorge était serrée de véritables spasmes et il n'en finissait plus d'avaler.

Mais elle ne l'écoutait pas. Elle était en train de *s'exprimer,* ce qui avait l'air d'être son besoin le plus profond et, dans son vocabulaire, semblait vouloir dire aussi bien la parole que la céramique, l'amour, la sexualité ou la construction d'un central téléphonique, d'une salle de concert et d'un musée d'art moderne. Elle était vraiment un mélange étonnant d'idéalisme et d'égomanie, d'ambition et de sentiment d'infériorité.

— J'ai réussi. Oh ! pas complètement, bien sûr, tout reste à faire dans ce pays qui a encore besoin d'une aide américaine dans tous les domaines, mais j'ai quand même pu accomplir quelque chose de très important. Au fond, je suis une entêtée...

Et c'était vrai qu'il y avait dans ses traits un certain air buté, têtu, presque agressif. C'était une de ces jeunes femmes qui avaient jadis accompagné les pionniers vers la frontière de l'Ouest, et l'évangéliste, dans un élan d'imagination dont il fut lui-même un peu surpris, la vit debout au milieu d'un *saloon,* vêtue d'une robe rouge à paillettes, les mains sur les hanches. Ces filles survivaient en général à tout et mouraient riches et respectées. La bouche était très pleine et très douce — il se permit de la regarder à deux reprises, car il était évident que sa vulnérabilité était là, c'était sa principale faiblesse —, mais le nez légèrement retroussé, le menton très ferme lui donnaient un air de détermination et d'obstination presque provocant.

Le révérend Horwat aspira, chercha plutôt, l'air raréfié qui semblait se dérober à ses poumons. On devait être tout prêt des sommets, devenus invisibles. Même les charognards obèses qui étaient partout dans ce pays, avec leurs doubles goitres écarlates, plus gros que leurs têtes, pareils à des testicules ignobles qui pendaient à leurs cous comme par l'effet de quelque hideuse damnation, avaient disparu de ces hauteurs où l'air ne les portait plus et étaient restés plus bas, à la recherche de leur pourriture terrestre.

Elle était tournée à présent vers les rochers qui grisonnaient et se fondaient dans le crépuscule, sous un ciel serein où la lumière régnait encore.

— Mon Dieu, mon Dieu, dit-elle soudain d'une voix désolée, et l'évangéliste vit des larmes dans ses yeux. Nous sommes si loin de tout, ici. Je donnerais n'importe quoi pour pouvoir le rejoindre. Il doit avoir tellement, tellement besoin de moi, en ce moment...

Il demeura couché sur l'Indienne clouée au sol et qui haletait encore un peu, puis se retira d'un seul coup, et elle eut un « han » de douleur, mais ne bougea pas et resta à plat ventre, avec cette passivité de Cujon qu'il connaissait si bien. Elle n'avait même pas eu un sursaut, alors que toutes les putes lui avaient toujours dit qu'il avait le plus gros *chocho* qu'elles avaient jamais vu, et faisaient des histoires. Tout à l'heure, en elle, il avait encore pensé à l'Américaine, lorsque ça tardait à venir. De toutes les filles qu'il avait jamais eues, c'était elle qui l'étonnait le plus au lit, elle lui donnait toujours l'impression qu'il était en train de faire quelque chose de très important. Elle n'en avait jamais assez. Et pourtant, elle pleurait et suppliait, parce qu'elle n'avait jamais eu en elle un vrai *chocho* de

Cujon, mais pour finir c'était toujours un grand cri de « oui, OUI, OUI ! » qui montait de ses lèvres, et après, c'était comme s'il avait fait pour elle quelque chose d'inouï, comme s'il lui avait donné le ciel, son visage avait une expression de bonheur, de gratitude qui finissait par le mettre mal à l'aise. On aurait dit qu'il avait fait une bonne œuvre. Il n'avait jamais vu une femme prendre le cul tellement à cœur. Elle faisait une tête extraordinaire, en le regardant avec une gravité, une solennité même, qu'il ne comprenait pas du tout, caressait doucement, longuement ses yeux, son visage, et souvent saisissait sa main et la baisait avec une sorte d'humilité de chien fidèle, murmurant des mots qui n'avaient aucun rapport avec l'amour, « c'est beau, c'est tellement beau », par exemple, et qu'est-ce qu'il pouvait y avoir de beau là-dedans ? Il avait presque honte de l'entendre dire des choses pareilles. Il n'avait jamais vu une femme pour qui le *chocho* fût tellement sérieux. Il finissait par se sentir avec elle comme dans une église. C'était une fille qui avait ça en elle, la propreté, elle mettait ça partout, sur tout ce qu'elle touchait. Il n'y avait vraiment rien à faire. Ça déteignait. Tout devenait toujours blanc, avec elle. Pas étonnant qu'elle finît par lui porter la poisse. Cette salope était une sainte, il n'y avait aucun doute, mais il lui avait fallu quelque temps pour s'en apercevoir, car elle avait le cul chaud et il ne pensait pas que les deux pouvaient aller de pair. Mais il s'était trompé. Apparemment, la sainteté n'avait rien à voir avec le cul.

Il avait cru, au début, que c'était simplement son côté américain, la connerie bien connue des *gringos*, mais cela venait de plus loin, de beaucoup plus loin.

Elle était tellement bourrée de bonté, de propreté et de bonnes intentions qu'elle lui rappelait tous ces anges à trompettes que l'on fabriquait par milliers dans les villages, des anges blancs, bleus et roses, peints sur zinc et vendus devant toutes les églises. Elle était le seul être au monde qui lui eût jamais fait peur.

Il avait bien essayé de la laisser tomber, mais quand il ne la voyait pas, il devenait inquiet, effrayé : il savait bien qu'elle était en train de prier pour lui, qu'elle était en train de gâcher toutes ses chances. Il essayait de se dire qu'avec tous les gages qu'il avait donnés, une prière ne pouvait plus lui nuire, que lui-même n'y était pour rien ; mais on ne savait jamais. C'était comme une menace constante qui pesait sur sa tête. Et par-dessus le marché, il y avait chez lui quelque chose qu'il ne comprenait pas du tout : il tenait à elle. Ce n'était pas simplement le cul. C'était différent. Il ne savait pas du tout ce que c'était.

Il aurait dû la faire tuer depuis longtemps, mais n'avait pas osé. C'était la pire chose à faire, la plus dangereuse. Il se sentait plus rassuré de la savoir sur terre qu'au Paradis, car c'était là que cette garce irait à la première occasion. Elle avait ça en elle et ce n'était pas avec son *chocho* qu'il pourrait le lui faire passer. Même quand il se la tapait et qu'elle faisait tout ce qu'il voulait, il sentait bien qu'il n'y avait pas moyen, qu'il y avait en elle quelque chose qui continuait à briller, une espèce d'enfant de merde de chienne de pute d'étoile. Une espèce de salope d'étoile, très claire, très propre, qui continuait à briller en elle, et il avait beau lui en mettre plein le ventre et plein la gueule, ce n'était pas avec son *chocho* qu'il pouvait parvenir à l'éteindre.

Mais à présent c'était fait, elle avait reçu douze balles en plein dans l'étoile, là où ça brillait. Il avait fini par le faire, et maintenant, il le regrettait, il avait peur. Il la voyait là-haut, s'agitant, se démenant, faisant des démarches, allant voir qui il fallait, les suppliant de lui pardonner. Peut-être que les prêtres espagnols avaient raison, et que Dieu était vraiment miséricordieux et d'une bonté infinie. Dans ce cas, il était perdu. Elle était là-haut, en train de lui couper la gorge.

La fusillade dans la rue s'était rapprochée, mais il n'y faisait plus attention. Au fond, cela ne le regardait plus. Ou bien il était abandonné, ou bien quelqu'un d'autre et de plus puissant avait ça en main. Il savait bien qu'il devait se lever, retourner auprès de ses amis, donner des ordres, s'occuper de la situation, mais une vraie apathie de Cujon s'était emparée de lui ; il n'y avait qu'à attendre que sa chance et celui qui y veillait reprennent le dessus. Si cette petite enfant de pute américaine, avec son étoile, avait réussi à s'interposer entre lui et la *protección* et à lui barrer la route, alors, il n'y avait plus rien à faire. Si la puissance de ce monde qui veillait sur lui depuis qu'il lui avait donné ses premiers gages, jadis, dans son village, l'avait abandonné, alors, il n'y avait qu'à rester couché là comme le faisaient tous les Čujons sans espoir et attendre la fin. Mais ce ne serait pas juste. Ou alors, cela prouverait qu'il n'y avait vraiment personne. Mais il ne pouvait le croire. Le monde était un mauvais lieu trop marqué par la trace de celui qui veillait sur lui et en était le Patron pour qu'il pût exister sans sa *protección*. Sa foi était intacte. Les prêtres qui l'avaient élevé étaient des gens instruits, ils savaient de quoi ils parlaient. Même les Américains y croyaient, leurs grands journaux et leurs hommes les plus respectés le confirmaient. Il ne fallait pas se décourager, il fallait avoir confiance et laisser faire Celui qui était, comme ils le proclamaient, à la recherche de serviteurs fidèles et prêts à donner des gages. Il avait fait tout ce qu'il avait pu.

Il voyait tout le temps ses lèvres devant lui, son sourire, avec cette espèce de douceur, d'abandon, mais aussi d'obstination qu'ils avaient, ses lèvres et son sourire, et les yeux aussi, mais il n'avait pas hésité une seule seconde, comme il n'avait pas hésité avec le père Chrysostome qu'il vénérait, mais qu'il avait offert en sacrifice, ce qui lui avait ouvert la voie du pouvoir et lui avait permis de devenir *lider maximo*. On ne pouvait pas faire de la politique autrement, obtenir le pouvoir, tous les Cujons le savaient depuis des siècles, et les Allemands aussi, un grand peuple civilisé, qui avait eu Hitler. Il ne voulait pas finir comme Trujillo, et il avait offert ce qu'il avait de plus cher, non pas quelques poulets égorgés.

Elle était d'ailleurs obligée de reconnaître qu'en dehors des enfants, la crainte qu'elle avait de perdre José, si elle continuait sur la pente, et de le voir se détacher d'elle, l'avait également beaucoup aidée à se ressaisir. Elle n'avait pas le droit de se laisser aller au moment où il allait avoir le plus besoin d'elle. Il venait lui rendre visite régulièrement, au moins deux fois par mois, et un jour, alors qu'il était assis dans un fauteuil, à la fixer étrangement de ses yeux attentifs, il lui avait dit tout à coup :

— Tu ne devrais pas venir tous les soirs au club. C'est un établissement très en vue, maintenant. La meilleure boîte de la ville. Je suis un homme important et tu te soûles tout le temps, et alors tu fais du scandale. Hier soir, tu as eu une vraie crise. Tu as hurlé comme une folle.

Elle n'en croyait pas ses oreilles.

— Moi ? Mon Dieu, mais qu'est-ce que tu dis ?

— Tu prends trop de came, voilà, dit-il. Tu ferais peut-être mieux de rentrer chez toi, aux États-Unis, pour te mettre un peu au vert.

Elle eut soudain l'impression affreuse qu'il essayait de se débarrasser d'elle. Elle était évidemment alors dans un tel état que tout prenait d'emblée des proportions énormes.

— Non, fit-elle avec obstination. Je ne veux pas rentrer.

— Pourquoi ? Ça te ferait du bien.

— Je refuse de partir. Je refuse ab-so-lu-ment.

— O.K., O.K. C'est pas la peine de t'emballer.

— Je ne peux pas te quitter maintenant. Tu ne te doutes même pas à quel point tu as encore besoin de moi. Il y a tout à faire ici, tout. Et tu ne pourras pas le faire sans moi. Mon chéri, je ne dis pas du tout, mais pas du tout, que tu es ignorant, inculte, oui, inculte... une espèce de brute... un chien ! Un chien ! Un...

Elle se mit à hurler, et puis, elle n'en était pas très sûre, mais elle avait bien l'impression qu'elle lui avait jeté quelque chose à la figure, un vase ou un verre, elle ne se souvenait plus au juste. Il lui avait saisi les poignets et elle s'était débattue en l'insultant et en lui crachant à la figure. Elle avait coupé la drogue trop brusquement, et le médecin que José fit venir dut lui faire une piqûre. Elle se calma très vite et lui parla gentiment, comme à un enfant.

— Il faudra créer un orchestre symphonique, une bibliothèque publique... tout reste à faire. On bâtira une nouvelle capitale, comme Brasilia... Niemeyer... Il faut appeler Niemeyer... C'est trop sale, ici, trop marqué par le passé... Nous ferons ici un pays comme les États-Unis, nous étonnerons le monde...

Il la contemplait toujours en silence, avec cette immobilité du corps et des traits qui lui était si familière. Mais ce fut alors qu'elle remarqua quelque chose dans l'expression de son visage qu'elle n'avait jamais vu auparavant : il semblait avoir peur d'elle. Oui, peur. Il paraissait à la fois respectueux et effrayé, comme s'il avait soudainement vu en elle une puissance qu'il ne connaissait pas ou qu'il redoutait. C'était vraiment étrange, mais, à partir de ce jour, il se comporta vis-à-vis d'elle avec une curieuse prudence, et à plusieurs reprises elle le surprit en train de faire un geste superstitieux, les trois doigts joints, comme les poupées, alors que justement, elle, se sentait prise d'une tendresse et d'une sorte de bonté irrésistible à son égard. Il faisait de grands efforts pour ne pas la contrarier. Tous ses amis s'étaient mis brusquement à lui conseiller de rentrer aux États-Unis, et elle savait parfaitement qu'on craignait son influence sur lui, qu'on voulait se débarrasser d'elle. Elle refusa net. On lui proposa même de mettre un avion militaire à sa disposition, mais toutes ces manœuvres politiques

240

venaient des officiers castristes, elle en était certaine. Elle fit prévenir immédiatement José des intrigues qui se tramaient derrière son dos. Sa réaction prouvait à quel point il était lui-même épuisé par ces heures décisives qu'il était en train de vivre. Le barman de l'*El Señor* lui raconta après qu'il avait pris une cuite absolument épouvantable et qu'il avait failli démolir l'établissement. Il était devenu complètement incohérent, et il ne cessait de hurler qu'il allait tuer quelqu'un, qu'il allait l'étrangler de ses propres mains. Elle fut extrêmement inquiète : il s'agissait probablement du colonel Barrios, le nouveau chef de la police, qui redoublait d'efforts pour mater l'opposition. Elle demanda au barman si, à son avis, il s'agissait de Barrios, mais il la regarda d'un air idiot et hocha la tête. Non, il ne croyait pas que José songeât à étrangler Barrios de ses propres mains ; certainement pas. Il avait des hommes spécialisés dans ce genre de choses.

Le barman était un petit homme mince, chauve, toujours inquiet. Il avait été pendant plus de quinze ans indicateur de la police, dont il connaissait à présent tous les rouages, et José se proposait de lui confier la direction de la Sécurité dès que l'opposition aurait pris le pouvoir. C'était le seul poste où cet homme constamment inquiet et angoissé, qui craignait toujours le pire et se voyait menacé de tous les côtés, allait pouvoir se sentir un peu rassuré. Il y tenait énormément et José pouvait compter entièrement sur lui.

Il revint la voir à plusieurs reprises, essayant de lui expliquer quelque chose qu'il ne parvenait pas à exprimer clairement.

— Bon, vous comprenez, c'est une question de jours. Ça craque de partout, et ils ont essayé de mettre le patron de leur côté. Ils savent que ce sera lui et personne d'autre. C'est maintenant ou jamais, quoi ! Alors, évidemment, il faut laisser le patron tranquille.

— Je sais tout cela parfaitement et je comprends que ce n'est pas le moment pour José d'être accusé d'américanisme. Je sais tout cela. J'ai vu un tract où les castristes disent que je suis une espionne du C.I.A. et que je suis payée par les impérialistes de l'*American Fruit Company.* Je fais très attention.

— Il ne s'agit pas seulement de cela, dit le barman. Le patron est un peu supérstitieux, voilà. Ça se comprend. C'est un moment où il faut de la chance. Alors il faut vous retenir un peu. On vous voit tout le temps dans les églises, en train de prier pour lui, et ce n'est pas progressiste, les *descamisados* n'aiment pas ça, la religion. Et puis ça risque de porter malheur, le blanc.

— Le blanc ? Je ne comprends pas du tout ce que vous voulez dire.

— Le blanc, ici c'est une couleur qui ne porte pas chance. Tout le monde sait que vous l'aimez, mais il ne faut pas le montrer comme ça, devant tout le monde... Vous savez, le patron m'a dit l'autre jour que, même s'il vous tuait, vous iriez tout droit au Ciel, et là vous vous mettriez à prier pour lui. Enfin, il était soûl. Mais il a besoin de chance en ce moment. Vous voyez ce que je veux dire.

Elle ne voyait pas du tout. Elle connaissait bien le pays et ses superstitions incroyables, avec des rites absurdes pratiqués même dans les quartiers ouvriers de la ville, mais ils allaient bientôt mettre fin à tout cela. Le régime pourri et qui n'avait même plus la force de se défendre vivait ses derniers jours et elle était survoltée, exaltée à l'idée qu'elle allait être mêlée à des événements historiques. En tout cas, elle eut un grand sursaut d'énergie et ne toucha plus à la drogue. C'était une question de dignité, de respect de soi-même — elle n'avait jamais transigé là-dessus — et puis il y avait ses enfants qui la regardaient avec tant d'espoir. Elle avait parfois l'impression que c'était tout ce peuple qui regardait ainsi vers elle, vers les États-Unis qu'elle représentait pour lui : il avait besoin d'elle et elle n'allait pas le décevoir. Chaque matin, scrupuleusement, elle faisait la classe, et maintenant que les enfants lui avaient appris l'espagnol, ils pouvaient communiquer vraiment. Elle les adorait. Elle adorait les enfants. Ils avaient une excellente influence sur elle, on pouvait même dire qu'ils l'avaient sauvée. Ils l'avaient aidée à se retrouver, ils lui avaient rappelé qui elle était. Elle continuait à boire un peu trop, mais on ne pouvait pas tout faire à la fois. Son état physique s'améliora considérablement, elle dormait mieux et elle n'avait plus de ces cauchemars ridicules où elle se voyait entourée de têtes de poulets égorgés qui la narguaient. La femme du vice-consul des États-Unis recommença à l'inviter, ensuite la femme du consul, et finalement elle fut à nouveau reçue à l'ambassade. Ils l'avaient presque laissé tomber, elle s'en rendait compte maintenant. Ses actions avaient remonté. L'ambassade commençait à comprendre enfin que José allait être le sauveur du pays. Mais ils se trompaient beaucoup s'ils comptaient sur elle pour lui faire servir des intérêts américains. José allait les mettre tous dans sa poche. Il n'était ni Batista ni Jimenez. Cette fois, c'était tout autre chose, le temps des fantoches américains dans ce pays était terminé.

Le régime vivait ses dernières heures et, dès la nouvelle que les « brigades volantes » se dirigeaient sur la capitale de toutes les provinces, cependant que l'armée refusait de quitter ses cantonnements, le gouvernement démissionna. José soutenait le général Carriedo, un homme propre, honnête, longtemps exilé du pays et qui avait une grande confiance dans la nature humaine et les principes démocratiques. Il avait une belle tête d'*hidalgo* et ressemblait un peu à Machado, ce grand idéaliste mexicain qui avait ouvert la porte à Porfirio Diaz. Il fut proclamé président et José put placer ses amis à tous les postes. Ce fut une véritable explosion de joie dans la population, une *fiesta* qui dura plus de trois semaines, et « l'Américaine d'Almayo », comme on l'appelait déjà, se mêla aux foules qui avaient envahi les rues et dansa toute une nuit sous les confetti, sous les feux d'artifice et parmi les pétards qui partaient de tous les côtés. Elle était bouleversée par la gratitude et le bonheur de ces gens simples qui avaient attendu ce moment avec tant de patience et tant d'espoir. La libération était venue et une vie meilleure allait s'ouvrir pour tous. Mais la tâche était immense, et il fallait commencer par tout balayer. La Commission des Narcotiques des Nations Unies accusait depuis dix ans le gouvernement d'alimenter ses caisses par le trafic des drogues. La prostitution des enfants était courante, et les maladies vénériennes atteignaient un taux effrayant. Les égouts contaminaient l'eau potable, et une des plaisanteries qui circulaient était l'histoire d'un visiteur américain interpellé dans la rue par un gamin. « *Mister, mister,* tu veux coucher avec ma petite sœur » Le touriste le regarda avec horreur : « Moi ? Coucher avec ta petite sœur ? Mais je n'ose même pas boire un verre d'eau ici ! » Bien sûr, on ne pouvait changer cela du jour au lendemain, c'était le travail de toute une vie, il fallait former des techniciens, trouver des ressources financières et économiques nouvelles. Il fallait agir assez lentement pour ne pas bouleverser l'économie du pays, on ne pouvait pas tout déséquilibrer, comme Castro l'avait fait à Cuba. Elle continuait cependant à enseigner chaque matin, elle avait besoin des enfants. En leur présence, elle se retrouvait entièrement, tous ses rêves et ses espoirs revenaient : ils lui redonnaient courage. Ce n'était pas facile, car elle était occupée maintenant à des projets plus vastes, mais elle ne manquait jamais sa classe. Ce furent des moments inoubliables. Chaque matin, lorsqu'elle se faisait conduire par le chauffeur, il y avait toujours une foule respectueuse de parents qui l'attendait à la porte de l'école, juste pour la voir, tous ces braves gens savaient qu'elle était la fiancée de l'homme le plus puissant du pays, et ils lui présentaient parfois des requêtes et des demandes d'argent. Il y avait aussi de temps en temps des opérateurs d'actualités et, une ou deux fois, elle reçut des reporters de la télévision américaine. Elle put enfin réaliser certaines choses. Ainsi, ce fut entièrement grâce à son influence que le gouvernement avait pris la décision de monter dans le pays un nouveau réseau téléphonique.

Le téléphone, ici, l'avait toujours désespérée. Chaque fois qu'elle décrochait le récepteur, elle avait l'impression de se débattre au milieu d'une jungle de bruits exotiques. C'était pourtant quelque chose d'essentiel, le symbole même du progrès et de la vie moderne. Les Indiens de toutes les vallées éloignées sentiraient immédiatement qu'on allait enfin s'occuper d'eux.

Le nouveau gouvernement n'était au pouvoir que depuis quelques semaines lorsqu'elle s'en ouvrit à José. Elle se heurtait à certaines difficultés, quand elle essayait de le voir, ce qui était bien naturel, puisqu'il devenait un homme extrêmement occupé. Il la voyait quand même, et chaque fois elle était surprise par l'attitude de plus en plus étrange qu'il avait envers elle ; il avait l'air non seulement méfiant mais encore... Oh ! c'était évidemment ridicule, mais il avait toujours l'air un peu effrayé.

Au début, il ne voulut rien savoir. Il ne comprenait pas pourquoi son pays devait avoir un réseau téléphonique moderne et qui allait téléphoner à qui ? Mais elle insista et insista : il le fallait, il le fallait ab-so-lu-ment. Cela allait faire très bonne impression aux États-Unis. Le téléphone, c'était le premier point sur lequel les hommes d'affaires américains jugeraient les progrès accomplis par le gouvernement. C'était un signe d'ordre et d'organisation. Dès qu'on pourrait toucher de New York n'importe quelle province du pays, la question des capitaux étrangers se trouverait en partie résolue. Ce dernier argument parut l'impressionner, et il fit un geste d'approbation.

— O.K., O.K. Je vais voir ça. Calme-toi.

Elle fut un peu vexée par la mauvaise grâce qu'il y mettait, on eût dit qu'il était prêt à faire n'importe quoi pour se débarrasser d'elle, mais elle avait toujours été trop susceptible.

— Ce n'est pas un cadeau que je te demande. Tu ne fais pas ça pour moi, tu le fais pour le pays.

— O.K., je te dis.

Bien sûr, les ennemis de José avaient fait aussitôt circuler des rumeurs malveillantes ; ils allaient jusqu'à insinuer que les nouvelles installations téléphoniques, que le gouvernement faisait poser maintenant à toute allure par des techniciens américains et avec les capitaux des monopoles de Wall Street, n'avaient d'autre but que de faciliter le travail de la police et de resserrer le contrôle sur les provinces éloignées, afin que la main du dictateur pût s'étendre partout. Le cynisme de ces gens-là et leur volonté de saboter tout ce que José essayait de faire expliquaient et justifiaient, dans une certaine mesure, non pas la répression — il n'y en avait pas eu, ce n'était pas vrai — mais la dureté avec laquelle il s'appliqua à éliminer tous ceux qui tentaient de se dresser sur le chemin du progrès. Et elle songeait déjà à des entreprises plus ambitieuses. Elle allait veiller à ce que la capitale eût une bibliothèque et un musée d'art moderne. Elle considérait ce dernier comme particulièrement important, surtout du point de vue psychologique, pour montrer la volonté du gouvernement de rompre avec le passé. Lorsqu'elle pensait que la population n'avait jamais entendu parler de Braque et de Picasso ni même des impressionnistes, elle se rendait bien compte à quel point ses besoins spirituels avaient été ignorés. Un musée d'art moderne s'imposait. On pourrait en rendre la visite obligatoire pour la jeunesse des écoles et pour les ouvriers. Les paysans des provinces éloignées seraient transportés dans des camions militaires. Cela ferait jaillir l'étincelle qui provoquerait peut-être une véritable renaissance culturelle, renouerait avec une tradition créatrice interrompue depuis l'art précolombien. Une architecture originale, qui saurait unir à la fois l'inspiration moderne et le passé archéologique du pays, était indispensable. Elle dessina elle-même un projet et l'envoya à la Fondation Ford. Elle reçut une réponse encourageante. Elle était d'ailleurs surprise de constater à quel point les États-Unis s'intéressaient maintenant à elle, et le gouverneur Rockefeller lui envoya même une photo dédicacée.

Elle passait des heures entières à rêver, un sourire heureux aux lèvres. Elle avait toujours cru que l'art et l'architecture, la grande musique aussi pouvaient transformer radicalement les conditions de vie d'un peuple. Dès que de grands ensembles architecturaux conçus par des hommes comme Niemeyer couvriraient le pays, la solution des problèmes sociaux et économiques suivrait automatiquement comme une sorte de sous-produit de la beauté. On ne pouvait parler de « minimum vital » en mettant entièrement de côté ce besoin essentiel de l'âme humaine. Elle-même connaissait mieux que personne cette aspiration dévorante. Mais, comme il n'y avait pas la moindre galerie d'art dans le pays, elle se contentait d'aller tous les jours à l'église et, le visage inondé de larmes, de communier purement avec le besoin esthétique qui la dévorait. A New York, il y avait le Metropolitan Museum, le

Musée d'Art moderne, le Musée Guggenheim, et il était facile, là-bas, d'assouvir sa soif spirituelle. Mais, dans ce pays, les églises étaient le seul refuge où l'on pouvait au moins trouver un substitut à la culture.

Le plus grand quotidien de la capitale publia une photo d'elle dans sa chronique mondaine. Elle commençait à se considérer comme une sorte d'Evita Peron, mais bien sûr très différente, car tout devait se faire suivant un processus strictement démocratique d'éducation et de persuasion.

Le nouveau gouvernement — José n'en faisait pas partie, car il préférait faire assumer la responsabilité des premiers pas du régime au président Carriedo — donna quarante-huit heures à l'ambassadeur des États-Unis pour quitter le pays, mais Washington réagit énergiquement en augmentant l'aide américaine, et bientôt il y eut un nouvel ambassadeur qui se montra très empressé envers elle : sans doute on savait qu'il fallait compter avec elle. Elle comprenait cependant qu'elle ne serait jamais la première dame du pays : seuls son cuisinier et ses femmes de chambre y croyaient encore. C'était naturel, étant donné la situation. José ne pouvait pas épouser une Américaine, ce serait un véritable suicide politique au moment où l'antiaméricanisme était de rigueur. Mais il continuait à la traiter avec une considération étrange et même avec une certaine timidité, se conduisant avec elle comme s'il était à l'église, et elle sentait parfois les regards inquiets qu'il posait sur elle. Une fois, elle le surprit en train de cracher trois fois, encore un geste superstitieux des Indiens qui voulaient conjurer le mauvais sort. Elle n'y comprenait rien. Pourtant, ses amis disaient d'elle que c'était une sainte, et José savait tout ce qui se disait. Sa police était partout, surtout depuis que le président Carriedo avait été contraint de démissionner et de partir en Suisse pour raisons de santé, et que José était devenu le chef de la Junte militaire. Pourquoi paraissait-il la craindre tellement alors qu'elle l'adorait, qu'elle ne cessait de prier pour lui et qu'elle n'avait d'autre but dans la vie que de l'aider à mener ce pays à la lumière ?

Elle essayait déjà de le convaincre de faire construire une bibliothèque publique dans la capitale, un grand bâtiment de sept étages qui s'élèverait sur la place du Libérateur comme un symbole du progrès et de la révolution. Il ne voulait rien savoir. Il trouvait que c'était de l'argent jeté par les fenêtres dans un pays où quatre-vingt-quinze pour cent de la population ne savaient pas lire. Il ne comprenait pas qu'il s'agissait ici de donner au peuple un gage d'avenir, de lui faire une promesse, de s'engager. Ce fut tout à fait par accident qu'elle trouva un moyen de le convaincre.

Elle s'était fait conduire chez lui pour tenter une nouvelle fois de le persuader. Il lui dit qu'il avait d'autres soucis en tête : l'armée manquait de matériel moderne et les jeunes officiers s'impatientaient. Finalement elle s'était mise à pleurer. Ce n'était pas tellement son refus, mais cette impression qu'elle avait parfois qu'il y avait entre eux une sorte d'incompréhension.

— Si tu ne construis pas la bibliothèque, avait-elle fini par crier en sanglotant, je crois que j'en mourrai. Tu ne te rends même pas compte à quel point c'est important. Le monde entier a les yeux fixés sur toi. Il

250

faut lui montrer que tu es différent, que tu n'es pas comme les autres. L'Armée, l'Armée, toujours l'Armée. On ne peut rien faire de grand ni de durable sans le soutien des couches populaires, des masses. Ils l'ont encore répété hier dans le *New York Times*. Tu sais ce que j'ai fait ce matin ? Je suis allée avec ma femme de chambre à l'église Santa Maria et j'ai prié la sainte Vierge pour toi.

José parut soudain effrayé. Le cigare tomba de ses lèvres. Brusquement, avec toute sa force, il frappa du poing sur le bureau.

— Fous-moi la paix, gronda-t-il d'une voix sourde. Fous-moi la paix, tu comprends ? Ab-so-lu-ment.

Elle sourit. C'était une expression qu'il avait apprise d'elle et qu'il employait maintenant à tout propos. C'était touchant.

— Je te défends de prier pour moi... Je te le défends ab-so-lu-ment.

Mais il signait, dès le lendemain, l'ordre de bâtir la bibliothèque, et, ce qui était presque aussi important pour elle, elle découvrait qu'elle avait vraiment un pouvoir sur lui. Il y avait quelque chose derrière qu'elle ne comprenait pas encore, quelque chose de bizarre et de primitif, elle le sentait bien, une sorte de superstition, mais la seule chose qui comptait, c'était qu'elle savait à présent comment obtenir de lui tout ce qu'elle voulait. S'il faisait mine de refuser, elle n'avait qu'à lui annoncer solennellement qu'elle allait de ce pas à l'église Santa Maria afin de prier pour lui. Il cédait presque toujours, c'était vraiment incompréhensible, un traumatisme qu'il avait peut-être reçu dans son enfance, quelque chose de freudien, la crainte du Père, probablement.

Elle s'attaqua aussitôt aux problèmes de la salle de concert et de l'orchestre symphonique. Elle eut une promesse d'aide formelle de la Fondation Ford, et elle avait fait établir les plans par Ostensaken lui-même. C'était un bâtiment absolument sublime, d'un modernisme presque surréaliste, mais c'était excellent, justement, il fallait provoquer un choc psychologique, réveiller les esprits, susciter des discussions fécondes. Avec ce grand dôme en aluminium ondulé dont une aile paraissait toucher le ciel et l'autre plonger dans la terre, le peuple, d'un seul coup d'œil, verrait qu'il en avait pour son argent. On organiserait des galas de charité afin de recueillir les fonds et on créerait une académie de musique afin de former des élites nouvelles. D'autant plus que des bruits ignobles circulaient, des rumeurs stupides selon lesquelles les étudiants étaient contre le gouvernement. La salle de concert et l'académie de musique montreraient que le régime ne ménageait pas ses efforts et qu'il s'occupait de la minorité culturelle. Ce n'était pas vrai qu'on mettait les étudiants en prison et que les émigrés politiques qui étaient rentrés dans le pays disparaissaient mystérieusement. Une maison de la culture dressant ses ailes modernes au-dessus de la capitale mettrait fin à ces calomnies. Encore plus ignoble était la rumeur selon laquelle les jeunes officiers trouvaient que l'on jetait l'argent par les fenêtres en bâtissant ces édifices « inutiles et luxueux » et que cet argent aurait été beaucoup mieux employé en donnant des chars et des avions à une population dont c'était le besoin le plus urgent. Elle ne voyait pas à quoi pouvaient servir les chars et les avions alors que les États-Unis se tenaient fermement aux côtés de José et que le débarquement des éléments castristes au cours duquel, disait-on, l'agent de la subversion communiste internationale, Che Guevara, aurait trouvé la mort, avait été victorieusement repoussé avec l'aide des techniciens américains. La construction de la salle de concert et la formation d'un grand orchestre symphonique infligeraient un démenti cinglant à ceux qui prétendaient que José avait contre lui les intellectuels et même certains militaires, et le premier concert qui y aurait lieu serait une véritable déclaration d'harmonie et de paix.

Il refusa. Il refusa tranquillement, du bout des lèvres, en haussant les épaules.

Ce fut alors qu'elle eut cette idée. Il ne s'agissait nullement d'une préméditation, elle le fit instinctivement, par une sorte d'intuition. Elle ne s'était jamais vraiment rendu compte à quel point il était superstitieux. Elle ne joua pas là-dessus délibérément. Elle se rappela combien il était devenu furieux lorsqu'elle lui avait dit qu'elle avait prié pour lui, qu'elle avait passé des heures à genoux à appeler sur lui avec ferveur l'attention du Seigneur. Ce fut probablement un désir enfantin de le provoquer et de l'agacer parce qu'il était si entêté.

— Si tu ne me donnes pas la salle de concert et un orchestre symphonique, déclara-t-elle solennellement en le fixant droit dans les yeux, demain matin je serai à genoux à la cathédrale à prier Notre-Dame pour toi, à prier pour ton salut.

Il la considéra un instant bouche bée, puis leva

brusquement le bras et lui donna une gifle. Il continua de la frapper brutalement et finit par la jeter à terre. Un instant, elle crut qu'il allait la tuer. Il était penché sur elle, les poings serrés, le visage tordu par la rage. Cela ne lui était encore jamais arrivé. Il ne l'avait jamais frappée ainsi, avec une telle brutalité, et elle fut complètement terrifiée. Elle ne comprenait pas. Mais la violence même de cette réaction lui fit sentir une sorte de supériorité qu'elle avait à présent sur lui, une autorité qu'elle n'avait jamais soupçonnée et qu'elle entendait bien exploiter. Les larmes lui montèrent aux yeux, mais elle réussit quand même à sourire.

— Je prierai pour toi et je t'aimerai aussi longtemps que je vivrai, dit-elle.

Il s'enfuit. Oui, il n'y avait pas d'autre mot, il avait pris la fuite. Elle était encore à terre, les yeux levés, en train de sourire avec triomphe, lorsque l'aide de camp se précipita dans le bureau. Son visage était tuméfié, mais elle continuait à sourire victorieusement. Il l'avait sous-estimée. Il ne comprenait pas ce qu'elle était capable de faire pour lui, malgré lui. Elle l'aimait et elle allait bien le lui faire voir. Certes, elle n'était pas une de ces Américaines qui mettent la main sur un homme et le dominent de plus en plus jusqu'à ce qu'il meure d'un infarctus et qui constituent, il faut bien le dire, une des puissances des États-Unis. Mais elle n'était pas non plus une de ces Espagnoles soumises qui passent leur temps à papoter, qui ne font rien et laissent leur mari face à tous les problèmes. Elle allait l'aider, qu'il le voulût ou non.

Le lendemain matin, sa Cadillac noire l'emmena, sa tête blonde couverte comme il convenait d'une mantille, jusqu'à la cathédrale, et là, toute la population put la voir s'agenouiller devant l'autel et lever les yeux vers le Crucifié. Elle était presbytérienne, et de toute façon agnostique, mais ça n'avait pas d'importance. C'était un de ces compromis qu'il fallait bien accepter si l'on était déterminé à vouloir que les choses se fassent comme elles doivent l'être, et peu importe après tout où l'on va se recueillir, dans une église ou au musée d'art moderne. Elle ne comprenait pas encore clairement ce qui se passait dans l'esprit de José, pourquoi il était si affolé parce qu'elle priait pour lui, mais il n'y avait pas de doute : c'était là un moyen d'agir sur lui, et elle aurait sa salle de concert et son orchestre symphonique. Elle ne transigerait pas là-dessus. Elle s'agenouilla donc devant l'autel et pria longuement. Plus exactement, elle éleva ses pensées, en s'efforçant de faire régner en elle la paix et la beauté, selon la méthode spirituelle de l'Inde et du bouddhisme Zen dont on parlait énormément dans les revues intellectuelles des États-Unis.

Dans l'après-midi, José fit irruption chez elle, complètement ivre. Elle crut un moment qu'il allait la prendre brutalement et fut assez inquiète car elle n'était pas prête, mais il n'y songeait même pas. Il dilapidait ses forces vitales avec des strip-teaseuses et des starlettes qu'un agent lui procurait à Hollywood et qu'il couvrait de cadeaux. On en parlait ouvertement dans les journaux américains. Quelques vedettes bien connues avaient collé sur leur voiture un papillon sur lequel les passants pouvaient lire cette inscription : « Cette *Thunderbird* n'est pas un cadeau du dictateur Almayo. » C'était une allusion à une autre vedette célèbre qui avait accepté de José une Thunderbird et des tableaux impressionnistes.

— Si jamais tu remets les pieds dans cette église, hurla-t-il, je te jetterai dans l'océan, avec une pierre au cou. Cesse de prier pour moi, espèce de pute. Fous-moi la paix.

Mais elle avait trouvé le filon. Elle ne comprenait pas pourquoi il marchait, mais elle savait à présent comment le prendre. Elle se pencha vers lui avec un petit sourire.

— Si tu ne construis pas une salle de concert, hurla-t-elle à son tour, je demanderai au Nonce de dire une messe à ton intention, et j'irai jusqu'au Pape, s'il le faut, pour qu'il prie pour toi aussi.

Le Cujon avait le visage vert de terreur et il la roua de coups. Elle dut renoncer à faire sa classe pendant plusieurs jours et, lorsqu'elle put sortir, ce fut avec des lunettes noires. Mais elle eut sa salle de concert et son orchestre symphonique. Le régime, à cette époque, essayait d'obtenir des États-Unis un nouveau prêt important, et José expliqua à la Junte que la construction d'une maison de la culture, avec une salle de concert et un théâtre, serait bien accueillie à Washington et prouverait aux contribuables américains que leur argent était convenablement utilisé pour le plus grand bien d'un peuple sous-développé. Il se débarrassa d'ailleurs de la Junte quelque temps après, le général Sanchez tomba dans un précipice au volant de sa voiture et le général Rodriguez accepta immédiatement le poste d'ambassadeur à Paris.

La nouvelle que l'homme fort de l'Amérique centrale, qui s'opposait victorieusement à l'expansion castriste dans toute la région des Caraïbes, avait une maîtresse américaine commençait à être mentionnée dans les journaux des États-Unis, et elle reçut deux ou trois journalistes qui se montrèrent pleins de tact et de considération et qui l'écoutèrent avec beaucoup d'intérêt lorsqu'elle s'efforça de leur expliquer le pays, en les invitant à se débarrasser de certaines idées toutes faites et à ne pas juger les choses dans cette région du monde d'une manière conventionnelle. L'américanisme et la démocratie traditionnelle des États-Unis n'étaient pas exportables, chaque peuple devait trouver sa propre voie. Il fallait faire preuve de libéralisme, de sympathie, de patience et de compréhension. Le nouveau régime, bien qu'en effet on ne pût parler d'une démocratie parlementaire, au sens américain du terme, faisait déjà énormément de choses, et elle emmena elle-même les journalistes dans sa voiture pour admirer la nouvelle Maison de la Culture qui allait être bientôt achevée. Ils se montrèrent très gentils et favorablement impressionnés.

Elle fut donc absolument horrifiée et indignée lorsqu'ils lui envoyèrent l'article qu'ils publièrent sur elle dans le plus grand magazine des États-Unis, avec une série de photos, sous le titre : *La Petite Amie américaine d'un Dictateur.* Non que l'article fût insultant pour elle, mais il était si injuste de traiter José de dictateur, et surtout, surtout, les photos d'elle étaient tout simplement affreuses. Ce n'était pas possible qu'elle eût déjà cette tête-là. Elle n'avait que vingt-quatre ans et ils avaient dû choisir délibérément un éclairage qui lui donnait un air tragique. Car c'était bien ainsi que son visage apparaissait sur les photos :

tragique, désespéré. C'était un véritable abus de confiance, une escroquerie, un usage tendancieux et mal intentionné des moyens techniques. Mais cela n'avait pas d'importance. Elle continua à aller de l'avant, sans souci des rumeurs publiques et des calomnies, bien qu'elle se sentît profondément peinée pour sa grand-mère ; elle ne savait plus quoi lui écrire, comment lui expliquer.

La Maison de la Culture fut bientôt prête, et elle fit prendre de très bonnes photos d'elle le soir de l'inauguration par des photographes du pays, au moment où on lui remettait une médaille en signe de reconnaissance pour le rôle qu'elle avait joué dans le développement culturel du pays. Tout cela était excellent pour le prestige américain, et elle allait bien leur montrer qu'elle n'était pas « une petite amie » mais, ainsi qu'elle le dit dans son discours d'inauguration, « une *grande* amie de ce pays et de ses dirigeants ». Elle insista aussi sur le pluriel, pour bien montrer que José n'était pas un dictateur, et elle reçut une véritable ovation.

Elle projetait maintenant de faire édifier une nouvelle Université et un nouveau ministère de l'Éducation : les bâtiments actuels étaient absolument épouvantables et le budget inexistant.

Il y avait des rumeurs d'une révolte de paysans dans la péninsule, mais c'était notoirement un lieu où la subversion était facile, car la péninsule était proche de Cuba et le débarquement clandestin aisé. Ce qu'elle ne comprenait pas, c'était le sabotage continuel des lignes téléphoniques dans les provinces. C'était la preuve d'une mentalité anarchique profonde ; on cherchait ainsi à empêcher le contrôle de la capitale sur l'ensemble du pays afin de préserver les habitudes archaïques et permettre aux fonctionnaires subalternes de pressurer la population. Le banditisme avait du reste toujours été endémique dans ce pays et il fallait y mettre fin une bonne fois. Tout le peuple devait se grouper unanimement autour d'un homme qui s'efforçait de faire face à des tâches difficiles.

Un ami d'enfance en voyage de noces vint lui rendre visite avec sa jeune épouse. Elle les reçut arborant le ruban bleu de l'Ordre pour le Progrès épinglé sur sa robe. Elle leur parla toute la nuit, bouleversée par l'admiration qu'ils lui témoignaient ; elle les supplia de ne pas croire la propagande néfaste et calomnieuse répandue par les exilés. Elle s'efforça de les retenir, elle avait l'impression qu'après leur départ elle allait se sentir encore plus seule. Pendant toute la journée, elle leur fit visiter le Central téléphonique, la Maison de la Culture, et leur parla longuement de ses projets, de tout ce qu'il y avait encore à faire. Ce furent peut-être les plus belles heures depuis qu'elle était arrivée dans le pays. Lorsqu'ils la quittèrent, elle éclata en sanglots, sans savoir très bien pourquoi. Peut-être parce qu'ils lui avaient montré un numéro de *Life* où José était violemment attaqué. On l'accusait d'avoir fait tuer un réfugié politique qui menait contre lui une campagne haineuse à New York. Elle décida d'organiser une exposition impressionniste, suivie d'une exposition Picasso ; ce serait excellent pour le prestige de José et cela ferait taire les bruits ignobles qui couraient.

Les étudiants étaient travaillés par des agitateurs et se mettaient continuellement en grève. Elle les comprenait, ils avaient besoin d'une nouvelle Université. Elle attaqua José là-dessus immédiatement et, lorsqu'il refusa, en tapant du poing sur la table et en affirmant qu'il allait fermer l'Université plutôt que d'en construire une nouvelle, elle menaça de se tuer, mais ajouta qu'elle ne l'abandonnerait pas pour autant et prierait pour lui au Ciel. Il parut impressionné, mais ne céda pas, il refusait de faire quoi que ce soit pour les ennemis du régime. Les « élites », les intellectuels, lui expliqua-t-il, étaient des ennemis naturels du peuple. La Fondation Ford vola à son secours, et la première pierre de la nouvelle Université fut bientôt posée, en présence d'un groupe d'étudiants et de professeurs que la police avait amenés là de force. Il ne la voyait presque plus, mais lui donna bientôt une preuve d'amour qui la toucha profondément. Elle eut une pneumonie et José accourut immédiatement, s'affola et fit venir des médecins américains pour la soigner. Elle chercha à le rassurer, il avait déjà assez de soucis, et puis ce n'était pas grave, lui dit-elle, « après tout le bien que j'ai fait ici, je suis sûre que j'irai au Paradis ». Il se mit alors dans une rage épouvantable et menaça de pendre les médecins s'ils ne la sauvaient pas.

Elle se rétablit rapidement et recommença à faire des projets. Elle avait l'impression que José s'était un peu éloigné d'elle, elle fit venir des robes de Paris, s'efforça de ne plus boire ; il ne fallait pas se laisser aller, car il aimait les femmes bien habillées et soignées. Il avait évidemment d'innombrables maîtresses, mais c'était purement animal, cela lui était égal. Elles lui faisaient d'ailleurs de véritables visites protocolaires, et la traitaient toujours avec beaucoup de respect, se montraient timides et embarrassées avec elle ; c'était très touchant, elle avait l'impression d'être déjà la première dame du pays. D'ailleurs ces aventures ne duraient jamais, ces filles étaient complètement dénuées d'intérêt, des chanteuses de jazz ou quelque garce hollywoodienne. A une ou deux reprises, José eut des ennuis avec elles. Une danseuse allemande fit une tentative de suicide, une journaliste brésilienne fut mise de force dans l'avion lorsqu'elle annonça à José qu'il l'avait rendue enceinte, une autre, complètement droguée, fit un scandale épouvantable à l'*El Señor*. Lorsqu'elle put avoir enfin José au téléphone, elle lui expliqua très fermement qu'il ne pouvait ab-so-lu-ment pas se conduire ainsi dans la position importante qu'il occupait ; il devait traiter ces filles convenablement même lorsque tout était fini, et non pas simplement les jeter comme des jouets cassés.

CHAPITRE XIV

La Cadillac rampait sur les pierres et s'enfonçait de plus en plus dans la nuit ; le précipice qu'ils côtoyaient paraissait plus présent encore, maintenant qu'il était devenu invisible ; l'évangéliste frissonnait ; l'air était glacé. Dans la lumière jaunâtre qui éclairait l'intérieur de la limousine, les bras flasques et inertes du mannequin Ole Jensen pendaient par-dessus l'épaule de son maître ; il baissait la tête et semblait s'être assoupi.

— Je crois que le *Herald Tribune* et Walter Lippmann avaient raison, dit le Dr Horwat d'un ton rogue. Cet individu n'aurait jamais dû bénéficier de notre aide. Je n'aurais jamais cru qu'on pouvait faire mieux, si je puis dire, que Batista, Trujillo, Jimenez et Duvalier. Ce vil dictateur a vraiment vendu son âme au Diable.

Elle lui jeta un regard indigné.

— Vous ne devriez pas dire des monstruosités pareilles, Dr Horwat, et encore moins les écrire. Vous êtes un homme instruit, cultivé. Vous ne pouvez tout de même pas croire à de pareilles superstitions. Non seulement vous paraissez y croire, mais encore vous éprouvez le besoin de les publier. J'ai lu ces professions de foi moyenâgeuses sous votre plume et sous celle du révérend Billy Graham.

— Ma chère enfant, tout ce que vous m'avez dit jusqu'à présent me confirme dans mon opinion que le Diable est une présence réelle, physique, une force menaçante et agissante parmi nous...

L'évangéliste se laissait aller à une certaine emphase, mais il s'agissait d'un sujet qui lui était cher, qui était, en quelque sorte, sa spécialité.

— Je répéterai aussi longtemps que je vivrai qu'il ne s'agit nullement d'une superstition ou d'une figure de style, mais d'une réalité vivante...

Le mannequin parut se réveiller tout à coup. Il leva la tête et l'observa d'un œil critique.

— C'est bien, grinça-t-il, en faisant un signe d'approbation mécanique et déplaisant. C'est bien, prédicateur. Il faut croire à quelque chose.

Le Dr Horwat foudroya la créature du regard.

— Et le fait est, reprit-il, en se tournant vers la jeune femme, que nous voyons le Diable en ce moment même... Il est en train de se pencher sur nous, nous regarde moqueusement dans les yeux et nous réserve je ne sais quel sort...

Le mannequin fut secoué d'un petit rire méprisant.

— Allons donc ! grinça-t-il. Tous des charlatans et des menteurs, tous tant qu'ils sont. Personne n'a encore jamais réussi à vendre son âme, mon bon monsieur. Il n'y a pas preneur. C'est encore un de ces faux espoirs dont on nous berce pour nous encourager à persévérer.

Sans trop savoir comment, peut-être sous l'effet du

choc et de l'épuisement, le jeune Dr Horwat se trouva tout à coup en violente discussion avec le mannequin d'un ventriloque, ce qui donnait bien la mesure de son énervement. Mais il avait toujours été plus doué pour parler que pour écouter, et lorsqu'il était passionné par son sujet, peu lui importait à qui il s'adressait. Il continua donc à discourir pendant un long moment avec une conviction profonde, reprenant des arguments qui n'étaient sans doute pas nouveaux et que l'évêque Shean de Chicago avait fréquemment évoqués à la télévision, dans l'effort incessant que toutes les Églises américaines accomplissaient pour lutter contre le manque de foi et le cynisme.

— Les forces démoniaques existent, conclut-il. Le Mal a une présence aussi réelle que vous et moi.

Le mannequin fut une fois de plus secoué par son rire désagréable et braqua son cigare sur le Dr Horwat avec défi.

— Tous des escrocs et des charlatans, grinça-t-il. On ne rencontre jamais le vrai truc. Rien que des intermédiaires, des petits margoulins qui trafiquent et vous vendent une camelote inexistante. Ils ne cessent de promettre, mais ne peuvent jamais livrer. Des magiciens de foire et des prestidigitateurs. Le vrai talent n'existe pas ici-bas, mon bon monsieur. Rien que quelques pauvres truqueurs comme votre humble serviteur.

— Nos plus grands penseurs ont reconnu cette vérité élémentaire, tonna le Dr Horwat pour imposer silence à ce ventriloque répugnant, mais qui n'osait même pas le regarder en face et se servait de son pantin. Goethe lui-même...

— Un escroc, lança la marionnette. Un charlatan, un menteur... Voilà votre Goethe. Il berçait les gens de faux espoirs, de fausses assurances et de fausses promesses, utilisant dans ce but, sans scrupule, toutes ses ruses de poètes... Un margoulin comme tous les autres. D'ailleurs, il a totalement échoué, il n'est même pas parvenu à nous tromper et à nous redonner l'espoir d'un marché possible. La vérité sur l'affaire Faust, mon cher monsieur, n'est pas du tout que le bon docteur ait vendu son âme au Diable. Ce n'est qu'un mensonge rassurant de Goethe. Car la vérité sur l'affaire Faust et sur nous tous, qui nous donnons tant de mal et qui faisons, si je puis dire, des pieds et des mains pour trouver preneur, c'est qu'il n'y a hélas ! pas de Diable pour acheter notre âme... Rien que des charlatans. Une succession d'escrocs, d'imposteurs, de combinards, de tricheurs et de petits margoulins. Ils promettent, ils promettent toujours, mais ils ne livrent jamais. Il n'y a pas de vrai et de grand talent auquel on pourrait s'adresser. Il n'y a pas d'acheteur pour notre pauvre petite camelote. Pas de suprême talent, pas de maîtrise absolue. C'est là toute ma tragédie en tant qu'artiste, mon bon monsieur, et cela brise mon petit cœur.

Le mannequin soupira et laissa retomber sa tête sur l'épaule de son maître. La jeune femme se mit à rire, tendit la main et lui caressa la joue. Ole Jensen retrouva quelque entrain.

— C'est gentil, ça, dit-il.

Le Dr Horwat se permit de hausser les épaules et s'adressa directement au ventriloque, par-dessus l'*alter ego.*

— Je ne suis pas d'accord. Goethe savait de quoi il parlait.

— Eh bien, Révérend, remarqua la jeune femme, je ne suis pas du tout surprise que José ait donné une somme aussi importante pour contribuer à votre croisade spirituelle. Je ne sais pas si vous vous en rendez compte ou non, mais vous l'avez beaucoup aidé. Vous avez soutenu de votre autorité tout ce que les moines espagnols répétaient dans le pays, depuis qu'ils l'ont occupé, tout ce qu'il a entendu répéter depuis son enfance. A ses yeux vous êtes un grand Américain, un homme célèbre et écouté, et puisque vous proclamez dans les plus grands magazines américains et à la télévision que le Diable est une puissance réellement présente sur la terre, c'est donc qu'il existe vraiment et qu'on peut traiter avec lui...

Le Dr Horwat croisa ses bras.

— Je vous ai déjà dit que c'est une perversion. Une hérésie. Je ne lui ai jamais conseillé de suivre le Malin.

— Oui, eh bien, il a dû trouver ça tout seul, dit la jeune femme, avec un véritable élan de rancune, presque de haine. Il y a un mot pour tout ça, Dr Horwat. Un mot civilisé, technique, que les moines espagnols ne connaissaient pas encore. Il a été *conditionné*. Ils ont tous été conditionnés, d'ici jusqu'au sommet des Andes, et depuis des siècles. Des chiens d'Indiens, qui n'avaient droit qu'à leur chiennerie. Pas étonnant que l'un d'eux ait eu l'idée de s'adresser à celui qui était le *lider maximo* de toute la chiennerie terrestre. Ils sont bien obligés de croire à la puissance du Mal. Ça leur crève pour ainsi dire les yeux. Je vous signale à tout hasard que soixante pour cent des fillettes de douze à quatorze ans ont des maladies vénériennes, ici. Vous savez, dans les vallées, les Indiens attendent encore le retour de leurs anciens dieux, et on les comprend. Ils n'ont vraiment rien gagné au change. Quand ils mâchent leurs maudites *étoiles,* ils communient avec eux, ils les voient, ils leur parlent, ils sortent des ténèbres de leur réalité. José avait ses étoiles à lui, mais c'était le même besoin de merveilleux, de surnaturel. Ça lui redonnait de l'espoir. Il était continuellement à la recherche de numéros extraordinaires, d'attractions sensationnelles que l'œil humain n'avait encore jamais contemplés. Toutes les agences du monde travaillaient pour lui, mais il n'était jamais satisfait. Il faisait défiler chez lui les plus grands magiciens et illusionnistes, mais chaque fois il paraissait déçu, parfois presque désespéré... J'ai mis du temps à comprendre ce qu'il espérait, ce qu'il attendait. Je ne prétends pas que c'était tout à fait clair, dans son esprit, qu'il savait exactement ce qu'il attendait. Mais il avait besoin de merveilleux, tous ces malheureux saltimbanques qui faisaient de leur mieux et ne parvenaient pourtant jamais à le satisfaire, c'étaient ses étoiles à lui... Et je peux vous dire qu'il en faisait une prodigieuse consommation.

Le *lider maximo,* ainsi qu'on l'appelait à présent, continuait à veiller jalousement sur le destin de sa boîte de nuit, et l'*El Señor* connut bientôt ses plus beaux jours. Le dictateur y venait régulièrement, tantôt avec ses compagnons de débauche, tantôt avec des visiteurs de marque. Les agences ne cessaient de prospecter les coins les plus éloignés de la terre à la

267

recherche de talents nouveaux, et les rapports de tous les ambassadeurs accrédités auprès du nouveau gouvernement avaient tous noté la véritable passion avec laquelle Almayo s'intéressait aux magiciens, aux jongleurs, aux acrobates et à tous les saltimbanques capables de créer, l'espace d'une seconde, l'illusion du pouvoir surnaturel. Les directeurs des grands night-clubs internationaux, du *Lido*, du *Tivoli*, de l'*Adria*, du *Sands*, étaient reçus par lui mieux que les hommes d'État, et il passait plus de temps à discuter avec eux des numéros nouveaux qu'ils avaient vus ou dont ils avaient entendu parler qu'à s'occuper de politique.

« L'homme le plus écouté du *lider maximo*, écrivit à son gouvernement M. Sanglier, l'ambassadeur de France, est un Tchèque dont le prestige unique, aux yeux du général Almayo, consiste dans ce fait qu'il peut accomplir plusieurs sauts périlleux avec une bouteille et douze verres pleins posés en équilibre sur un plateau... Aussitôt après lui, sous le rapport de l'influence, je ferais figurer un contorsionniste qui parvient à s'enrouler sur lui-même, à l'intérieur d'un carton à chapeau... Après, je classerais l'ambassadeur des États-Unis, *ex aequo* avec un Turc dont le talent consiste à s'enfoncer des épées enflammées dans la gorge et à avaler des charbons ardents... Je pense que si Votre Excellence pouvait envoyer ici comme ambassadeur quelque fakir marseillais capable de grimper le long d'une corde et de s'évanouir dans les airs, il ne manquerait pas d'obtenir des commandes pour nos industries beaucoup plus facilement que le signataire de ces lignes... Il y a, chez cet homme redoutable et qui sait se montrer d'un réalisme, pour ne pas dire d'un cynisme, aussi implacable que cruel, un côté naïf et enfantin étrangement superstitieux et assoiffé de merveilleux où l'on retrouve toutes les caractéristiques de l'âme indienne... »

Elle se souvenait très bien du jongleur Santini, peut-être parce que José ne se lassait jamais de regarder son numéro et qu'elle l'avait vu à plusieurs reprises assis démocratiquement à une table dans le public — une bonne demi-douzaine de mitraillettes se tenaient aux aguets dans l'ombre — et sourire, en observant l'Italien comme il n'avait jamais souri même dans ses bras.

Santini était un petit homme sec et grisonnant, issu d'une famille de jongleurs siciliens qui remontait au XVIIe siècle et dont le plus célèbre, Arnaldo, avait été fait comte par le tsar Alexandre II. On considérait généralement son numéro comme unique au monde, et son compatriote Rastelli avait été le seul à l'avoir réussi également, quelques années avant sa mort, en 1935. Il se tenait debout sur un pied, sur le goulot d'une bouteille de champagne posée sur une balle ; sur l'autre jambe repliée derrière, il faisait tourner trois anneaux autour de son mollet ; une autre bouteille tenait en équilibre sur son front, avec deux grosses balles superposées sur le goulot, *cependant qu'il jonglait en même temps avec cinq balles.*

C'était sans doute la chose la plus extraordinaire que l'homme ait jamais contemplée sur cette terre, sa plus grande victoire sur les lois de la nature et sur sa condition.

Il planait sur le public un silence quasi religieux, les soûlards eux-mêmes se taisaient. Les hommes regardaient fixement, le visage tendu, cette manifestation d'une toute-puissance enfin accessible. Et presque toujours, face à cette victoire, leurs visages avaient une expression de tristesse ; lorsque c'était fini, ils buvaient encore plus qu'avant.

Mais c'était le visage de José qu'elle regardait toujours, bien plus que le numéro du jongleur, car les femmes sont sans doute moins sensibles que les hommes à l'appel de l'absolu et moins émues par les perspectives sans fin que l'exploit de Santini ouvrait devant l'humanité.

C'était une expression de naïf émerveillement, un mélange de ravissement, d'admiration et de peur. Le *lider maximo* que toute l'Amérique centrale redoutait avait disparu, il ne restait là qu'un Cujon, avec la nostalgie de ses dieux perdus et de ses temples brisés, en train d'apaiser sa soif de surnaturel. Talacoatl, qui pouvait soulever les montagnes et tuer l'ennemi en crachant le feu de ses entrailles terrestres, Ijmujine, qui pouvait donner la vie éternelle à une puissance sexuelle illimitée, Aramuxin, celui qui désignait les rois parmi les hommes...

Il y avait alors des moments où tous ces livres qu'elle ne cessait de lire sur le pays, tout le passé des ruines, des volcans, des statues et des prêtres extermi- nateurs, armée d'un dieu nouveau dans la suite des conquistadores, s'incarnaient soudain en un seul homme ; elle avait envie de pleurer, de saisir dans ses bras cette tête cruelle et pleine de rêves et de la presser contre son sein.

Santini était planté là sur le goulot de la bouteille, défiant toutes les lois d'airain et toutes les limites de la

condition humaine, dans une démonstration souveraine de maîtrise et de grandeur, et parfois, dans un
geste encore plus prométhéen, il s'élevait plus haut
encore et posait une queue de billard en équilibre sur
son nez, noble pionnier passant au-delà des frontières
du possible, véritable illustration vivante de la puissance et de la grandeur d'être un homme.

Oui, c'était vraiment un instant de triomphe pour
l'humanité, c'était un de ces êtres qu'il eût fallu
montrer à tous ceux qui osent douter de notre destin
pour leur redonner courage.

Après la représentation, José invitait toujours le
maître à se joindre à lui, et il ne manquait pas de se
lever pour l'accueillir. Hors de la scène, son numéro
terminé, Santini était étrangement silencieux et ren-
fermé. Ses sourcils de pierrot, au-dessus des petites
boules noires de ses yeux, donnaient à son visage une
expression de perpétuelle tristesse.

Une nuit, après une représentation privée qu'il avait
donnée dans sa résidence à une délégation économique
allemande, José, qui avait beaucoup parlé de Hitler et
beaucoup bu, lui posa une question inattendue et qui
surprit tout le monde.

— Il n'y a pas de secret, répondit Santini, il suffit de
travailler dur depuis la plus tendre enfance. Dans mon
cas depuis l'âge de quatre ans. Pas de vie privée, pas
de bonheur, pas d'amour, rien que du travail, et on ne
réussit jamais.

Elle vit le visage de José s'assombrir étrangement.

— Mais vous avez réussi, lui dit-elle.

— Oh non, dit le Sicilien, j'ai échoué. J'ai atteint
ma limite. Voyez-vous, j'essaie de faire mon numéro

en jonglant avec une balle de plus... six balles. Mais je n'y suis jamais parvenu, jamais.

Une trace de sourire passa sur son visage.

— Je crois sincèrement que je vendrais mon âme au Diable, rien que pour pouvoir le faire une fois... une seule fois. Mon grand-père l'a fait, c'est du moins ce qu'on disait de lui, comme de Paganini... On disait qu'ils avaient vendu leur âme au Diable. C'étaient certainement les plus grands artistes de leur temps, en tout cas.

Il se leva et s'inclina devant le *lider maximo.*

— Alors, *Señor Presidente,* si vous connaissez quelqu'un qui cherche une âme de saltimbanque et qui soit disposé à payer un bon prix — la sixième balle, ce n'est pas trop demander —, dites-lui de prendre contact avec mon agent que vous connaissez, Charlie Kuhn, à Los Angeles. Dites-lui que je suis vendeur. Tous les vrais artistes sont comme moi. Bonsoir.

Almayo ne regarda plus jamais le numéro du jongleur.

Charlie Kuhn parcourait constamment le monde en quête de nouveaux talents pour lui, et, pendant les années de puissance incontestée pour le dictateur, l'*El Señor* les vit défiler tous.

Il n'y avait qu'un seul artiste que José, malgré tous ses efforts, n'avait jamais pu engager. C'était un mystérieux Anglais qui se faisait simplement appeler « Jack » sur l'affiche et dont on disait qu'il exécutait un numéro de lévitation, qu'il fallait avoir vu de ses propres yeux pour pouvoir y croire. Personne ne paraissait savoir grand-chose de lui. Il n'avait pas d'argent et semblait fuir la notoriété. Il paraissait avoir une préférence pour les petites boîtes de nuit obscures dans des coins perdus pour y faire quelques-unes de ses rares apparitions. Toutes sortes de rumeurs circulaient à son sujet, certains imprésarios prétendaient qu'il avait constamment des affaires de mœurs particulièrement scabreuses, faisait des séjours en prison et risquait constamment d'y retourner, ce qui expliquait sa discrétion et pourquoi il évitait certains pays. Ainsi Paul-Louis Guérin, du *Lido,* n'avait jamais réussi à le faire venir à Paris. Il était resté trois jours au *Flamingo* de Las Vegas, et avait disparu aussitôt, bien qu'à Las Vegas il fût fort peu probable qu'il eût quelque chose à craindre de la police pour une affaire de mœurs. Certains agents, excédés par les injures des clients qu'ils ne parvenaient pas à satisfaire, prétendaient qu'il n'existait pas, qu'il n'était qu'une de ces créations de l'imagination, une *flekke,* comme on disait dans l'argot scandinave des amuseurs, une sorte de création mythique de la profession, une image de l'impossible obligeamment créée par tous les dénicheurs de talents cyniques, excédés par les exigences de plus en plus grandes d'un public de plus en plus blasé et qui en venait à exiger l'impossible. Mais, pour José, l'idée d'une *flekke,* lancée avec l'humour scandinave par quelques professionnels entre deux bières, n'était qu'une habile excuse invoquée par des agents qui s'avéraient incapables de lui fournir l'artiste, et ce « Jack » avait fini par l'obséder et par prendre dans son esprit des proportions extraordinaires. Il parlait de lui constamment. Et pas seulement à propos de l'*El Señor,* mais lorsqu'il rencontrait des difficultés, comme s'il attendait que « Jack » vînt et mît de l'ordre dans tout cela. Souvent, quand il était assis dans sa boîte de nuit, à demi abruti par l'alcool, par une étrange frustration qui le dévorait, à regarder avec un mépris railleur, avec haine presque, un malheureux artiste se contorsionner, faire des sauts périlleux, se dresser sur le petit doigt d'une main, avaler du feu, s'enfoncer un poignard dans la joue et autres assauts à la poursuite du surhumain, il serrait son verre dans ses mains jusqu'à le briser et se mettait presque toujours à parler de « Jack ». C'était devenu une véritable obsession.

Et pourtant il se passait certaines choses qui exigeaient toute son attention.

Un matin elle fut réveillée par une sorte de grondement sourd qui paraissait venir de la rue. La femme de chambre accourut en larmes. Elle eut à peine le temps de l'aider à passer sa robe de chambre qu'une pierre vint briser une vitre, puis une autre. Une foule de paysans du marché voisin s'était rassemblée devant la grille du jardin ; ils levaient le poing vers sa fenêtre, hurlaient des insultes et des menaces et commençaient à jeter des pierres. Elle rassura la femme de chambre, lui expliqua qu'il n'y avait là rien de personnel, ce n'était qu'une manifestation antiaméricaine. Elle était la personnalité la plus en vue de la capitale, bien plus connue que l'ambassadeur des États-Unis en raison de tout ce qu'elle avait fait pour le pays, aussi était-ce naturel qu'on eût songé à s'en prendre à elle d'abord. Dans une certaine mesure, c'était plutôt flatteur. On ne manifestait pas devant l'ambassade des États-Unis, on manifestait devant chez elle. Au fond, on la considérait comme le véritable représentant des États-

Unis dans ce pays. Elle ne put s'empêcher de sourire avec une certaine satisfaction. L'ambassadeur allait en faire une jaunisse. La police arriva rapidement et ne tarda pas à disperser la foule. Elle n'y pensa plus jusqu'au jour où les procès commencèrent. Ce fut pour elle un choc terrible, une affreuse surprise à laquelle rien ne l'avait préparée. Elle ne comprenait pas. Pour calmer les manifestants, la colère populaire, José avait fait jeter le malheureux ministre de l'Éducation en prison, puis l'avait fait juger ; le motif principal de l'accusation était qu'il avait fait construire la nouvelle Université et la Maison de la Culture, avec sa salle de concert et son théâtre. Apparemment, on considérait cela comme un gaspillage des deniers publics et on l'accusait d'avoir détourné ainsi du peuple les crédits de l'aide américaine. Elle dut s'aliter dans un état de prostration et de choc qu'elle mit des semaines à surmonter. Elle ne comprenait pas que le peuple pût être capable d'une telle ingratitude. Elle supplia qu'on la laissât venir au procès pour témoigner, pour assumer ses responsabilités ; c'était elle et elle seule qui avait suscité ces projets culturels et avait obtenu leur réalisation. Mais José ne lui permit pas de quitter la maison. Certainement, du point de vue politique, il avait raison. Il ne pouvait pas avouer que sa maîtresse américaine avait une telle influence sur lui. Le ministre fut condamné à mort pour sabotage et détournement de fonds, mais, sur l'intervention de l'Alliance des États interaméricains, il ne fut pas fusillé mais simplement envoyé comme ambassadeur à Paris. Il n'y eut plus de manifestations, et la colère populaire s'apaisa. Elle ne leur en voulait pas. Ils ne savaient ni lire ni écrire et étaient si profondément encroûtés dans leur ignorance qu'ils étaient incapables de comprendre ce que l'Université et la culture pouvaient leur donner et ce que ces bâtiments modernes pouvaient accomplir pour le prestige de leur pays à l'étranger et pour l'avenir de leurs enfants. Ils n'avaient même pas l'air de comprendre que cela les sauvait du communisme. Elle décida de travailler plus dur, d'expliquer, d'informer et d'instruire davantage avant de bâtir. Ce dont le pays avait le plus besoin dans l'immédiat, c'était d'un centre d'information dirigé par des gens intelligents et habiles qui connaîtraient bien la psychologie des masses et sauraient les préparer aux réformes dont tout le monde parlait.

José avait vraiment été très gentil à cette occasion. Bien qu'il eût failli, malgré elle, ternir son extraordinaire popularité, il l'emmena dans une triomphale tournée politique à travers le pays. Il s'agissait surtout de démentir ainsi les bruits selon lesquels des mouvements de résistance armée se manifestaient dans la montagne. Les émigrés cherchaient à présenter le banditisme endémique traditionnel qui avait toujours existé comme un mouvement politique.

Ils allèrent partout. Ce fut passionnant et instructif ; elle vit des choses extraordinaires, des vestiges archéologiques dont elle ne soupçonnait même pas l'existence. Elle était enchantée. Jamais encore il ne l'avait emmenée officiellement avec lui. La nuit, on entendait souvent des rafales de mitraillettes : c'était une coutume locale, les gens ici tiraient toujours en l'air pour s'amuser. Mais ces fusillades nocturnes la mettaient mal à l'aise, elle n'arrivait pas à dormir, tous ces événements l'avaient bouleversée. L'accueil des populations était toujours enthousiaste et touchant : des fêtes, des danses, des cadeaux. A Terra Fuente, un bandit qui terrorisait la population et pillait les voyageurs fut arrêté et fusillé avec tous ses hommes. On disait qu'il y avait parmi eux un aventurier professionnel, un révolutionnaire célèbre qui était venu de Cuba. Elle vit des villageois transporter les corps sur des civières : les bandits étaient tous barbus, portaient des bérets et des espèces d'uniformes militaires.

Et partout où ils se rendaient, même dans les provinces les plus éloignées, il y avait toujours le téléphone. C'était la première chose qu'on lui montrait fièrement. Quand elle était fatiguée ou inquiète, ou lorsqu'elle entendait des coups de feu dans la nuit, elle se mettait à imaginer toutes sortes de choses ridicules et elle regardait le téléphone, le vrai téléphone américain qui ne tombait jamais en panne et qui était soigneusement entretenu et surveillé par les techniciens américains, elle le touchait, le caressait presque et s'endormait avec la main posée sur l'appareil, sentant que tout cela n'avait pas été en vain et qu'elle avait tout de même fait quelque chose de sa vie.

CHAPITRE XV

Le chemin pierreux et étroit au bord du précipice grimpait parmi les roches de lave noire que les phares des Cadillac balayaient à chaque tournant, les pneus hurlaient, les cailloux sautaient et frappaient le métal avec un bruit de shrapnells, dans un nuage de poussière, et Charlie Kuhn s'efforçait de ne pas regarder à droite, là où la route se terminait à quelques centimètres des roues par un gouffre où sa longue carrière de prospecteur de talents risquait à tout moment de prendre fin. Il avait renoncé à comprendre ce qui se passait. Cet enfant de salaud de Garcia qu'il connaissait bien et auquel il avait apporté, lors de ses visites précédentes, des rasoirs électriques et du whisky, n'avait donné aucune explication. Il s'était contenté de crier qu'il y avait des événements dans la capitale, puis les avait injuriés et l'avait poussé dans la Cadillac avec les autres. Dans la confusion et l'affolement du moment, avec les motards qui tournaient, Garcia qui vociférait et brandissait son pistolet, et peut-être aussi parce qu'ils s'étaient groupés instinctivement comme des moutons apeurés, ils s'étaient entassés dans deux Cadillac, un peu rassurés d'être ensemble.

La vieille Indienne était assise au fond de la voiture, auprès de Mr. Sheldon, l'avocat. Petite et trapue, presque carrée, avec son incroyable chapeau melon gris et son sac à main, ses tresses noires soigneusement huilées et sa robe aux couleurs rouge, jaune, verte et bleue que les paysans mettaient pour leurs danses folkloriques, elle mâchonnait ses feuilles avec un air paisiblement satisfait. Charlie Kuhn avait beaucoup entendu parler des effets hallucinogènes de la plante. On disait qu'ils étaient comparables à ceux des champignons *tuonacatl* du Mexique, « les champignons de Dieu », mais plus durables parfois et difficiles à faire cesser. Ils procuraient l'hilarité et des visions béatifiques et paradisiaques ; les Indiens Zapotèques les utilisaient pour leurs cérémonies religieuses, afin de communier avec leurs dieux. C'était véritablement l'opium du peuple, qui ne coûtait rien et rendait indifférent à la chaleur et au froid. De temps en temps, Mrs. Almayo était secouée par un rire ravi et, si l'on songeait que son propre fils venait de donner l'ordre de la fusiller, ce rire prenait un accent presque diabolique. A chacun de ces éclats, Mr. Sheldon, l'avocat, lui lançait un regard de réprobation peinée.

Le petit M. Manulesco, dans son costume à paillettes vertes, blanches et rouges luisant parfois dans la nuit, le visage couvert de farine que la sueur transformait en un véritable masque de plâtre, son chapeau de clown pointu perché sur la tête, était assis auprès du chauffeur. Il était tourné vers l'intérieur de la limousine et, dans les lumières de la voiture qui le suivait,

ses yeux doux étaient pleins d'angoisse et d'ahurissement. Sa vue paraissait moins déprimante pour
Charlie Kuhn maintenant qu'il faisait nuit. Il n'y a pas
de spectacle plus triste que celui d'un clown en plein
jour.

— Je ne comprends pas pourquoi il nous en veut,
disait M. Antoine. Il a toujours manifesté un grand
respect pour le talent.

— Il y a une rébellion dans la capitale, dit Charlie
Kuhn.

— Qu'est-ce que ça peut bien avoir à faire avec
nous ? Personne d'entre nous ne s'est jamais mêlé de
politique, que je sache. Vous croyez qu'ils vont nous
emmener dans un coin perdu des montagnes, et une
fois là-bas ?...

Le visage de M. Manulesco parut soudain plus
blanc :

— Je n'en sais rien.

Il n'aurait jamais cru qu'Almayo se trouverait si vite
dans le pétrin. Les journaux américains faisaient
depuis quelque temps des allusions à la présence de
guérilleros communistes dans les montagnes, mais il
ne les avait jamais pris au sérieux. Depuis l'exploit de
Fidel Castro, n'importe quelle bande de pilleurs se
déclarait toujours « révolutionnaire ». Les Américains
avaient du reste fait du bon travail dans les Caraïbes,
et les efforts de Che Guevara pour étendre la zone
d'influence du *lider maximo* cubain avaient échoué
lamentablement. Che Guevara avait sans doute payé
les pots cassés. Il avait déjà pris l'avion pour venir voir
Almayo deux mois auparavant, et tout alors lui avait
semblé normal. La dernière starlette de Hollywood

était couchée sur le ventre dans un coin, avec un décolleté qui montrait les fesses, fredonnant un air de Frank Sinatra dont elle était en train d'écouter le disque. José avait toujours aimé se faire expédier les générations montantes des studios. En général, les filles ne demandaient que des voitures, des diamants et des visons, et n'acceptaient jamais d'argent, pour des raisons morales ; mais cette petite-là n'était pas comme les autres : avant d'accepter, elle avait demandé une collection de toiles impressionnistes. L'histoire avait fait le tour de Hollywood, et la fille, mortifiée, ne savait plus où fourrer ses impressionnistes lorsqu'elle avait des invités. Les toiles étaient, en quelque sorte, signées. Lorsque, après avoir vu un film et des photos de « la nouvelle Grace Kelly », Almayo manifesta son intérêt, Charlie Kuhn lui avait précisé les conditions du marché, et Almayo, comme d'habitude, avait dit « O.K., O.K. », sans avoir de toute évidence la moindre idée de ce que pouvaient être les toiles impressionnistes. Elles se révélèrent rudement chères, et il avait engueulé Charlie Kuhn dès qu'il l'avait revu, d'autant plus qu'à son avis la petite n'avait aucun talent. On avait dit à la vedette en herbe qu'Almayo n'était qu'un *playboy,* pas très différent du jeune Trujillo, mais, à en juger par son air inquiet et le regard qu'elle jeta à Charlie, elle ne semblait plus très certaine d'avoir bien fait en acceptant de venir. Elle fredonnait la chanson de Sinatra en faisant tourner le disque, manifestement pour se rassurer en écoutant la voix de ce garçon vraiment civilisé et qui savait traiter les femmes comme un gentleman, bien que ce type ne sût sans doute même pas qui était Frankie, comme elle dit par la suite à Charlie Kuhn. Un salopard sans éducation.

— Content de te voir, Charlie, dit Almayo. Toi, là-bas, avec ton disque... La ferme! Quelles sont les dernières horreurs qu'on raconte sur moi aux États-Unis?

— Il y avait quelque chose dans les journaux à propos de Rafael Gomez, répondit Charlie Kuhn. On dit qu'il dirige un mouvement armé dans les montagnes du Sud.

Almayo acquiesça gravement.

— Sûr, sûr. Il est bien armé et il a des types courageux avec lui, et j'ai peur, j'ai très peur, *amigo*. Je perds la tête, voilà!

Il se renversa en arrière dans son fauteuil et éclata d'un rire énorme, et Charlie se trouva en train de sourire stupidement, sans trop savoir pourquoi.

— Rafael Gomez, le justicier, le héros. Il prend aux riches et il donne aux pauvres. Le nouveau Castro...

Il pointa son cigare vers la poitrine de Charlie.

— Alors, ils l'aiment bien, aux États-Unis?

— Vous savez comment ils sont, chez nous, dit Charlie Kuhn. Ils sont toujours pour le plus faible. *The underdog,* vous connaissez sûrement le mot.

— Je le connais, Charlie. Je le connais. Le sous-chien, c'est exactement ce qu'il est.

Il se tourna à nouveau vers la vedette impressionniste.

— Je t'ai dit d'arrêter ce disque. Tu m'as entendu?

— C'est Frankie Sinatra! dit la fille avec indignation.

Mais elle obéit. Elle coupa la voix du chanteur en plein élan vocal.

— Alors, ils sont pour le plus faible, hein ? Rafael Gomez, le plus faible...

Il soupira d'un air peiné et hocha la tête.

— Je vais te dire quelque chose à propos de lui, Charlie. A propos de ce pauvre Rafael Gomez, le sous-chien. Tu sais qui l'a envoyé dans la Sierra Fuente ? Tu sais qui lui a donné des armes, le ravitaillement, les quelques hommes bien décidés et honnêtes prêts à donner leur vie pour la Cause ? Moi.

Charlie Kuhn eut le souffle coupé, ouvrit la bouche pour poser une question, mais se contenta d'aspirer l'air, tandis que les perroquets, une fois de plus, éclataient sur leur perchoir d'un rire strident. Il sentait d'ailleurs le singe qui tirait sur son pantalon. C'était très désagréable.

— Leur *underdog,* Rafael Gomez, est un de mes hommes. C'est moi qui l'ai installé dans les montagnes. J'ai fait répandre le bruit qu'il veut m'avoir, oui, qu'il veut ma peau, qu'il veut renverser le dictateur et instaurer une vraie et saine démocratie. Et vous savez pourquoi ? Vous savez pourquoi je l'ai fait ?

— Non, dit Charlie Kuhn. Je suis dans le spectacle, pas dans la politique.

— Parce que tous les enfants de pute qui sont contre moi dans ce pays vont essayer de le rejoindre. Comme ça, ils se dénoncent eux-mêmes. Le sous-chien Rafael Gomez agit comme un aimant irrésistible sur tous les enfants de pute qui me détestent et qui veulent ma peau. Ils lui envoient des messages et lui me les renvoie, si bien que j'ai les noms. J'ai tous les noms, oui. Une liste longue comme ça et qui s'allonge tous les jours. Alors vous vous imaginez, si vous avez assez d'imagination pour ça, ce qui va leur arriver quand la récolte sera mûre. Ces jours-ci, Gomez va me donner le signal, et ça va fonctionner. J'ai appris quelques tours de cochon, dans ma vie. C'est indispensable. Il faut ce qu'il faut, n'est-ce pas ? Moi aussi, j'ai du talent. Pas de nouvelles poupées pour moi, à Hollywood ?

— Il y en a une qui commence à se faire un nom, mais elle est mineure, alors elle ne peut venir ici qu'avec sa mère.

— Bon, très bien, qu'est-ce que ça fait ? Qu'elle amène sa mère.

Il se leva, versa un whisky à Charlie et un autre pour lui-même.

— Je voudrais bien faire un tour moi-même aux États-Unis, mais ils font des grimaces. Ils ne veulent pas m'inviter officiellement. Ils veulent bien que je vienne à titre privé, mais pas officiellement. Je ne leur demande pas assez d'argent, voilà la vérité, alors ils ne me respectent pas.

Il but quelques gorgées et rit.

— J'ai comme une impression qu'on ne m'aime pas beaucoup là-bas. Mais Rafael Gomez, lui, est populaire.

Il renversa la tête en arrière et, de nouveau, éclata d'un grand rire joyeux, puis, une fois de plus, regarda gravement Charlie Kuhn.

— Bon, maintenant, passons aux affaires sérieuses. Vous l'avez trouvé ?

Charlie Kuhn regrettait amèrement d'avoir jamais signalé ce numéro à Almayo. Il avait entendu parler pour la première fois de « Jack » au *Tivoli*, à Copenhague. Le directeur l'avait eu sur l'affiche et l'affiche était là en effet avec le mot « Jack » en tête, en grosses lettres noires, entre guillemets. C'était une preuve et, du reste, tout le monde en parlait encore au *Tivoli*, et l'affiche, vieille de deux ans, figurait à une place d'honneur sur le mur du bureau. Il n'y avait qu'à s'incliner ; c'était vrai, la preuve en quelque sorte était là, sous les yeux du vieux prospecteur de talents. Il n'était pas possible de douter, il y avait des témoins. Évidemment, on pouvait douter de l'affiche, refuser d'y voir une preuve matérielle de l'existence de « Jack » ou, en tout cas, du numéro vraiment extraordinaire, du talent sans précédent dans l'histoire du génie humain qui lui était attribué. En fait, l'affiche ne constituait pas plus une preuve de l'existence et du pouvoir de « Jack » et de son numéro que les cathédrales une preuve de l'existence de Dieu. Mais les témoins, les témoins ? Ils étaient là, et ils étaient intarissables. Depuis le directeur jusqu'à la dame pipi, ils étaient capables pendant des heures de déverser sur vous leur enthousiasme et leur émerveillement. On les sentait heureux de pouvoir en parler à Charlie et on sentait qu'ils allaient rabâcher ça jusqu'à la fin de leur vie. Lorsque la dame pipi ou le directeur ou les serveurs ou les ouvreuses seront très vieux, les journalistes viendront les trouver et ils se mettront à décrire le numéro miraculeux dont ils furent les témoins dans leur jeunesse avec encore plus de conviction. Avec le recul du temps, ils en feront un véritable miracle. Ils continueront à exagérer jusqu'à lui conférer un caractère mythologique. Ce sera la naissance d'une légende qui continuera à vivre. Le dernier des survivants, la dame pipi probablement — Charlie Kuhn avait remarqué qu'elles vivaient toujours très longtemps —, finira par faire de « Jack » et de son numéro quelque chose de tellement unique et de bouleversant que des scribes s'empresseront de recueillir ce dernier témoignage et de le coucher par écrit, dans tous ses détails, mettant tout leur talent et toute leur imagination à faire passer sur les pages, pour l'édification de la postérité, la beauté et la puissance souveraine du numéro. C'était déjà arrivé plusieurs fois dans l'histoire du music-hall.

En attendant, le directeur lui avait simplement déclaré que, de sa vie entière, il n'avait rien vu de pareil. « Jack » était un illusionniste d'une habileté prodigieuse, une « nature », comme on dit dans le langage du métier, car il s'agissait manifestement d'un don qu'il tenait de naissance et où le travail et la mise au point devaient jouer un rôle négligeable. Bien que son numéro n'eût rien à voir, apparemment, avec celui de Kruger, par exemple, capable lui aussi de conditionner les masses par l'hypnose collective et de leur faire faire à peu près n'importe quoi, il devait cependant s'agir incontestablement d'un pouvoir de suggestion et de magnétisme absolument sans limites, auprès duquel le numéro d'hallucination collective que Hitler, par exemple, avait exécuté sur le peuple allemand, n'était que de la petite bière de Munich. Le directeur évidemment exagérait ; Charlie Kuhn connaissait bien ce côté blagueur des Danois, mais il fallait reconnaître que ce « Jack » devait être vraiment un salopard extraordinaire capable de bourrer le crâne du public avec un sublime culot et une maestria non moins grande, et de renvoyer ensuite dans leurs foyers tous ces gogos convaincus d'avoir vu ce que l'œil humain n'avait encore jamais contemplé.

Le directeur n'avait jamais entendu parler de l'illusionniste jusqu'à son arrivée à Copenhague, et pourtant ce type devait être dans le métier depuis longtemps ; il avait l'air très vieux, usé, malgré sa tête de « père noble », ce ne pouvait pas être un débutant. Il avait une belle crinière de cheveux blancs, une barbiche blanche et pointue à l'espagnole ; il parlait un excellent anglais, mais pouvait s'entretenir avec vous dans n'importe quelle langue, comme tous les enfants de la balle. Il avait avec lui un petit cockney crasseux comme assistant.

Et maintenant, son numéro. Évidemment, il fallait le voir pour y croire. Il descendait de la scène en habit, une pèlerine de soie sur les épaules, une canne à pommeau d'ivoire à la main et un chapeau haut de forme sur la tête, et allait s'asseoir dans la salle. Il restait là un bon moment, sortait un journal de sa poche et se mettait à le lire. Le public commençait à s'impatienter, mais il continuait sa lecture, en bâillant de temps en temps. Lorsque les spectateurs se mettaient à gueuler et à protester, il levait soudain sa canne d'un geste impérieux. La première chose qui se produisait alors, c'était le silence. Tous les rires, tous les quolibets, tous les « hou-hou-hou » s'arrêtaient d'un seul coup. Ensuite... eh bien, ensuite, c'était vraiment extraordinaire. Le fauteuil sur lequel il était assis s'élevait dans les airs, très vite, parfois jusqu'à plus de quinze mètres. La hauteur variait chaque soir, et il restait là, flottant dans les airs, sans aucun support visible ou invisible, absolument sans aucun truc, rien, le directeur du *Tivoli* était catégorique sur ce point, et le *Tivoli* était un endroit sérieux, une véritable institution. Par-dessus le marché, le fauteuil n'avait rien de spécial, c'était un des fauteuils permanents mis à la disposition du public... *et fixé au sol.*

Après avoir donné cette dernière information, le directeur avait regardé Charlie Kuhn droit dans les yeux. Charlie Kuhn n'avait pas pipé. Il en avait entendu d'autres. Il ne croyait que ce qu'il voyait de ses yeux.

Mais ce n'était pas tout. Ce « Jack » demeurait ainsi suspendu dans le vide quelques instants, les jambes croisées, le journal ouvert entre les mains. Puis il pliait le journal soigneusement, le mettait dans sa poche et disparaissait soudain d'un seul coup — oui, il se volatilisait littéralement, le fauteuil restait là, mais il était vide ; un phénomène ahurissant, stupéfiant, miraculeux, impossible, qui laissait le public bouche bée avec des expressions qui allaient d'une véritable frousse à l'hébétude complète, et puis « Jack » réapparaissait assis dans la même position, les jambes croisées, un verre de vin à la main et fumant un cigare. Enfin, très lentement, le fauteuil redescendait, et c'était tout.

Le numéro ne durait que quelques minutes et laissait le public absolument abasourdi, totalement muet, incapable de bouger ou d'applaudir. « Jack » se levait, soulevait légèrement son haut-de-forme dans un petit geste de salut, remontait sur la scène et s'en allait dans les coulisses et dans sa loge, toujours encombrée d'un nombre considérable de bouteilles de bière. Il avait dit au directeur que la bière danoise était la meilleure du monde. C'était à peu près la seule remarque qu'on lui avait entendu faire.

Bien sûr, le directeur avait déjà vu d'autres numéros de lévitation : des trucs astucieux, de talentueuses variations sur le vieux numéro de la corde indienne dressée dans les airs sans support visible, avec le fakir qui disparaissait après avoir grimpé jusqu'au sommet, mais, à sa connaissance — et cela faisait quarante ans qu'il était dans le métier — on n'avait jamais rien vu de pareil. C'était de l'hypnose collective évidemment ; il avait essayé de faire prendre des photos du numéro, mais ça n'avait jamais marché... ou, plus exactement, ça donnait toujours autre chose. Oui, autre chose...

Le directeur regarda Charlie Kuhn froidement.

Tout ce qu'on voyait sur la photo, lorsque la pellicule était développée, c'était un bouc noir planté au milieu de la scène.

Charlie Kuhn connaissait le sens de l'humour invétéré des Danois. Lui-même aimait de temps en temps épater ses confrères par des blagues racontées avec le plus grand sérieux. C'était une tradition dans le métier. Une *flekke*. Il sourit poliment. Il connaissait mieux que personne le grand rêve secret qui vivait dans l'âme de chaque membre de la profession ; ils mentaient tous comme des voleurs en vous racontant les histoires les plus invraisemblables, mais, au fond de leur cœur, ils espéraient qu'un jour, une fois, une seule, il leur arriverait de voir de leurs propres yeux un numéro qui dépasserait, dans la manifestation d'une puissance bouleversante, tout ce que l'histoire du music-hall avait jamais offert, et qu'ils pourraient ainsi mourir heureux et confiants, sûrs que de l'autre côté du rideau un numéro encore plus extraordinaire les attendait. Ils étaient tous intoxiqués par le métier et, quand ils mentaient, leur boniment ne visait qu'à entretenir leur propre illusion, leur propre foi, par nostalgie. Il avait soigneusement vérifié cette histoire, et le numéro s'avérait véritablement exceptionnel, digne des plus beaux numéros de l'histoire du music-hall. Il n'y avait qu'un petit problème : il n'avait jamais réussi à mettre la main sur ce salopard de « Jack ».

Il ne semblait pas avoir d'agent, seulement un assistant, un personnage d'aspect miteux, crasseux et sarcastique qui s'occupait de lui. En fait, expliqua le directeur, c'était à cause de son assistant que « Jack » avait dû quitter la ville si précipitamment. C'était un exhibitionniste invétéré et il avait été surpris par la police danoise dans un jardin, dans des circonstances extrêmement peu ragoûtantes. Ils avaient donc été contraints de quitter Copenhague, ce qui était bien dommage. Car c'était un magnifique numéro. Le plus magnifique... Il ne parlait naturellement pas de celui que l'assistant exécutait dans les jardins publics. Charlie Kuhn rit poliment.

Il semblait qu'un artiste d'une telle classe ne pouvait pas s'être volatilisé comme il le faisait sur scène et que, tôt ou tard, il allait faire sa réapparition dans un cirque, dans un music-hall ou dans une boîte de nuit. Il n'y avait qu'à attendre et se tenir au courant. Simplement, il ne fallait pas se le faire souffler. Paul-Louis Guérin était déjà à l'affût, et

Davis, du *Sands* de Las Vegas, bombardait toutes les agences du monde de télégrammes impériaux. Charlie Kuhn n'aimait pas être devancé.

Six mois s'écoulèrent avant qu'il entendît parler de « Jack ». De toute évidence, pour une raison ou pour une autre, l'homme était décidé à garder l'anonymat et n'acceptait un engagement que lorsqu'il avait vraiment besoin d'argent.

Chose étrange, il apparut à Merida, au Mexique, dans une petite boîte de strip-tease de rien du tout. Dieu sait pourquoi il avait choisi de se produire là, alors que les music-halls du monde entier étaient prêts à lui offrir un pont d'or. C'était exactement le même numéro que le directeur du *Tivoli* avait décrit à Charlie Kuhn. Sauf qu'il ne s'élevait pas aussi haut dans les airs qu'à Copenhague, pas plus de quatre ou cinq mètres. Mais sans doute la boîte était-elle basse de plafond, ou peut-être ne voulait-il pas donner le meilleur de lui-même dans un établissement de cinquième ordre.

Tous les milieux du music-hall dans le monde entier étaient en effervescence, et chacun essayait de mettre la main sur le bonhomme. Charlie Kuhn se précipita à Merida. Il y trouva plusieurs prospecteurs de talents accourus de Paris, Hambourg et Las Vegas. Lui-même avait en poche un câble furieux d'Almayo qui avait été immédiatement informé de la présence de « Jack » au Mexique et qui l'autorisait à offrir pour un engagement de six semaines à l'*El Señor* cinq fois plus que n'importe lequel de ses concurrents. Il se fit conduire au cabaret directement à sa descente d'avion. Il se sentait à la fois excité et inquiet. Il avait beaucoup

291

vieilli ces derniers temps, son cœur commençait à lui faire des histoires, il fallait vraiment se dépêcher. Il ne pensait pas tellement à Almayo dans tout cela, mais à lui-même. Il n'aimait pas songer à la mort, mais il le fallait bien, à présent. Il eût bien aimé pouvoir mourir rassuré, après avoir constaté de ses propres yeux que rien n'est impossible et qu'un véritable génie créateur existe quelque part. Il savait bien qu'il y avait des millions d'hommes à qui la foi suffisait, mais sa vie de chercheur de talents l'avait rendu sceptique. Il voulait voir ça de ses propres yeux.

Comme si les choses n'étaient pas déjà suffisamment compliquées, le propriétaire de la boîte, que Charlie trouva déjà en compagnie de Feldman, de Duvier et de Hess, et qui n'avait jamais vu personne lui accorder autant d'attention, lui déclara que « Jack » semblait avoir quitté la ville brusquement ; en tout cas, personne ne savait où il se trouvait. Charlie Kuhn dut avaler plusieurs pilules pour ménager son cœur. Si cet enfant de garce essayait de se rendre mystérieux, on pouvait dire qu'il y parvenait. S'il continuait, avec toutes les rumeurs qui circulaient, il allait devenir une véritable légende, et peut-être même fonder une religion ; on allait lui bâtir des temples, des statues de pierre, cela s'était déjà vu. C'était peut-être ce qu'il voulait.

Ils essayèrent d'obtenir d'autres renseignements du patron de l'établissement, mais le Mexicain ne savait pas grand-chose et, de plus, avait l'air de s'en moquer éperdument. Un beau *señor*, de noble allure et sûrement espagnol, voilà toute la description qu'il put faire de lui. Ils insistèrent. Hess, de Hambourg, était tellement frustré qu'il était déjà en train de se soûler à la *tequila,* tapait du poing sur le comptoir et paraissait au bord des larmes. Il devait tout de même parler au patron, de temps en temps? *Sí, sí.* Et que lui avait-il dit? *Nada.* Il semblait toujours très déprimé lorsqu'il avait terminé son numéro, et quand le patron le complimentait — le public était très content, bien que, d'habitude, il attendît toujours avec impatience qu'on lui montrât le cul des filles —, lorsqu'il le complimentait, il secouait tristement la tête : oui, il avait l'air plutôt triste.

— J'ai horreur de ces trucs minables, disait-il, et son assistant, un drôle de petit bonhomme crasseux, se mettait à rigoler.

— Il faut bien que tu gagnes ta vie comme tout le monde, à présent, « Jack », lui dit-il. Tu n'es plus ce que tu étais autrefois.

Il lui cligna de l'œil d'un air entendu. L'artiste le foudroya du regard, mais ne dit rien. Il paraissait toujours vexé et humilié après avoir fini son numéro, c'était certain. On aurait dit qu'il était habitué à tout autre chose, qu'il avait connu des jours meilleurs. C'était un étrange spectacle que de voir ces deux-là ensemble, et le patron de la boîte se demandait un peu comment ils en étaient venus à s'associer : un *señor* aussi noble et distingué, du meilleur monde, visiblement, et ce type déplaisant, au visage cruel et mauvais et aux yeux jaunâtres qui avait toujours l'air de se moquer de son partenaire. Il avait une drôle de petite habitude de vicieux : il prenait une boîte d'allumettes dans sa poche, une grosse boîte d'allumettes de cuisine, il en frottait une, la regardait brûler, puis

approchait l'allumette de son nez et aspirait profondément et avec délices l'odeur légèrement sulfureuse.
C'était une habitude extrêmement déplaisante bien
que le patron fût incapable de dire pourquoi. Simplement, c'était bizarre et un peu dégoûtant. Lorsqu'il
avait fini de renifler le soufre, il demeurait un moment
l'œil rêveur et nostalgique, comme si l'odeur lui avait
rappelé quelque chose qui lui manquait terriblement,
des jours meilleurs, sans doute. Puis il prenait une
nouvelle allumette et recommençait. Un vicieux.

Comment son public réagissait-il au numéro ? Le
patron haussait les épaules. Ils étaient contents, mais
ils venaient généralement pour le cul, la boîte était
spécialisée dans le strip-tease et dans des filles qui n'y
allaient pas de main morte, et c'était ça qu'ils voulaient, et tout ce qui retardait le moment où les filles
allaient montrer leur truc les agaçait. Bien sûr, quand
le *señor* « Jack » s'asseyait sur une chaise et que celle-ci
s'élevait à cinq mètres au-dessus du sol — combien ?
oui, à peu près cinq mètres — et lorsqu'il disparaissait
tout d'un coup et que la chaise flottait toute seule dans
les airs, puis qu'il réapparaissait en buvant du champagne, ils étaient contents. Et puis son habit les
impressionnait ; beaucoup d'entre eux n'avaient
jamais vu quelqu'un d'aussi bien habillé. Ils aimaient
bien ça, quoi. Mais ce qui les intéressait vraiment,
c'était le cul des filles.

Hess était à présent complètement soûl, et le
Français accouru de Paris s'épongeait le front. C'était
incroyable qu'un artiste d'une telle envergure se
limitât à de petites boîtes crasseuses dans des coins
perdus du monde. La seule explication possible, c'était

qu'il avait des ennuis avec la police, quelque chose de suffisamment sérieux pour qu'il dût éviter de trop se faire remarquer, et il était constamment en mouvement afin de ne pas se faire pincer. Il devait avoir quelque chose sur le dos, il n'y avait aucun doute, quelque chose de gros. Il y avait peut-être des hommes qui le cherchaient partout pour lui demander des comptes.

Charlie Kuhn appela Almayo au téléphone pour lui annoncer son nouvel échec. Il s'attendait à un accès de fureur, mais, quand il eut fini de lui parler, il y eut un long silence, puis il entendit Almayo dire simplement d'une voix sourde :

— Je veux ce type ici, Charlie. Je le veux absolument, vous comprenez. Je paierai n'importe quel prix. Trouvez-le et dites-lui bien qu'il n'aura rien à risquer de la police ici, rien. Je lui paierai le cachet qu'il voudra et il sera en complète sécurité. Dites-lui que je lui garantis cela, moi, Almayo. Croyez-vous qu'il ait entendu parler de moi ?

— Bien sûr.

— Trouvez-le-moi, Charlie.

Il n'avait encore jamais entendu un tel accent dans la voix du *lider maximo :* c'était presque un accent de supplication.

Mais il fallut attendre encore quatre mois avant qu'on ne retrouvât la trace de « Jack » au *Palladium* de Bristol, sur la côte ouest de l'Angleterre. Charlie Kuhn avait tellement peur de manquer encore une fois l'artiste qu'il jugea préférable de ne pas alerter Almayo. Il avait bien fait. Lorsqu'il arriva à Bristol et se précipita au *Palladium,* moins de vingt-quatre heures après avoir reçu le câble, l'homme avait disparu. Cette fois, le directeur put confirmer ce que toute la profession commençait à soupçonner : la police recherchait les deux hommes. Elle semblait avoir toutes les raisons du monde de vouloir leur mettre la main au collet.

— Je ne sais pas ce qu'ils ont fait, mais ça doit être drôlement grave. Son assistant m'a simplement dit qu'ils étaient obligés de filer, qu'ils avaient tout le monde sur le dos.

Charlie aurait pleuré.

— Comment est son numéro ? demanda-t-il enfin.

— Extraordinaire, dit le directeur. Hypnotisme collectif, bien sûr, mais je n'ai jamais rien vu d'aussi réussi. Quand il s'est élevé à la verticale sur sa chaise — ils sont venus me faire une audition —, j'en ai eu la chair de poule. Il n'y a jamais rien eu de pareil dans l'histoire du music-hall, je peux vous le dire. Ce type est le plus grand, le plus grand de tous. Personne ne l'approche, lorsqu'il s'agit de suggestion et d'hystérie collectives, il fait ce qu'il veut. Je suis allé bavarder avec lui dans sa loge. Un type très bizarre. Anglais, je crois bien, avec un accent très raffiné, un peu pompeux, parlant comme s'il avait toute sa vie récité du Shakespeare. Mais d'une tristesse ! De ma vie, je n'ai vu un gars aussi triste. Après la représentation, je l'ai trouvé assis dans sa loge, la barbiche sur la poitrine, l'air désespéré, désolé ; on eût dit qu'il avait tout perdu, absolument tout, et qu'il en était réduit à faire quelque chose qu'il paraissait trouver terriblement humiliant. J'imagine, bien sûr, qu'il se savait traqué, qu'on cherchait à mettre la main sur lui ; il savait bien ce qu'il avait fait, il se sentait capable, c'était sans doute cela. Mais vraiment il faisait peine à voir. Quand je l'ai félicité et que je lui ai dit ce que je pensais de son numéro, que c'était le plus beau truc dans toute l'histoire du music-hall, il m'a lancé un regard de reproche comme si je n'avais fait que remuer le fer dans la plaie, il a poussé un profond soupir, et les larmes lui sont montées aux yeux : « J'ai horreur de ça, fit-il. C'est affreusement humiliant. Après tout ce que j'étais capable de faire jadis... » Son assistant l'interrompit immédiatement : « Ça va, Jack, ça va, lui dit-il avec un air désagréable. Tu es encore en train de te vanter. Bois ta bière et allons nous coucher. » Un sale petit bonhomme. Mais vous savez comment sont les vrais artistes : jamais contents d'eux-mêmes. Et ce sale petit cockney s'était mis à rire, il avait l'air absolument enchanté de voir « Jack » dans cet état. Un individu repoussant, malpropre et agressif, et qui avait par-dessus le marché une habitude particulièrement répugnante : il gardait toujours dans sa poche une grosse boîte d'allumettes de cuisine, il en craquait l'une après l'autre, l'éteignant et la portant ensuite à sa narine pour aspirer avec délices l'odeur de soufre. J'ai répété à « Jack » que son numéro était exceptionnel. Je ne savais pas quoi dire d'autre pour le consoler. Il m'était plutôt sympathique, on sentait vraiment un authentique *gentleman* qui avait des ennuis. Il m'a de nouveau regardé en secouant la tête. « Ah, mon cher, me dit-il, ce n'est rien, rien du tout. Vous auriez dû me voir autrefois. Je pouvais faire n'importe quoi. — Oui, dit son assistant en ricanant, Jack a un peu baissé. Autrefois, Jack était formidable ; il n'avait pas son pareil, il était vraiment le plus grand, il était le maître.

Je m'en souviens encore. Il pouvait faire trembler la terre, arrêter le soleil, ressusciter les morts, n'importe quoi. Ah ! c'était le bon temps ! » Son patron lui jeta un regard blessé. « Ça va, lui dit-il. Je ne trouve pas ça drôle du tout. » Moi aussi, j'estimais que ce bonhomme n'avait pas à se payer la tête d'un artiste de cette classe et qu'il aurait dû garder ce genre de boniment pour le public à l'entrée des tentes de cirque et des foires. J'étais navré de savoir qu'il avait des ennuis, et je suis sûr que c'était la faute de son assistant. Et maintenant ils sont partis, conclut le directeur. Enfin, ce qu'il y a de bien dans notre profession, c'est que nous espérons toujours voir un nouveau truc encore plus étonnant ; au fait, c'est cet espoir qui nous fait vivre tous.

Charlie Kuhn reprit l'avion pour les États-Unis, d'où il téléphona à Almayo, avec l'espoir de s'en tirer avec cette communication. C'était le moment où, après le sabordage volontaire du M.C.A., la plus grande agence des États-Unis, toute la corporation luttait à couteaux tirés pour se partager les dépouilles et se gorger de talents retombés sur le marché, depuis Elizabeth Taylor jusqu'à Frank Sinatra, et de Shirley McLaine à James Stewart. Le moindre de ces talents valait un million de dollars, donc cent mille de commission, et Charlie devait se démener du matin au soir pour tenter de récupérer sa part du gâteau. Mais José n'avait jamais voulu lui céder la marge majoritaire des actions qu'il détenait, ce qui lui permettait de livrer Charlie à ses concurrents simplement en levant le petit doigt. Lorsqu'il fut invité à venir s'expliquer immédiatement, il dut s'exécuter et, à son retour à

Hollywood, il découvrit Elizabeth Taylor chez Kurt Fringgs et Sinatra et McLaine chez Herman Citron. Ce fut sa dernière entrevue avec Almayo, et il fut stupéfait par l'expression torturée, hantée, du visage du *boss* lorsqu'il lui raconta en détail son nouvel échec de Bristol et sa conversation avec le directeur du *Palladium*. Il ajouta que le *Lido* de Paris offrait la somme sans précédent de cinq mille dollars par représentation à « Jack » et avait fait imprimer l'offre dans toutes les publications professionnelles, et qu'Entratter, de Las Vegas, offrait une prime de cent mille dollars à toute agence qui lui ferait avoir l'attraction, tout cela sans aucun résultat.

Il se passa quelque chose de curieux au cours de cette interview, mais Charlie Kuhn n'y avait pas fait attention sur le moment. Il n'avait pas encore compris les proportions qu'avait prises chez Almayo le besoin de rencontrer enfin ce « Jack ». Il aurait voulu lui dire qu'il fallait être raisonnable, que « Jack » n'était qu'un charlatan comme tous les autres magiciens, prestidigitateurs, hypnotiseurs, alchimistes et divers « surhommes » doués de pouvoirs surnaturels qui s'étaient succédé dans l'histoire du music-hall depuis que le premier larron avait découvert comment exploiter la crédulité du premier naïf à la première foire, mais il eut soudain l'impression que, s'il faisait une remarque de ce genre, s'il disait : « Allons, José, vous savez bien que ce type est simplement un truqueur plus habile que les autres, qu'il déploie plus d'art dans sa truquerie et sait créer une atmosphère propice comme tous les grands artistes, peintres et poètes utilisés dans ce but », José se lèverait pour lui tordre le cou. C'était un homme qui avait besoin de croire et qui ne demandait qu'à se faire duper. A bien des égards, la naïveté, les croyances, les terreurs de Montezuma étaient encore en lui, et c'était le meilleur public du monde, ces gens-là. Les frates de l'Inquisition, venus dans le sillage des conquistadores, n'avaient eu aucun mal à leur faire croire à la réalité indiscutable de l'Enfer. Et les volcans, les pyramides et les corps des suppliciés empalés par les Espagnols formaient un cadre artistique idéal ; avec un peu de talent, avec un peu de pouvoir de suggestion, entre ce ciel qui jetait la foudre et ces terres qui crachaient le feu, la scène était toute prête pour leur numéro. Instinctivement, sans préméditation aucune, au lieu de parler bon sens et raison, son vieil instinct de *showman,* qui ne mettait rien au-dessus d'un beau spectacle, se réveilla et il assuma automatiquement son rôle traditionnel, celui que tout bonimenteur de foire a toujours tenu à honorer devant son public de badauds aux yeux éblouis. Il s'entendit donc dire :

— Tous les gens du métier qui l'ont vu jurent qu'il n'y a jamais eu de numéro plus extraordinaire. Vous savez, l'assistant de ce « Jack » prétend que son patron peut arrêter le soleil et faire trembler la terre... Ha, ha ! En tout cas, il semble encore plus fort que Hitler et Staline. J'ai lu dans une histoire du music-hall qu'il y avait au XVIIIe siècle un certain Cagliostro qui faisait tomber les étoiles à vos pieds et qui se disait immortel. C'est à croire que cet enfant de garce de « Jack » est le même salopard.

Il éclata de rire, car il y était allé un peu fort, et Almayo n'était tout de même pas un croquant roulant des yeux ébahis à une foire du Moyen Age. Mais il fut ahuri par l'expression du visage du *lider maximo*. C'était une expression de respect presque craintif, et Charlie Kuhn vit soudain sur les traits de cet homme vêtu d'un uniforme blanc éblouissant, et qui venait de doter son Aviation de vingt-quatre avions à réaction, la marque de la plus vieille crédulité du monde, celle qui a fait naître le monde du spectacle et qui assure la survie du music-hall jusqu'à ce que l'humanité ait donné sa dernière représentation devant son public d'étoiles.

— Il a vraiment dit ça ?

— Quoi donc ?

— Qu'il pouvait arrêter le soleil et faire trembler la terre ?

Charlie Kuhn s'agita d'abord d'un air gêné sur son fauteuil, il avait honte, et il fut sur le point de dire : « Voyons, José, tous les bonimenteurs de foire depuis que le monde existe racontent des choses comme ça, ils affirment toujours qu'il y a à l'intérieur de la tente un faiseur de miracles », mais sa fidélité à la confrérie prit le dessus, et il s'entendit répondre très gravement, en regardant sans sourciller Almayo dans les yeux :

— Mais oui, mais oui.

Ce n'était pas son métier d'empêcher les gens de croire. Son métier était au contraire d'offrir quelque chose à se mettre sous la dent à tous les mangeurs d'étoiles du monde. Il avait besoin de se sentir entouré de leur foi, de leur espoir et de leur crédulité. Cela l'aidait à croire lui aussi à l'existence, quelque part, d'un numéro vraiment extraordinaire, à l'existence secrète d'un talent souverain. Il n'était pas cynique, mais il ne croyait pas beaucoup, et la seule chose qui l'aidait à tenir, c'était la foi des autres. Son métier ne consistait pas à détromper les gens, à les dégriser, à leur révéler que tous les magiciens qui se succédaient sur la scène du monde n'étaient que de lamentables pantins. Puisqu'il n'y avait personne d'autre, puisqu'il fallait se contenter d'art, son métier consistait à dénicher les meilleurs illusionnistes, les plus grands ventriloques, jongleurs, prestidigitateurs, contorsionnistes et hypnotiseurs. C'était ce que le public voulait. L'art et le talent consistent à créer l'illusion et il n'allait tout de même pas dire à ce « mangeur d'étoiles » qu'il était en train de picorer du crottin. Il dit froidement, d'un air détaché :

— Il peut faire n'importe quoi, ce type-là. On n'a jamais rien vu de pareil.

— Amenez-le-moi, dit Almayo, presque dans un souffle. Je veux qu'ils viennent ici tous les deux. Trouvez-le-moi, Charlie. Je vais vous dire quelque chose : si vous me les amenez à l'*El Señor*, je vous cède la majorité des actions dans l'agence. Vous serez le patron, le seul patron. C'est ce que nous cherchons à être tous, n'est-ce pas ?

Et maintenant, cependant que la voiture cahotait et se tordait presque sur la piste, et que les phares, la poussière, la lave, le précipice et la nuit menaient une sorte de danse autour de lui, Charlie Kuhn fouilla dans sa poche et contempla une fois de plus le câble qu'il avait reçu dans son bureau de Beverly Hills, à peine douze heures plus tôt. Il les avait. Il les avait tous les deux, mais c'était probablement trop tard, beaucoup trop tard pour José Almayo.

DEUXIÈME PARTIE

« *Jack* »

CHAPITRE XVI

Il s'approcha une fois de plus de la fenêtre, chercha les avions : il y avait une demi-heure qu'ils auraient dû commencer à bombarder la ville. Mais le ciel était vide, il n'avait pas entendu une seule explosion. Les objectifs qu'il leur avait désignés étaient intacts et paraissaient le narguer : l'énorme bâtisse de la nouvelle Université, la Maison de la Culture, la nouvelle aile du ministère de l'Éducation nationale et, en plein quartier des taudis, au milieu des bidonvilles, la tour en spirale du Musée d'Art moderne.

La paumée américaine, songea-t-il encore une fois avec une colère presque craintive : il se mettait toujours en colère lorsqu'il avait peur. Il eut l'impression de voir son visage si distinctement au-dessus de toutes ces saloperies de bâtisses qui avaient causé sa perte qu'il cracha et se détourna de la fenêtre.

Il avait fait des erreurs, et c'était l'Américaine qui était responsable de la plupart d'entre elles.

Le réseau téléphonique nouveau allant jusqu'au fond des provinces les plus éloignées avait dressé contre lui les populations de ces régions. C'était le signe d'un changement, une menace de plus contre leurs traditions, leurs coutumes, leur crasse à laquelle elles tenaient par-dessus tout. Elles voulaient rester éloignées, ignorées et oubliées. Chaque route nouvelle signifiait la fin de leur monde et l'arrivée des conquistadores nouveaux, avec leurs machines; leurs ingénieurs et leur électricité. Ce n'était pas par ces routes qu'allaient revenir les dieux anciens qu'elles ne cessaient d'attendre. Le téléphone et les routes voulaient dire aussi la police, les contrôles, les percepteurs d'impôts et l'Armée. José savait que dans les villages les sorciers et les chefs de tribus commençaient à dire qu'il ne respectait plus les coutumes de ses ancêtres et qu'il était vendu aux nouveaux conquérants. Et puis ils avaient entendu parler du gaspillage dans la capitale, de bâtiments coûteux qu'on y édifiait qui n'étaient pas pour le peuple mais pour ses ennemis : l'Université, alors qu'ils ne savaient même pas lire, et d'autres édifices plus étranges et plus inutiles encore dont ils ne comprenaient même pas le nom. Ils n'avaient jamais protesté lorsque les ennemis d'Almayo leur expliquaient qu'il mettait dans sa poche des sommes destinées au développement du pays. Au contraire, ils aimaient bien savoir qu'un des leurs, un simple cul-terreux de Cujon, un pauvre Indien de Juero, avait réussi et vivait dans une richesse ostentatoire dans un grand palais. Ils aimaient le voir rouler dans de superbes voitures, avec des maîtresses blanches couvertes de bijoux. Ils s'identifiaient à lui lorsqu'ils regardaient passer sa Cadillac dans leurs bidonvilles, ils étaient contents et riaient, c'était un bon tour qu'il avait joué aux Espagnols, ils suivaient la voiture des yeux en pensant qu'un jour peut-être leur fils serait à sa place.

Mais ils avaient commencé à le mépriser lorsqu'ils virent qu'il dépensait leur argent pour construire un nouveau ministère de l'Éducation, des bâtiments officiels, une salle de concert où on jouait une musique qu'ils ne comprenaient pas et où seuls les riches allaient, à l'emplacement d'un vieux kiosque où ils venaient chaque soir écouter des *marimbas,* un musée où on voyait des choses étrangères et incompréhensibles ; c'était un gaspillage qui était une insulte à leur misère. C'était surtout le nouveau ministère de l'Éducation et la nouvelle Université qui les avaient fait enrager, car il était manifeste que tout cela n'était prévu que pour les riches, pour les enfants des riches, et non pour le peuple. Ils savaient naturellement que tout cela était une idée de *gringo* et que sa maîtresse américaine avait une mauvaise influence sur leur Cujon. Un matin, il y eut un véritable début d'émeute dans la rue devant la maison de l'Américaine. C'était un jour de marché, et une foule de paysans s'étaient rassemblés devant les grilles. Ils hurlaient des insultes contre les États-Unis et commençaient à lancer des pierres. Almayo reconnut immédiatement qu'il avait commis une lourde faute et il agit aussitôt. Il fit arrêter et traduire en justice le ministre de l'Éducation. Est-ce qu'il reconnaissait qu'il utilisait l'argent des impôts pour construire une salle de concert ? Reconnaissait-il avoir utilisé les fonds gouvernementaux pour bâtir la Bibliothèque publique et le Musée d'Art moderne ? L'homme n'avait pas pu nier, c'était la vérité. Le procès fut entouré d'une grande publicité, et le peuple fut heureux de savoir que le ministre avait été condamné pour gaspillage des deniers de l'État et pour avoir saboté les efforts tentés en vue d'élever le niveau de vie des masses. Les choses s'étaient un peu calmées après cela, mais il connaissait bien son peuple et il savait qu'il fallait donner un coup de frein aux concessions ; c'était une épreuve de force entre eux et lui. Il savait qu'il y avait une chose que les Indiens ne pardonnaient jamais, et c'était la faiblesse. Au moindre signe de faiblesse, ils cesseraient d'avoir peur de lui, et cela signifierait le mépris. Il savait ce qu'ils disaient de sa maîtresse américaine, mais s'il l'avait renvoyée, ou s'il l'avait fait passer en jugement et reconnaissait ainsi son influence, ils auraient su qu'il avait peur d'eux et ils ne le lui auraient pas pardonné. Il l'emmena donc avec lui dans une grande tournée politique à travers le pays, allant jusqu'au fin fond de la jungle et aussi haut dans les montagnes que les routes le permettaient. Il la montra partout et la fit acclamer. Il lui fit porter ses plus belles toilettes et il l'avait exhibée dans la jungle et dans les huttes des villages les plus lointains où l'on n'avait jamais rien vu de pareil. Partout, les chefs locaux lui offraient des fruits et des présents, lui passaient des guirlandes de fleurs autour du cou, et la population rassemblée dans la clarté des feux regardait les vêtements, les bijoux, les fourrures, la coiffure extraordinaire des cheveux blonds, la peau riche, et ils savaient qu'un des leurs avait réussi au-delà de leurs rêves les plus ambitieux. Ils regardaient la fille, et ils savaient qui était le maître. Ils se sentaient rassurés. Le Cujon était toujours aussi fort, il pouvait se permettre n'importe quoi. Les choses étaient comme elles devaient l'être. Assis dans son uniforme blanc couvert de décorations, à côté de l'Américaine qui paraissait sortir de sa salle de concert, Almayo regardait les visages respectueux et admiratifs que la lueur des brasiers tirait de l'ombre et mâchonnait son cigare d'un air impassible. Bande de culs-terreux, pensait-il avec mépris. Car il avait pour eux un mépris profond, presque de la haine. C'étaient des chiens, des chiens puants qui s'étaient toujours laissé faire, qui n'avaient rien dans le ventre et qui n'étaient heureux que dans leur merde. Ils s'étaient toujours fait spolier et ils avaient léché les bottes des Espagnols pendant des siècles. Il était un des leurs et il ne l'oubliait pas. Il ne le leur pardonnerait jamais.

Mais la nuit, lorsqu'il reposait dans les huttes équipées de réfrigérateurs installés spécialement pour eux, il entendait presque toujours des coups de feu, et pourtant il se déplaçait avec deux bataillons dotés des armes les plus modernes. Les guérilleros étaient des hommes de Rafael Gomez, et le Cujon était obligé de reconnaître que, pour la première fois de sa vie, il avait trouvé plus rusé que lui. Car le jeune chien, qu'il avait si soigneusement choisi pour jouer ce rôle d'agent provocateur, qu'il avait lui-même installé dans les montagnes et ravitaillé en armes pour attirer ses ennemis et les forcer à se révéler, s'était retourné contre lui et avait entamé une véritable action de guérilla révolutionnaire dans le Sud. Il n'aurait jamais dû prendre pour cette tâche un homme instruit. Ils étaient tous pleins de fourberie et de duplicité, et chacun d'eux se voyait déjà comme un Castro, lequel était lui aussi sorti des Universités et dont l'exemple et la réussite leur donnaient des démangeaisons. Le jeune chien s'était laissé griser par tous ces articles publiés dans la presse américaine sur son attitude héroïque. Des journalistes yankees étaient même arrivés jusqu'à lui pour l'interviewer. Cela lui était monté à la tête, d'autant plus que les ralliements qu'il obtenait lui avaient permis d'entrevoir la possibilité d'une victoire. Il avait sauté sur l'occasion. Il aurait été bien bête d'agir autrement. José ne pouvait s'en prendre qu'à lui-même. Il l'avait sous-estimé et n'avait pas agi avec assez de résolution contre les étudiants, les intellectuels et les agents impérialistes qui trouvaient sans doute qu'Almayo devenait trop exigeant et qu'ils pourraient s'arranger avec Gomez à meilleur prix. Il aurait dû faire comme Duvalier en Haïti, exterminer la canaille intellectuelle. Gomez avait réussi à éviter tous les pièges et les troupes de répression et à se maintenir dans les montagnes pendant plus de dix-huit mois, cependant que les journaux américains faisaient de plus en plus de battage autour de lui. Peu à peu, il commençait à donner une impression d'invincibilité. Et Almayo savait que cette réputation avait sa propre puissance d'attraction, que c'était la meilleure et la plus agissante des propagandes. Lorsqu'on vit claire-ment qu'il était incapable d'enrayer la révolte, l'Armée prit ses précautions et se révolta. C'était la règle du jeu. Cela voulait dire simplement qu'elle jouait Gomez gagnant.

Il était six heures. Toujours pas trace de l'Aviation, pas de bombardements, rien que des fusillades spora-diques. Il y avait à présent plus d'une heure qu'il avait ordonné aux avions de décoller. Si l'Aviation se ralliait aux rebelles, il ne pourrait même pas trouver un appareil pour aller se réfugier auprès des forces restées loyales sous le commandement du général Ramon, qui dirigeait la répression dans le Sud.

Sans une intervention providentielle, il aurait à présent du mal à se tirer du guêpier, à fuir de la capitale et à durer les quarante-huit heures qu'il fallait pour que les États-Unis envoient des troupes « afin de protéger la vie des citoyens américains, après les massacres abominables que les rebelles de Gomez avaient commis dans leur haine de l'impérialisme yankee ». Il allait faire « découvrir » les corps dès le lendemain et dénoncerait lui-même le crime affreux à la radio, en le mettant sur le dos de ses ennemis. Des citoyens américains abattus comme des chiens, personne n'avait jamais osé faire ça. Il allait adresser un appel à l'Organisation des États américains, et les *marines* seraient là dans les douze heures. Il serait sauvé. Il avait payé le prix, mais il faut ce qu'il faut. Personne ne songerait à l'accuser d'avoir fait fusiller sa maîtresse, celle qu'il était fier de montrer partout, celle dont tout le monde disait qu'il ne pouvait se passer. Puis il se souvint brusquement qu'il avait donné l'ordre de fusiller sa propre mère, et il se frappa sur les cuisses en riant silencieusement. Qu'ils aillent donc prouver que c'était lui qui l'avait fait. Il n'y avait pas un homme aux États-Unis qui serait capable de croire à une telle calomnie. C'était un pays civilisé, les États-Unis. Ils ne pourraient pas imaginer une seconde une monstruosité pareille. Sans doute savaient-ils qu'on faisait jadis des sacrifices humains dans ce pays, mais cela se passait en des temps très anciens, bien avant l'aide américaine.

Personne n'était jamais allé si loin, songea-t-il fièrement. Personne n'avait tant fait pour s'assurer la *protección*.

Il se leva et alla rejoindre ses favoris. Ils étaient demeurés auprès de lui tous les trois parce qu'ils étaient devenus ses ombres — fidélité purement physique, attachement matériel en quelque sorte, le seul sur lequel on pût compter entièrement —, autrement dit, ils ne l'avaient pas abandonné parce qu'ils n'avaient pas su filer à temps. Un excès de confiance. Ils savaient pourtant que ses deux prédécesseurs avaient été pendus à des réverbères, arrosés d'essence, et ils avaient ajouté leurs lumières aux feux d'artifice et aux réjouissances populaires. Les trois ombres savaient fort bien qu'elles risquaient de se transformer elles aussi en clartés. Ils étaient donc encore tous là, ses bons amis, ceux que la presse américaine prenait tellement au sérieux et qu'elle appelait parfois son *shadow cabinet*. Tous les grands chefs en avaient eu. Lorsque N'Krumah l'Africain fut renversé, on découvrit qu'il avait parmi ses « ombres » favorites l'aviatrice Hannah Reisch, qui avait déjà été choisie par le grand Hitler, et un célèbre docteur allemand, Schumann, qui avait été le médecin des juifs. Ils étaient un peu ses amuseurs, mais encore plus ses fétiches, des porte-bonheur, ils avaient ce qu'il fallait pour ça. Il aimait bien autour de lui leur présence rassurante d'entremetteurs.

Il y avait le Mexicain Diaz, qui avait débuté dans la vie comme séminariste avant d'être chassé de l'Institut

Saint-François. Avec de faux diplômes admirablement gravés, il était venu ensuite s'installer comme psychanalyste au Guatemala jusqu'à l'arrivée au pouvoir d'Arbenz, qui l'avait fait chasser du pays après quelques ennuis qu'il avait eus avec la justice ; il avait fini par pratiquer l'hypnotisme dans les music-halls, mais c'était un minable qui manquait de talent et que rien ne pouvait sauver de la médiocrité ; il avait dégringolé toute l'échelle artistique jusqu'à faire des tours de cartes et de prestidigitation dans les cafés ; ses dons limités lui permettaient tout juste de faire apparaître du fond d'un chapeau haut de forme et hors de ses manches des colombes, des perroquets et des lapins. C'était un homme instruit qui aurait pu faire bien d'autres choses et gagner sa vie confortablement. Mais il avait un goût irrésistible pour la puissance, et cela ne pouvait évidemment le mener qu'à des tours de passe-passe et à des pièces de monnaie tirées de ses narines. Il avait la vocation, mais il lui manquait l'essentiel. La foi ne l'avait jamais abandonné et il continuait à essayer, ce qui lui valait l'estime d'Almayo. C'était un salopard qu'aucune des épreuves qu'il avait subies, aucun échec, aucune humiliation, n'avait jamais détourné de sa confiance dans la saloperie. Le genre d'homme qui irait confier toute sa fortune à un escroc, simplement parce qu'il avait une confiance illimitée dans l'escroquerie. Il vivait aux crochets d'Almayo depuis trois ans, et il parvenait toujours à l'amuser en ratant continuellement ses numéros et en recommençant chaque fois. C'était un peu comme le compagnon de « Jack » qui en était réduit à renifler l'odeur du soufre des allumettes de

313

cuisine. Des gars qui étaient tombés bas, mais qui étaient tombés de haut. Diaz était son porte-bonheur favori. Il avait d'ailleurs tout à fait la tête de l'emploi. Une sale gueule et désespérée. Une chevelure teinte autour d'une calvitie, une figure ronde, avec des yeux fuyants, agités, inquiets —, et transpirant de peur sans arrêt, simplement parce qu'il était dans sa peau. C'était une simple petite crapule sans envergure, mais qui y croyait.

Puis il y avait le Baron : c'était Radetzky qui l'avait surnommé ainsi. Il l'avait découvert un soir au bar de l'*El Señor ;* le lendemain matin, le barman l'avait trouvé dehors assis sur les boîtes à ordures, attendant l'ouverture. Cela dura ainsi pendant plus de quinze jours. L'individu ne dessoûlait jamais ; on ne pouvait du reste dire si c'était vraiment l'alcool ou une sorte d'absence totale, absolue, une indifférence sans limites. Radetzky avait fini par s'intéresser à lui et par le fouiller. Ce fut extrêmement instructif : l'homme était manifestement un très grand salopard. Il avait dans sa poche trois passeports de différentes nationalités, tous faux, des lettres chaleureuses d'introduction auprès de cardinaux romains et sa propre photo découpée dans un journal. Malheureusement, il n'y avait pas de texte, et la photo ne menait pas à grand-chose : on ne savait toujours pas qui il était, un criminel international en fuite ou un Prix Nobel. Il n'était descendu dans aucun des hôtels de la capitale et semblait avoir surgi au night-club de nulle part. La seule indication était une quantité étonnante de billets d'avion dans ses poches. Il semblait avoir été partout, et si un billet pour une certaine destination manquait dans sa collection, c'est

qu'il n'y avait pas d'avion pour s'y rendre. On trouva
également deux ou trois cartes postales particulièrement obscènes, ce qui allait assez mal avec les lettres
d'introduction auprès du Vatican. Mais le bonhomme
était dans un tel état qu'on pouvait lui fourrer dans la
poche n'importe quoi, histoire de rigoler. Radetzky
l'avait signalé à Almayo, qui aimait les trucs bizarres
et un peu mystérieux. La photo surtout l'intriguait. Le
journal était français et le cliché devait dater de
plusieurs années, parce que le gars paraissait beaucoup plus jeune. Diaz disait que c'était peut-être un
tortionnaire, un commandant de camp de concentration, ou quelque chose de ce genre. Mais cela s'accordait mal avec la médaille sainte portée au cou et la
petite bible trouvée au fond d'une poche. Il était
d'ailleurs possible que l'homme fût à la fois un
criminel de guerre, un grand savant ou un philan-
thrope sous différentes identités. Diaz soutenait parfois
que le type avait sûrement inventé la bombe atomique
et que cela l'avait mis dans cet état. En tout cas, il y
avait chez lui quelque chose de louche, et il faisait
travailler l'imagination. On ne savait jamais. Lorsqu'il
était complètement soûl, Almayo trouvait la compagnie du Baron particulièrement encourageante. Qu'il
l'eût trouvé sur son chemin, cela voulait dire sûrement
quelque chose. Cet individu n'avait absolument rien
d'humain, absolument rien.

Radetzky avait une autre idée là-dessus, et il s'était
bien gardé de l'exprimer devant José. José était
superstitieux ; il avait besoin de croire et il allait
parfois jusqu'à toucher le Baron comme on touche du
bois. Et pourquoi pas ? Trujillo avait sous son oreiller

un fétiche crasseux qui ne le quittait jamais. Duvalier s'était fait proclamer dieu vaudou en Haïti et le rite était pratiqué dans tout le pays sous son portrait. Hitler consultait les astrologues et Fuentes, du Guatemala, avait été abattu par les hommes d'Arbenz en pleine cérémonie d'adoration du poulet. Le Baron avait vraiment tout ce qu'il fallait, et c'était bien ce qui rendait Radetzky soupçonneux. C'était probablement quelqu'un qui pratiquait délibérément une forme d'escroquerie existant depuis les temps les plus reculés. Parce qu'il paraissait profondément mystérieux, étrange, absurde et incompréhensible, une sorte de véritable fétiche vivant, il pouvait vivre aux crochets de l'humanité consciente et rêveuse, sans cesse à l'affût de quelque chose d'extraordinaire et de surnaturel, trouvant toujours de riches protecteurs. C'était tout simplement un immense maquereau.

Radetzky avait essayé de le faire avouer, mais le salopard ne s'était pas laissé faire. Son visage était dénué de la moindre trace d'expression et imitait une statue de pierre à la perfection. On pouvait croire évidemment que c'était un soûlard qui était continuellement dans un état de stupeur alcoolique, mais son haleine n'avait pas le moindre relent d'alcool. C'était un genre de chantage au mystère et à l'étrangeté, sous une forme nouvelle, et particulièrement réussie. Il fallait littéralement lui porter les aliments à la bouche, le déshabiller, le mettre au lit et le rhabiller le lendemain. Il avait même réussi à se faire torcher par Diaz, sur ordre exprès d'Almayo. Radetzky avait un moment joué avec l'idée de lui mettre une pile cachée dans une poche et reliée à une petite ampoule cousue dans le col du veston pour qu'en appuyant au bon moment sur le bouton, le salopard pût se fabriquer une auréole. C'était certainement un personnage nouveau dans l'histoire du music-hall et qui méritait tous les encouragements.

Le Baron se tenait très droit ; de taille moyenne, il avait une petite moustache grisonnante, des yeux bleus et des joues qui paraissaient toujours un peu gonflées comme s'il était constamment en train de réprimer un rot, un juron indigné ou un prodigieux éclat de rire. Il portait un costume prince-de-galles, un gilet jaune canari, un melon gris et, sur ses chaussures, des guêtres blanches. La seule chose à laquelle il paraissait tenir énormément, c'était la propreté. Almayo n'avait encore jamais vu un homme aussi soigné de son existence, et comment ce type-là arrivait à traverser la vie en demeurant aussi propre dépassait son entendement. Il aimait le voir là, installé dans un coin, les jambes croisées, avec son chapeau melon sur les genoux et ses gants de pécari à l'intérieur du chapeau. Vers deux ou trois heures du matin, après deux ou trois filles et autant de bouteilles de whisky, le Cujon avait parfois des larmes dans les yeux en regardant l'inconnu.

— Tu crois qu'il était quelqu'un d'important ? demandait-il alors à Radetzky, s'appuyant lourdement des deux coudes sur la table, la cravate défaite, les yeux brûlés d'insomnie. Quelqu'un de bien ?

— C'est un idéaliste, dit Radetzky. Il lève les yeux si haut vers des étoiles si belles et si importantes qu'il ne prend même pas la peine de remarquer ce qui lui arrive. Il ne pense pas à lui-même, il ne pense qu'à l'humanité. *Sprechen Sie deutsch, Herr Baron?*

— Qu'est-ce que c'est que ça, un idéaliste? demanda Almayo.

— Un idéaliste, expliqua Radetzky, est un enfant de pute qui trouve que la terre n'est pas un endroit assez bien pour lui.

Almayo avait donc adopté le Baron, et il l'aimait presque autant que son singe. Il avait besoin d'étrangeté autour de lui. Ça le calmait, le rassurait; sinon, il souffrait d'une sorte de gueule de bois, il avait l'impression que les choses étaient vraiment ce qu'elles étaient, qu'il n'y avait rien d'autre. Il avait vu trop de numéros pour être entièrement dupe, mais ne voulait pas trop y réfléchir et était prêt à se contenter d'illusion et de semblant. Charlie Kuhn lui avait dit un jour que tout le monde finissait par se contenter de music-hall, sous une forme ou une autre, en vieillissant; c'était la sagesse, la résignation. Mais il refusait de se l'avouer. En tout cas, il y avait chez le Baron un air de mystère qui lui plaisait. Il aimait bien Diaz aussi, tout en sachant que c'était une canaille à peu près illimitée, car il fallait tout de même du talent pour aller au-delà des limites quelles qu'elles soient. Il savait que Diaz n'hésiterait pas à le trahir s'il le pouvait, mais justement, il ne le pouvait pas. Il était trop compromis. Il y avait chez lui quelque chose de vraiment pourri et de puant qui semblait prometteur.

Et puis il y avait Otto Radetzky, l'homme à qui Hitler lui-même avait fait confiance, un personnage qui avait vraiment la tête de l'emploi, une vraie tête d'aventurier, plus dur que tous les gens qu'il avait jamais rencontrés, un visage plat marqué d'une balafre et des yeux d'acier, gris pâle. C'était un homme instruit qui pouvait parler de sujets étranges, comme l'idéalisme ou la paranoïa; il lui avait expliqué que la paranoïa était un terme scientifique désignant la grandeur humaine, et il avait même ajouté qu'Almayo était un paranoïaque, comme Hitler. Almayo aimait bien sa compagnie. Il avait fait sa connaissance un soir à l'*El Señor,* ils avaient des amis communs en Amérique du Sud et dans les Caraïbes. Il lui avait raconté des anecdotes très impressionnantes qui montraient bien quel grand homme avait été Hitler, que Radetzky avait servi avec fidélité jusqu'au bout comme officier parachutiste. Almayo avait pour Hitler une très grande admiration. Il pouvait écouter pendant des heures les récits de Radetzky : les armées fantastiques conquérant des territoires immenses et rasant tout sur leur passage, exterminant des populations entières sur ordre d'un seul homme qui avait reçu le talent qu'il fallait pour imposer sa volonté à des millions d'autres hommes qui l'adoraient et se faisaient tuer pour lui. Radetzky fit venir pour son ami, d'Allemagne et d'Amérique, de vieux films d'actualités, et Almayo se les faisait projeter sans cesse, les regardant toujours avec une fascination et un respect qui donnaient à son visage une expression de naïveté. Chaque fois qu'il se sentait déprimé, il se faisait projeter ces films. Cela lui remontait immédiatement le moral. Des foules immenses, avec des uniformes étranges dans une forêt de drapeaux, des torches levées à la main, acclamaient avec une frénésie et une admiration sans bornes un homme seul dressé au-dessus d'eux sur une estrade, et dont le visage manifestait la certitude absolue, la tranquille confiance dans le soutien de la puissance secrète et extraordinaire qu'il savait derrière lui et qui lui avait donné le pouvoir.

— Hitler avait vraiment vendu son âme au Diable, lui dit un soir Radetzky.

Il ne lui apprenait rien, Almayo le savait depuis longtemps. Hitler avait certainement réussi à conclure un marché. Il n'y avait qu'à regarder. Ces images de terres conquises et brûlées, de capitales en ruine, de chefs d'État courbant la tête, signant, approuvant, acceptant, les visages des femmes rouges d'adoration, des écoliers offrant des fleurs au maître du monde... Il avait la *protección*. Un homme ne pouvait guère aller plus loin, s'élever plus haut. Il avait dû en faire beaucoup pour se faire remarquer, pour donner les preuves de sa bonne volonté. Et pourtant, il avait échoué. Il avait échoué, le monde lui fut arraché des mains. Radetzky lui montra la fin de Hitler sur l'écran : les ruines de Berlin, le Bunker, le visage décomposé du maître du monde, les corps carbonisés, la folie solitaire et le poison. Il y avait là de quoi réfléchir et Almayo y réfléchissait beaucoup. L'échec de Hitler était une leçon à méditer, et il n'avait pas manqué d'en faire son profit. C'était toujours la même histoire, comme pour Batista et Trujillo. Hitler avait échoué à la fin parce qu'il n'avait pas été assez mauvais, parce qu'il s'était pris pour le Patron et avait oublié qu'il n'était qu'un simple serviteur. Il aurait dû faire fusiller sa propre mère.

Il comptait beaucoup sur ce geste. Si ce n'était pas assez pour rétablir la situation et l'installer à nouveau solidement dans l'estime et la confiance de Celui qui accordait toutes choses en ce monde, c'est que vraiment il n'y avait plus de justice.

Il retrouva ses compagnons avec plaisir. Le « cabinet d'ombres » était là au grand complet, et il n'avait pas l'air brillant ; à en juger par l'expression du visage liquéfié de Diaz et la nervosité de Radetzky, tout n'allait pas pour le mieux dans le meilleur des mondes.

Ils écoutaient la radio poussée à pleine puissance ; le poste émetteur était toujours sous contrôle gouvernemental. Pas un mot des combats, de la rébellion, de ce qui se passait dans les rues de la capitale. Il n'y avait que des informations régionales, la publicité, et, bien que la voix du speaker tremblât parfois et s'étranglât à plusieurs reprises, Almayo estima qu'il s'en tirait assez bien et que les pays étrangers qui captaient l'émission devaient se dire que le régime tenait encore. Il venait à peine d'écouter un bulletin donnant des nouvelles rassurantes sur la récolte des bananes dans la région côtière, que la voix du speaker se tut brusquement au milieu d'une phrase, il y eut un silence, le bruit d'une rafale de mitraillette, et, presque aussitôt, une jeune voix ardente et tremblante d'émotion — c'était manifestement une voix d'étudiant — s'éleva dans la pièce :

— Mort au tyran criminel José Almayo ! Le gouvernement pourri et sanglant du chien dictateur a été renversé par les forces de la révolution populaire. Vive le Libérateur, vive Rafael Gomez !

Les perroquets élevèrent une clameur assourdissante. Le singe bondissait partout en glapissant et en jetant les papiers du bureau dans toutes les directions. Diaz s'était effondré dans un fauteuil et s'épongeait le visage avec son mouchoir. Radetzky, bien que passablement pâle, regardait Almayo avec curiosité. Almayo prit un nouveau cigare et l'alluma. Le Baron planait au-dessus de tout cela avec une indifférence souveraine, on sentait bien que ces petites histoires terrestres ne l'intéressaient absolument pas. Il était assis très droit, parfaitement immobile, ses joues gonflées paraissant toujours retenir quelque rot de mépris absolu ou un éclat de rire, et, bien qu'Almayo le soupçonnât de n'être qu'un saltimbanque de plus exploitant son goût du music-hall, il était bien obligé de reconnaître que l'enfant de pute faisait drôlement bien son numéro de dignité et d'indifférence, et qu'il le faisait jusqu'au bout. Peut-être était-il tout simplement ivre. Mais il éprouva tout de même une sorte d'affectueuse gratitude pour ce salopard. Il ne ressemblait vraiment à personne, il n'avait vraiment pas l'air humain, et cela faisait toujours plaisir. Il paraissait venir d'ailleurs, de très loin, n'être là que de passage et sûr que rien ne pouvait lui arriver. Almayo le contempla avec admiration, longuement, gravement, et Radetzky fut soudain bouleversé de voir une fois de plus, sur le visage et dans les yeux du Cujon, une expression de triste, naïve, enfantine et superstitieuse nostalgie. Alors que tout croulait autour de lui, il était là à contempler le Baron, les lèvres entrouvertes dans un sourire ravi et les yeux respectueux, et Radetzky retrouvait sur son visage le plus vieux, l'invincible rêve des Indiens alors qu'ils contemplaient les masques et fétiches de leurs sorciers ou les petites statues jaunes, mauves et vertes des *taklà* pétries dans la glaise, cuites au feu pour être portées ensuite, en procession solennelle, à l'église et déposées aux pieds du Seigneur dans un geste dont on ne savait au juste s'il était un hommage ou un défi. Puis il se détourna.

— Eh bien, ça y est, dit-il avec bonhomie.

Il s'approcha de son bureau et vida le coffret à cigares cubains dont il se bourra les poches.

— Et l'Aviation ? demanda Radetzky.

Almayo haussa les épaules.

Ce fut alors qu'ils entendirent le grondement des appareils à réaction qui s'approchaient. Diaz, le visage soudain rayonnant, bondit vers la fenêtre, et Almayo se tourna une fois de plus vers le Baron, impassible et souverain dans sa tranquille assurance, avec une expression que Radetzky ne devait jamais plus oublier.

C'était une expression de gratitude.

Ce fut si brusque qu'ils eurent à peine le temps de se rendre compte de ce qui se passait.

Ils entendirent le sifflement d'une bombe, puis d'une autre, une explosion qui fit voler en éclats les vitres, et se retrouvèrent à plat ventre sur les dalles de marbre parmi les meubles renversés, couverts de débris de verre, cependant que le singe affolé sautait sur leurs dos, s'accrochait à leurs cheveux et bondissait sur les murs, et que les perroquets poussaient des cris perçants.

L'Aviation s'était ralliée à Rafael Gomez et bombardait le Palais.

Seul le Baron restait impassible sur son siège, les sourcils légèrement haussés, avec à peine une trace de dégoût sur le visage.

— Comment c'est, déjà ? demanda Almayo. Comment ça s'appelle ?

323

— Foutons le camp, bredouilla Diaz. On va être tués comme des rats.

— Comment on appelle ça? Le droit sacré de... quelque chose, le truc des ambassades. Ils m'ont assez embêté avec ça.

— Le droit sacré d'asile, dit Radetzky.

— C'est ça, dit Almayo en se levant.

Il retira quelques éclats de verre de ses cheveux.

— Ils m'ont toujours fermé la porte au nez chaque fois qu'un de mes ennemis allait se cacher dans une ambassade. Le droit sacré d'asile... Ils m'ont toujours jeté ça au nez. C'est la tradition. C'est à ça que servent les ambassades d'Amérique du Sud. Chacun son tour.

— On ne va jamais y arriver, marmonna Diaz.

— On peut essayer. Le droit d'asile, c'est sacré.

— Ça ne s'étend pas aux cadavres, dit Diaz.

Il était en train de pleurer.

— Une chance sur dix, dit Radetzky.

— C'est tout ce qu'il faut, quand on a de la chance, dit Almayo.

Il était en train de regarder autour de lui, cherchant ce qu'il pourrait emporter, puis se rappela la fille indienne. Il passa dans son appartement pour la chercher. Ils allaient sans doute être obligés de rester des semaines à l'ambassade avant d'obtenir un sauf-conduit, et il n'avait pas l'intention de jeûner. Il la trouva dans la chambre à coucher. Elle contemplait les fenêtres brisées d'un œil morne, mais ne semblait pas affolée. Elle avait mis trois robes l'une sur l'autre, des robes américaines qu'elle ne voulait pas abandonner, et tenait deux paires de souliers à la main et une poignée de bijoux de pacotille. Il lui fit signe de venir;

elle regarda avec regret, dans les placards ouverts, les robes qu'elle ne pouvait pas emporter et le suivit. Ils sortirent en courant par l'entrée de service, emmenant avec eux les deux gardes qui se trouvaient là, et sautèrent dans une camionnette. Ils avaient à peine démarré qu'ils aperçurent les avions qui revenaient en rase-mottes vers la Résidence. Deux Mercedes de la police, bourrées d'étudiants, les sirènes déchaînées, les croisèrent en trombe, ralentirent, puis firent difficilement demi-tour dans la ruelle étroite et se lancèrent à leur poursuite. Les ruelles étaient vides, à part les groupes d'étudiants armés, placés aux carrefours pour empêcher l'évasion du tyran, alors que les derniers combats se déroulaient dans les avenues. Radetzky conduisait, s'efforçant d'éviter les murs. Les jeunes gens sautaient de côté lorsqu'il arrivait sur eux et perdaient quelques secondes avant de tirer. Ils parvinrent ainsi à atteindre l'ambassade d'Uruguay, la plus proche du Palais, et les portes se refermèrent derrière eux au moment même où les Mercedes arrivaient et où les étudiants sautaient à terre, se jetaient en avant, puis s'arrêtaient en jurant devant la grille et baissaient lentement leurs mitraillettes.

CHAPITRE XVII

Ils attendirent au milieu du vestibule, sous l'œil ahuri du maître d'hôtel en veste blanche qui avait ouvert la porte, et José guetta le mouvement de troupes à l'extérieur par le judas. Il voyait une mitrailleuse déjà en position au-delà du jardin, de l'autre côté de la rue et face à la grille. Des camions de soldats arrivaient sans cesse. Les sirènes des voitures de police ne cessaient de hurler. Il se détourna, le cigare aux lèvres, d'un air réjoui.

— Enfin, c'est quand même bon de savoir qu'il y a quelque chose qui s'appelle le droit international, dit-il. Ils ne peuvent pas pénétrer ici. Quand je pense que je les menaçais chaque fois qu'ils donnaient le droit d'asile à un de mes ennemis... j'avais tort. C'est un bon truc, ce truc-là.

Il entendit un frou-frou de robe et une toux discrète et se trouva nez à nez avec un groupe de gens en tenue de soirée, debout à la porte du grand salon, à droite. L'ambassadeur avait des invités à dîner. Ils étaient tous là, figés, et regardaient Almayo et ses gardes du corps, leur mitraillette sous le bras. C'étaient des gens distingués, et Almayo les connaissait tous. Il les avait tous reçus au Palais, leurs épouses avaient fait des efforts terribles et désespérés pour trouver des sujets de conversation avec lui lorsqu'elles se trouvaient à sa droite, au cours des dîners officiels. Elles l'avaient souvent ennuyé à mourir tandis qu'il essayait de garder son calme. Le corps diplomatique, c'était important, il fallait leur faire bonne impression. En général, il faisait recevoir les diplomates par le ministre et ne leur accordait audience que pour des affaires vraiment importantes. Il les écoutait alors attentivement, mais leur parlait très peu ; il fallait faire attention ; il avait un jour intercepté un rapport de l'ambassadeur du Brésil, après un accident d'avion qui lui avait permis de mettre la main sur la valise diplomatique, dans lequel cet enfant de pute disait que « le malheur de ce pays est d'avoir à sa tête un homme sans aucune éducation et qui connaît aussi peu de chose aux affaires économiques et sociales qu'un caporal indien de *la Guardia,* ce qu'il eût sans doute été s'il n'avait appris à se taire, donnant ainsi une impression de force secrète et de mystère. C'est exactement le type d'homme vers lequel les « élites » et les intellectuels, surtout d'origine espagnole, se tournent lorsqu'il leur paraît représenter, incarner « la force montante du peuple indien abandonné », — par un effet de leur propre sentiment de culpabilité et d'une ignorance profonde de la réalité populaire ».

Il y avait l'ambassadeur des États-Unis et sa femme, — un vieux poisson sec avec des arêtes qui se voyaient sous la peau —, qui s'était toujours efforcée de lui plaire et de le flatter en parlant sur un ton extasié, d'une voix de cheval, avec des hennissements émus, des merveilles qu'il avait accomplies pour le pays : le téléphone, on pouvait appeler directement les États-Unis ; la nouvelle Université, la salle de concerts. Quant à l'ambassadeur lui-même, il regardait Almayo avec ahurissement ; ses conseillers ne l'avaient prévenu de rien ; la veille encore, il avait envoyé une dépêche dans laquelle il affirmait au Département d'État que l'Armée était fidèle à Almayo et que le castriste Rafael Gomez ne représentait absolument rien et était sur le point d'être pris ; que certaines rumeurs difficiles à vérifier affirmaient qu'il était déjà tué en même temps que Che Guevara, dont la présence avait été signalée dans la péninsule du Sud. Il est vrai que c'était l'époque où Che Guevara était signalé un peu partout et où il se faisait tuer régulièrement, tantôt en Colombie, tantôt à Saint-Domingue, sa disparition n'ayant sans doute pas d'autre but, justement, que de lui conférer cette ubiquité et cette immortalité légendaires. L'ambassadeur regardait à présent Almayo d'un air profondément scandalisé. C'était un coup terrible pour sa carrière. Il allait passer au Département d'État pour un imbécile, et il y aurait dans la presse un tollé plus grand encore que lorsque son collègue de Saint-Domingue avait réclamé à la Maison-Blanche l'envoi de troupes américaines sous prétexte que Juan Bosch avait pris la tête d'une rébellion communiste. Une chose était certaine : du moment qu'Almayo cherchait refuge dans une ambassade d'Amérique latine, c'est qu'il était fini : l'Armée était contre lui, il ne pouvait donc être question d'envoyer des troupes, à moins, évidemment, que la vie de citoyens américains ne fût en danger. Mais le plus terrible, dans la situation, c'était qu'on allait dire partout que l'ambassadeur des États-Unis avait dîné avec Almayo aussitôt après sa chute. Le nouveau régime ne le lui pardonnerait pas. Mais comment pouvait-il prévoir qu'en quelques heures Almayo allait être renversé et viendrait chercher asile à l'ambassade d'Uruguay ? Sans doute l'avait-il choisie simplement parce qu'elle était la plus proche du Palais. En tout cas, il fallait être de glace. Il ne fallait pas se compromettre. L'ambassadeur était un démocrate convaincu, et il devait son poste aux contributions financières importantes qu'il avait versées au parti démocrate pendant la campagne électorale. Ce n'était plus la peine de se gêner, de cacher ses opinions. Il n'y avait qu'une chose pire qu'un dictateur, et c'était un dictateur déchu.

Il regardait Almayo droit dans les yeux sans le saluer. Sa femme eut un vague début de sourire, mais, en voyant la mine renfrognée de son mari, le réprima aussitôt, ce qui évita à Almayo la vue de ses dents chevalines. Elle portait une robe chinoise bleu pâle et tenait un éventail japonais à la main. C'était à vomir.

L'ambassadeur se tenait aux côtés de sa femme, une coupe de champagne à la main, et, comme les deux mitraillettes des gardes se trouvaient par hasard braquées dans sa direction, il vint tout près de sa femme et lui prit tendrement le bras ; il était sûr que c'était là un geste bien français dont tout le monde ensuite se souviendrait.

Il y avait aussi l'ambassadeur d'Angleterre, un grand homme maigre et chauve avec une moustache en brosse, et son épouse, une des bonnes femmes les plus tristes qu'Almayo eût jamais rencontrées et dont la tête était toujours secouée de petits tremblements nerveux. Un jour qu'elle était assise auprès d'Almayo à un dîner chez le président Carriedo alors en fonctions, après avoir gardé une sorte de silence consterné pendant tout le repas, elle s'était soudain tournée vers lui au dessert pour lui demander de faire quelque chose afin de protéger les chiens du pays qui mouraient de faim et qui erraient dans les rues et les jardins en meutes craintives, frénétiques et affolées. Almayo la remercia de lui signaler ça, lui-même n'y faisait plus attention, et il lui promit de faire exterminer dès le lendemain tous les chiens, ce qui eut un effet effrayant sur la vieille morue dont la tête s'était mise à trembler tellement qu'il crut qu'elle allait se dévisser et tomber de ses épaules. Ses yeux s'agrandirent, son visage prit une expression terrifiée et elle s'exclama : « Mon Dieu, ce n'était pas du tout ce que je voulais dire. » Après quoi elle posa sa cuiller et n'ouvrit plus la bouche, alors qu'Almayo avait voulu simplement lui faire plaisir.

Les autres invités : le chef du protocole au ministère des Affaires étrangères et le premier secrétaire d'une de ces ambassades d'Amérique latine dont on ne sait jamais le nom ni le pays qu'elles représentent, de même que sa mère, une dame espagnole aux cheveux teints, aux yeux soulignés, autoritaire et volubile, qui semblait être l'ornement indispensable de toutes les réceptions auxquelles Radetzky avait assisté, s'appliquaient à être naturels et à demeurer au second plan afin de laisser aux chefs des missions la responsabilité et l'initiative qui leur revenaient. Sans doute remerciaient-ils tous Dieu que la responsabilité ne leur incombât pas, que cela ne se passât pas dans leur propre ambassade. Radetzky savait qu'ils ne manqueraient pas ensuite de critiquer dans leurs rapports leur hôte et collègue, quoi que ce dernier fît, et d'expliquer ce qu'ils auraient fait à sa place. Il y avait là un sujet de conversation rêvé pendant au moins un an à tous les dîners auxquels ils seraient invités.

L'ambassadeur d'Uruguay descendit lentement l'escalier de marbre recouvert d'un tapis rouge. Au premier étage, des silhouettes inquiètes se montraient et disparaissaient dans l'embrasure des portes. L'ambassadeur était un homme de très petite taille, distingué, d'une soixantaine d'années, avec des cheveux blancs, un front noble et des traits espagnols purs et forts. Radetzky ne le connaissait pas et il fut assez frappé de voir cette belle tête à la Greco si basse sur pattes. Son visage avait la couleur du vieil ivoire et ses yeux, beaux et sombres, semblaient projeter autour d'eux une ombre qui prenait dans les cernes une teinte presque noire.

A sa vue, Diaz se leva aussitôt du fauteuil où il s'était écroulé et fit quelques courbettes qui paraissaient venir d'un tout autre siècle, celui des *picaros*, des *hidalgos* et des barbiers ambulants. Radetzky n'avait jamais connu personne qui eût un tel don pour la bassesse. Son arbre généalogique devait avoir ses racines à la source même de toute servilité.

— Messieurs, dit l'ambassadeur, je dois protester.

A part un ou deux pays, et l'Uruguay n'était pas du nombre, Almayo n'avait aucun ami parmi les pays d'Amérique du Sud. Depuis des mois, l'Uruguay était

331

sur le point de rompre ses relations diplomatiques avec lui, par attachement à la démocratie et en guise de protestation contre ce qu'on appelait là-bas les « excès du régime dictatorial ».

Almayo n'aurait jamais choisi l'ambassade d'Uruguay s'il avait eu le temps de se retourner. Mais c'était le lieu d'asile le plus proche du Palais, et il n'avait pas le choix. Il se sentait à présent vexé et furieux de l'accueil glacé que lui faisaient ces gens, comme s'il était un bandit de grand chemin, alors qu'il représentait encore le pouvoir légal et était toujours le *lider maximo*. Huit jours auparavant, l'Américain lui avait donné une réception à laquelle avait assisté toute une délégation d'industriels et de parlementaires, et à présent il se comportait comme s'il avait affaire à un chien enragé. Almayo remarqua tout de même avec satisfaction que le menton et la lèvre inférieure de l'ambassadeur tremblaient légèrement. La peur était la meilleure, la plus grande marque de respect que l'on pouvait recevoir.

— Nous demandons asile comme réfugiés politiques, gronda-t-il. Vous avez peut-être remarqué qu'il y a quelque chose comme une révolution en cours, et je vais sans doute devoir quitter le pays. Conformément à la tradition dans ce genre d'affaires — et vous m'avez assez embêté avec ça — je viens chercher asile à votre ambassade. Vous avez donné asile à plusieurs reprises à mes ennemis, notamment à Alvarez et à Sutter. Je leur ai donné des sauf-conduits, après quelques discussions. C'est notre tour, à présent. Vous allez m'obtenir un sauf-conduit qui me permettra de quitter temporairement le pays avec mes amis politiques. En attendant, nous réclamons le droit de séjourner dans votre ambassade.

— Le droit d'asile ne s'étend pas aux criminels, dit l'ambassadeur d'Uruguay. Ainsi que vous le savez, du reste, la rupture diplomatique entre nos deux pays était imminente. Je dois vous prier de quitter les lieux immédiatement.

Almayo sourit. Il commençait à s'amuser.

— Vous avez donné de l'argent à Gomez, dit-il. De l'argent et des armes. Il faut maintenant me dédommager.

— Vous avez donné à l'Uruguay l'assurance que le Dr Cortés pouvait retourner dans le pays et qu'il n'y courrait aucun risque, dit l'ambassadeur. Il est revenu dans le pays, et il a disparu.

— Je vous promets de faire des recherches, dit Almayo.

— Je vous prie de quitter cette ambassade.

Almayo fit claquer sa langue.

— Vous ne pouvez pas faire cela, Excellence, le droit d'asile est une chose sacrée. Ce serait une tache sur le bon renom de votre pays.

— Ce serait une tache, en effet, d'héberger un homme dont les crimes sont notoires, et qui n'a jamais respecté ni le droit des gens, ni sa propre parole.

Almayo était tout à fait d'accord là-dessus. Il regardait l'ambassadeur d'Uruguay avec un certain respect. C'était un petit homme, mais il parlait haut. Ces enfants de pute d'Espagnols qui ont plusieurs générations d'ancêtres derrière eux et qui peuvent vous dire le nom de leur arrière-grand-père se croyaient tout permis.

— Vous savez, dit-il, ce n'est pas encore fini. D'accord, j'ai perdu la capitale, mais les provinces du Sud me sont absolument fidèles et j'ai mes meilleures troupes là-bas.

Il se tourna vers l'ambassadeur de France.

— Expliquez-lui qu'il ne peut pas me jeter dehors. J'ai reçu il y a quelques jours encore une lettre très amicale de votre président.

L'ambassadeur se mordit les lèvres. C'était vrai. Moins de deux semaines auparavant, il avait informé le gouvernement français qu'Almayo avait la situation bien en main, que la rébellion de Rafael Gomez avait été artificiellement gonflée par les journaux d'Amérique du Sud et qu'il convenait de donner au dictateur une nouvelle marque d'estime au moment où les Travaux de Marseille avaient de bonnes chances d'obtenir le contrat du barrage hydroélectrique que les Allemands et les Américains leur disputaient.

Almayo leva la tête vers le haut de l'escalier. Il avait perçu un mouvement par là, et il n'avait aucune envie de se faire canarder par surprise. Il vit une jeune femme en robe du soir vert émeraude qui le regardait, appuyée à la balustrade de marbre. Elle n'était pas armée. Et c'était tout ce qui l'intéressait.

— Je dois vous prier de partir immédiatement, dit l'ambassadeur d'Uruguay.

— Pour nous faire tuer comme des chiens ?

— Je peux négocier avec l'Armée et obtenir pour vous la promesse d'un procès équitable, dit l'ambassadeur. Je suis sûr qu'ils ne demandent qu'à vous juger...

— Excusez-moi, mais c'est une ironie un peu facile, dit Radetzky.

— Vous savez ce qui est arrivé au président Muñoz, il y a quelques années? demanda Almayo. Il a été pendu au lampadaire qui se trouve dans le Palais présidentiel. Ensuite, ils ont attaché des boîtes de conserve à son corps et l'ont traîné dans les rues. Je les connais. J'ai moi-même attaché une des boîtes.

— Je suis prêt à annoncer à l'officier qui commande les troupes devant l'ambassade que vous désirez vous rendre, répéta l'ambassadeur. Je suis sûr de pouvoir obtenir l'assurance d'un procès juste.

— Je ne suis pas fou, dit Almayo.

L'ambassadeur éleva un peu la voix.

— Si vous refusez mon offre, il ne me restera plus qu'à laisser entrer les soldats, dit-il.

Almayo en avait assez. Ce n'était même plus la peine de se gêner. Les manières, les discussions, les promesses, les assurances et les garanties, tout cela n'allait pas l'empêcher de finir arrosé de pétrole et cramant sur un réverbère dans une atmosphère de liesse populaire. Il allait faire voir à ces chiens qui il était et jusqu'où il était prêt à aller. Plutôt que de se laisser prendre vivant, il était prêt à les tuer l'un après l'autre, à commencer par l'ambassadeur des États-Unis, pour forcer l'Uruguayen à respecter les traditions sacrées entre pays frères d'Amérique latine.

— Je n'ai rien d'autre à ajouter, dit l'ambassadeur. Je vais faire ouvrir les portes.

Almayo prit une mitraillette dans les mains d'un de ses gardes. Il venait d'avoir une idée.

— Vous feriez une chose pareille, Excellence? demanda Almayo. Et... vous exposeriez la vie de la jeune et belle personne qui est là-haut... Votre fille, hein? On dirait qu'il y a un air de famille, un air espagnol. Vous voulez me forcer à faire ça?

La jeune femme était toujours appuyée à la balustrade. Elle ne faisait pas un geste. Un jeune homme sortit et s'approcha d'elle. Il lui toucha le bras, mais elle ne bougea pas.

— Non, *señor,* dit Almayo en tournant sa mitraillette vers le nouveau venu, personne ne va bouger, personne n'essaiera de filer par une porte de derrière. Almayo a des difficultés. Quand Almayo a des difficultés, il est dangereux et il ne plaisante pas. D'ailleurs, Almayo n'aime pas les Espagnols, il y a des siècles qu'il ne les aime pas. Excellence, vous ferez un très beau cadavre. Vous avez tout ce qu'il faut pour ça. Voyons, *señorita,* je suis sûr que vous aimez votre père. C'est un vrai gentilhomme espagnol, ça se voit tout de suite. Nous ne voulons voir personne bouger, absolument personne.

Les rides sur le visage de l'ambassadeur se creusèrent et le teint de vieil ivoire prit une blancheur luisante de cire.

— Pour la dernière fois, dit-il d'une voix légèrement tremblante, je vous demande de quitter les lieux. Laissez votre arme. Vous êtes en train de souiller l'honneur de votre pays.

Almayo le regardait fixement, et Radetzky fut surpris par son expression de haine. Toute trace d'ironie avait disparu du visage du Cujon.

— L'honneur, dit-il, c'est seulement pour les Espagnols. Ça leur appartient et ils ne partagent avec personne. Pas avec les Indiens, en tout cas. Je n'ai pas d'honneur. Je suis un chien d'Indien. Le premier chien indien à la tête de ce pays. Vous ne devriez pas vous laisser aller à me parler d'honneur, Excellence. C'est un signe de faiblesse. Si vous commencez à voir de l'honneur chez un Cujon, c'est que vous commencez à pisser dans votre froc.

— Je vous en prie, général, dit l'ambassadeur de France. Il y a des dames, ici.

Almayo n'écoutait pas.

— Écoutez, monsieur l'ambassadeur, dit Radetzky, puis-je vous suggérer de consulter votre gouvernement, ou au moins de conférer avec vos collègues de l'Organisation des États américains ? Le droit d'asile a toujours été respecté par tous les pays d'Amérique latine. Je vous demande instamment de consulter vos collègues et votre gouvernement.

Il fut surpris par le son de sa voix : creuse, vide, comme étrangère à lui-même. La décision qu'il avait à prendre l'humiliait profondément parce qu'il se découvrait soudain une amitié pour Almayo, une compréhension, une pitié, en même temps qu'une véritable haine pour tous ceux qui, depuis des siècles de conquêtes et de colonialisme, n'avaient jamais rien fait pour tirer de leur crasse millénaire les millions d'Indiens qu'ils avaient réussi à convaincre de leur chiennerie. Il lui eût été facile de sauver sa peau : il n'avait qu'à leur dire qui il était, leur montrer ses papiers, faire téléphoner à l'ambassade de Suède. Il pouvait encore passer avec armes et bagages dans l'autre camp, le camp des charognards qui ne doutaient pas une seconde de leur dignité et de leur honneur. Il lui fallait choisir, il lui fallait décider s'il allait demeurer avec le chien ou avec les autres, avec ceux qui avaient été pendant si longtemps les maîtres qu'ils ne pouvaient imaginer que, d'un bout du continent à l'autre, les chiens fidèles devinssent soudain une meute enragée. Il pouvait se tirer d'affaire facilement, revenir tranquillement chez lui, briller dans les salons, avoir la première page des journaux pour raconter la chute, minute par minute, de celui qui était allé peut-être plus loin que Duvalier dans la rancune et la haine. Il lui suffisait de se révéler un traître, d'avouer à Almayo comment il avait exploité sa naïveté de Cujon et sa confiance dans ce masque balafré et cruel d'aventurier hitlérien. Il préférait crever.

Les domestiques devaient bien se rendre compte de ce qui se passait, mais peut-être s'efforçaient-ils, dans leur stupeur et dans leur crainte, de chercher refuge dans la routine de leur métier, obéissant au maître d'hôtel anglais qui avait sans doute décidé de maintenir contre vents et marées les plus belles traditions de calme imperturbable de son pays natal. En tout cas, les portes de la salle à manger s'ouvrirent lentement, et le maître d'hôtel apparut sur un fond de cristaux, de lumières, de bougies rouges, de fleurs et d'argenterie. Il était pâle et peut-être s'imaginait-il à cette heure être le véritable ambassadeur de Grande-Bretagne... En réalité, il avait complètement perdu la tête, il accomplissait son rituel simplement parce que personne n'avait poussé le bouton pour arrêter le mécanisme. Il avait un énorme nez d'aigle qui lui donnait une expression aristocratique et, la tête haute, les yeux pétillants d'idiotie, il annonça d'une voix sépulcrale :

— Monsieur l'ambassadeur est servi.

Il y eut un léger mouvement parmi les invités, mais

ils attendaient toujours et personne ne sourit à cette soudaine intrusion de l'empire britannique.

Radetzky jeta un coup d'œil vers la jeune femme qui descendait l'escalier. Elle était très belle, et sa robe émeraude venait de Paris. Tout, dans sa beauté, parlait de l'Espagne, du Prado, de la fierté, de l'orgueil, de tout ce que l'Espagne avait su si bien conserver à travers les siècles, de tout ce qu'elle avait su si bien conserver pour elle et dont elle avait encore mieux su priver ceux que les moines de Diaz avaient traités comme des chiens parce qu'ils n'avaient point d'âme et que vice-rois et propriétaires terriens avaient convaincus de leur bassesse. Elle ne semblait pas effrayée mais seulement préoccupée. Elle observait son père avec un peu d'inquiétude et devait prier secrètement pour qu'il se montrât à la hauteur des circonstances et qu'il fît preuve de dignité et d'honneur devant ce chien.

Radetzky savait qu'un diplomate de carrière se trouvait rarement confronté avec une réalité aussi rude et aussi grossière, et qu'on pouvait gravir tous les échelons de la hiérarchie, d'attaché à ambassadeur, sans que votre courage et votre caractère fussent mis à l'épreuve. L'ambassadeur croisa le regard de sa fille et lui sourit. Il n'y avait plus trace de nervosité chez lui. Elle lui rendit son sourire.

Il se tourna vers ses invités.

— Je dois vous prier d'excuser cet incident, dit-il en anglais. Je réglerai cette affaire plus tard. Je ne vois pas pourquoi nous laisserions le dîner refroidir.

Ils se dirigèrent tous vers la salle à manger et s'installèrent à leur place protocolaire, avec dignité, dans un silence glacé, l'ambassadeur et sa fille présidant face à face à la tête de la table. Il y avait des portraits de famille sur les murs, des candélabres, des armures, quelques très belles pièces d'art précolombien, un grand tableau du XVIIe siècle représentant un combat naval... Radetzky se dirigea vers le salon, prit une bouteille de whisky et vida plusieurs verres l'un après l'autre. Puis il revint dans le hall auprès d'Almayo.

Il avait choisi.

Les domestiques fermèrent les portes coulissantes de la salle à manger, et Almayo demeura là, la mitraillette à la main, marmonnant des grossièretés entre ses dents serrées. Il rendit sa mitraillette au garde, jeta son cigare par terre et l'écrasa.

La fille indienne s'était installée dans un des fauteuils espagnols, sous le portrait d'un noble en armure avec oriflamme ; elle caressait sa robe américaine, ses chaussures neuves, et regardait ses boutons, l'air parfaitement détaché. Tout cela ne la concernait pas. Elle savait bien qu'Almayo allait sans doute être pris et arrosé de pétrole, et que son cadavre allait être traîné dans la rue pour la joie du peuple, mais c'était seulement de la politique. Il y aurait toujours un officier d'un camp ou de l'autre pour la ramasser, il y avait longtemps qu'elle passait de main en main, depuis qu'elle avait quitté son village à douze ans ; cela allait durer encore quelque temps et, quand elle aurait trente ans et qu'elle serait vieille, elle se retrouverait à nouveau dans son village natal. Il en avait toujours été ainsi.

Diaz était seulement écroulé dans un fauteuil, mais

il s'y tenait comme s'il était tombé au fond d'un abîme. Il paraissait avoir toutes les chances de son côté, du moins toutes les chances de mourir d'une crise cardiaque. Radetzky savait exactement ce qu'il ressentait. Diaz ne pouvait concevoir qu'un homme comme Almayo pût se trouver en une situation pareille. C'était vraiment à n'y rien comprendre, à désespérer de tout. Almayo avait toujours fait ce qu'il fallait, et même un peu plus ; il avait toujours pris toutes ses précautions, sa méfiance n'avait pratiquement pas de limite. Il avait un flair naturel pour dénicher ses ennemis. Et voilà. Diaz ne comprenait plus. Il avait tellement flatté son protecteur qu'il s'était pris au jeu, il avait tellement chanté ses louanges qu'il avait fini par croire à sa propre chanson. Radetzky devait plus tard reconnaître qu'il s'était complètement trompé sur le bonhomme : celui-ci avait pris toutes les précautions nécessaires pour ne pas se trouver nez à nez avec un peloton d'exécution. Tout ce qui était à craindre, c'était un malentendu, un soldat ou un jeune officier un peu énervé, un coup de feu qui partirait tout seul.

Le Baron conservait toute son admirable indifférence. Il y avait un toucan sur son perchoir à la droite de l'entrée, et l'oiseau touchait de son énorme bec jaune le visage du Baron comme pour s'assurer que celui-ci était bien vivant. Radetzky éprouvait toujours un certain plaisir à tenter d'interpréter cette absence totale, ce refus de participation à l'humain, à la terre et à la vie, au monde entier, que le personnage paraissait mimer. La réalité était quelque chose d'inacceptable, et il était au-dessous de la dignité d'une nature vraiment noble de s'en apercevoir. Le Baron s'était une fois pour toutes lavé les mains de toute cette crasse préhistorique, il s'était élevé au-dessus de toute cette agitation parfaitement méprisable et, du haut de sa sérénité et du niveau de conscience, de culture et de lucidité qu'il avait atteint, il refusait de s'intéresser à ce qui se passait en bas sur la terre et attendait, sans trop d'espoir, que l'Évolution vînt le rejoindre sur les hauts sommets. La demi-bouteille de whisky que Radetzky avait avalée commençait à faire son effet.

— Je crains, Herr Baron, dit-il à l'arrogant parasite, que vous n'ayez quelque mal à faire comprendre votre position de détachement philosophique à l'officier qui commande cette racaille en uniforme. J'ai peur qu'il ne vous fusille tout bonnement, malgré votre situation très élevée, et que les balles ne respectent pas votre proclamation d'absence. C'est très triste, mais je crains qu'il n'apprécie pas suffisamment le music-hall pour s'abstenir de supprimer un très grand mime. Car vous êtes un très grand mime, Herr Baron. Je vous comprends fort bien. Je suis, du reste, en tant qu'humaniste, entièrement d'accord avec vous : l'homme est plus que ce qui lui arrive. L'homme est plus que ce qu'il fait. Rien ne peut le souiller, ni les camps de concentration, ni la misère, ni l'ignorance. Il reste toujours propre. Elle reste toujours propre et pure, la figure humaine.

Le Baron retint un léger renvoi.

Ce fut à ce moment-là que la porte s'ouvrit et que l'ambassadeur réapparut pour leur demander de se joindre à ses invités. Radetzky se demanda si ce geste de bonne allure espagnole n'était pas calculé et si l'ambassadeur ne nourrissait pas le secret espoir qu'Almayo, pour ne pas être en reste dans ce duel d'élégance et de style, n'allait pas se lever après le dîner, remercier son hôte, s'incliner devant les dames, allumer un cigare et marcher vers la mort. Si tel était le cas, l'ambassadeur surestimait rudement, c'était le moins que l'on pouvait dire, l'influence des nobles traditions espagnoles sur les Indiens Cujons. Mais peut-être simplement avait-il été pris de quelque remords, se souvenant de tous les dîners auxquels il avait pris part à la table d'Almayo.

En tout cas, il les conduisit lui-même vers la table, où l'on avait ajouté quatre couverts, les invita à prendre place, non sans leur avoir annoncé qu'il serait dans l'obligation de les prier de quitter l'ambassade une fois la dernière coupe vidée.

— Je me permets de vous rappeler, Excellence, remarqua Radetzky, que le cardinal Mindszenty est réfugié à l'ambassade des États-Unis à Budapest depuis plus de dix ans...

L'ambassadeur ignora cette remarque, comme il les ignora toutes au long du dîner, et sa fille ne posa pas une seule fois son regard sur les intrus, elle ne s'adressa uniquement qu'aux autres invités. Plus il la regardait, et plus Radetzky la trouvait belle. Le contraste entre cette jeune femme adorable et altière qui paraissait être descendue des plus beaux portraits du Prado et le sort de chiens crevés dans la poussière qui les attendait dehors sous les mitrailleuses braquées sur la porte d'entrée, donnait à l'éclat de ces yeux sombres, à la douceur de cette chevelure et aux lèvres dessinées avec une perfection qui évoquait bien plus le grand art d'une main humaine que le jeu aveugle de la nature, un rayonnement qui était celui même de la vie. Il n'avait jamais éprouvé un pareil désarroi et un tel désespoir, et rageait contre lui-même et contre sa propre lâcheté, car il suffisait d'un peu de bassesse et d'un peu de cynisme, de courage ou de peur, il ne savait plus au juste, pour avouer sa supercherie, avouer sa traîtrise et tirer son épingle du jeu. Il n'allait tout de même pas se faire tuer pour donner à la comédie assez ignoble qu'il avait jouée auprès d'Almayo quelque caractère posthume d'authenticité. C'était vraiment pousser un peu trop loin la pitié qu'il éprouvait pour le Cujon et pour tous les Indiens du continent que l'on n'a jamais cessé de trahir, de tromper et de priver de tout ce qui n'était pas superstition. Radetzky se demandait s'il n'était pas en train de succomber à un vieux romantisme qui prenait ses racines dans le tréfonds de son adolescence, dans la lecture de Karl May, de Mayne Reid et des Indiens massacrés parmi leurs totems impuissants, ou si une violente indignation, celle du pays même dont il était issu et qui haïssait les colonisateurs, était en train de le pousser vers un choix où la loyauté jouait un rôle moins important qu'une haine profonde pour toutes les ordures que des siècles de conquérants et de colonisateurs n'avaient jamais cessé de verser dans l'âme indienne. C'était peut-être la première fois de sa vie qu'il commençait vraiment à ressembler à son masque dur, où la cicatrice qu'il avait récoltée dans un accident d'automobile imitait à la perfection celle d'un duelliste allemand. Il suffisait pourtant d'un aveu pour qu'il pût rejoindre cette jeune femme pareille à tout ce que l'Occident et sa culture avaient encore de plus beau, au-delà du gouffre et du mensonge, de la supercherie et de l'imposture qui les séparaient. Il était pour l'instant, à ses yeux, un aventurier nazi sans foi ni scrupules, un fidèle compagnon d'Almayo. Ce qui avait au moins l'avantage de lui permettre de la regarder comme il le faisait, avidement, sans gêne, sans doute, à ses yeux, cyniquement. Un gentleman ne regardait pas une femme ainsi, et cette façon qu'il avait de s'accrocher à elle par le regard devait la confirmer dans son opinion et dans son mépris. Elle portait une robe vert émeraude qui devait venir de Paris, des boucles d'oreilles espagnoles en or incrusté de diamants, et les tableaux sur les murs, les tapisseries, les armures, jusqu'à l'argenterie, les cristaux et les bougies, semblaient n'avoir été conçus que comme un cadre pour elle, pour achever de l'habiller. « Tu es la vie », pensa Radetzky, et il eut honte de ce brusque élan de romantisme nordique ; sans doute était-il un peu fatigué.

La conversation était hachée de longs silences, de rires de femmes un peu trop aigus ; chacun parlait avec un détachement qui sonnait un peu faux, sans écouter ce que l'autre disait, chacun essayant avec un excès de fébrilité et d'application de témoigner d'une assurance d'homme du monde qui ne perd jamais son sens de l'humour ni de l'ironie, quelles que fussent les circonstances. L'ambassadeur de France se surpassait dans l'humour anglais, et l'ambassadeur de Grande-Bretagne parlait de la peinture impressionniste sans doute pour la première et la dernière fois de sa vie.

Almayo regardait sombrement, en silence, sans chercher à se mêler à la conversation. Radetzky voyait qu'il était hors de lui. A un moment il serra si fort le verre de vin qu'il tenait à la main que celui-ci éclata. Il y eut un moment de silence consterné où les dames, sauf la fille de l'ambassadeur, parurent au bord des larmes, et où les hommes furent sur le point de révéler leurs véritables visages angoissés. Mais Almayo essuya simplement les gouttes de sang qui perlaient à ses doigts, et le maître d'hôtel étendit une serviette sur la tache de vin. On parvint ainsi jusqu'au dessert sans la moindre crise d'hystérie.

La fille de l'ambassadeur donna le signal en se levant, et les convives quittèrent la table pour aller prendre le café dans le salon. Champagne, calvados, cognac, Almayo se servait le premier. Après tout ce qu'il avait bu au cours des quarante-huit heures précédentes, il fallait bien reconnaître qu'il ne restait plus rien de la légende selon laquelle « les Indiens ne tenaient pas le vin ». Encore un verre de cognac, puis un autre, encore une tasse de café ; les invités deve-naient silencieux, de plus en plus figés et tendus ; les femmes n'essayaient plus de parler, et les hommes s'évertuaient à trouver des mots, qui sonnaient creux, les silences devenaient de plus en plus longs, et chaque effort pour relancer la conversation ne faisait que rapprocher l'instant longtemps retardé, et finalement il n'y eut plus que le silence, avec seulement le tintement des verres que des mains tremblantes posaient sur le plateau d'argent du maître d'hôtel ou sur le marbre de la cheminée. L'ambassadeur s'éclair-cit la voix, posa son verre, mais, avant qu'il eût le temps de parler, Almayo fit un geste dans la direction de Diaz.

— Et maintenant, dit-il avec bonhomie, je vais demander à Votre Excellence de laisser un de mes amis distraire la compagnie. Il a un petit talent de prestidigitateur, pas grand-chose, mais un talent tout de même. Je ne l'engagerais pas à l'*El Señor*, mais pour un amateur, vous verrez, ce n'est pas mal.

Pendant près d'une demi-heure, tandis que l'ambassadeur tambourinait nerveusement de ses longs doigts fins contre le marbre de la cheminée — il avait des mains admirables qui eussent mérité une taille plus digne de la tradition du Greco —, le lamentable Diaz fit des tours de passe-passe particulièrement minables à l'aide d'un jeu de cartes crasseux qu'il battait d'une main plus molle qu'une éponge imbibée, manquant la plupart de ses tours sous le regard glacial des invités. Il fit sortir de sa bouche des cigarettes allumées, des balles de ping-pong de ses oreilles et un serpent en caoutchouc de sous le gilet de l'ambassadeur de France, qui le foudroya du regard, ce à quoi Diaz répondit par quelques courbettes humbles et empressées.

Son visage blême suait à grosses gouttes, les quelques rares poils, soigneusement collés, d'habitude, à sa calvitie, pendaient sur son front, ses bajoues tremblaient, son regard était suppliant et terrifié. Les pointes cirées à la prussienne de ses moustaches teintes dansaient à chaque crispation de ses lèvres, il ne cessait de rouler des yeux suppliants vers Almayo, mais continuait à faire son numéro comme un chien de cirque, à l'aide de quelques accessoires de bataclan qu'il avait toujours dans sa poche quand il était en compagnie de son maître.

347

C'était pénible et cruel. Dans sa panique, Diaz s'embrouillait dans ses tours ; saisissant une cigarette allumée par le mauvais bout, il poussa un glapissement de douleur et renversa un verre qui vint se fracasser sur le marbre, aux pieds de l'ambassadeur de France, et, ses intestins luttant depuis une éternité déjà contre la colique de la peur, il lâcha soudain un bruit particulièrement révoltant.

Il y eut un nouveau silence, cette fois final, puis leur hôte, d'une voix qui semblait prendre de l'assurance devant la déconfiture affreuse du magicien :

— Je me vois maintenant dans l'obligation de vous prier de quitter l'ambassade.

Almayo, qui avait ri aux éclats de la suprême humiliation de Diaz, leva la main d'un geste bon enfant.

— O.K., O.K., dit-il sans trace de colère. Quand on ne veut pas de moi quelque part, je n'insiste pas.

Il mit la main sur son veston et tira le colt qu'il portait sous sa ceinture.

— Alors, voilà.

Il fit un geste avec son arme vers la jeune fille.

— Vous venez avec nous, *señorita*. Prenez quelque chose de chaud, un vêtement, une couverture. Ça va être un long voyage.

Il y eut un frémissement parmi les dames, et l'ambassadeur, dont le visage ressemblait plus que jamais à tout ce que le Greco avait fait comme couleur de cire, fit un pas en avant, mais un seul.

— Dépêchez-vous, *señorita*, reprit Almayo. Je vous donne cinq minutes. Si vous n'êtes pas redescendue d'ici là, j'abats Son Excellence comme un chien,

348

comme un sale Indien, et vous serez quand même forcée de venir.

La jeune fille hésita un moment, puis se dirigea vers l'escalier, Radetzky la suivit, mais Almayo envoya également un garde avec une mitraillette pour la surveiller. Radetzky essaya de lui dire quelques mots rassurants, mais elle lui répondit par un tel regard qu'il se tut, pris une fois de plus de colère devant cette fierté d'Espagnole qui semblait venir d'un autre siècle. Elle paraissait d'ailleurs remarquablement calme : sans doute s'agissait-il moins de force de caractère que de ce trait aristocratique des *happy few* qui mènent une existence protégée à l'abri de l'immunité diplomatique et qui ne parviennent jamais à se sentir vraiment menacés. A un moment elle parut hésiter, mais c'était seulement parce qu'elle se demandait quels vêtements il lui fallait emporter. On aurait dit qu'elle se préparait à partir en week-end avec des amis. Elle prit enfin son sac de voyage et quitta sa chambre. Elle avait mis près d'un quart d'heure à faire sa valise, mais l'idée qu'Almayo eût pu vraiment tenir sa parole et abattre son père ne semblait pas avoir traversé son esprit.

L'atmosphère dans le salon avait changé radicalement. Les épouses sanglotaient, et la mère à moustaches du jeune attaché d'ambassade gisait à demi évanouie dans un fauteuil. Les hommes étaient figés et pâles sous le colt qu'Almayo tenait braqué sur eux. La barbe roussâtre de l'ambassadeur de Grande-Bretagne paraissait plus rare qu'auparavant, et sa femme respirait si précipitamment, avec un bruit sifflant, qu'elle paraissait avoir fait toute seule trois fois le tour du champ de courses d'Epsom après avoir perdu son jockey. L'ambassadeur de France faisait une tête assez extraordinaire et, il fallait le reconnaître, digne des plus belles traditions nationales de son pays : il semblait avoir perdu encore une guerre. La seule question que l'on pouvait se poser, décida Radetzky, était de savoir s'il allait chanter *La Marseillaise* avant de s'écrouler foudroyé ou s'il allait accepter de collaborer avec les Allemands. Radetzky se félicita que son sens d'observation professionnel ne l'eût pas encore quitté. La scène eût pu être drôle, si on avait pu la voir de l'extérieur, en simple témoin. Pour l'instant, Radetzky se sentait en proie à une violente indignation contre lui-même, contre cette façon qu'il avait de jeter sa vie par-dessus bord uniquement par une sorte de ridicule loyauté virile, et peut-être parce qu'Almayo exerçait sur lui une fascination qui l'entraînait de plus en plus loin au bout de sa curiosité. S'ils étaient simplement arrêtés et jugés, il allait s'en tirer à coup sûr. Lâchement, mais à coup sûr. Seulement, même s'il n'était pas immédiatement abattu par l'Armée, il n'y avait pas dans la capitale une prison aux murs assez épais pour empêcher le peuple de venir jusqu'à eux, de les traîner dans la rue, de les arroser d'essence et de se livrer à une mémorable *fiesta*. Les trois quarts de la foule seraient composés d'Indiens. Ils ne pardonneront jamais à l'un des leurs d'avoir voulu prendre la place des Espagnols. Qui se croyait-il donc, ce chien, qui voulait régner sur eux ? Il était un des leurs, il n'était qu'un chien, et ils allaient le lui prouver. C'était un processus psychologique né de la pire abjection esclavagiste, celle qui avait conditionné les « inférieurs » au point de les convaincre de leur indignité.

Radetzky allait rester avec le Cujon jusqu'au bout. Les colonisateurs n'avaient pas encore payé, pas même au Congo. Les Simbas mangeaient leurs prisonniers blancs et noirs après les avoir torturés. Les Allemands les transformaient en savon. La différence entre les Simbas barbares et les Allemands civilisés était tout entière dans ce savon. Ce besoin de propreté, c'est la culture.

Le Cujon était vêtu de son beau costume de soie blanche et il avait coiffé son panama blanc pour avoir la main libre. Parmi ces hommes distingués en tenue de soirée et ces femmes en robe longue, il se dressait là comme une statue de pierre sortie du plus profond passé précolombien.

Il ordonna au chef du protocole d'aller dehors et de prévenir les officiers que, s'ils essayaient de tirer, de les arrêter, ou seulement de les suivre, la fille de l'ambassadeur qu'ils emmenaient avec eux comme otage serait instantanément abattue. Les pourparlers prirent une bonne demi-heure, et le chef du protocole, transformé en loque chancelante, allait et venait entre les deux camps, assurant chaque fois les officiers qu'il agissait contraint et forcé. Il revint enfin avec l'accord, du moins apparent, des rebelles. Le *lider maximo* se dirigea vers la porte, en poussant la jeune femme devant lui. Mais, au dernier moment, il eut une meilleure idée. Il n'avait aucune confiance en la parole de ces jeunes chiens d'officiers qui sortaient tous de l'Université et qui le détestaient plus encore qu'il ne les détestait lui-même. Avec un bon tireur et un fusil à lunette, ils avaient toutes les chances du monde de le tuer avant qu'il ait eu le temps d'appuyer sur la détente et

351

d'abattre l'Espagnole. Il était résolu à se couvrir sur tous les fronts.

Pendant plusieurs semaines, les journaux du monde civilisé devaient pousser des cris d'horreur et d'indignation en dénonçant le lâche dictateur plus cruel que Trujillo, plus barbare que Duvalier, qui était sorti de l'ambassade protégé de tous les côtés par des femmes, les épouses de l'ambassadeur d'Angleterre, de France et des États-Unis, avec les ambassadeurs eux-mêmes le couvrant sur ses arrières et le canon d'un pistolet appuyé contre le dos d'une jeune fille qu'il forçait à marcher devant lui.

Lorsqu'ils franchirent la porte, ils furent un instant aveuglés par les projecteurs qui convergeaient vers l'ambassade, et ils savaient qu'ils étaient entourés de centaines de soldats, que de tous les côtés les armes étaient braquées sur eux. Radetzky se souvenait seulement d'avoir éprouvé une sorte de joie professionnelle : personne, sans doute, n'était allé aussi loin que lui dans sa fidélité à la comédie qu'il jouait et à son métier. Il était pour la première fois, et sans doute pour la dernière, fidèle à l'image d'aventurier qu'il s'était jadis faite de lui-même lorsqu'il n'était qu'un adolescent rêveur dans les brumes du Nord. La seule chose qui comptait, ce n'était pas qu'il n'avait pas trahi Almayo, c'était qu'il ne s'était pas trahi lui-même. C'était un moment de totale authenticité. L'excuse de sa profession allait intervenir plus tard, aux yeux du monde, lorsque les critiques et les menaces de mise au ban ne manqueraient pas de se déverser sur lui.

Il y avait vingt ou trente photographes juchés sur le

mur du jardin, sur le toit de l'ambassade et les voitures, et la photo du Cujon souriant, revolver au poing, cigare aux lèvres et protégé de près par les épouses du corps diplomatique et les ambassadeurs eux-mêmes, eut droit à la première page des journaux du monde.

Ils avançaient dans la lumière aveuglante, et Radetzky se demanda si les jeunes officiers de la Révolution étaient assez idéalistes et dévoués à leur cause pour ne pas hésiter à sacrifier la vie d'une très belle jeune fille et celle de deux ou trois femmes d'un certain âge, et de quelques ambassadeurs en fin de carrière, plutôt que de laisser le dictateur s'échapper. Cela dépendait de la définition qu'ils donnaient de l'idéalisme. De l'idée qu'ils s'en faisaient, de ce qui l'emportait dans leur conscience : l'idéal révolutionnaire ou un souci de simple humanité. Pendant qu'il avançait, il se livrait à un calcul mental qu'il devait rendre public par la suite, se faisant un nombre d'ennemis considérable dans tous les camps, et confirmant ainsi sa réputation de cynisme et d'absence de scrupules dans l'exercice de sa profession. Il calcula, en effet, que leurs chances de survie étaient directement proportionnelles au degré d'idéalisme, d'instruction et de culture des officiers qui exerçaient là leur commandement. S'ils étaient farouchement résolus, entièrement politisés, totalement réalistes, alors ils n'hésiteraient pas à tirer, et les fugitifs étaient perdus. Par contre, s'ils étaient pleins de sentiments élevés, s'ils avaient une idée romantique et noble du respect de la vie humaine, autrement dit, si leurs tendances humanitaires étaient plus puissantes que leurs concep-

353

tions politiques, alors, selon toute probabilité, ils s'abstiendraient de tirer. Il décida également qu'il y avait là un moyen de calculer avec précision les chances qu'avaient les jeunes révolutionnaires de s'établir solidement au pouvoir et de durer. S'ils refusaient de tirer maintenant, simplement pour épargner la vie d'une jeune fille et de quelques femmes, s'ils manifestaient cette faiblesse humanitaire et ce respect de la vie et de leur propre dignité, alors, il n'y avait aucun doute, ils ne tarderaient pas à être renversés, balayés, exécutés, et tout serait comme avant dans ce pays. Une révolution qui hésite devant le sang des femmes et des enfants est vouée à l'échec. C'est une révolution qui manque d'idéal.

Il fut donc à la fois profondément rassuré et attristé lorsqu'ils atteignirent la camionnette et qu'ils purent monter et démarrer sans qu'un seul coup de feu fût tiré. C'était, pour une fois, une révolution authentique et nouvelle, qui méritait de gagner et de durer, comme celle de Juan Bosch, mais qui allait perdre, parce qu'elle était trop belle. Elle allait durer ce que durent les roses.

La voiture roulait de plus en plus vite, conduite par Radetzky, roulant d'abord dans la lumière des projecteurs qui les poursuivirent et s'accrochèrent à eux pendant quelque temps, puis dans les ténèbres.

CHAPITRE XVIII

— En tout cas, j'ai fait de mon mieux.

Elle regarda le jeune évangéliste d'un air triomphant.

— J'ai fait tout ce que j'ai pu.

Il y eut un silence. Le Dr Horwat contemplait sombrement ses pieds. Quelle que fût l'étendue de sa foi, il lui était difficile de croire que de pareilles horreurs existaient réellement. Cette fille ne paraissait même pas se rendre compte qu'elle avait atteint le fond de l'abjection. Il y avait une sorte de fierté, sur son visage, un air radieux, et elle paraissait vraiment croire qu'elle avait donné le meilleur d'elle-même, qu'elle s'était montrée digne de l'éducation qu'elle avait reçue. Elle était convaincue qu'elle s'était tenue en première ligne de la politique étrangère américaine dans les efforts incessants que les États-Unis accomplissaient pour venir en aide aux pays sous-développés. Elle ne semblait même pas se douter qu'au lieu de venir en aide aux autres, elle avait été elle-même contaminée, dévastée spirituellement et moralement.

Le révérend Horwat se rendait compte à présent

que, même dans ses envolées les plus éloquentes et dans ses descriptions les plus réalistes des forces démoniaques, lorsqu'il se dressait, les ailes déployées, au-dessus des fidèles, il n'avait jamais rendu justice à l'ennemi public numéro un. Il n'avait vécu qu'aux États-Unis, et c'est pourquoi, sans doute, il ne connaissait pas grand-chose au Mal.

Ils étaient assis parmi les rochers, dans un coin perdu des montagnes, et le révérend Horwat n'avait pas la moindre idée de l'endroit où ils se trouvaient. Il se sentait aussi perdu qu'on peut l'être quand on croit malgré tout à la Providence. Lorsque les Cadillac avaient stoppé dans ce décor cauchemardesque de lave noire et que les phares s'étaient figés, fixant sur les parois de pierre leur œil rond, lorsque les portières furent ouvertes et que Garcia leur aboya l'ordre de descendre, le Dr Horwat avait eu la certitude que c'était là le lieu choisi pour leur exécution et s'était préparé une fois de plus, mentalement, à la suprême Rencontre ; mais Garcia leur avait seulement annoncé qu'ils allaient passer la nuit là et peut-être même rester un peu plus longtemps... Bien qu'il n'eût souligné cette dernière phrase d'aucune intention ironique, elle leur avait paru pleine de sinistres sous-entendus. Il y avait à présent plus de deux heures qu'ils étaient assis sur les pierres, sous les étoiles, frissonnant dans l'air froid, cependant que cette jeune femme étonnante, qui ne paraissait connaître ni la fatigue, ni la peur, ni le découragement, continuait à se comporter comme s'il s'agissait d'un pique-nique et comme si les *marines* avaient déjà débarqué et étaient en train d'assurer la protection de tous les citoyens américains.

— Vous auriez dû retourner aux États-Unis depuis longtemps, lui dit-il sévèrement.

— Pour quoi faire? Gagner ma vie? Un jour, Dr Horwat, les enfants de ce pays apprendront mon nom dans les écoles, et personne ne pourra plus dire que l'Amérique n'a jamais rien fait pour eux. Je ne me prends pas pour le Dr Schweitzer, allez. Je n'ai pas encore réussi à faire grand-chose...

— Pas encore? demanda le Dr Horwat avec une ironie un peu lourde. Parce que vous avez l'intention de continuer?

— C'est ça, moquez-vous de moi, c'est facile. Mais c'est tout de même grâce à moi que ce pays a le meilleur réseau téléphonique en dehors des États-Unis. Le téléphone atteint à présent les régions les plus reculées, il est automatique, il est devenu l'orgueil du pays. C'est la première chose qu'on fait voir aux touristes. Vous avez dû le remarquer aussi, non? Même dans ce café minable et délabré où nous nous sommes arrêtés, il y avait le téléphone, et qui marchait... Vous avez bien vu que le capitaine Garcia a obtenu sa communication immédiatement.

Le Dr Horwat lui lança un coup d'œil furibond. Que cette créature complètement amorale et sans trace de pudeur pût se vanter ainsi de ce qui leur avait presque coûté la vie — aussi longtemps qu'il vivrait, il n'oublierait jamais cet affreux téléphone noir sur le comptoir et dans la grosse patte de Garcia — était une chose qui dépassait vraiment la mesure.

— Je vous félicite, lui lança-t-il avec indignation. Vous avez vraiment de quoi être fière.

Elle n'écoutait pas. Le Dr Horwat commençait à se

357

demander si elle lui prêtait la moindre attention. Elle paraissait procéder à haute voix à son propre examen de conscience et trouver le bilan positif et même encourageant.

— Et puis, qu'est-ce que vous voulez, je l'aimais. Et je l'aime encore, et je l'aimerai aussi longtemps que je vivrai...

Le Dr Horwat ferma les yeux. Que cette malheureuse épave pût sincèrement aimer un homme pareil, sans se rendre compte qu'il s'agissait d'un lien physique de la plus basse catégorie — cela crevait, pour ainsi dire, les yeux —, qu'elle pût imaginer qu'elle aimait Almayo comme le Dr Horwat, par exemple, aimait sa femme, cela semblait en quelque sorte salir ses propres sentiments et discréditer l'amour en général, dans toute sa pureté. Il avait souvent entendu parler de ces Américaines qui allaient au Mexique pour s'y adonner à la plus basse sexualité, et c'était à peu près de cela, évidemment, qu'il s'agissait. Ce qu'il y avait de curieux, c'était que son visage ne reflétait nullement cette profonde corruption intérieure qui la minait. Mais il ne fallait pas confondre beauté et pureté. C'était tout simplement une beauté qui s'était trompée de personne, pour ainsi dire, qui était mal tombée. Ses cheveux très blonds, ramenés en arrière dans un chignon, dégageaient un front très pur, les traits étaient purs également, mais dans le sens simplement artistique du mot, bien dessinés, et quoi ! avec le clair de lune et les étoiles, on pouvait se tromper, se sentir attiré, avoir même envie de venir plus près d'elle, c'était un visage qui donnait bien le change. Il aurait souhaité qu'elle lui fiche la paix avec sa beauté, il ne voulait même plus la regarder ; dans les moments graves et même tragiques de l'existence, on est toujours attiré par n'importe quelle féminité qui se présente bien, du point de vue physique, les hommes pensent toujours à leur mère à ce moment-là. Peut-être fallait-il lui prendre la main, la consoler, passer son bras autour de ses épaules fragiles, dans un grand mouvement d'humanité. Le Dr Horwat eut soudain conscience d'un phénomène physiologique tellement affreux et scandaleux en train de lui arriver que le sang de la honte se mit à cogner à ses tempes. Cela était sans doute dû à la tension nerveuse et à la fatigue, c'était le réflexe nerveux, aveugle, d'un homme jeune sous l'effet de l'émotion, ça ne pouvait rien avoir de sexuel ; c'était une sorte de malentendu, un afflux de sang dans une mauvaise direction. Il se sentait en tout cas littéralement cloué sur place, terriblement encombré et incapable de bouger, ne fût-ce que pour s'écarter quelque peu de la fille. C'était incontestablement la main du Démon qui s'était abattue sur lui et qui l'étreignait, en quelque sorte, sinon à la gorge, du moins... aux entrailles. Il chercha instinctivement l'œil vitreux de la poupée ventriloque, convaincu que cette créature devait savoir exactement ce qui se passait. Le mannequin le regardait en effet avec son air cynique habituel, mais il était impossible de savoir si cet amuseur de foire était en train de manifester quelque perspicacité particulière. L'évangéliste se sentait tellement humilié par cette disgrâce physiologique qui s'abattait soudain sur lui qu'il en venait presque à regretter de ne pas avoir déjà été fusillé. Il se consola en pensant que ça n'allait sans doute pas tarder, et qu'il méritait bien un tel châtiment. En tout cas, il n'allait plus écouter cette fille et ses histoires sordides. Il fit un geste pour s'écarter, mais se trouva soudain assis encore plus près d'elle qu'auparavant.

— Qu'est-ce qu'il y a, Dr Horwat ? demanda-t-elle. Ça ne va pas ?

Il ne dit rien et secoua la tête. Dans le clair de lune, ce visage ne portait vraiment aucune marque de sa corruption intérieure. On avait envie de toucher ce front, ces lèvres, ces cheveux lumineux.

— Je vous remercie, lui dit-il d'un ton rauque. Il était épuisé, ahuri, exaspéré et effrayé. Peut-être le consistoire avait-il eu raison lorsqu'il avait hésité à lui confier le rôle de porte-parole officiel de son Église — malgré son grand talent, comme ils disaient —, à cause de sa jeunesse. A cette époque, il avait été indigné mais, en ce moment, il n'était pas loin de leur donner raison. Les événements excusaient son égarement, et, du reste, quel mal peut-il y avoir à prendre la main d'une pauvre enfant, alors qu'on est tous les deux perdus parmi les volcans dans un pays ennemi ? Et puis ils avaient roulé des heures et des heures, et il y avait eu cet affreux moment où Garcia avait fait stopper la caravane, juste après le coucher du soleil, et où il les avait fait descendre une fois de plus ; cette fois, l'évangéliste avait été sûr que c'était pour les fusiller et jeter leurs cadavres dans le précipice. Il ne pouvait y avoir d'autre raison à cette randonnée insensée dans la Sierra : trouver le bon endroit pour les massacrer et pour se débarrasser de leurs corps dans les meilleures conditions, de façon qu'on ne les retrouve jamais. Mais telle n'était nullement l'intention du capitaine Garcia.

Il avait simplement décidé qu'ils étaient dangereusement à court d'essence et il les avait entassés tous dans une seule Cadillac, abandonnant les autres véhicules après avoir siphonné leurs réservoirs.

— Vous êtes gentil, Dr Horwat.

Elle lui serra amicalement la main. Amicalement, sans plus. C'était très bien ainsi, il n'y avait là aucun mal. Si seulement cet affreux Cubain pouvait s'écarter un peu. Il ne les quittait pas d'une semelle. Apparemment, après le soutien moral que l'évangéliste lui avait offert alors qu'il se tenait déjà adossé au mur face au peloton d'exécution, il avait décidé que le Dr Horwat était son père et sa mère, et il n'y avait plus moyen de s'en débarrasser. Maintenant encore, il était accroupi par terre à quelques pas, et chaque fois que le Dr Horwat le regardait, l'autre le gratifiait d'un de ses sourires répugnants. Le Dr Horwat n'arrivait même pas à éprouver de la pitié pour l'infirmité dont le malheureux était affligé. Comment les gens pouvaient se laisser aller à payer pour assister à un tel spectacle et comment un homme pouvait accepter d'exhiber son infirmité en public était quelque chose qu'il était incapable de concevoir.

La nuit était à présent aussi noire que les montagnes, les phares étaient éteints, mais le ciel avait encore cette clarté bleue de la pureté éternelle à l'abri des ténèbres.

— Regardez, dit la jeune femme.

Debout sur un rocher, M. Antoine se découpait sur le fond d'étoiles, haute silhouette noire, les bras animés d'un mouvement rapide et régulier. M. Antoine jonglait. Les balles argentées volaient vers la lune, très haut. M. Antoine était un homme qui avait de l'ambition. Sept, huit, neuf, dix balles, compta l'évangéliste. Un remarquable exploit pour des mains humaines, mais il se demandait quel effet cela pouvait bien faire aux millions d'étoiles qui se penchaient depuis des millénaires sur toutes les manifestations du génie humain.

— Pas mal, dit une voix auprès du Dr Horwat.

Le mannequin, un bras passé tendrement autour du cou du ventriloque, observait le jongleur par-dessus son cigare.

— Pas mal, répéta le mannequin, mais pas assez tout de même. Le coucher du soleil, tantôt, à mon humble avis, c'était beaucoup plus fort. Il y avait là un talent autrement plus éclatant, messieurs, et il est absurde de vouloir rivaliser avec lui. Mais je reconnais que cet homme fait de son mieux, et que ce n'est pas mal, pas mal du tout, dans les limites du music-hall.

Les balles volaient haut vers le ciel et retombaient dans la main du jongleur. Les étoiles contemplaient cette puissance de la main humaine.

— Regardez-le, grinça le mannequin. Il essaie de leur montrer tout ce dont nous sommes capables. C'est la manie de la grandeur, ou je ne m'y connais pas. Nous autres, saltimbanques, nous sommes tous des mégalomanes. Les cirques ferment, les music-halls font faillite, mais les saltimbanques continuent leur éternel numéro. Après l'homme-canon, c'est l'homme vers la lune. Tous les records de recettes seront battus.

La jeune femme éclata de rire. L'évangéliste n'aimait pas le ventriloque danois et son mannequin ; c'était quelque chose de presque personnel, qui tenait sans doute au sourire cynique de la poupée et aux plaisanteries douteuses que son maître ne cessait de lui mettre dans la bouche.

— Tous des ratés, des prétentieux, reprit le pantin. Michel-Ange, Shakespeare, Einstein, autant d'échecs. Des éphémères, des lucioles, des mortels... pas de vrais talents. Il suffit d'un beau coucher de soleil pour s'en rendre compte.

Le jongleur revenait vers eux, les bras chargés de balles, et il paraissait content de lui, comme s'il avait fait une moisson d'étoiles. Le Dr Horwat le félicita aimablement de son habileté.

— J'essaie, j'essaie, dit M. Antoine, je fais de mon mieux.

Il jeta un coup d'œil vers la soldatesque.

— Croyez-vous qu'ils comptent encore nous fusiller ?

— Je n'en sais absolument rien, dit le Dr Horwat.

— Je n'arrive pas à comprendre pourquoi même un dictateur ferait une chose pareille, dit M. Antoine.

— Il est peut-être déçu par les artistes, lança le mannequin. Peut-être estime-t-il que nous avons assez trompé le monde.

— Je n'ai pas particulièrement peur de mourir, dit M. Antoine. Après tout, ça fait partie du numéro... Tôt ou tard, il faut quitter la scène... Mais j'ai une femme et trois enfants à Marseille.

— Oh ! ils ne risquent rien, dit la jeune femme.

— Vous êtes un peu cynique, mademoiselle. Vous avez sans doute vécu trop longtemps dans ce pays. Je puis vous assurer qu'en France nous attachons encore un certain prix à la vie humaine.

Il s'éloigna avec dignité. La jeune femme se mit à rire.

— Ces Français ! dit-elle. Toujours montés sur leurs grands chevaux, et les chevaux sont toujours blancs. A les entendre parler de « vie humaine », on croirait que c'est eux qui l'ont inventée. La vie humaine, ça existe un peu partout. En fait, le monde est si plein de vie humaine qu'il y a des gens qui commencent à en avoir par-dessus la tête et qui voudraient bien voir quelque chose d'autre pour changer... quelque chose de propre...

Elle soupira et se coucha par terre, en leur tournant le dos.

Le Dr Horwat ôta son veston et lui couvrit les épaules.

— Merci, dit-elle. Vous n'allez pas avoir froid ?

— Non, murmura-t-il.

Il s'allongea à son tour, un peu à l'écart d'elle, pour éviter tout malentendu. Le ciel était à présent immuable dans sa clarté nocturne, en attendant l'aube. La voie lactée, les années-lumière, la lune, le noir des volcans, les ombres bleues qui glissaient sur la lave, le music-hall, les saltimbanques, la chevelure très blonde que la nuit ne parvenait pas à entamer, tout cela se mettait à errer devant les yeux de l'évangéliste, et les impressions de ces dernières heures étaient si puissantes qu'il ne parvenait même plus à appeler auprès de lui le visage de sa femme et de ses enfants. Ses yeux s'agrandirent un peu, lorsqu'il vit passer devant lui une ombre blanche et fantomatique toute constellée d'étoiles, qui paraissait être descendue du ciel, mais qui n'était que M. Manulesco, avec son vêtement étincelant de paillettes, son chapeau pointu, son visage blanc et lunaire de clown musical...

Le Dr Horwat ne se rappelait plus où il était ni ce qu'il faisait là, ni quel était ce géant de lave noire qui jonglait avec des millions d'étoiles, lorsqu'il fut soudain réveillé par un tintamarre de foire. Il se dressa en sursaut et reconnut avec étonnement un bruit de fête, des cris, des rires et des voix ivres qui chantaient.

« Une orgie », se dit immédiatement le Dr Horwat. Il ne manquait que ça. Il jeta un coup d'œil rapide autour de lui et fut surpris et soulagé à la fois de constater que la jeune femme était toujours là et qu'elle dormait tranquillement, pelotonnée contre le rocher, les épaules protégées par son veston. Il posa un instant sa main sur elle, il ne savait trop pourquoi, puis regarda vers la lumière brutale qui éventrait la nuit.

Les phares de la Cadillac étaient allumés et illuminaient un groupe de soldats ivres, qui formaient un cercle titubant autour de quelqu'un ou de quelque chose. Le Dr Horwat n'avait aucune envie de se risquer parmi ces brutes, mais il estima tout de même de son devoir de se lever et de se diriger vers eux pour s'assurer qu'ils n'étaient pas en train de massacrer quelqu'un. Il entendit alors un son de violon. C'était un air à la fois frénétique et triste, mi-rire mi-sanglot, qui paraissait venir directement de la Puszta hongroise ou de quelque campement de tziganes des plaines bessarabiennes.

Il s'approcha.

La lumière crue des phares arrachait à la nuit une arène de pierres.

Au milieu de l'arène, debout sur la tête, le petit

M. Manulesco jouait son air déchirant et endiablé sur son minuscule violon. La sueur de la peur coulait en gouttes épaisses sur son visage enfariné. Ses chaussons blancs, son costume de clown musical et son pantalon bouffant étincelaient et scintillaient dans la lumière.

Le capitaine Garcia, complètement soûl, dansait autour de lui, une bouteille de *tequila* à la main, en exhortant le grand artiste. Le capitaine Garcia s'amusait de bon cœur. Il était grisé par sa complète liberté et le bonheur et la fierté qu'il éprouvait sans doute à être redevenu ce que ses ancêtres avaient toujours été : un bandit des montagnes.

Le capitaine dansait donc une gigue endiablée autour du virtuose, parmi les hurlements approbateurs de ses subordonnés. Et le grand artiste, dans l'espoir probable de calmer un peu cette frénésie dont il était entouré, tenta de changer d'air, d'abandonner la czardas et se mit à leur donner du Bach, et sans doute n'avait-il jamais dû, de toute sa vie de maestro, jouer du Bach planté sur la tête pendant si longtemps. Le Dr Horwat se demanda avec terreur depuis combien de temps il se surpassait ainsi dans son art, les jambes en l'air. On pouvait vraiment dire qu'il y avait là quelque chose de surhumain, quelque chose qui s'élevait au-dessus des lois de la terre et était digne, ainsi, de la musique céleste de Jean-Sébastien. Peut-être cette musique devait-elle être jouée ainsi, dans la plus authentique élévation. Le Dr Horwat devait convenir que ce n'était vraiment pas mal et que l'humanité ne manquait pas de talent.

Le grand virtuose finit tout de même par s'effondrer et par demeurer prostré sur le sol, le violon dans une main, l'archet dans l'autre, à bout de forces et d'inspiration, et déjà le capitaine Garcia cherchait des yeux un autre numéro. Il aperçut le jeune Cubain, le saisit par le bras et le tira sous le feu des phares, mais l'artiste lui expliqua timidement quelque chose avec un grand sourire, et le capitaine Garcia éclata d'un « ho, ho, ho ! » particulièrement joyeux, après quoi, ayant partagé cette excellente plaisanterie avec le reste de sa bande et s'étant fait promettre une exhibition spéciale à la première occasion, il donna au surhomme une grande tape dans le dos et lui passa la bouteille. Le Dr Horwat fut heureux de constater qu'il respectait au moins l'infirmité du malheureux, car l'idée lui avait déjà traversé l'esprit que Garcia était parfaitement capable de forcer le monstre cubain à exhiber son talent sur la personne de la jeune femme endormie.

Les yeux de la brute avinée tombèrent alors sur le jeune évangéliste, et, avant d'avoir eu le temps de protester ou même de comprendre ce qui lui arrivait, le Dr Horwat se retrouva dans la lumière aveuglante des phares, au milieu de cette innommable racaille. Le capitaine Garcia, sans aucune intention particulièrement malveillante, mais oubliant complètement qu'il n'avait pas affaire à un artiste de music-hall, pointa sur le prédicateur sa patte velue et lui ordonna de faire son numéro ; comme le Dr Horwat, d'une voix hoquetante d'indignation et de colère, essayait de lui expliquer qu'il n'était nullement un saltimbanque mais un évangéliste, et prononçait d'une traite, pour mieux se faire comprendre, les noms mondialement connus du révérend Billy Graham et du pape Paul VI, le capitaine, prenant ce qu'il croyait être une dérobade pour une offense personnelle, tira son énorme pistolet de l'armée américaine.

— Danse. Tu vas danser pour moi !

Mais le Dʳ Horwat n'avait pas l'intention de danser. En fait, il était tout disposé à perdre la vie sur place plutôt que sa dignité. Non point qu'il n'eût pas peur, face à ce gorille ivre qui lui agitait son pistolet sous le nez. Il avait très peur. Il avait même tellement peur qu'un flot d'insultes et d'obscénités proférées sur un ton tonitruant et avec une variété d'emploi peu compatible avec la concision d'un vocabulaire de G. I. lui monta aux lèvres de la profondeur même de sa tripe américaine et il se vida de sa peur, de son exaspération et de sa honte en une exhibition absolument étonnante et peut-être unique dans toute l'histoire du music-hall, car il s'agissait d'un homme profondément croyant qui n'avait jamais dit un gros mot de son existence. Il est certain qu'il existe des moments dans la vie où les hommes trouvent en eux des ressources tout à fait inattendues et donnent le meilleur d'eux-mêmes, illuminés d'une authentique inspiration sous le choc de circonstances historiques.

Le Dʳ Horwat se mit donc à rugir d'une voix que la jeune et magnifique beauté de son baryton et la violence de ses salves verbales puisées dans la plus belle tradition militaire de son pays enflèrent d'une force qui fit retentir la montagne, comme si un volcan s'était soudain réveillé parmi eux. Bien que ce torrent d'ordures eût sans doute profondément désolé son Église et ses millions de fidèles, ce fut cependant, en pareilles circonstances, un de ses efforts les plus nobles et les plus courageux : il prouvait certainement que, malgré toutes les bonnes paroles déjà prodiguées par les États-Unis au tiers monde, ce grand pays ne lui avait pas encore dit son dernier mot. Un esprit mal intentionné — et, justement, le mannequin du ventriloque, Ole Jensen, grimpé sur l'épaule de son célèbre maître Agge Olsen, n'était pas loin —, observant discrètement la scène dans l'ombre, aurait pu se demander si le capitaine Garcia n'avait pas obtenu, sous la menace du revolver, exactement ce qu'il voulait de celui qu'il prenait pour un saltimbanque, et si ce dernier n'était pas tout simplement occupé à le distraire en faisant devant la brute un très beau numéro de courage et de dignité outragée. Le Dr Horwat était en train de se surpasser. Il commençait à se rendre compte, malgré sa rage et son indignation, malgré sa peur, aussi, que sa voix admirable semblait ébranler les montagnes ; tout en continuant à rugir, il se mit à écouter avec quelque satisfaction les échos qu'il suscitait. Cela finit par le calmer, et, lorsqu'il s'arrêta pour reprendre haleine, il s'aperçut que Garcia le regardait avec respect.

— *Muy bien,* dit le capitaine en claquant des lèvres. *Sí señor.* Beaucoup de talent.

Il tendit la bouteille au Dr Horwat, et, bien que par la suite il eût du mal à le croire, le jeune évangéliste, après une dernière injure, se surprit en train d'absorber une puissante gorgée de *tequila.*

Il fit éclater ensuite la bouteille contre le sol et repartit dans la nuit en trébuchant sur les pierres ; il fut très soulagé de trouver la jeune femme toujours paisiblement endormie. Il avait l'impression de rentrer chez lui ; il s'installa aussi confortablement qu'il put

369

auprès d'elle et l'entoura d'un bras. Bien que son cœur battît encore furieusement au rythme même de ses derniers anathèmes, que son front fût en feu et sa tête pleine d'épithètes et d'invectives homériques, assemblées sans effort en phrases encore plus cinglantes et vengeresses, après quelques grognements et quelques *bastards* marmonnés dans la barbe naissante qui couvrait déjà ses joues comme une rosée blonde du matin, le jeune évangéliste sombra rapidement dans un sommeil profond.

CHAPITRE XIX

Les étoiles s'emparaient du ciel et ne laissaient d'ombre qu'à la terre ; la nuit leur réussit, songeait Almayo, comme le jour réussit aux champs et à la moisson. Il était couché sur un rocher et il en avait plein les yeux. Les étoiles. C'était là que les anciens dieux étaient nés, c'était de là qu'ils étaient descendus, voilà des millénaires. Ils étaient venus du ciel et avait gouverné les hommes longtemps et avec justice, répondant toujours à leurs offrandes, à leurs sacrifices, à leurs prêtres. Et puis les Espagnols étaient arrivés de la mer et avaient détruit les dieux d'avant ; ils avaient pu ɩe 'faire parce qu'ils avaient amené avec eux leurs nouveaux dieux et le Diable, qui étaient bien plus puissants et qui travaillaient ensemble. Les ruines des dieux anciens abattus et brisés jonchaient le pays. Mais ils n'étaient plus maintenant que des pierres vaincues, et, comme tous les vaincus, ils avaient perdu leur pouvoir.

Almayo regardait toujours le ciel avec un respect profond : le vrai talent était là-haut et pas ailleurs. Ailleurs, il n'y avait que des saltimbanques, Diaz, le

Baron, des magiciens de foire, des jongleurs, des illusionnistes, des ventriloques et des prestidigitateurs qui vous procuraient un vague moment d'illusion, qui prétendaient avoir du pouvoir, du génie ou du talent, mais qui étaient tout juste capables de donner le change le temps d'un numéro sur la scène d'un music-hall.

Il n'était pas encore désespéré, puisqu'il était vivant. Tant qu'il était de ce monde, il y avait de l'espoir. La puissance du Mal cessait peut-être de l'autre côté, mais pas ici. Sa chance était encore bonne, puisqu'il était parvenu à quitter la ville au nez de l'Armée. Quelqu'un, quelque chose veillait toujours sur lui. Il toucha de la main la terre encore chaude du soleil et sourit.

Au-dessus de sa tête, les ombres tordues des cactus se penchaient sur son front et les rocs avaient des formes étranges qui semblaient parfois s'animer, prendre vie, lui faire signe. Mais ce n'était qu'une illusion, et la soif vous fait toujours voir des sources qui ne sont pas là. Peut-être, après tout, que la terre appartenait aux hommes et qu'il n'y avait personne d'autre, pas de puissance, pas de mystère, et que le monde n'était fait que de boîtes de sardines vides, de machines américaines et de Coca-Cola. Peut-être le monde n'était-il qu'un immense lieu de stockage de matériel où se déversaient les surplus militaires américains. Les Espagnols avaient toujours menti et sans doute leurs curés avaient-ils menti aussi et n'y avait-il ni Bien ni Mal, ni Dieu ni Diable, pas de talent véritable et tout-puissant, uniquement un immense lieu de vidange pour les surplus américains. Il n'arrivait pas à le croire. Malgré sa fatigue, malgré l'extraordinaire facilité avec laquelle les jeunes officiers idéalistes et bien intentionnés et les étudiants sans Dieu ni Diable l'avaient renversé, la foi ne l'abandonnait pas. Ses ennemis l'avaient souvent accusé de cynisme, et il s'était fait expliquer ce mot. Il n'était pas cynique. Il n'y avait que les nouveaux officiers et les étudiants qui étaient cyniques dans ce pays. Ils ne croyaient à rien, ils croyaient seulement aux hommes.

Les intellectuels, les « élites » l'avaient toujours appelé derrière son dos « le mangeur d'étoiles ». C'était une allusion à ses origines de Cujon, car c'était le nom qu'on donnait, dans les vallées tropicales d'où il venait, aux Indiens qui se droguaient à la *mastala,* au mescal et, dans les montagnes, à la cola. Mais les Indiens n'avaient rien d'autre à se mettre sous la dent, et la *mastala* les rendait très heureux, leur donnait des forces et leur permettait de voir Dieu dans leurs visions et de constater de leurs propres yeux qu'un monde meilleur existait vraiment. Ses ennemis croyaient l'insulter ainsi, ils croyaient que « mangeur d'étoiles » était un terme blessant et humiliant, mais eux-mêmes se droguaient continuellement, bien que ce ne fût pas avec du mescal ou avec de la cola. Ils se droguaient avec toutes sortes de belles idées qu'ils se faisaient d'eux-mêmes et de leur talent, des hommes et de leur puissance, de ce qu'ils appelaient leur civilisation, leurs maisons de la culture, avec le matériel des surplus américains qui couvrait déjà toute la terre et qu'ils envoyaient maintenant tourner autour de la lune, à la recherche d'endroits toujours nouveaux où ils pourraient déverser leurs ordures. Ils se droguaient beaucoup plus que les Indiens, et eux non plus ne pouvaient se passer de leurs drogues et se voyaient tout-puissants dans leurs visions, maîtres de l'univers. Une haine profonde le saisit et il serra les poings. Il eut soudain l'impression de se trouver à nouveau dans l'arène, encore une fois renversé, sous les rires et les huées.

C'était vrai, ils avaient raison, il avait fait une grande consommation d'étoiles, lui aussi, bien qu'il ne mangeât jamais la plante, ce qui était tout juste bon pour de vieilles paysannes comme sa mère ; lui préférait les plus jeunes et les plus fraîches, les plus nouvelles, les dernières nées au firmament de Hollywood, de première grandeur ou commençant à peine à briller ; elles prenaient l'avion, venaient s'allonger, ouvraient les jambes et repartaient en brillant de plus belle de tous les bijoux qu'il leur avait offerts avec l'argent de l'aide américaine aux pays sous-développés. Et il avait eu dans sa boîte de nuit les plus grandes vedettes et les plus beaux numéros. Tout le monde avait besoin de magie pour vivre. Simplement, il en avait plus besoin que les autres. Il avait beaucoup plus d'appétit. Dommage seulement que la plus grande attraction du monde, le numéro unique et légendaire dont tous les spécialistes et tous les chercheurs de talents parlaient sans cesse, demeurât invisible. L'étoile de première grandeur, celle qui brillait comme aucune autre au firmament du music-hall, s'était toujours dérobée à ses yeux. C'était à se demander si ce « Jack » existait vraiment.

Il avait toujours été prêt à payer n'importe quel prix

pour le voir, avec son associé, puisqu'ils travaillaient ensemble, et si l'un existait, l'autre existait aussi.

A présent, il fuyait dans la Sierra, entouré de ses derniers amis et, avec un peu de chance, il allait pouvoir rejoindre dans la péninsule du Sud les troupes du général Ramon qui lui étaient demeurées fidèles.

Il fumait son dernier cigare et ne parvenait pas à détacher son regard du ciel. Un beau numéro, mais ces millions de lumières n'étaient sans doute que des duperies et n'avaient rien de plus à offrir que tous les autres charlatans qu'il avait vus défiler sur la piste de l'*El Señor*.

Le vrai talent se dérobait. Il risquait maintenant de se faire tuer sans l'avoir vu. Peut-être était-ce justement le prix qu'il fallait payer. Si seulement il pouvait être sûr, il le payerait volontiers. Mais c'était tout de même un peu étrange qu'on lui demandât si cher, alors que des tas de gens au *Tivoli* de Copenhague, au *Palladium* de Bristol et même à Mérida avaient seulement payé le prix habituel de l'entrée. Ils l'avaient tous vu. Ce n'était pas une légende soigneusement perpétuée par des complices intéressés.

Il y avait quelque part en ce monde un être véritablement fabuleux, dont les pouvoirs sans pareils étaient incontestables et dont les professionnels les plus sérieux et les plus dignes de foi avaient certifié l'existence et le talent. Mais il se dérobait aux yeux du seul homme qui méritait vraiment de le rencontrer. Il lui suffisait de penser à ce « Jack » et à son assistant pour éprouver un sentiment accablant de frustration et de désespoir. Ce n'était pas juste. Qu'attendaient-ils encore de lui ? Il avait pourtant fait de son mieux, il avait commis tous les péchés que les prêtres espagnols lui avaient décrits comme sûrs d'attirer sur lui l'attention de l'un et de l'autre, il en avait même inventé quelques-uns. Peut-être Hitler en avait commis davantage, mais il était à la tête d'un grand pays, il avait tout le grand peuple allemand derrière lui.

Enfin, sa chance tenait bon, ce n'était pas encore fini. Ils avaient rencontré quelques survivants de la Force de Sécurité à la sortie de la capitale et ils avaient foncé ensemble vers le Sud, les mitraillettes ouvrant le feu au premier signe d'hostilité ou même de vie. Pendant plusieurs kilomètres ils avaient tiré sur tout ce qui bougeait. Ils avaient roulé aussi loin que la route continuait, s'enfonçant dans la montagne qu'il leur fallait franchir pour descendre de l'autre côté dans les vallées du Sud, puis ils avaient abandonné les voitures et les motos et avaient trouvé des chevaux, des mulets et un guide pour leur montrer le chemin. Le guide jura que le *lider maximo* pourrait passer le col sans trop de difficultés, que la piste était praticable et qu'il ne leur faudrait pas plus de deux jours pour atteindre le versant septentrional et les avant-postes du général Ramon.

Ils auraient pu essayer la voie qui reliait directement la capitale avec le port de Gombaz, à la pointe de la péninsule ; quelques hommes avaient décidé de courir ce risque, en faisant une provision d'essence avec ce qui restait dans les voitures abandonnées, et ils étaient partis sur leurs motos pour faire cinq cents kilomètres sur la route ; le danger principal venait de la population, qui paraissait déchaînée contre tout ce qui portait l'uniforme de la *Securidad*. Avec un peu de chance, ils parviendraient à rejoindre en moins de quelques heures le général Ramon, celui-ci enverrait alors un hélicoptère pour ramasser, sur le sentier de la Sierra, Almayo et ses compagnons. Tout pouvait encore s'arranger.

Couché sous les étoiles, baignant ses yeux dans leur lumière, écoutant le silence, regardant les silhouettes des sentinelles immobiles au bord du précipice — mais il n'y avait pas de danger, rien que la nuit amicale — il commençait à sentir naître en lui une confiance nouvelle avec chaque moment de paix ou de repos, avec chaque signe étincelant dans le ciel ; son corps renaissait lentement, avec une force nouvelle, du fond de la fatigue, et il lui semblait que ces éclats innombrables au-dessus de sa tête lui envoyaient un message personnel, qu'ils n'avaient jamais encore brillé pour lui avec plus de promesse et de beauté. Ce serait vraiment de la malchance si quelques-uns de ses hommes n'arrivaient pas à passer et la chance n'abandonne pas facilement ceux qui ont fait tout ce qu'il fallait pour la mériter. Il était loin d'être battu. Demain matin, dès la première lueur du jour, l'hélicoptère du général Ramon viendrait le chercher. Il descendrait lentement du ciel, tout comme « Jack » le faisait dans son fameux numéro. Et, cependant que ses yeux commençaient à se fermer malgré toute sa fidélité aux étoiles, cependant que, sans dormir encore, il continuait à rêver à ce « Jack » tout-puissant, il sentit dans son cœur une telle aspiration, une telle soif dévorante de talent et de *protección,* qu'il lutta contre le sommeil qui venait comme la fin du rêve, comme un vide, comme tout le vide et le néant de la réalité.

CHAPITRE XX

Ils avaient repris la route dès l'aube, entassés tous dans la même Cadillac, selon la décision de Garcia qui était d'autant plus sans appel que le capitaine souffrait d'une effroyable gueule de bois et était d'une humeur... massacrante. Même avec une seule Cadillac et une seule jeep, Garcia savait qu'il avait à peine assez d'essence pour arriver à destination. La chaleur dans la voiture était telle que le Dr Horwat, écrasé de tous côtés sous le poids des corps, plongeait de temps en temps dans une torpeur sans traces de pensée et de sentiments d'aucune sorte. C'était, du reste, un véritable soulagement, car, lorsqu'il retrouvait ses esprits, les cahots de la voiture, la vue du précipice qui ne les quittait pas d'une semelle, le contact physique odieux du Cubain qui le tenait pratiquement dans ses bras, le regard vide du mannequin penché sur lui par-dessus l'épaule d'Agge Olsen, assis à côté du chauffeur, les visages défaits et couverts de sueur de ses compagnons, la jeune femme dont la jupe était remontée bien au-delà de toutes les limites permises et imaginables, le malaise de Mr. Sheldon, l'avocat, lequel ne cessait de

378

vomir par la fenêtre, et l'odeur suffocante, métallique, de la carrosserie surchauffée étaient plus qu'il n'en pouvait supporter ; il avait alors l'impression de se trouver planté au beau milieu d'un rictus moqueur du Démon étendu sur toutes choses ; en fait, il avait acquis la ferme certitude, au fur et à mesure que ce périple d'Enfer se poursuivait, qu'il était l'objet constant des attentions particulières et personnelles de son ennemi mortel, et que la « concurrence » avait délibérément organisé son voyage dans ce pays pour l'attirer sur son propre terrain, afin de mieux le bafouer.

— Courage, Dr Horwat, grinça le mannequin, dont le maître ventriloque devait sans aucun doute être un athée farouche ou peut-être même un catholique pratiquant, haïssant du fond du cœur tous les cultes protestants. Courage, mon bon révérend. Ça ne va pas être long, maintenant, quelque chose me le dit...

Et il n'était pas question de nier que cette remarque sinistre pleine de sous-entendus paraissait plus que fondée, car, comble de malchance, ou comble de préméditation de la part des forces des ténèbres déchaînées, le capitaine Garcia, s'étant suffisamment dessoûlé au petit matin, ouvrit sa radio ; il avait ainsi appris que la capitale était tombée et que le « voleur assassin et sanglant, José Almayo » avait pris la fuite ; écoutant ensuite le Quartier général du Sud, il avait appris que le port de Gombaz, sous le commandement du général Ramon, était demeuré fidèle au *lider maximo* et que celui-ci s'apprêtait à marcher sur la capitale pour y restaurer l'ordre et « la légalité ». Le capitaine Garcia avait donc décidé de foncer sur Gombaz ;

c'était la seule porte maritime de sortie possible vers quelque rivage ami. Là, annonça-t-il aux prisonniers, en faisant une tache sur la carte avec son gros doigt crasseux, ils seraient remis aux autorités, lesquelles décideraient de leur sort... Quant à ce que ce sort allait être, ajouta-t-il avec un clin d'œil complice, dont on ne savait s'il était adressé aux prisonniers ou à la mort, cela dépendrait entièrement de l'endroit où se trouvait le général Almayo et de la disposition d'esprit de ce dernier. Certains virent dans ce nouveau tournant que prenaient les événements une raison d'espérer ; le Dr Horwat, lui, ne se faisait guère d'illusions, il n'avait strictement aucune confiance dans ce que cette canaille de Garcia que quelqu'un avait oublié de fusiller, il y avait de ça plusieurs siècles, leur disait ; c'était un des plus infâmes coquins que le monde eût jamais produits, voilà au moins qui était sûr ; un menteur cynique et aviné, probablement pourri de maladies honteuses et sans doute pratiquant la sodomie ; telle était sa ferme opinion, et il l'exprima à voix haute, dès que Garcia eut le dos tourné. Il était donc agacé par la soudaine flambée d'optimisme de ses compagnons qui s'étaient mis à bêler d'espoir comme des moutons à l'approche de l'abattoir ; il n'y voyait qu'une façon pathétique et lâche de faire l'autruche, un refus de faire face à la réalité. Quant à lui-même, étant donné la nature de l'adversaire et de l'ennemi auquel il avait affaire, il ne s'attendait qu'à quelque totale ignominie. Il savait qu'il était en train de payer le prix de tous les rounds victorieux remportés contre l'Ennemi, auquel il n'avait jamais cessé de faire mordre la poussière du ring, au cours de tous leurs combats passés. Il savait qu'il allait être mis K.O. par un coup bas derrière le dos de l'arbitre, dont il fallait bien dire, sans aucune intention blasphématoire, qu'il paraissait se désintéresser singulièrement du combat. Il avait remporté trop de succès dans sa croisade spirituelle et il n'aurait pas été vaincu loyalement. Il était trop fatigué pour noter que ce dernier reproche manquait de logique, car il était vraiment illogique de reprocher au Démon de ne pas être loyal. Ça faisait partie de son métier. L'Adversaire l'avait attiré traîtreusement dans ce pays, hors de l'Amérique, dans son royaume qui s'étendait sur tous les pays sous-développés, et sur ce terrain familier il l'assommait à présent de ses coups.

— Je ne pense pas que nous sortirons vivants de ce sale pays, déclara-t-il en croisant les bras sur sa poitrine, car, coincé comme il l'était entre le monstre cubain et sa compatriote, dont le bas-ventre s'appuyait contre son genoux, il ne savait où mettre ses mains.

— Ça y est, le voilà qui recommence, dit la jeune femme en bâillant et en arrangeant sans aucune pudeur sa culotte. Vous êtes tout de même un homme cultivé et civilisé, Dr Horwat. Bien sûr, c'est une jolie figure de style, de rhétorique, une façon symbolique de parler, mais vous savez pertinemment que le Diable n'existe pas, qu'il est un produit du folklore et des superstitions.

— Qu'est-ce qu'il y a, prédicateur? demanda le mannequin avec une fausse sollicitude. Vous en faites une tête! On dirait que vous venez de perdre quelqu'un de votre famille.

Le Dr Horwat ne prit pas la peine de répondre. Il

381

avait horreur des gens qui n'ont pas le courage de leurs opinions et qui vous font dire des choses désagréables par leurs domestiques. Il se contenta de toiser la méprisable chose.

— Non, monsieur, non, vous avez tout à fait tort, remarqua gravement la poupée. Je ne suis peut-être qu'un pauvre mannequin, mais je ne suis pas athée, ainsi que vous paraissez l'insinuer. Je suis croyant, parfaitement. Je crois au Ventriloque Suprême. Nous autres, marionnettes et mannequins, nous y croyons tous.

Le Dr Horwat ferma les yeux.

CHAPITRE XXI

Les montagnes émergeaient de l'ombre ; les roches grises et les épineux argentés de la Sierra Dolores élevaient lentement vers le ciel pâlissant les doigts des cactus cierges avec leurs toiles d'araignées mouillées de rosée, mais la lumière ne parvenait pas encore à toucher le fond des vallées et les recoins obscurs de la terre. Il n'y avait presque pas de sentiers ; ce qui subsistait de la piste tortueuse semblait devoir finir à chaque pas dans le roc. Les chevaux n'étaient pas habitués à l'altitude, et une fois de plus ils durent mettre pied à terre pour les laisser souffler. Le ciel était d'un vert pâle, et le soleil encore dans ses profondeurs commençait à peine sa lente montée hors de l'océan, du côté de San Cristobal de Las Casas. Tout à l'heure, au sommet de la Sierra, il faudrait encore baisser les yeux pour le regarder. Mais déjà le ciel commençait à avoir la même couleur que les étoiles. Les chevaux baissaient la tête. Du côté de Paralutin, les crêtes de neige se teintaient de rose. L'air était glacé, il ne portait plus l'odeur de la terre.

Accoudé contre un rocher, Radetzky regardait l'Espagnole. Elle était debout, les yeux levés vers le volcan dont la crête accueillait le soleil ; elle tenait une main sur ses hanches et paraissait admirer la beauté du spectacle sans autre souci. Depuis qu'ils avaient quitté l'ambassade, elle n'avait pas manifesté la moindre trace d'inquiétude et avait conservé cet air d'indifférence un peu hautaine qui n'était peut-être que l'effet de sa beauté. Radetzky se demandait si c'était une sorte d'arrogance aristocratique ou si simplement aucun sentiment humain ne parvenait à se frayer un chemin jusqu'à son visage et à troubler la perfection de ses traits. Elle avait dormi paisiblement à même la terre, sans une plainte, sans une protestation. Il y avait quelque chose d'incongru dans cette silhouette vêtue d'une robe du soir émeraude se découpant sur un fond de rocs enchevêtrés et de volcans. Elle ne paraissait prendre soin que de sa robe, comme si sa seule crainte était de mourir mal habillée. Peut-être croyait-elle en Dieu ; elle portait une croix d'or accrochée à une chaîne autour du cou, une croix très ancienne, et peut-être n'était-ce pas simplement un bijou. Avec ses cheveux très bruns effleurés par la première lumière du matin, elle semblait avoir posé son profil sur le ciel comme dans un écrin. Le ciel lui allait bien. On aurait dit que sa jeunesse et celle du jour qui se levait avaient conclu une alliance. C'était ce qu'on appelait une beauté mystérieuse. Et Radetzky s'accrochait encore à cet espoir naïf, bien qu'il sût que la terre était aussi dépourvue de mystère que cette montagne de douceur. Léonard était un escroc et le mystérieux sourire de la *Joconde,* un numéro particulièrement réussi d'un vieux saltimbanque. Il n'y avait pas de mystère, et c'était bien pour cela que les hommes se contentaient de beauté. Il continuait à regarder, à guetter l'étrangeté de ce visage comme un drogué ; il n'osait même pas parler, pour qu'elle demeurât ainsi inaccessible, pour aider sa beauté à le tromper. Il savait que cet air de « mystère » n'était peut-être qu'une absence d'expression.

Le matin n'était pas une heure propice aux illusions. Les choses avaient une fâcheuse tendance à la réalité.

Il savait que Diaz, qui gisait endormi sur le sol, n'était qu'un charlatan, qui trahissait Almayo et rapportait depuis longtemps à ses ennemis et aux ambassades étrangères tout ce qui pouvait les intéresser. Il savait que le « mystérieux » Baron n'était qu'un ivrogne et un parasite et que cet air d'absence, ce refus de participer à la condition humaine, cet éloignement presque métaphysique n'était qu'un numéro de plus d'un saltimbanque qui se donnait des airs et qui ne dissimulait rien de plus profond qu'un flacon de whisky dans sa poche revolver. Les hommes parvenaient à peine à avoir trois dimensions, et ils avaient besoin de tout leur art, de tous leurs musées, de toute leur poésie et de tous leurs music-halls pour parvenir à se donner le change. Il savait que cette fille « mystérieuse » et d'une beauté « surhumaine » allait tout à l'heure s'éloigner pour uriner derrière un rocher. Il savait surtout à quoi s'en tenir sur son propre compte, malgré toutes ses tentatives d'évasion, sur lui-même, Leif Bergstrom, journaliste suédois qui avait joué aussi bien et aussi courageusement qu'il le pouvait le rôle d'Otto Radetzky, aventurier cynique et inexistant, afin de gagner la confiance du *lider maximo* et d'écrire un reportage sensationnel, l'histoire d'un authentique croyant.

Il s'était fixé une tâche dangereuse et n'avait que trop bien réussi. Il pouvait même dire que, jusqu'à un certain point, il était parvenu à aller plus loin que tous les autres artistes qu'il avait vus faire leur numéro sur la piste de l'*El Señor*. Il aurait pu demeurer tranquillement à l'ambassade, leur dire qui il était, sauver sa peau, au lieu de suivre Almayo jusqu'au bout et rester fidèle à son rôle. Mais il ne l'avait pas fait. Il était presque parvenu à sortir de la comédie pour accéder à une sorte d'authenticité. Car, après tout, il n'existait pas d'autre authenticité accessible à l'homme que de mimer jusqu'au bout son rôle et de demeurer fidèle jusqu'à la mort à la comédie et au personnage qu'il avait choisis. C'est ainsi que les hommes faisaient l'Histoire, leur seule authenticité véritable et posthume. Les comédiens fidèles à leur rôle et les saltimbanques fidèles à leur numéro disparaissaient alors de la scène, et de leur comédie naissait l'authenticité. C'était vrai aussi bien pour de Gaulle que pour Napoléon, et peut-être pourrait-on même remonter encore plus haut, des millénaires plus haut, dans l'histoire du music-hall.

Le seul homme à connaître la vérité était le consul de Suède, et il l'avait maintes fois prévenu qu'en cas d'ennuis il ne pourrait pas grand-chose pour lui.

Il avait bien joué son rôle, aidé par son physique, son visage plat et impudent, ses lèvres minces et cyniques, ses yeux d'un bleu nordique, pâles, une joue marquée d'une cicatrice typiquement allemande, résultat non d'un duel mais d'un accident de motocyclette à Upsala alors qu'il était étudiant. Peut-être s'était-il trop laissé séduire, en quelque sorte tenté par son propre physique. Il avait fini par être pris au piège de la tête qu'il avait. Comme tout comédien qui se respecte, il avait exploité au maximum son physique pour faire son numéro ; c'était également vrai pour Mussolini, et pour bien d'autres. Ils avaient exploité les accessoires que la nature et le hasard leur avaient donnés, et ils avaient fini par se laisser prendre au jeu, par croire à leur comédie, et, pour se prouver à eux-mêmes leur authenticité, ils avaient causé des millions de morts.

C'était ainsi qu'il avait fabriqué le personnage d'Otto Radetzky, soldat de fortune, qu'il avait décalqué sur celui de Skorzeny, le parachutiste bien-aimé de Hitler. Il avait réussi à duper José Almayo. Avec la tête qu'il avait, il lui suffisait d'entrer dans n'importe quel Quartier général du Moyen-Orient ou des Caraïbes pour être bien reçu. Il avait réussi à duper tout le monde. Mais peut-être s'était-il surtout dupé lui-même. Comme tous les imposteurs, il s'était un peu laissé aller à sa soif d'authenticité, d'une manière infiniment plus innocente que Goebbels, il est vrai, Goebbels qui avait empoisonné ses six enfants et sa femme, avant de se tuer lui-même, par fidélité au personnage qu'il s'était inventé. Sans doute allait-il goûter bientôt une minute suprême d'authenticité, en devenant vraiment Otto Radetzky, un cadavre criblé de balles dans la poussière du chemin.

Ils avaient encore six soldats avec eux, parmi ceux qu'ils avaient ramassés à la sortie de la capitale, et les deux gardes du corps d'Almayo. Ils étaient maintenant au-dessus du territoire contrôlé par Rafael Gomez, dont les troupes occupaient le fond des vallées. Il était douteux que l'hélicoptère réussît à les repérer dans ce chaos de rochers, à supposer même qu'un messager pût parvenir jusqu'au Quartier général du Sud. Le pays entier devait retentir en ce moment du bruit de la chute du *lider maximo.* C'était la grande saison des chutes, en Afrique, au Moyen-Orient, en Indonésie, en Amérique centrale... Il ne restait plus que Duvalier, et l'espoir de trouver un bateau et de chercher refuge en Haïti. En tout cas, ici, pour l'instant, ils étaient à l'abri des poursuites. De l'autre côté de la Sierra, sur le versant septentrional, il y avait les troupes du général Ramon. Avec un peu de chance, ils y parviendraient. Personne ne pouvait grimper jusqu'à eux en quelques heures. Radetzky déplia sa carte et s'en assura une fois de plus : aucune route ne passait dans la région.

Le Baron était assis sur un rocher, parfaitement impassible. Son costume prince-de-galles était à présent quelque peu fripé, ses chaussures et ses guêtres recouvertes de poussière ; les événements l'avaient privé de son derby gris et il avait une bosse sur le front, mais il avait conservé toute sa dignité et cet air de supériorité qui paraissait réduire l'Histoire, les bouleversements du monde et toutes les aventures personnelles qui lui étaient arrivées depuis Jésus-Christ à de petites vagues d'écume qui venaient expirer à ses pieds. Radetzky s'imaginait que le personnage mimait la supériorité de l'homme sur tout ce qui lui arrive, mais il savait que les sources de ce numéro de dignité n'étaient pas plus profondes que la flasque de whisky que le Baron cachait dans sa poche. Mais il fallait bien convenir qu'il résistait admirablement et que sa façon de mimer son refus implacable de frayer avec une humanité de rencontre en ces temps préhistoriques ne manquait pas d'allure. C'était un bon numéro philosophique et, s'il parvenait à se tirer de la situation dans laquelle ils se trouvaient tous, le Baron n'allait sans doute jamais manquer d'engagements. Les hommes ont besoin de croire en eux-mêmes, et les bons numéros de dignité sont rares. Il était certain que ni les massacres, ni Auschwitz, ni Hiroshima n'étaient parvenus à diminuer le prestige du numéro et la très haute idée que son interprète avait de lui-même. Le Baron avait encore un très bel avenir devant lui.

La petite Indienne était accroupie en silence sur le sol. Elle était restée indifférente pendant tout le trajet, et son seul souci semblait avoir été de ne pas perdre les trois belles robes et les deux paires de chaussures qu'elle tenait dans ses bras. Elle devait avoir plus de dix-sept ans, ce qui était déjà beaucoup pour une Indienne ; sans aucun doute elle avait suivi ainsi pas mal de troupes de soldats ; elle savait qu'elle n'avait rien à craindre, et qu'il y aurait toujours des troupes et des soldats. Ce fut seulement lorsque Almayo lui arracha des mains, pour les jeter, la moitié des affaires qui l'encombraient qu'elle s'était mise à hurler des injures à son adresse, en essayant de les lui reprendre et de le griffer. Il l'avait battue en riant, et, à la dernière halte, il l'avait prise brutalement sans même se donner la peine de s'éloigner du chemin. Il avait surpris les regards que Radetzky jetait à la fille de l'ambassadeur et lui avait demandé avec étonnement :

— Pourquoi ne la prenez-vous pas?

— Ce serait mal élevé, lui dit Radetzky.

Un peu plus tard, il avait remarqué qu'Almayo parlait à Diaz en riant et en désignant la jeune fille, et que Diaz avait un air obscène. Radetzky emprunta son fusil à un des soldats.

— Je vais voir si je peux trouver quelque chose pour le dîner.

Il se mit à escalader les rochers. Il était prêt non seulement à tuer Diaz mais à casser la tête à Almayo lui-même s'ils s'avisaient de pousser leur soif d'authenticité aussi loin. Regardant en bas, il aperçut en effet Diaz qui trottait vers la jeune fille. Radetzky descendit quelques mètres, contourna un rocher et vit Diaz qui bredouillait quelque chose en souriant à l'Espagnole, regardant de tous les côtés et cherchant de toute évidence un endroit tranquille. Il prit ensuite la jeune fille par la main et tenta de la convaincre en indiquant un endroit derrière un buisson où ni les soldats ni Almayo ne pouvaient les voir. Radetzky épaula le fusil, visa soigneusement, le doigt sur la détente, puis il sourit et abaissa son arme.

Diaz avait tiré de sa poche un paquet de cartes et, planté devant la jeune fille, manifestement honteux et embarrassé, il s'était mis à faire quelques-uns de ses tours de prestidigitateur.

Radetzky rit silencieusement. Il aurait dû s'en douter : c'étaient les seuls tours que le malheureux singe savait encore faire.

Il redescendit vers le sentier et rendit son fusil au soldat.

Ce fut alors qu'ils entendirent un hélicoptère. Il

avait surgi d'entre deux montagnes et se dirigeait vers eux, bien qu'il ne les eût sans doute pas encore repérés.

Le messager avait réussi à rejoindre le général Ramon.

C'était bien un hélicoptère de l'Armée, et on pouvait à présent distinguer sur son flanc le numéro peint en blanc et les couleurs nationales. L'appareil ne les voyait toujours pas, et les soldats se mirent à tirer en l'air et à gesticuler pour attirer l'attention de l'équipage. Almayo monta sur un rocher et se dressa bien visible contre le ciel, grande silhouette blanche, les deux bras levés. L'hélicoptère fit un brusque virage et plongea vers eux ; il les avait enfin repérés. Il flottait à une dizaine de mètres au-dessus de leurs têtes, Almayo continuait à faire de grands signes ; on distinguait facilement le pilote et d'autres militaires derrière lui.

Brusquement, une rafale de mitraillette partit de l'hélicoptère, et la poussière vola parmi les rochers. Almayo demeura un instant immobile, les deux bras levés, puis tourna lentement la tête vers sa manche gauche où le sang commençait à se montrer. Il ne chercha pas refuge tout de suite. Il regarda fixement sa manche un bon moment, cependant que les petits nuages de poussière giclaient autour de lui. Il baissa alors les bras, recula et s'accroupit derrière un tas de pierres. Radetzky s'était enfoncé dans un interstice du rocher. Pendant un interminable moment, l'hélicoptère demeura suspendu au-dessus de leurs têtes, et les mitraillettes continuaient à les arroser. Deux des soldats avaient été tués, mais les autres avaient eu le temps de se planquer et se mettaient à présent à riposter. L'hélicoptère s'éleva alors presque à la verticale comme une araignée le long de son fil et, à l'abri du feu, demeura un instant encore, cependant qu'à l'intérieur ses occupants devaient être en train de marquer sur la carte l'endroit où se trouvait Almayo. Puis l'appareil s'éloigna.

La petite Indienne gisait recroquevillée au pied d'un rocher. Ses belles robes américaines, comme elle-même, étaient irrémédiablement abîmées. Elle tenait encore les robes dans ses mains. Elle n'avait lâché que les deux paires de souliers. Elle n'eut pas une plainte, pas un pleur, son visage arborait l'expression séculaire de la résignation de sa race. Elle dura encore quelques minutes, et puis ses yeux se figèrent ; son visage était calme.

Il leur restait encore neuf heures de jour, mais tout ce qu'ils pouvaient faire, c'était de suivre la vague trace du sentier. L'hélicoptère n'allait pas tarder à revenir. Deux des chevaux avaient été blessés et durent être abattus. Leur guide avait disparu. Dès les premiers coups de feu, il avait fait un véritable saut de gazelle parmi les rochers et s'était littéralement évaporé. Ils reprirent leur chemin au hasard, en suivant le sommet de la Sierra Dolores et en surveillant le ciel.

Almayo avait reçu deux balles dans le bras gauche et avait une vilaine blessure à travers le coude. Radetzky savait que d'ici deux heures la plaie commencerait à s'infecter.

Ils avaient à peine parcouru une centaine de mètres en longeant le flanc de la montagne, lorsqu'ils entendirent à nouveau un bruit de moteur. Ils se dispersèrent aussitôt et se collèrent aux pierres, s'attendant à voir reparaître l'hélicoptère. Mais le ciel demeurait vide.

Le bruit du moteur persista un instant, puis s'éloigna. Ils ne comprenaient pas où était passé l'engin, et d'où était venu le bruit. Le pilote savait à présent où ils étaient, et c'était bizarre qu'il les eût manqués.

Ils continuèrent à marcher pendant plus de deux heures, puis de nouveau le bruit du moteur parvint jusqu'à eux, très distinct, et cette fois tout proche. Ils s'arrêtèrent. Le bruit continuait. Cela venait d'en bas. Radetzky n'en croyait pas ses oreilles.

— Des voitures, dit-il.

— Vous êtes fou ? gronda Almayo. Il n'y a pas de route ici, mon ami. Regardez la carte. C'est une bonne carte. L'Armée l'a publiée l'année dernière.

Radetzky consulta une nouvelle fois la carte. C'était vrai : il n'y avait pas de route à cet endroit. Ce devait donc être l'hélicoptère, bien qu'il fût impossible d'imaginer où il pouvait se trouver. Et ce fut alors qu'ils entendirent de nouveau les voitures, toutes proches, et cette fois il ne pouvait y avoir de doute, on percevait clairement le bruit des freins, des pneus, des changements de vitesses. Ils remontèrent en courant vers une crête et regardèrent en bas. C'était incroyable, mais il y avait bien là une route, vingt mètres plus bas, un chemin de terre pierreux prêt à être asphalté.

— La chienne d'Américaine, s'exclama Almayo, désespéré, et il cracha par terre.

Car c'était bien son œuvre, cette route qui surgissait de nulle part. Elle avait réussi à le convaincre de construire de nouvelles routes partout, pour ouvrir le pays, comme elle le disait, apporter la civilisation aux villages perdus et améliorer le sort des paysans. L'Armée et la police l'avaient approuvée. C'était le meilleur moyen de contrôler la population, d'en finir avec les révoltes endémiques dans les provinces. Il avait donc donné carte blanche à l'État-Major pour construire les routes, tout comme il avait fait installer le nouveau réseau téléphonique, pour avoir tout le pays à portée de la main. C'était précisément une de ces routes qu'il avait sous les yeux, toute récente encore et qui ne figurait pas sur la carte.

Ils étaient maintenant à la merci des patrouilles militaires. Almayo savait qu'aucun miracle ne pouvait plus les sauver. Et Almayo ne comptait pas sur un miracle. Ni ses soldats non plus. L'un d'eux avait dit au *lider maximo* en fixant sombrement la route :

— Seul *El Señor* peut nous sortir de là.

Almayo avait fait de la tête un geste d'approbation.

Comme ils poursuivaient leur lente progression au flanc de la montagne sur le sentier étroit qui dominait la route, il retint soudain son cheval et resta complètement pétrifié, sa mâchoire s'affaissa, les yeux faillirent lui sortir de la tête et il eut peur, il eut peur comme jamais auparavant, et il cracha sur le sol dans un élan de terreur superstitieuse.

Car la première chose qu'il vit, ce fut l'Américaine. Elle était assise sur une pierre derrière une Cadillac noire, en train d'écrire quelque chose sur un bloc posé sur ses genoux. Elle avait mis ses lunettes et était entièrement absorbée par sa lettre.

CHAPITRE XXII

Le premier moment de frayeur passé, Almayo tourna vers cette apparition qui le narguait un regard qui cherchait, sur ce cadavre ressorti de la terre pour l'attendre au bout de sa course et l'entraîner avec lui, la tache noire de la mort. Car elle était morte, c'était la seule certitude qui lui demeurait et que ni la fièvre qui cognait déjà à ses tempes, ni la souffrance lancinante de son bras garrotté, ni la nausée qui le faisait parfois osciller sur son cheval ne pouvaient ébranler. C'était un pays où les morts quittaient souvent leurs tombes pour se mêler aux vivants, tout le monde savait que derrière les masques du carnaval se cachaient des milliers de revenants. Pour les renvoyer dans leurs tombes, il suffisait d'indiquer qu'ils étaient reconnus, en plaçant ses deux mains jointes, les paumes vers l'extérieur, devant ses yeux ; ils fuyaient alors à ce vieux signal convenu depuis des millénaires entre la terre et le ciel. Il fit le geste et leva à nouveau les yeux. La morte était toujours là ; les Américains ont toujours nargué tous les usages et toutes les lois du pays. L'idée qu'elle pût être vivante était mille fois plus invraisemblable que celle d'une revenante sortie des ténèbres pour venir lui donner le signe de la mort. Il avait donné l'ordre de l'exécuter à l'un de ses plus fidèles lieutenants. Personne n'avait jamais osé désobéir à ses ordres. Il répéta le geste, mais elle était toujours là. Il éprouva une véritable indignation et, peut-être pour la première fois de sa vie, fut profondément scandalisé. Jamais dans ce pays les morts n'avaient osé désobéir aux coutumes sacrées.

Il vit alors d'autres silhouettes dans la Cadillac, puis les deux jeeps militaires, des soldats assis par terre et un officier qui buvait à une bouteille, la tête renversée en arrière, et il reconnut sous le goulot le visage du capitaine Garcia. Ses ordres n'avaient pas été suivis, et cela le secoua plus que tout ce qu'il avait vécu durant ces dernières heures. Dans sa rage, il talonna son cheval, qui faillit sauter dans le vide, puis recula en hennissant, car il était plus sensible à la peur que l'homme qui le montait.

Almayo mit pied à terre en jurant, contourna les rochers et apparut soudain au-dessus de la route, se découpant sur le ciel. Ils avaient tous levé les yeux lorsque le cheval s'était mis à hennir. A présent, ils le voyaient.

Personne ne bougea. Le capitaine Garcia continua à boire, en louchant vers Almayo. Il vida la bouteille jusqu'au bout, car il savait maintenant que pour lui c'était la fin du voyage. Il jeta la bouteille, s'essuya la bouche, et, comme le *lider maximo* descendait lentement des rochers et se dirigeait vers lui, il se mit au garde-à-vous et salua. Il attendait les ordres. Il lui restait encore un peloton d'exécution à commander. Le sien.

Il était sûr que ce dernier honneur n'allait pas lui être refusé.

Un peu plus tôt, un peu plus tard. De toute façon, ils étaient perdus tous les deux. Le maître et le serviteur, celui qui avait donné l'ordre et celui qui n'avait pas obéi. Ce n'était plus maintenant qu'une question de cérémonial. Quelques heures auparavant, Garcia avait appris par sa radio que la garnison de Gombaz s'était rebellée pour se rallier aux ennemis d'Almayo. Ils étaient tous les deux au bout du rouleau. Il se tenait au garde-à-vous, en essayant de ne pas tituber.

L'Américaine leva pour la première fois les yeux de la lettre qu'elle écrivait et aperçut Almayo. Le Dr Horwat fut à ce point indigné par l'expression de bonheur sur le visage de la malheureuse qu'il faillit lui faire quelque cinglante observation, fort semblable à une scène de jalousie. Car il aurait fallu être complètement aveugle pour ne pas voir rayonner dans son regard une tendresse et une pitié que l'évangéliste ressentit comme un véritable outrage personnel. Cela ressemblait tellement à de l'amour qu'il était permis désormais de se demander, puisqu'un tel homme pouvait inspirer un tel sentiment, si l'amour allait jamais redevenir un sentiment honorable.

— Regardez-la, grinça le pantin du ventriloque, d'une voix que le cynisme paraissait soudain abandonner, et qui, pour la première fois, avait quelque chose d'humain. Je me sens à deux doigts d'être ému.

Elle vit qu'il était blessé, et ses yeux s'emplirent d'horreur. Ce fut la dernière chose que le Dr Horwat remarqua, car, à ce moment-là, ce qu'il attendait depuis le début de leur course dans la Sierra se produisit enfin, et les malheureux passagers de la Cadillac, se rendant brusquement compte qu'ils vivaient leurs derniers instants, n'eurent guère le loisir ni l'envie de s'intéresser à une belle histoire d'amour.

Almayo ne regarda même pas l'Américaine et donna ses ordres à Garcia. Le capitaine, à son tour, aboya quelques mots à ses hommes, qui se précipitèrent vers la Cadillac, se mirent à tirer brutalement les prisonniers dehors et les alignèrent contre le rocher au bord de la route. Garcia fit mettre en position le peloton d'exécution, les soldats armèrent leurs fusils, et, tout surpris encore d'avoir été épargné, le capitaine lança son premier commandement. Les soldats mirent en joue, et Garcia leva le bras, emplit sa poitrine d'air et ouvrit sa bouche toute grande pour que l'ordre « Feu ! » retentît avec toute la force et la solennité qui convenait.

Mais Almayo l'arrêta. Il braqua son doigt vers les prisonniers alignés devant les rochers. Il dit sourdement :

— Mets-toi avec eux.

Garcia obéit aussitôt. Il lança à Almayo un regard lugubre, prit place au bout de la rangée, à côté du petit M. Manulesco, lequel était en train de sangloter. Il repoussa sa casquette en arrière et retourna le col de sa vareuse. Son visage de brigand indien prenait maintenant un air de fierté presque espagnol. Il était sur le point de s'ennoblir. Il était reconnaissant à Almayo d'avoir respecté le cérémonial *hidalgo,* le droit pour les officiers de commander leur propre exécution. Il avait soudain l'impression d'avoir reçu une promotion. La beauté du moment l'emplissait de cette exaltation, de cette griserie du drame et de ces sentiments de sa propre noblesse et de sa propre importance qui prouvaient tout de même que les Espagnols avaient réussi à élever ce pays de chiens, sa race, à un rang digne de ses maîtres et à lui inculquer un sentiment d'honneur. Garcia ne demandait plus maintenant qu'à se montrer à la hauteur de l'Espagne, de ce sang dont il n'avait pas une goutte dans ses veines, et de vivre intensément sa mort à la gloire éternelle des colonisateurs.

Il dut attendre, car Almayo passait à présent lentement en revue les prisonniers.

Le D\u1d63 Horwat faisait face à la mort avec une expression de dignité et de mépris qui aurait arraché à sa pauvre femme des larmes d'orgueil et de joie si seulement il avait pu lui montrer une photo. Il remerciait Dieu de mettre enfin un terme à ses épreuves.

La pensée lui vint que son exécution était certainement ce qui s'était passé sur terre de moins américain dans toute l'histoire du monde, puis il se rappela la crucifixion et comprit combien dans ses dernières pensées, il était passé près du blasphème. L'américanisme avait connu en Judée sa première et sa plus grande défaite.

— Pourquoi faites-vous ça? demanda Charlie Kuhn.

— Ne vous frappez pas, dit Almayo. Ce n'est pas personnel, *amigo*. J'ai besoin de quelques beaux cadavres américains, c'est tout. Rafael Gomez ne s'en tirera pas. Personne n'a encore jamais osé fusiller des citoyens américains dans ce pays. Lui, il ose. Ce sont ses soldats qui font le coup. Vous comprenez ?

Il se mit à rire.

— Je vais peut-être y laisser ma peau, mais Rafael Gomez y laissera la sienne. Les *marines* vont débarquer dès qu'on aura trouvé vos cadavres.

Il regardait le jeune Cubain.

— Qu'est-ce que c'est que celui-là ?

— C'est le surhomme cubain que je vous avais promis, dit Charlie Kuhn, d'une voix désespérée, en s'épongeant le front. Vous devriez voir ça, José. Il est le plus grand de nous tous... Je l'ai vu tirer dix-sept coups, pratiquement sans s'arrêter. C'est absolument génial. Ne faites pas ça, José. Personne ne croira que c'est Gomez le responsable. Il a fait ses études en Amérique.

— Vous connaissez les États-Unis, Charlie, dit Almayo. Vous pensez qu'ils vont croire que j'ai fait fusiller ma propre mère et ma propre fiancée uniquement par calcul politique ? Les Américains ne sont pas capables de croire une saloperie pareille, Charlie. Ils sont incapables de croire que des choses semblables pourraient exister.

— Ce n'est pas pour ça que vous le faites, José, dit Charlie Kuhn d'une voix tremblante. C'est un sacrifice humain, voilà ce que c'est.

Il n'avait plus rien à espérer. Il pouvait dire la vérité.

— Vous êtes en train de faire un sacrifice humain comme un sale chien d'Indien superstitieux que vous êtes.

Almayo était en train de dévisager le Dr Horwat.

— J'ai appris une bonne phrase en anglais, dit-il, une phrase très démocratique. *Politics are a dirty business.* C'est difficile d'obtenir le pouvoir, difficile de le mériter... Il faut ce qu'il faut... J'aime ce que vous avez dit de Celui qui a le pouvoir, prédicateur, de Celui qui a le talent...

Il fut surpris de sentir qu'il avait de la peine à se tenir debout.

Il se tourna vers sa mère. Elle ne le reconnaissait même pas. Elle était là, à mâchonner comme une vieille vache, la mine hilare et épanouie, secouée de temps en temps par un rire. Il avait vu les paysans crever de faim ainsi, en riant, le ventre bourré d' « étoiles ». Il savait que le somptueux sac américain qu'elle tenait dans sa main était bourré de feuilles de *mastala*. Elle ne soupçonnait même pas sa présence et était en train de se promener parmi les étoiles, en regardant les visages des dieux anciens. Il n'avait jamais entendu parler de personne, même parmi les hommes politiques les plus célèbres, parmi les grands de ce monde, qui eût osé faire fusiller sa propre mère. Même les libérateurs ne l'avaient pas fait. Aux yeux des Américains, ce serait la preuve de son innocence. Il allait faire d'une pierre deux coups. Il n'y avait pas de plus grande offrande, *el Señor* lui-même serait impressionné, il sentirait que cela venait du cœur, c'était la plus grande marque d'amour et de dévouement. Il allait prouver ainsi qu'il méritait vraiment *sa protección,* le pouvoir, qu'il méritait de demeurer le *lider maximo.* Il allait agir comme il fallait pour s'en montrer digne. On ne pouvait mieux faire que de fusiller sa propre mère, même en politique. Hitler lui-même n'était pas allé aussi loin. C'était sans doute pour cela qu'il n'avait pas conquis le monde.

Il sourit à sa mère avec gratitude. Elle faisait beaucoup pour lui.

— Mr. Almayo...

C'était Mr. Sheldon, l'avocat, qui s'adressait à lui d'une voix tremblante.

Almayo tendit vers lui un doigt accusateur.

— Vous m'avez porté la poisse, lui dit-il. Je n'aurais jamais dû me mettre à faire des affaires régulières. Vous, vous êtes honnête. Je n'aurais jamais dû me mettre avec vous. C'est pas en faisant des choses honnêtes qu'on peut se maintenir au pouvoir. Le monde, c'est une belle ordure, et il faut se montrer à la hauteur...

Il jeta encore un coup d'œil à M. Antoine, le jongleur, qui se tenait les jambes écartées, le torse en avant et gonflé de dignité, en manches de chemise et bretelles, sa veste soigneusement pliée sur son bras. Ces sales Indiens avaient déjà fusillé ainsi un Napoléon, et si ce n'était pas Napoléon lui-même — il ne se souvenait plus si Maximilien du Mexique était un Bonaparte ou un Bourbon, les choses se brouillaient un peu dans sa tête —, c'était tout de même un grand Français. M. Antoine était décidé à tomber dans la meilleure tradition du music-hall. Il ne savait pas du tout pourquoi il allait mourir, il décida donc de mourir pour la France, et cela le réconforta quelque peu. Tout à l'heure, juste avant que ne retentisse le dernier commandement, il allait demander à tous ses collègues d'entonner *La Marseillaise* et de rendre l'âme avec ce chant républicain sur les lèvres, comme le Prince impérial tué par les Zoulous en Afrique du Sud.

Almayo était à présent obligé de s'appuyer contre les rochers. Dans la lumière du soleil, le clown musical, dans son pantalon bouffant, avec son petit chapeau pointu et son violon miniature, ses faux sourcils peints en crochets de notes de musique, lui procura un bref moment de plaisir, et il fixa le visage pétrifié de la marionnette qui l'observait dans les bras du ventriloque, avec l'impression d'être redevenu pour un instant l'enfant émerveillé mêlé à la foule de son premier carnaval dans les rues de Cristobal de Santa Cruz. Mais ce n'était que de la pacotille de cirque, des profiteurs, des tricheurs, des escrocs habiles, de pauvres saltimbanques, il connaissait tout ça. En plein soleil, ils paraissaient encore plus piteux, plus humbles. La lumière du jour les dépouillait toujours de tous les petits airs de mystère surnaturel qu'ils se donnaient. Il allait en finir une fois pour toutes avec le music-hall et ses charlatans, une rafale de mitraillette était tout ce que leur imposture méritait.

L'Américaine était sortie du rang et s'était approchée de lui. Il détourna la tête, pour ne pas la voir. Elle lui faisait peur. Elle était encore capable de lui nuire, de se dresser entre lui et la seule puissance qui pouvait assurer son salut. Elle n'avait jamais cessé de prier pour lui ni de l'aimer, et cela lui avait porté malheur. C'était cette bonté qu'il y avait en elle, cette sainteté, c'était cela qui lui avait coûté le pouvoir. Il prenait un gros risque en la faisant fusiller, parce qu'il était sûr que la garce irait directement au Ciel et que là, elle les empoisonnerait tellement avec ses supplications et avec son amour qu'ils lui pardonneraient, et qu'elle gâcherait ainsi la dernière chance qui lui restait peut-être encore.

— Mets-toi avec les autres, dit-il d'une voix rauque, sans la regarder.

— José, tu ne sais plus ce que tu fais. Tu as la fièvre. Il faut de la pénicilline. Il y a un consul des États-Unis à Gombaz, Mr. Deacon. Je le connais très bien. Il faut attendre la nuit, et j'irai le trouver. Il te cachera. Les États-Unis te doivent bien ça, après tout ce que tu as fait pour ton pays. Il faut rester là jusqu'à la fin du jour. Révérend Horwat, je vous en prie, aidez-moi à le soigner. Je suis sûre que vous connaissez la médecine. Je vous en prie, il faut lui pardonner, c'est un grand enfant.

Le Dr Horwat ne bougea pas. Il ne croyait pas qu'Almayo fût un grand enfant, un point, c'est tout.

— José...

Almayo la repoussa avec un juron. Radetzky s'était approché de lui et insistait pour qu'il annulât l'ordre d'exécuter les Américains. Il était trop tard pour une telle manœuvre. L'espoir de faire retomber la responsabilité de ce meurtre sur le nouveau régime de Rafael Gomez et de provoquer l'intervention américaine comme à Saint-Domingue était à présent vain. Il y avait trop de témoins, et les soldats du peloton d'exécution n'hésiteraient pas à parler et à le trahir. Les nouveaux dirigeants n'auraient aucun mal à rétablir la vérité. Certes, c'était une très bonne idée qui témoignait d'un grand génie politique, mais à présent il était trop tard. Le Cujon l'écouta patiemment, il avait un faible pour Radetzky, parce que celui-ci avait

404

été un dévoué lieutenant de Hitler et lui était demeuré fidèle jusqu'au bout. Il avait toujours essayé de faire venir dans le pays tous les lieutenants du Führer encore en vie, il avait besoin de toute l'aide qu'il pourrait trouver. Il laissa parler Radetzky, mais se contenta ensuite de faire son geste familier, les coudes pliés, les bras à demi levés en l'air.

— O.K., O.K., mais je vais le faire quand même, ça peut me porter bonheur. Quand j'étais gosse et que j'étais malade, ma mère tuait des poulets. Maintenant, un poulet, c'est pas assez...

Il se tourna à nouveau vers les soldats qui attendaient.

Ce fut Charlie Kuhn qui les sauva.

Dans sa terreur et son épuisement total, il avait complètement oublié le câble dans sa poche. Il s'en était souvenu sans aucune raison apparente, sans autre explication qu'une véritable intervention de la Providence. Depuis quelques minutes, il attendait le moment propice, guettant anxieusement sur le visage d'Almayo tous les signes de désespoir, de souffrance et de délire. Le bandit cujon était à présent à demi fou, il avait manifestement perdu beaucoup de sang, la fièvre le dévorait, il était comme un taureau furieux sur le point de tomber et ne cherchant plus qu'à se venger d'un coup de corne de tous ceux qui se trouvaient à sa portée. Il se sentait perdu et savait que rien ne pouvait le sauver. C'était le moment où un homme se cramponne même au plus frêle espoir.

Charlie Kuhn mit sa main tremblante et mouillée de sueur dans sa poche et la referma sur le bout de papier, comme pour l'empêcher de s'envoler. La seule chance qu'ils avaient encore de s'en tirer était dans ce câble et dans le caractère superstitieux et naïf de cet Indien qui avait su tuer tout le monde et commettre tous les crimes, sauf celui de supprimer l'enfant rêveur qui vivait en lui.

Il fit un pas en avant.

— Avant que vous ne fassiez cette bêtise, José, je tiens tout de même à ce que vous sachiez que j'ai tenu ma promesse. J'ai des nouvelles pour vous, et c'est pour cela que je suis venu vous voir. Je l'ai trouvé, José. Vous pouvez le rencontrer maintenant. Je sais où il est.

Il n'eut même pas à dire le nom. Almayo sut tout de suite de qui il parlait. Il leva vers l'agent un regard méfiant, mais Charlie Kuhn vit briller dans les yeux de ce *bandido* la lueur d'espoir naïf qu'il connaissait bien. C'était le regard ardent et avide de celui qui n'avait jamais perdu la foi, de celui qui n'avait jamais douté un instant de l'existence d'un talent tout-puissant qui veillait sur le destin des hommes. C'était le regard d'un authentique croyant, d'un fidèle, qui aurait fait battre de fierté le cœur de tous les moines et de tous les prêtres depuis que le premier serviteur de la vraie foi, dans la suite de Cortez, avait pour la première fois renversé une idole de pierre.

— Vous croyez que je mens, dit Charlie Kuhn. Je ne mens pas. Je vous dis : c'est pour ça que je suis ici. Mais je ne vous demande pas de me croire sur parole. Regardez. Voici le câble que j'ai reçu il y a trois jours. Il se cache ici. Il est ici, à Gombaz, à l'hôtel Florés.

Il tira le câble de sa poche et le lui tendit, en

essayant de maîtriser le tremblement spasmodique de sa main. Mais Almayo ne le prit pas.

Il n'avait pas besoin de preuves.

Il savait bien que c'était vrai.

Il avait toujours su qu'un jour viendrait où le plus grand artiste de tous les temps s'avancerait à sa rencontre, et lui accorderait sa faveur. Il avait fait tout ce qu'il fallait pour la mériter. Il avait donné les meilleurs gages de sa bonne volonté et de sa fidélité à Celui qui tirait les ficelles du monde et qui possédait tout le pouvoir, tout le talent pour faire d'un homme le *lider maximo*. Il éprouva soudain une joie et une gratitude qui n'étaient même plus seulement un espoir de salut, de retour au pouvoir par la défaite de ses ennemis. C'était la joie et la gratitude de savoir que les hommes de bonne volonté n'étaient pas abandonnés et qu'ils pouvaient compter sur quelqu'un hors de ce monde. Il y avait autre chose, enfin, que le music-hall, que les saltimbanques et que leurs numéros habiles de quatre sous. Il y avait un talent véritable et souverain, une toute-puissance dont les Cujons n'avaient jamais douté, et que la chute des dieux anciens n'avait fait que repousser un peu plus profondément dans leurs entrailles. Le Père Chrysostome n'avait pas menti, ni ses maîtres du monastère de San Miguel. Il existait vraiment. Il régnait sur ce monde de ténèbres, de faim et de désespoir. Et il pouvait vous donner le pouvoir et vous permettre de le conserver. La terre et le monde n'étaient pas un simple déversoir des surplus américains. Les Espagnols avaient raison. Il était normal que « Jack » fût venu dans cette petite ville perdue de Gombaz, alors qu'il en avait besoin, comme jamais encore auparavant, alors que seul un miracle pouvait le sauver. Les prêtres avaient raison, les Espagnols avaient raison, les saintes lèvres ne mentaient pas, leurs paroles pleines de promesses et d'espoir n'étaient pas faites seulement pour faire supporter aux Indiens leur sort terrestre sans se rebeller. Sa foi était récompensée. Il ne lui restait presque plus de forces, le monde et les visages dansaient et flottaient autour de lui, des mouches de feu tourbillonnaient devant ses yeux et bourdonnaient dans ses oreilles ; il aurait abandonné depuis longtemps si la foi ne l'avait pas soutenu. Mais, s'il n'avait pas eu la foi, il ne serait jamais devenu José Almayo.

Il entendit une voix dire encore « hôtel Florés », puis il vit un doigt qui paraissait suspendu dans les airs, sans bras ni corps, et qui désignait la ville blanche en bas, dans la brume de chaleur.

Radetzky savait qu'il regardait le visage de José Almayo pour la dernière fois. Il ne pouvait dire ce qu'il éprouvait avec le plus de force : la pitié ou le soulagement, ou une sorte de colère désespérée et vaine contre des siècles de colonialisme, des siècles de colonialisme qui allaient durer encore pendant des générations dans tous les pays dits « indépendants » et admirablement qualifiés de sous-développés, après des siècles de *développement* colonialiste.

Les généraux à la peau noire ou jaune dans leurs blindés, dans leurs palais ou derrière leurs mitrailleuses, allaient suivre pendant longtemps encore la leçon que leurs maîtres leur avaient apprise. Du Congo au Vietnam, ils allaient continuer fidèlement les rites les plus obscurs des civilisés : pendre, torturer et opprimer au nom de la liberté, du progrès et de la foi. Il fallait bien autre chose que l' « indépendance » pour tirer les « primitifs » des pattes des colonisateurs.

Le journaliste suédois savait que c'était là son dernier reportage. A présent, tout dans sa vie allait être combat. Radetzky regardait le visage que des siècles de foi avaient façonné.

Le visage resta un bref instant tourné vers la ville, comme si les yeux se nourrissaient de cette source d'espoir et de réconfort, puis Almayo s'approcha de la voiture et essaya de se mettre au volant, tandis que ses gardes du corps, Radetzky et le capitaine Garcia lui-même le suppliaient de ne pas commettre cette folie. Garcia hurlait que la ville était maintenant aux mains de ses pires ennemis, que s'il y pénétrait par la route, dans sa voiture, il serait immédiatement reconnu, saisi, arrosé de pétrole et flambé. Si quelque affaire importante, capitale, une femme peut-être, l'amenait à prendre un risque pareil, il devait se cacher, attendre la fin du jour, suivre le sentier des montagnes et se glisser dans la ville après la tombée de la nuit.

Almayo l'écoutait d'un air absent. Il souriait, en regardant les murs blancs et les toits rouges là-bas, à ses pieds.

Puis il quitta la route et se mit à descendre le sentier.

Ses deux gardes du corps le suivirent, bien qu'il ne leur eût donné aucun ordre, comme des chiens bien dressés qui n'attendent pas d'être sifflés.

Ce fut alors qu'à la surprise de Radetzky une silhouette se mit à courir derrière Almayo, en bondissant avec une agilité surprenante sur la piste abrupte et difficile : c'était Diaz. Le journaliste osait à peine en croire ses yeux, il ne s'attendait pas à tant de loyauté et de courage de la part de cette créature.

Un ordre rauque, gueulé avec une sorte de triomphe rageur, retentit à ce moment sur la route, tandis que les armes étincelaient noblement au soleil d'un éclat solennel et millénaire. Le Dr Horwat, écroulé au pied d'un rocher, bien qu'il ne lui restât plus guère de curiosité, maintenant qu'il avait vu tout ce que l'on pouvait voir en ce bas monde, tourna automatiquement de ce côté son visage défait.

Au comble d'une exaltation espagnole, le capitaine Garcia était en train de s'exécuter lui-même.

Il savait qu'il n'avait plus aucune chance de s'en tirer et il n'avait aucune envie de finir comme Almayo, selon la tradition politique des rébellions « populaires », châtré, les yeux arrachés, les testicules placés dans les orbites et traîné dans les rues avec des poubelles et des casseroles attachées à ses jambes et à ses bras. Le *lider maximo* avait perdu la partie et Garcia était un mécréant : il savait qu'il n'y avait pas de puissance au monde capable de sauver le maître et son fidèle serviteur. Il croyait entendre déjà le tintamarre des casseroles, les huées de la foule dans les rues, aux fenêtres et aux balcons, jusqu'à ce que l'odeur de sa chair brûlée, dans un grand élan patriotique et purificateur, vînt se mêler à celle des premiers pétards de la joie populaire — éternelle façon de célébrer la chute d'un tyran et la naissance d'un autre —, et son cadavre serait dans un tel état que même un chien n'oserait pas s'approcher de sa carcasse. Il était donc en train d'exécuter une sortie convenable et qui avait l'avantage, à la fois, de lui épargner des souffrances et de le faire bénéficier des honneurs militaires. Il était exactement dans l'état d'ébriété, de désespoir, de fureur, de joie, à l'idée d'échapper à la torture et de voler ses ennemis de leur vengeance, de rage et d'exaltation qu'il fallait pour savourer sa dernière *fiesta*, et il sentait fièrement bouillir dans ses veines cette goutte imaginaire de sang espagnol qu'il devait peut-être à toutes ses grand-mères indiennes violées. Il se tenait au garde-à-vous, la main levée, les yeux exorbités par la terreur, la solennité et l'ivresse, et il brailla enfin l'ordre final. Il se plia en avant sous la volée, sa casquette roula par terre et son corps la suivit.

— Bonté divine, dit d'une voix étranglée le mannequin Ole Jensen à son maître Agge Olsen, qui était d'une pâleur mortelle. C'était un artiste, lui aussi. Un vrai talent, mon cher. Le music-hall et notre confrérie viennent de subir une très grande perte.

Ils entendirent un bruit de moteur qui démarrait, un crissement de pneus, et le mannequin tourna vers la route son visage désabusé : la jeune Américaine avait sauté au volant de la Cadillac, et la voiture dévalait maintenant la route à toute allure, gros insecte ouvrant ses deux ailes grises de poussière.

— Regardez-moi ça, soupira le mannequin. Qu'est-ce qu'elle essaie de faire ?

— De le sauver, évidemment, dit le ventriloque. On voit bien, Ole Jensen, que vous n'avez jamais été aimé... Elle va essayer de le sauver, voilà.

— Hmmm, grommela le pantin. Je n'ai pas encore entendu dire qu'une de vous autres, pauvres créatures de chair et de sang, ait jamais réussi à être sauvée sur cette terre.

— Vous ne connaissez pas ces Américaines pleines de bonnes intentions et décidées, dit Agge Olsen. Elles ne doutent absolument de rien, et elles sont tellement idéalistes qu'elles détiennent soixante-quinze pour cent de toutes les fortunes aux États-Unis. Ce sont les femmes qui gagnent toutes les guerres que les hommes perdent. Et puis elle l'aime, c'est évident. Ça arrive, ces choses-là.

Le mannequin observait les nuages de poussière qui s'éloignaient sur la route. Il hocha la tête.

— Hmmm, grommela-t-il encore, mais cette fois avec quelque chose qui ressemblait fort à une pointe d'émotion et même peut-être d'envie ou de regret. Enfin, tout ce que je peux dire, c'est que je me félicite tous les jours de ne pas être un humain. Je n'ai pas de cœur, Dieu soit loué.

CHAPITRE XXIII

Il glissait et trébuchait sur les pierres du sentier abrupt, s'enfonçant dans un enchevêtrement de cactus, de bulbes de flaminaires qui éclataient au moindre contact et projetaient sur ses mains, sur son visage leur jus verdâtre, saisissant à pleines mains les branches des épineux pour se frayer un chemin, les paumes ensanglantées, se heurtant aux quartiers de rocs, avec aux lèvres le plus ancien, le plus naïf sourire de l'homme, celui qui monte du fond même de sa solitude lorsque dans l'indifférence qui l'entoure il croit distinguer enfin le signe d'une attention, d'un traitement de faveur, d'un rapport personnel entre un serviteur et un maître bienveillant. Son bras gauche était raide et paralysé, une pulsation douloureuse partait de l'épaule et prenait la moitié du corps. La ville blanche dansait sous ses yeux, disparaissait parfois complètement, et il devait alors s'arrêter et s'appuyer contre un roc, attendre que le monde revienne. Ses oreilles étaient pleines d'un bourdonnement de mouches, et il n'y avait pas de mouches. La terre, le sang et le jus des flaminaires couvraient son costume de soie blanc comme la première chemise de péon qu'il avait portée. Lorsqu'il émergea du chaos d'épines et de pierres pour déboucher dans la première rue pavée de la ville, sous les yeux des boutiquiers à califourchon sur leurs chaises devant leurs échoppes, cependant que les femmes se précipitaient au-dehors pour attraper leurs enfants et les tirer à l'intérieur, ou pour les serrer contre elles en le suivant du regard, il se sentit si près du but qu'il eut presque envie de chanter. Les gens le dévisageaient, les yeux agrandis par la peur, et s'immobilisaient sur son passage. Un barbier affolé qui avait commis l'imprudence de quitter son client, le rasoir à la main, parut soudain avoir avalé sa voix lorsque Almayo s'arrêta pour lui demander où se trouvait l'hôtel Florés. Il fit un geste spasmodique avec le rasoir dans la direction de la mer, se maudissant d'être sorti, et il continua à gesticuler avec son outil, les yeux fermés, dans l'espoir évident que, lorsqu'il les rouvrirait, le *lider maximo* se serait désintégré dans les airs, et qu'il pourrait lui-même revenir vivant auprès de sa femme et de ses enfants.

— Conduis-moi là-bas.

Le visage du barbier prit une teinte terreuse, mais il se mit à marcher, le regard vitreux, comme un somnambule, le rasoir ouvert à la main. Il marcha ainsi jusqu'à l'hôtel, désigna la porte, et, comme Almayo poussait le battant et entrait, il recula en hâte et se heurta violemment à une mitraillette tenue par l'un des deux gardes d'Almayo ; il poussa un glapissement, fit un bond de côté et se mit à courir ; se retrouvant miraculeusement en vie, la curiosité l'emporta soudain sur la peur. Avec ce que tout le quartier

414

devait s'accorder unanimement par la suite à reconnaître comme le comble de la hardiesse, il resta planté au milieu de la rue, à regarder, car il savait que c'était là une témérité qui allait le rendre célèbre et dont il pourrait à jamais parler à ses clients.

Almayo entra dans le hall qui baignait dans la demi-obscurité verte des plantes, derrière les volets fermés ; il vit l'habituel perroquet enchaîné sur son perchoir, un patio avec une fontaine et deux flamants roses, il entendit un air lointain de transistor ; à droite il y avait un bar et une autre entrée, donnant sur une autre rue. Le transistor se tut soudain, et il entendit l'eau de la fontaine, dans le patio. Il y avait trois ou quatre personnes dans le hall, qui se transformèrent soudain en mannequins empaillés. Il se dirigea vers le bar et but de l'eau, puis un verre de *tequila,* saisit la bouteille et la vida à moitié. Il avait l'impression d'avoir perdu son bras gauche, et il le palpa, mais ne sentit rien, pas même une douleur. En reposant la bouteille, il vit sa photo encadrée au-dessus de la tête du patron qui se tenait derrière le comptoir, celui-ci n'avait pas encore songé à la retirer, ou peut-être n'était-il pas encore sûr d'être débarrassé de lui. Le patron le regardait de ses yeux exorbités, la mâchoire pendante. Almayo ouvrit la bouche pour poser sa question, mais il fut soudain frappé d'une telle terreur à l'idée que « Jack » l'avait peut-être laissé tomber et avait déjà quitté la ville à la recherche d'engagements nouveaux, de Rafael Gomez ou de quelque autre politicien prometteur, qu'il dut s'emparer à nouveau de la bouteille, et même alors, ce fut à peine s'il parvint à articuler d'une voix rauque le nom de celui qu'il cherchait depuis si longtemps :

— *El Señor.*

Le patron ouvrit des yeux plus grands encore, et sa mâchoire s'affaissa davantage, secouée d'un léger tremblement; il demeura muet, paralysé de stupeur, suant à grosses gouttes.

De sa main valide, Almayo l'empoigna si fort par la chemise qu'il lui arracha une poignée de poils de la poitrine.

— Parle, crétin, je veux voir le *señor* « Jack ». Quelle chambre? Où est-il?

A travers la brume de peur et d'ahurissement où il était plongé, le patron parvint à comprendre que, aussi incroyable que ce fût, le grand général Almayo, le *lider maximo* que l'on disait aux prises avec la révolte de l'Armée et que la radio dénonçait comme « un chien enragé que tout citoyen devait abattre à vue », était en train de lui demander le numéro d'un *artista* qui était descendu à l'hôtel avec son assistant et qui faisait chaque soir son numéro dans le seul et unique cabaret de la ville. Retrouvant enfin sa voix, il bégaya :

— Troisième étage, chambre onze.

Almayo le repoussa, et le patron le vit qui traversait d'un pas chancelant le hall de l'hôtel et s'engageait dans l'escalier, en laissant des traces de sang sur le carrelage. Il regarda ces marques fixement, puis empoigna la bouteille et engloutit tout ce que sa gorge, dont la main d'Almayo avait réduit la capacité de moitié, était capable de laisser passer.

Almayo grimpa l'escalier et s'arrêta un moment devant la porte, cherchant à immobiliser les lettres en émail noir du numéro onze qui volaient devant ses yeux. Un mélange de fièvre, d'alcool et d'espoir aveugle de bête fidèle faisait tournoyer le monde autour de lui, et les chiffres flottaient dans cinq ou six directions différentes, au-dessus de cinq poignées de porte. Il réussit enfin à trouver une poignée et à l'immobiliser dans sa main. Il poussa la porte et entra.

Le monde continuait à tourner autour de lui, mais il parvint à rassembler assez de forces pour le faire tenir tranquille.

La première chose qu'il vit fut un petit homme mal vêtu et débraillé, assis à califourchon sur une chaise. Il avait le teint jaune et Almayo, qui scrutait avidement ses traits, s'aperçut qu'il avait le blanc des yeux aussi jaune que la peau, comme s'il souffrait d'une énorme jaunisse, que ses cheveux étaient aussi gras que le visage sur lequel ils pendaient, et que son regard avait une expression de mépris railleur, presque de haine. Puis il remarqua une chose étrange : l'homme tenait devant lui une grosse boîte d'allumettes de cuisine, et l'une d'elles achevait de se consumer dans sa main ; lorsque la flamme s'éteignit, il porta rapidement l'allumette à une narine et inhala profondément l'odeur du soufre avec une expression de ravissement intense, reniflant ensuite rapidement l'allumette pressée contre le nez, comme s'il craignait que la dernière trace de cette odeur délicieuse lui échappât. Il regarda ensuite l'allumette éteinte, sombrement, avant de la jeter. Son visage avait pris à présent une expression de tristesse et de nostalgie, et il demeura un moment songeur, comme perdu dans le souvenir et le regret d'un passé que la petite odeur de soufre avait évoqué.

— Une ville sans intérêt et un hôtel déplorable, dit-il en anglais. Des sales Indiens ivres partout, jusque dans votre chambre. Ils entrent sans frapper, comme ça, sans se gêner. Mais je sais que ça vous est égal, Jack, mon pauvre vieux. Rien ne vous intéresse. Vous avez renoncé. Vous avez renoncé il y a des siècles, il me semble. Vous n'essayez même plus de redevenir ce que vous étiez. Vous êtes fini. Vous vous contentez de roupiller... Vous roupilleriez au milieu de n'importe quoi, éruptions volcaniques, tremblements de terre, désastres de toutes sortes. Vous vous foutez de tout. Il n'y a plus rien à en tirer, mon brave homme, croyez-moi, bien que vous ne compreniez sûrement pas un mot d'anglais. Regardez-le. Fini. Un clochard. Et pourtant, il y a des siècles — des millénaires, devrais-je dire, tellement cela paraît loin — c'était un très grand talent... *le* plus grand.

Il y avait un lit près de la fenêtre, et le personnage à qui ces paroles étaient adressées était étendu sur la couverture, un journal sur le visage, pour se protéger des mouches. Tout ce qu'Almayo pouvait voir, c'était ses jambes revêtues d'un pantalon noir de smoking qu'il n'avait pas dû enlever depuis sa dernière représentation, et les semelles éculées de ses chaussures. L'homme ronflait, et le journal se soulevait et retombait sur son nez et sur sa bouche.

— Vous l'entendez, mon brave homme ? demanda l'autre, avec un ricanement. Il ronfle encore puissamment. Mais, croyez-moi, ce sont les dernières traces de sa puissance. Un talent sans précédent dans toute l'histoire du monde... et voilà ce qu'il en reste.

Il parlait avec une joie mauvaise et une évidente satisfaction, en regardant son compagnon d'un air moqueur. Celui-ci poussa un grognement et bougea les jambes, mais son visage demeurait invisible. Tout ce qu'Almayo apercevait, c'étaient les cheveux blancs des deux côtés du journal.

— Enfin, je n'ai guère de quoi me vanter, moi non plus, reprit l'autre d'un ton maussade. Ce n'est pas brillant. Nous avons connu la vraie grandeur jadis, une existence royale, le succès et l'adulation des foules, mais tout ce qu'il nous reste aujourd'hui, c'est le souvenir...

Il prit une autre allumette dans la boîte, la craqua, attendit un moment en regardant la petite flamme avec un plaisir évident, puis il l'éteignit et inhala aussitôt l'odeur de soufre avec volupté.

— Oui, mon bon monsieur, tout ce qui nous reste maintenant, c'est le souvenir... le souvenir et la nostalgie. Que voulez-vous, c'est la loi. Une espèce de loi de Newton qui n'épargne personne. Tout finit toujours par tomber. Vous avez beau être le plus grand et le plus haut perché, la dégringolade vous guette. On se retrouve par terre. Le déclin et la chute de pratiquement tout le monde, comme disait l'autre. Il ne lui reste plus que très peu de temps, des miettes, juste assez pour gagner sa vie dans les cabarets. Vous vous rendez compte? La plus grande vedette que l'histoire étoilée du music-hall ait jamais connue! Mais vous, mon brave, vous n'êtes qu'un sale cochon d'Indien encore plus ivre que moi, vous vous en foutez éperdument, et vous ne parlez même pas la langue de Shakespeare.

— Je parle l'anglais, dit Almayo.

L'individu haussa ses sourcils très minces d'un air un peu surpris.

— Ah, vraiment ? Et qu'est-ce que vous faites ici, à violer notre vie privée, ce droit sacré de tout gentleman anglais ?

— Je suis José Almayo, dit le Cujon.

Il y avait des moments où il voyait six ou sept petits bonshommes dansant une ronde autour de lui, ses jambes se dérobaient, il brûlait de fièvre et d'espoir, de ce dernier espoir, toujours le plus fort et le plus dévorant : il y avait chez cet individu quelque chose d'étrange, de sale et de déroutant, et c'était déjà rassurant, cela permettait encore d'espérer, de s'accrocher à quelque chose.

— José Almayo, répéta-t-il, vous savez.

L'homme craqua une autre allumette, tout en le dévisageant, et des dizaines de petites flammes se mirent à danser autour d'Almayo.

— Connais pas, dit l'homme, jamais entendu parler.

Almayo serra les poings.

— Ce n'est pas vrai, gronda-t-il. J'ai tout fait. Je suis Almayo, José Almayo.

L'autre porta l'allumette éteinte à son nez, la fourra presque dans sa narine, et aspira l'odeur de soufre.

— Merveilleux souvenir de choses perdues... de temps envolés... de certains lieux charmants, dit-il. Mais vous ne pouvez pas savoir. Il faut avoir connu ça. La décadence. Jamais, vous m'entendez, jamais je n'aurais cru que cela pouvait nous arriver...

Almayo dut une fois de plus rassembler toutes ses forces et toute sa volonté pour empêcher le monde de tourner autour de lui, pour l'immobiliser. Il s'appuya contre le mur. Les choses incompréhensibles que l'autre lui disait paraissaient venir de très loin, mais c'était un bon signe. Cela venait de bien plus loin que la réalité. Et ce n'était pas pour rien que le monde tournait ainsi autour de lui. Il fallait quelqu'un de très puissant pour faire tourner ainsi le monde et faire trembler la terre sous les pieds de José Almayo.

— Écoutez, dit-il. Vous savez qui je suis. Je suis sûr que vous avez entendu parler de moi. Je... j'ai des ennuis.

L'individu parut intéressé.

— Tu entends ça, Jack ! Monsieur a des ennuis. Voilà qui est nouveau ici-bas, hein ? Cet Indien a des ennuis et il vient te trouver, il te demande de l'aider, parce qu'il a entendu parler de toi. On lui a parlé de ton numéro. Tu entends ça, Jack ? Allons, réveille-toi, espèce de clochard. Tu as eu ta dose d'oubli, pour aujourd'hui. Regarde-toi, mon ami. Finir ainsi, dans un sale trou de province, dans une boîte de nuit de dixième ordre... et ce n'était pas assez, il a fallu encore que tu m'entraînes dans ta chute... Allez, debout. On a une visite.

Un grognement monta du lit et l'homme repoussa le journal. Il resta là un moment, à demi réveillé, le regard fixé devant lui. C'était un vieillard à l'air noble d'*hidalgo ;* il aurait pu être espagnol, il avait un visage plein de douceur, très beau, et les cheveux étaient tout blancs. Il portait une courte barbiche à l'espagnole. Son nœud papillon était défait, il avait un gilet de soie mauve. Il se souleva péniblement sur un coude et regarda Almayo. Il paraissait triste, malheureux, blessé et humilié.

— Qu'est-ce qui se passe ? demanda-t-il. Qui est cet

homme ? Qu'est-ce qu'on me veut encore ? Pourquoi
ne me fiche-t-on jamais la paix ? Qu'est-ce que je leur
ai fait à tous ? J'ai tout de même le droit d'oublier ce
foutu monde un moment. Mais non, on vient me
réveiller. Aucun respect pour les grands artistes. Qui
est cet Indien qui a l'air complètement fou ? Un de ces
jours je vais me mettre en colère, et on verra...

— On ne verra rien du tout, dit son compagnon.
Zéro. Couic. C'est fini. Personne ne vous prend plus au
sérieux.

— Qui êtes-vous ?

Almayo ne répondit pas. Il regardait le noble
vieillard. Celui-ci s'était assis sur le lit et était en train
de bâiller. Ses bretelles pendaient entre ses jambes. Ce
n'était pas possible. Ça ne pouvait pas être « Jack ».
C'était un imposteur, un escroc qui profitait de la
réputation prodigieuse du vrai « Jack ». Il se cram-
ponnait encore à l'espoir, mais la réalité était si banale,
si triviale, qu'il lui fallut rassembler tout son courage
et toute sa foi pour persister à croire.

— J'ai entendu parler de vous, dit-il d'une voix
rauque. J'entends parler de vous depuis des années. Il
paraît que vous êtes le plus grand, le seul, le vrai. Tout
le monde me le répète depuis toujours. Je le crois.

Le bonhomme à califourchon sur la chaise ricana.

— Tu entends ça, Jack ? Il croit en nous, il pense
que nous sommes les plus grands. Tu vois, on a encore
une réputation. Il y a encore quelque part quelqu'un,
même si ce n'est qu'un Indien manifestement drogué,
pour croire en nous. Ça valait le voyage.

— *Nous !* répéta le vieillard avec indignation. Jeune
homme, s'il y a quelqu'un ici qui peut se targuer

d'avoir quelque titre à la grandeur, c'est moi, et moi seul. Enchanté de vous connaître.

Il paraissait très réconforté par les propos d'Almayo. Il s'était redressé et était en train de passer ses doigts dans sa noble crinière.

— *Nous !* grommela-t-il encore une fois. Tout ce que vous savez encore faire, c'est passer votre temps à renifler des allumettes au soufre, faute de mieux.

Il soupira.

— Mais il y a eu une certaine perte de pouvoir, un déclin, inutile de le nier. Nous connaissons tous la décrépitude, un jour ou l'autre. Inutile de le nier.

— Nous étions les deux plus grands artistes de tous les temps, dit son compagnon, tous ceux qui connaissent l'histoire du music-hall vous le confirmeront. Les deux plus grandes étoiles du monde du spectacle. Des têtes d'affiche, incontestablement. La ferveur des foules, l'adulation des rois. Et notre ami Jack, ici présent, était le plus grand de tous. Plus grand que moi, je le reconnais. Nous faisions notre numéro ensemble, mais c'était lui le patron.

— J'ai toutes les décorations, dit Jack. Tous les ordres.

Son compagnon observait l'Indien d'un œil expert et moqueur, celui d'un bonimenteur professionnel qui sait reconnaître son public à l'entrée d'une tente de foire.

— Vous ne me croirez peut-être pas, mais il était capable d'arrêter le soleil, de faire trembler la terre, il pouvait ressusciter les morts. Il pouvait déclencher une inondation en fronçant simplement les sourcils — il était très fort pour les inondations, et aussi pour les épidémies, et pourtant les épidémies, c'était plutôt ma partie, si je puis dire sans paraître indûment prétentieux. Nous pouvons encore faire quelques tours, lui en tout cas, car pour ce qui est de moi... Si vous venez voir ce soir son numéro, vous verrez.

— Ce n'est rien du tout, marmonna le vieil homme. Rien, auprès de ce que je pouvais faire jadis... mais il faut dire aussi que c'est la faute du public. Le public n'est plus ce qu'il était autrefois. Il a perdu la foi. Les gens sont devenus trop cyniques, ils manquent d'innocence, d'âme, ils ont des yeux durs, et dans ces conditions, il est très difficile d'opérer. C'est bien triste.

— Ça va, Jack, tu ne vas pas te remettre à chialer, dit l'autre. Tu vas me briser le cœur. Il faut te rendre à l'évidence. Tu es un ci-devant.

— Je te défends de m'appeler comme ça, gronda Jack, en lui lançant un regard furieux. Où serais-tu sans moi ?

L'autre ricana.

— Et toi sans moi ? demanda-t-il.

Ils avaient complètement oublié la présence de l'Indien et étaient en train de s'insulter, comme un vieux couple qui fait une scène de ménage.

— Je n'aurais jamais dû te prendre comme associé, voilà la vérité, gueulait Jack.

— Sans moi, tu ne pourrais plus te faire un sou, raillait l'autre. Je fais partie du numéro, ne l'oublie pas. C'est moi qui trouve les engagements, c'est moi qui ai toujours fait le sale boulot, pour te permettre d'être applaudi... Monsieur avait tous les hommages, la gloire, la lumière, et moi, je trimais dans l'ombre...

Il s'arrêta brusquement, la bouche ouverte, l'œil fixé sur la canon du revolver qu'Almayo tenait à la main.

— Faites voir, dit le Cujon. J'ai entendu parler de « Jack » toute ma vie. Je veux voir son numéro.

— Mais c'est désagréable, à la fin, dit le bonhomme sur la chaise, d'une voix tremblante. Venez au spectacle ce soir.

— Ce soir, je serai mort, dit tranquillement Almayo. Montre-moi ce que tu sais faire. Je veux savoir si ça existe, le vrai talent. Je veux le voir de mes propres yeux, avant de crever. Dépêche-toi, ou je vous abats tous les deux, comme des chiens.

Le vieillard paraissait pétrifié. Il regardait le canon du revolver avec une extrême appréhension. Almayo sentit la dernière miette d'espoir le quitter. *« Jack » craignait les balles.*

— Ce jeune homme semble avoir entendu un tas de choses flatteuses sur nous, dit le petit bonhomme miteux, entre deux spasmes de sa gorge. Je crains qu'il n'attende trop de deux pauvres magiciens ambulants. Je te conseille de faire quelque chose pour lui. Vas-y, fais un effort... Je crois que ce serait sage... que ce serait prudent, à en juger par sa mine. Il est fou, ou il est drogué, ou les deux. Il n'y a rien de plus dangereux que ces mangeurs d'étoiles lorsqu'ils n'ont pas eu leur dose.

— Pourquoi ne me fiche-t-on jamais la paix ? fit Jack. Voilà ce que je voudrais savoir.

— On dirait que tu as encore une certaine réputation, dit son assistant. Il te reste encore quelque chose de ta gloire passée.

— Je ne suis pas d'humeur à faire quoi que ce soit, dit Jack, la tête basse.

— Il faut à présent que tu gagnes ta vie comme tout le monde, dit son assistant. Tes grands jours sont terminés. Heureux encore que je te trouve des engagements. Il me vient même un soupçon affreux. Je crois que si ce jeune homme te tirait une balle dans le cœur, et il m'en semble bien capable, tu sais ce qui t'arriverait ? *Je crois que tu mourrais,* Jack. Aussi incroyable que cela puisse paraître.

— Alors là, tu exagères, grommela Jack.

— Je te le dis, moi. *Tu mourrais.* Je réalise pleinement l'énormité de la chose, mais j'y crois. Je crois que tu as perdu même *ça,* Jack. Tu es tombé aussi bas que ça. Je parie que tu es devenu *mortel.* Tu veux essayer ?

— Bon, bon, ça va, grommela Jack. Je vais m'occuper de lui.

Il se leva et s'approcha d'Almayo, en traînant ses bretelles derrière lui.

Il le regarda dans les yeux.

Le Cujon brûlait de fièvre, il avait vidé une demi-bouteille de *tequila* et était fou d'angoisse, de désespoir et de volonté de croire encore, de s'accrocher à la dernière paille. Il était planté là, revolver au poing, et il ne demandait qu'à voir. Tout ce qu'il désirait, c'était de retrouver une étincelle de foi, avant de crever. Quelque part au fond de lui, il était même prêt à se faire duper. Mais il avait vu trop de tours, trop de saltimbanques, il connaissait toutes les ficelles et, malgré son épuisement, seul un très grand talent pouvait le faire obéir encore au regard d'un hypnotiseur.

— Bon, fit Jack. Regardez-moi dans les yeux. Vous allez voir ce que peux faire. Voyez... Je m'élève dans les airs... Je flotte dans l'espace...

Mais tout ce qu'Almayo voyait c'était un vieil homme qui battait l'air de ses bras, debout au milieu d'une chambre d'hôtel miteuse, et un aboyeur de foire vicieux, en train de renifler l'odeur sulfureuse d'allumettes de cuisine.

— Voilà, dit gravement le vieil homme. Je m'élève lentement, irrésistiblement, toujours plus haut... je suis environné de lumière... je suis assis sur un nuage... vous entendez le chœur des anges...

Il était lourdement planté sur la carpette usée, la braguette déboutonnée, les bretelles entre les jambes, battant l'air de ses bras.

— Ce n'est rien comparé à ce que le vieux faisait du temps de sa splendeur, disait quelque part, très loin, la voix sifflante de l'assistant. Il était le plus grand de tous. Il était aimé, vénéré, adulé, il tenait la tête de l'affiche dans tous les music-halls du monde, les peuples et même les têtes couronnées s'inclinaient respectueusement devant lui. Mais aujourd'hui, il est tout juste capable de s'élever à quelques pieds du sol, et moi, en fait de flammes et de soufre... Il ne me reste que des allumettes de cuisine !

— Maintenant, vous me voyez descendre lentement, dit le vieil homme... très lentement... je descends toujours... de plus en plus bas... Là, je suis de nouveau sur terre. Vous avez tout vu.

— Et peut-être, après cette représentation privée de ses remarquables pouvoirs, pourrai-je vous emprunter la somme modeste de vingt dollars, simplement en gage d'amitié ? demanda l'aboyeur.

— Je vais vous tuer tous les deux, murmura Almayo.

Les deux compères se regardèrent dans un silence consterné.

— Vous ne m'avez pas vu flotter dans les airs ? demanda le vieil homme d'un ton anxieux.

— Espèce de clochard, dit Almayo. J'en ai vu des centaines comme toi. Tu es nul. *Tu n'existes pas.*

— Bon sang, dit le vieil homme affolé. C'est vraiment la fin. Je suis devenu impuissant. Qu'est-ce qu'on va devenir ?

Son compère paraissait complètement décomposé.

— Jeune homme, dit-il d'une voix piteuse, le maître est disposé à faire une nouvelle tentative... Peut-être, si vous vouliez bien ranger votre revolver... les conditions ne sont pas ce qu'on appelle parfaites...

Jack s'était écroulé sur le lit. Il tenait sa tête entre ses mains.

— Je n'aurais jamais dû mettre les pieds ici, bredouillait-il. J'aurais dû rester chez moi. Tu te souviens de ce que je pouvais faire jadis ? Le public que j'avais ? Tout ce qu'on écrivait sur moi ? Comment une chose pareille a-t-elle pu m'arriver ? Qui a pu me faire ça, à moi ?

— C'est le public qui ne vaut rien du tout, grommela son assistant. Ils en ont trop vu, ils ne croient plus à rien. Ce n'est même plus la peine d'essayer.

Des hommes, de pauvres petits hommes, qui s'efforçaient de faire semblant, de se tromper eux-mêmes ; de se rassurer. Il n'allait pas les tuer. Ils méritaient de vivre, de rester collés à la terre boueuse, de ramper dessus comme des vers. Almayo leur tourna le dos et sortit, empoigna la rampe et descendit l'escalier en chancelant.

Du bar, on le vit traverser le hall comme un ivrogne et plonger dans le soleil aveuglant.

Il resta un moment ébloui, puis regarda autour de lui.

Ses gardes du corps avaient disparu. Ils se cramponnaient encore à la terre, à ce qu'elle avait à offrir.

Ce fut alors qu'il vit l'Américaine devant lui. Il éprouvait une certaine difficulté à retrouver la vue dans la lumière brutale de midi qui l'aveuglait, cependant que la terre se balançait sous lui et essayait de le renverser.

Mais c'était bien elle. Il reconnut cette clarté blonde qui baignait sa tête, ces lèvres qu'il avait souillées tant de fois et qui n'avaient pourtant rien perdu de leur pureté et de leur tendresse, ces yeux, ces yeux surtout, si pleins d'amour et de dévouement et de volonté de bien faire qu'il cracha et tenta de la repousser et de fuir, en titubant sur le sol qui se dérobait. Il entendit sa voix, il sentit sa main qui le soutenait et il vit une fois de plus dans son regard ce qu'il redoutait par-dessus tout, comme si toute la bonté et la pitié du Ciel étaient là et essayaient de le perdre, se dressaient entre lui et la seule puissance à laquelle un chien de Cujon, enfant de la merde et qui connaissait bien cette terre de merde, pût se fier.

— Écoute-moi, José. José... Tu m'entends ? Il faut te rendre. Je resterai avec toi. Je leur dirai... Les États-Unis vont intervenir, ils ne peuvent pas laisser ce pays aller à la dérive... José! Il faudra peut-être t'exiler pendant quelque temps... Accepter une ambassade... Le monde entier sait ce que tu as fait pour ton pays...

Il poussa un hurlement et tira son revolver.

Mais il ne pouvait pas la tuer. C'était beaucoup trop dangereux. Elle était capable de les convaincre. S'il la tuait, il serait vraiment un traître, un traître à sa race, à son sang, à sa merde, à sa fierté. Il perdrait son unique honneur, son unique dignité, celle du chien qui n'accepte qu'un seul maître, celui qui est le dieu-chien de l'universelle chiennerie. Il gâcherait sa seule chance, celle de le trouver enfin et de poser sur ses genoux sa tête fidèle. Car il savait qu'ils l'écouteraient, là-haut. Elle plaiderait inlassablement sa cause, elle prononcerait des mots savants et compliqués, et puis, personne n'était capable de lui résister. Elle leur parlerait de psychologie, de routes, de réseaux téléphoniques, de la Maison de la Culture. Elle leur parlerait de son amour.

Et il serait pardonné. Mais il ne voulait rien avoir à faire avec le Ciel, qui avait permis à la mort, à la chiennerie et à l'ordure de régner sur la terre indienne et à se glisser dans ses moindres recoins, le Ciel qui avait laissé faire, qui avait regardé avec indifférence pendant des siècles les Cujons s'enfoncer de plus en plus dans la merde et le crachat. Le Ciel était noble et beau, le Ciel était espagnol. Peut-être laissaient-ils les Indiens entrer au Paradis, si là-haut aussi ils avaient besoin de domestiques. Peut-être étaient-ils prêts à lui pardonner, mais José Almayo ne pardonnait pas. Il était un Cujon. Les Cujons ne peuvent pas pardonner.

Ils peuvent seulement tuer, tuer, tuer jusqu'à ce que le sang parvienne enfin à laver la merde et le crachat.

Elle pleurait maintenant. Un instant, et seulement parce que ses forces l'abandonnaient, il s'appuya sur elle.

— Je t'aime, sanglota-t-elle. Je ne veux pas qu'ils te tuent, je ne veux pas ! Il y aura un procès, je témoignerai...

Il eut peur, pour la première fois de sa vie, une terreur de Cujon, abjecte et absolue, et un frisson glacé lui donna la chair de poule, car il entendait déjà clairement derrière sa voix les chœurs célestes.

Il aboya quelque chose et se mit à courir.

Il lui semblait qu'il courait depuis des heures, mais ceux qui osaient regarder du coin de la fenêtre virent seulement le Cujon s'éloigner de sa maîtresse améri- caine et se traîner en titubant vers le milieu du square, pistolet au poing, tirant des coups de feu au hasard, comme un ivrogne à la *fiesta*.

Il reconnut le kiosque à musique familier, le kiosque à musique de toutes les petites villes du pays, et se planta là, tirant encore une balle, pour qu'ils ne s'imaginent pas qu'on pouvait le prendre vivant, pour qu'ils le tuent et qu'il puisse accomplir son destin de Cujon et rencontrer enfin Celui à qui appartenait la terre, le plus grand et le seul vrai des propriétaires terriens. Il allait le voir enfin de ses propres yeux, le Maître tout-puissant du monde, celui qui avait le vrai talent et n'était pas une pauvre imitation, un saltim- banque, et il allait lui dire tout ce qu'il avait fait pour lui plaire, et ils allaient conclure un marché, tous les deux, et il allait ensuite revenir sur la terre et la posséder vraiment, et tout ce qu'elle avait de bon à offrir, toutes les Cadillac et toutes les filles de l'écran, il allait se venger de tous ceux qui l'avaient trahi.

Ce fut alors que cela arriva.

Il vit la poussière danser autour de lui sous des milliers de coups de fouet, il sentit un coup de fouet sur sa poitrine, comme au temps des conquistadores, et resta immobile un instant, la tête levée, jusqu'à ce qu'un nouveau coup de fouet vînt le frapper sur le dos. Les Espagnols revenaient, et ils essayaient de le convertir. Il s'écroula, mais il vivait encore, et il souriait. Ses yeux cherchaient autour de lui, non pas dans le ciel, mais sur la terre, sur sa terre de Cujon, et la douleur était plus faible que l'espoir.

Il y eut un silence, puis des toits, derrière les mitrailleuses, les soldats virent avec étonnement que le chien, après tout, n'était pas sans ami.

Un homme était en train de courir vers le mourant, les mains levées au-dessus de la tête en signe de capitulation, tournant sur lui-même pour bien faire voir à tous qu'il se rendait, décrivant des cercles dans la poussière comme s'il dansait, mais s'approchant chaque fois un peu plus près d'Almayo, le visage traversé par un sourire terrifié et implorant, levant les mains plus haut encore pour bien montrer qu'il ne demandait qu'à se laisser faire prisonnier, et cependant, d'un nouveau petit bond furtif, puis d'un autre, tournant toujours sur lui-même, il parvint enfin à s'approcher d'Almayo et s'agenouilla à ses côtés.

Diaz pleurait. Il avait peur comme personne n'avait jamais pu avoir peur depuis qu'il y avait des hommes, et pourtant son vieux cœur de charlatan, son profond amour de la duperie, son besoin de réussir enfin un vrai tour de passe-passe d'illusionniste devant un homme en train de mourir et donc plus que jamais réceptif et prêt à croire, tout cela lui avait donné le courage de risquer sa vie et de se glisser jusqu'à Almayo, afin de faire pour lui un dernier numéro.

A genoux, la tête animée d'un tremblement convulsif, les bras toujours levés, lançant de tous les côtés des regards affolés, sans regarder le mourant, il parvint à bredouiller d'une voix hoquetante :

— Tu vas y arriver, José. Encore quelques secondes, et c'est dans le sac. Tu y es. Tu vas aller droit en Enfer, comme le salaud que tu es, et Il va te recevoir. Tu vas le rencontrer, Il est déjà là. Dans un rien de temps, tu seras de retour, plus fort que jamais. Les salauds comme toi reviennent toujours.

Le Cujon acquiesça gravement.

— O.K., dit-il, O. K. Je sais. Je vais y arriver.

Le soldat courait vers eux et Diaz essaya de lever les bras encore plus haut. Ses cheveux teints étaient couverts de poussière, et chaque boule de graisse sur son visage était agitée de spasmes convulsifs. Il s'efforçait de ne pas faire un geste qui eût pu prêter à un malentendu, car un soldat nerveux pouvait bien presser la détente et pourtant sa vieille et profonde nostalgie, son rêve de saltimbanque sans talent mais qui tenait enfin une chance de réussir son numéro, était plus fort que sa terreur, et il murmura d'un ton rassurant :

— Ne t'inquiète pas. Tu y es, cette fois. Tu as gagné. Tu vas t'entendre avec lui. Tu auras le pouvoir. Tu reviendras pour te venger.

Il savait lui-même qu'il mentait, mais il savait aussi qu'il ne serait jamais démasqué. C'était la seule fois de sa vie d'illusionniste qu'il était sûr de réussir son numéro. C'était, enfin, un moment d'authenticité, un moment de triomphe. Enfin, il les battait tous, tous les grands magiciens, les plus grands du music-hall. Et cette fois personne ne découvrirait jamais ce qu'il dissimulait dans sa manche, personne ne pourrait dévoiler son truc, car la promesse de l'Enfer ou du Paradis à un mourant est le seul moment de toute sa carrière où un charlatan puisse se sentir complètement en sécurité.

Les soldats avaient fait un cercle autour d'eux et se tenaient silencieux, attendant que le chien crevât. L'officier avait toujours son pistolet braqué sur le Cujon, mais ce dernier signe de méfiance ou d'appréhension était presque un hommage.

— Comment ces chiens savaient-ils que je venais ici ?

— C'est moi qui leur ai dit, répondit aussitôt Diaz, en frétillant d'excitation.

Il sourit et cligna de l'œil.

— Je t'ai trahi. Je t'ai toujours trahi.

Almayo fit un signe de tête approbateur.

— O.K., murmura-t-il. Il faut... ce qu'il faut.. Tu fais... vraiment... de ton mieux... O.K.

— Je me donne du mal, dit Diaz, en souriant piteusement à travers ses larmes. Dis-le-leur, là-haut. J'ai toujours été un vrai dégueulasse. C'est plus sûr. Comme ça, on est tranquille.

Les yeux d'Almayo se fermaient et ses lèvres étaient blanches.

— Tu y arrives, dit précipitamment Diaz. Tu y es presque. Je vais te le faire voir... Tu vois... Il est là... Il vient t'accueillir...

Il osa baisser un bras et le passa presque tendrement autour des épaules d'Almayo.

— Tu y est arrivé, enfant de pute.

Diaz sanglotait. Il sanglotait de nostalgie, d'affection, d'espoir et d'incrédulité. Il pouvait tromper les autres, mais il ne pouvait pas se tromper lui-même. Le monde était un endroit sans une ombre de mystère, comme cette place inondée de lumière et qui n'avait rien à cacher, et le vieux et tenace soupçon, l'atroce certitude que les hommes étaient seuls et maîtres de leur destin l'emplissait d'une détresse totale et donnait à ses larmes une sincérité qu'il pouvait à peine supporter.

Une jeune femme échevelée, le visage mouillé de larmes, entra à l'hôtel Florés et courut vers le propriétaire qui se cachait derrière le comptoir.

— Je vous en prie, dit-elle. Vite, vite, passez-moi l'ambassade des États-Unis...

Le patron la considéra un moment avec tristesse et compassion, puis composa le numéro.

L'Américaine regarda le téléphone avec une étrange satisfaction et sourit.

Les chevaux suivaient la piste au flanc de la montagne et descendaient au pas dans la vallée, sous le soleil couchant.

Le jeune évangéliste éprouvait une sensation curieuse et troublante. Il n'avait jamais rien connu de pareil. C'était une sensation de vide sous le cœur, qui remontait à sa gorge et le faisait saliver. Il était si totalement épuisé et perdu, les horreurs qu'il avait vécues au cours des dernières vingt-quatre heures avaient été marquées d'une telle étrangeté mons-trueuse, un tel chaos régnait dans sa tête qu'il était prêt à imaginer, dans ce trou qui se creusait de plus en plus sous son cœur, il ne savait quelle nouvelle menace. Il dut faire un effort pour reconnaître enfin la raison de cette sensation si nouvelle pour lui : il mourait de faim. Il rit pour la première fois depuis longtemps et regarda autour de lui avec une soudaine gaieté. Il se sentait un peu différent et, chose curieuse, moins sérieux, presque insouciant, et il lui semblait qu'il n'allait plus jamais être le même. Peut-être faudrait-il désormais s'intéresser moins aux masses et davantage aux hommes ; rencontrer les gens de plus près, au lieu de les regarder du haut de l'estrade ; aller s'asseoir parmi eux, au lieu de les voir de très loin sous la lumière des projecteurs ; mettre moins de tonnerre et de foudre dans sa voix et plus de pitié dans ses mots, et, bien qu'il fût toujours aussi déterminé à poursuivre sa croisade contre le Mal, peut-être valait-il mieux renoncer à la beauté du style, à l'éloquence sacrée, aux vols d'aigle au-dessus des sommets, et se dévouer non au monde, à la terre entière, mais à un quartier, à une rue, à quelques maisons. Peut-être avait-il harcelé Dieu un peu trop et Celui-ci lui avait-il donné cette leçon pour lui faire mesurer exactement l'étendue de la tâche. Il fallait traiter Dieu avec un peu plus de tolérance, comme s'Il était humain, Lui aussi. Il regarda même le malheureux Cubain qui ne le quittait pas d'une semelle, comme s'il se plaçait sous sa protection, d'un œil indulgent et presque bienveillant ; ce n'était pas la faute de ce pauvre diable s'il était doué — ou plutôt affligé, se rattrapa le Dr Horwat — de ce talent si particulier, et d'ailleurs il était bien compréhensible qu'un homme essayât de vivre de ce qu'il savait le mieux faire.

La vérité était que le jeune Dr Horwat était un peu sonné par tous les coups qu'il avait reçus, et son sourire épanoui et sa mine presque euphorique inquiétaient un peu ses compagnons.

L'Indienne qui le suivait allait mieux avec le paysage qu'aucun d'entre eux ; elle semblait se balancer ainsi sur sa selle depuis des siècles, avec ses chiffons de couleur et son chapeau melon gris ; il ne manquait que quelques cageots de légumes et de poulets sur la croupe du cheval. C'était la silhouette éternelle du pays, avec son visage mystérieux qui paraissait connaître tous les secrets mais n'exprimait en réalité rien d'autre que la totale stupeur des vieux mangeurs d'étoiles ; l'évangéliste décida qu'il n'y avait aucun mal à mâcher ces feuilles ; dans les circonstances qu'il traversait, n'importe quel médecin aurait prescrit une drogue analogue ; il se demanda même s'il ne devrait pas lui demander quelques feuilles de *mastala,* pour pallier sa faim, sa fatigue, et pour se remonter le moral.

L'avocat réfléchissait aux complications qui allaient surgir lorsqu'il s'agirait de régler les affaires terrestres de son meilleur client, de liquider ses comptes secrets en Suisse et les divers intérêts qu'il avait un peu partout dans le monde. Il se demandait avec qui il lui faudrait traiter, qui il devrait contacter pour avoir des instructions, et cette dernière pensée lui fit soudain courir un petit frisson glacé le long du dos.

Le profil de la jeune Espagnole se découpait sur le ciel, aussi calme, lointain et mystérieux que le ciel lui-même, et celui qui n'allait plus jamais être Otto Radetzky, qui chevauchait à son côté, en tenant prêt un bouquet de ces petites fleurs mauves que l'on appelait ici *Dios gracias* — pourtant, il ne savait même pas si elle avait remarqué son existence —, pensait qu'il y avait, après tout, une magie en ce monde, et une seule, et que les hommes avaient tout de même reçu du Ciel un talent unique et bouleversant qu'ils laissaient trop souvent en friche dans leur cœur, mais qu'il sentait se réveiller et grandir en lui chaque fois qu'il la regardait.

Le Baron sommeillait sur sa selle.

Rien n'était jamais arrivé qui pût l'étonner ou le démonter, et il savait que les hommes avaient encore quelques milliers d'années-lumière de route devant eux, avant de cesser d'être des saltimbanques et de devenir des artistes authentiques, créateurs libres et inspirés d'eux-mêmes et de leur propre dignité ; cela demandait du génie et il avait peu d'espoir de les voir arriver à une telle maîtrise de son vivant ; mais il était tout disposé à leur donner une chance, et il allait continuer à faire le tour du monde avec curiosité, sous son déguisement de totale indifférence et sous son masque d'absence, toujours à l'affût de la moindre manifestation de quelque talent authentique autour de lui.

Charlie Kuhn montait à cheval pour la première fois de sa vie, et il n'était guère d'humeur à savourer cette expérience ; il était plus prudent de quitter la route, mais il était pressé et il se demandait si les liaisons aériennes étaient assurées, ou s'il devrait peut-être perdre encore plusieurs jours. Il avait entendu parler de quelques numéros juste avant de quitter les États-Unis et il avait hâte de les voir avant qu'un autre prospecteur de talents pût le devancer. Il y avait un prestidigitateur intéressant à La Havane, qui paraissait passionner les foules — rien de très neuf ni de très différent, mais le public marchait, et il y avait là peut-être un don authentique —, et dans un music-hall, à Madras, un « miraculé » qu'on pouvait transpercer en vingt endroits, non avec des épingles, comme n'importe qui, mais avec des épées, et cela sans qu'aucune goutte de sang apparût. Un numéro très prometteur, s'il se révélait authentique, car il avait depuis long-temps l'habitude d'entendre des histoires sur les grands artistes capables de vous éblouir par leurs dons prodigieux. En définitive, ce n'étaient jamais que des saltimbanques, une fois que l'on regardait cela de plus près. C'étaient des histoires que des gens du métier se racontaient entre eux pour nourrir leur nostalgie. Mais il était toujours prêt à courir n'importe où, cédant toujours à son espoir tenace, et il était résolu à prospecter aussi longtemps que son cœur tiendrait, et peut-être même un peu plus longtemps.

M. Antoine se tenait solidement en selle, jonglant des mains avec trois cailloux, et il éprouvait à ce petit jeu une curieuse satisfaction. Il n'était pas résigné, mais, après tout, être vivant et pouvoir jongler avec trois cailloux, ce n'était déjà pas si mal. Sans qu'il sût pourquoi, il avait le sentiment d'avoir réussi un très grand exploit. Peut-être tout simplement parce qu'il était vivant, car il avait appris que c'était déjà un tour difficile à réaliser, que les hommes n'étaient pas très doués pour cela, et qu'en fin de compte, ils échouaient toujours.

— Qu'est-ce que la mort ? disait le pantin Ole Jensen, en contemplant le ciel. Rien qu'un manque de talent.

Sur son violon minuscule, le clown musical jouait un petit air juif et tendre.

DU MÊME AUTEUR

AU-DELÀ DE CETTE LIMITE VOTRE TICKET
   N'EST PLUS VALABLE, *roman*.

CLAIR DE FEMME, *roman*.

CHARGE D'ÂME, *roman*.

LA BONNE MOITIÉ, *théâtre*.

LES CLOWNS LYRIQUES, *roman*.

LES CERFS-VOLANTS, *roman*.

VIE ET MORT D'ÉMILE AJAR

Sous le pseudonyme de Fosco Sinibaldi :

L'HOMME À LA COLOMBE, *roman*.

   Au Mercure de France

*Sous le pseudonyme d'*Émile Ajar :

GROS CÂLIN, *roman*.

LA VIE DEVANT SOI, *roman*.

PSEUDO, *récit*.

L'ANGOISSE DU ROI SALOMON, *roman*.

Impression Bussière à Saint-Amand (Cher),
le 17 novembre 1986.
Dépôt légal : novembre 1986.
1er dépôt légal dans la collection : février 1981.
Numéro d'imprimeur : 3296.
ISBN 2-07-037257-X./Imprimé en France.